Zum Buch:

In der Mordkommission I in München arbeitet ein erstaunliches Ermittlerteam: Kriminalrat Karl-Maria Mader, Mitte fünfzig, ist Dackelbesitzer und wohnhaft im betonierten Neuperlach. Klaus »Soulman« Hummel ist ein fantasievoller Kriminalbeamter, der gerne Krimiautor wäre und unsterblich verliebt ist in die Schwabinger Kneipenwirtin Beate. Hummels Kollege Frank Zankl verfügt über große Testosteron-Reserven und ist der natürliche Feind der rustikalen Kollegin Doris »Dosi« Roßmeier aus Niederbayern. Rechtsmedizinerin Dr. Gesine Fleischer kümmert sich hingebungsvoll um Verletzungen und Todesursachen aller Art, und der gut geölte Dezernatsleiter Dr. Günther wacht zumindest über einen Restbestand an korrekten Dienstwegen bei seinem Personal.

Zum Autor:

Harry Kämmerer, Jahrgang 1967, lebt in München und arbeitet in einem Buchverlag. Er ist Autor zahlreicher Kurzgeschichten und hat zwei Hörspielserien fürs Radio geschrieben und produziert. Zu seinen Kriminalromanen zählen die Bände mit dem Ermittlerteam rund um den Münchner Kriminalrat Karl-Maria Mader, die mit »Isartod« beginnen. Weiterhin gibt es die Krimireihe »Mangfall ermittelt« und die Romane »Drachenfliegen« und »Oh, Mama!«. Harry Kämmerers Liebe zu Musik und Kabarett prägt seine Bücher und seine Lesungen mit Livemusik.

HARRY KÄMMERER

ISARTOD

Kriminalroman

HarperCollins

Die Originalausgabe erschien 2010 unter dem Titel
Isartod bei Graf Verlag.

1. Auflage 2024
© 2024 by Harry Kämmerer
Neuausgabe
© 2024 HarperCollins in der
Verlagsgruppe HarperCollins Deutschland GmbH, Hamburg
Umschlaggestaltung von Hauptmann & Kompanie Werbeagentur
Umschlagabbildung von Anselm Baumgart / Shutterstock
Gesetzt aus der Berling
von GGP Media GmbH, Pößneck
Druck und Bindung von CPI books GmbH, Leck
Printed in Germany
ISBN 978-3-365-00638-2
www.harpercollins.de

Für Tini & die Gang

Kleiner Fluss und große Stadt
Klischee genug und Vielfalt satt
Von Weißblau bis Dunkelheit
Alles hat hier seine Zeit

O MONACO!

Das Feine und das Leichte, das Unentschiedene. Das Liebenswerte und das Gscherte, das Gspickte und das Erdige, das Schweben zwischen zwei Extremen. Weder das eine tun noch das andere lassen müssen. Einfach raus und an die Isar setzen. Warten, was passiert. Wenn's regnet, wird man nass. Schon klar. Wenn's schneit, dann … Nein, im Sonnenschein. Es einfach zulassen. So wie in *Dock of the Bay* von Otis Redding.

> *Ich sitz hier am Isarstrand,*
> *Zeit ist Wachs in meiner Hand,*
> *ich denk nach und trink ein Bier,*
> *vielleicht auch drei oder vier,*
> *und hör, was die Isar rauscht,*
> *oder ist es nur der Verkehr?*

Und dann pfeifen, ganz leise, ganz zart. – Na super, schon rauschillen, bevor man überhaupt anfängt. Aber so ist das hier. Entspannt. Ja. München ist ein Klischee, ein schönes freilich: Millionendorf, nördlichste Stadt Italiens, Biergarten an Biergarten, Hofbräuhaus und Schmalznudel, Viktualienmarkt und Stachus, Apple Store und Kustermann, Sushi und Brezen, Ludwig Beck am Rathauseck, Straßen ohne Dreck.

Der weite Blick. Die Alpenkette, zum Greifen nah. Und vor allem: Isar – die Wilde, mitten in der Stadt. Eiskalt, aus den Bergen, in die Herzen. Der Surfer, Radler, Jogger, Müßiggänger. Stimmt alles. Aber die andere Seite gibt es auch –

in jedem Viertel: Giesing, Sendling, Milbertshofen. Sogar in Schwabing. Das Betonierte, Abweisende, Schmutzige. Hätte man es nicht amtlich, so könnte man an manchen Ecken glauben, man wär in Bukarest oder wo sonst die Modefarbe Grau heißt. So einfach ist das nicht mit München. Und in der Nacht sieht alles noch mal ganz anders aus.

HUNDERTSIEBENUNDZWANZIG KUBIKMETER

Quiddestraße, Neuperlach, hässliche Wohnblocks am Ostpark. Kein Klischee. Echt. Echt greislig. Könnte Ruhrpott sein oder Frankfurt an der Oder – wo sonst das Leben eher schmucklos geführt wird. Aber nicht auf die Form kommt es an, sondern auf den Inhalt: In einem der Blocks wohnen Hauptkommissar Karl-Maria Mader und sein Dackel Bajazzo. Dreizimmerwohnung. Sechsundfünfzig Quadratmeter. Zwei Meter sechsundzwanzig Raumhöhe. Macht hundertsiebenundzwanzig Kubikmeter. Genug zum Atmen, wenn man keine großen Ansprüche hat. Hat Mader nicht. Mader erwartet mit seinen fünfundfünfzig Jahren nicht mehr viel. Sein Privatleben eine Eiswüste. Die Einrichtung seiner Einmannwohnung das Resopalbild seiner Seele: Möbel von Segmüller, Schrankwand in Gelsenkirchener Barock, hellbraune Auslegware. Nur ein paar Requisiten in Maders Leben. Nicht die leiseste weibliche Ahnung. Schade eigentlich. Denn Mader ist ein cooler Typ. Auf seine Art. Und jobmäßig: Spitzenmann. Erfahrung. Dreißig Jahre Kriminaler. Bisschen ausgebrannt, aber nur ein bisschen.

00:18. Digital und grün. Eine Fliege knallt immer wieder an die Scheibe des Schlafzimmerfensters. Selbstmordversuche. In einem Raum, der etwas streng riecht. Herr und Hund. Letzterer aber im Flur. Maders Atem rasselt wie die Entlüftungsklappe eines altersschwachen Boilers. *BrrrbkrüüBrrrbkrüüBrrrbkrüü… BrrrbkrüüBrrrbkrüüBrrrbkrüü…*

Mader träumt von Catherine Deneuve: »Oh, Karl-Marie, ah, oui, je t'aime, maintenant, viens!« Das Telefon unterbricht seine Träume. Er wirft sich im Bett herum und greift zum Hörer: »Oui, Madér?«

»Ich bin's. Hummel.«

»Hummél? Qu'est-qu'il y a?«

»Was soll das? Mader, wo sind Sie?«

»À Paris.«

»Was?!«

»Mei, Hummel! Im Bett, wo denn sonst?!«

»Mader, wir ham 'nen neuen Fall. Eine Wasserleiche.«

»Wo?«

»Maria-Einsiedel.«

»Sauber. Ja, äh, holen Sie mich ab. Mein Auto …«

»… ist kaputt, weiß ich. Bin schon unterwegs.«

Mader knipst die Nachttischlampe an und kneift die Augen zusammen. Rote Sterne. Wie beim Silvesterfeuerwerk in der Glotze. Er sinkt zurück ins Kissen und sinniert über sein alljährliches Ritual der Einsamkeit am 31.12. Einsam ist nicht ganz korrekt. Sein haariger Gefährte ist stets zugegen. Bajazzo. Der Gute. Selbiger kratzt schon an der Tür. Mader schält sich aus dem Bett und betrachtet erstaunt seine Wasserlatte. Eindrucksvoll. Wigwam. Was würde Catherine sagen? Nichts? Nur ein wissender Blick? Ein Lächeln? Ein herzhaftes Lachen? Mader schüttelt den Kopf und öffnet die Tür zum Flur, wo ihn sein Hund freudig begrüßt. »Na, Bajazzo, wo ist die Wursch?«, nuschelt Mader und drückt sich an ihm vorbei aufs Klo. Dort schwierig. Vor lauter Latte kann er nicht pinkeln. Auch sonst schwierig. Warum war er so spät noch beim Haxnwirt? Sehr belastend. Mader massiert seinen runden Bauch und strengt sich an. Nix. Kein Wunder. Mitten in der Nacht.

Im Schein der trüben Klolampe studiert Mader seine Fußnägel. Verdammt schlecht geschnitten. Spröder Schiefer im Steinbruch seines einsamen Lebens. Wenn Catherine seine Zehen sehen würde! Nicht auszudenken! Ach, Catherine! Er tröstet sich. Solche Frauen gibt's in Wirklichkeit nicht. Mader denkt an die Frau vom Nagelstudio um die Ecke. Solche gibt's. Die mit den nikotingelben Haaren. Die immer vor dem Laden steht und an ihrer Zigarette saugt, als wäre es die allerletzte. Aber vielleicht sollte er mal hingehen. Zehennägel auf Vordermann bringen lassen. Alles zieht sich in ihm zusammen. Ein Stein fällt ihm vom Herzen. Kaltes Wasser spritzt an seine Backen. In dem Moment klingelt es an der Tür.

GROOVY

Hummel atmet die feuchtscharfe Nachtluft ein und sieht zu Mader hoch. Dritter Stock des garstigen Silos. Nicht das erste Mal hier, aber er kann es nicht fassen. Wie kann man so wohnen? Fort Knox mit Rüschen: geraffte Vorhänge, Geraniengeschwüre an den Balkonen. *Wir kriegen euch alle!* Ein Wald von Satellitenschüsseln. *Dieses Haus hat tausend Ohren!* Hummel dreht sich um. Die Straße runter. Er kennt die Gegend. Jugendbanden, Alkohol, Drogen, Autodiebstahl, Schlägereien. Der ganze Scheiß. Von wegen München-Chic, das hier ist Endstation. Wer kann, zieht weg. Nur wer mit allem fertig ist, wohnt hier. Denkt Hummel. Der natürlich keine Vorurteile hat und im lauschigen Bohemien-Viertel Haidhausen wohnt. Hier könnte er nicht leben.

Hummel klingelt noch mal. Warum rührt sich nichts? Er tritt ein paar Schritte zurück und blickt nach oben. Licht im geeisten Klofenster. Kann er lange klingeln. Chef auf Schüssel. Hummel setzt sich ins Auto und raucht. Prince Denmark. Seine Marke. Weil der Name ihm gefällt. *To smoke or not to smoke.* Jeder Zug eine Manifestation existenziellen Willens. *Da ist was faul im Staate Dänemark.* Er dreht das Autoradio an. Soul FM. Smokey Robinson and the Miracles mit *Tears of a Clown.* Tausendmal gehört. Kitsch und Verzweiflung, die verspielten Bläser, der wuchtige Einsatz von Bass und Schlagzeug. Hummel liebt Soul, auch Motown. Eigentlich besonders Motown. Geht nicht kaputt. Er macht lauter und lehnt sich zurück. Entspannen. Gefährlich. Weil: Gedanken – sein Leben, seine Arbeit. Viel Arbeit, wenig Geld. Ansehen kann man komplett knicken. Besonders bei Frauen. Welche will schon 'nen Bullen? Und eigentlich hätte er jetzt seit zwei Stunden frei. Wäre in seiner Stammkneipe in der Kurfürstenstraße in Schwabing. In der Blackbox. Wo das echte Leben spielt. Ein paar Bier zischen, immer mal wieder 'nen Euro in die Jukebox und Beate hinterm Tresen mit seinen Soulkenntnissen beeindrucken: »Die späten Curtis-Mayfield-Sachen, die san echt nix, aber *Miss Black America*, ey, Beate, davon gibt's 'ne geile Liveversion, kleine Band, Supergroove. Du, ich hab zu Hause jede Menge alte Platten – LPs, Singles, alles Vinyl. Stax, Motown, Chess, Atlantic, Hi, Kent. Wenn du mal nach der Arbeit ein bisschen chillen willst? – *Beate!*«

Unsinn natürlich. Wenn er bei Beate mal drei gerade Wörter rausbringt, dann ist das schon viel. Aber Beate ist genau sein Typ: hochgewachsen, blondes langes Haar, forellenblaue

Augen. Schönste Wirtin Münchens. Und clever. Studiert Psychologie und hat echt Ahnung von Leuten. Niemand versteht ihn so wie sie. Stellt er sich zumindest vor. Denn normalerweise beschränkt sich ihre Kommunikation auf »Ein Helles, bitte!« und »Hier, Hummel, dein Helles.« Aber allein, wie sie »Helles« sagt! Da geht die Sonne auf!

In Sachen Liebe ist es mit ihrer Menschenkenntnis leider nicht weit her. Sonst wäre sie nicht mit diesem blöden Testfahrer von BMW zusammen. »Beate, du brauchst jemanden, der dich versteht. Jemanden mit der nötigen Sensibilität. So wie ich, also mich.« Das wäre sein ganz persönlicher Tipp. Aber keine Chance. Wie auch? Testfahrer gegen Bulle! Welten. Auch finanziell. Würde er genauso machen, an Beates Stelle. Oder?

Smokey singt immer noch *Tears of a Clown.* Ach, ich bin der Clown, denkt Hummel, ich sitz hier und wart, dass der Chef seinen Stuhlgang beendet.

Als Mader mit seinem Hund aus dem Haus kommt, ist Hummel eingeschlafen. Träumt mit den Delfonics: »Lalalalala means: I love youuhuu …«

Mader schlägt mit der flachen Hand auf die Frontscheibe. *Uuhmmpf!* Hummel schreckt hoch, seine Hand fährt zum Schulterholster.

»Morgen, Hummel«, grüßt Mader durchs offene Seitenfenster.

Hummel sieht Mader mit verquollenen Augen an. »Chef … Ah? 'n Abend.«

»Was hören Sie da für einen Eunuchensound?«

»Ich glaub nicht, dass Sie davon was verstehn.«

»Und wenn. Machen S' den Schmarrn aus!«

Genervt schaltet Hummel das Radio aus. »Ich wart schon 'ne ganze Weile auf Sie!«

»Sie haben nicht gewartet, Sie haben geschlafen. Unterschied.«

Mader geht um den Wagen und steigt ein. Bajazzo springt auf seinen Schoß und stellt die Vorderpfoten aufs Armaturenbrett. Schnüffelt an dem quietschgelben Wunderbaum, der am Rückspiegel hängt. Schnappt danach. Bäumchen baumelt weg.

»Kann er ruhig fressen«, sagt Hummel. »Bringt seine Verdauung bestimmt auf Vordermann.«

Bajazzo furzt knatternd seine Antwort. Hummel schickt Bajazzo mit einem scharfen Blick ins Reich der Toten und lässt den Wagen an.

Sie fahren durchs Laternengelb der nächtlichen Straßen. Kaum Verkehr. Feiner Sprühregen bricht das Licht. Chrom und Lack. Abertausend Sterne. Scheibenwischer quietschen leise, effektiv. Draußen. – Drinnen: zwei Männer. Weit entfernt und doch so nah.

»Also, Hummel, eine Wasserleiche?«, fragt Mader schließlich. »Details?«

»Hab ich noch nicht. Zankl ist dort. Wasserleichen sind ja nicht so ganz mein Geschmack.«

»Aha. Und wie ist der so – Ihr Geschmack?«

»Erlesen.«

»Aha. Geschmack …«, murmelt Mader und durchforstet seine Taschen.

»Is was, Chef?«, fragt Hummel.

Mader wühlt weiter in seinen Taschen. Bajazzo sieht sein Herrchen erwartungsvoll an. Schließlich findet Mader, was er sucht: kleine silberne Würfel. Konfekt? Er pult die Silberfolie von einem Würfel und beißt die Hälfte ab. Reicht Bajazzo die andere. *One for me, one for you.* Sie lutschen. Zwei Genießer.

Hummel beobachtet die beiden argwöhnisch aus dem Augenwinkel.

»Wollen Sie auch?«, fragt Mader schmatzend. »Die san super. Echt.«

»Ja, warum nicht.«

Mader gibt ihm einen Würfel. Hummel pult einhändig die Folie ab, Blick immer auf die Straße. Deutet mit dem Kopf zu Bajazzo. »Muss ich nicht teilen, oder?!«

»Nein. Genießen Sie es ganz allein.«

Klebriges Teil. Hummel schmeißt es ein – und ab geht die Post! Er verreißt das Lenkrad, das Auto gerät ins Schlingern und kommt mit pfeifenden Reifen am Straßenrand zum Stehen.

»Was, was ist das?!«, röchelt Hummel.

»Unkonzentrierte Fahrweise, würd ich sagen.«

»Was für ein Teufelszeugs?«

»Brühwürfel«, sagt Mader.

»Brüh…«

»*Maggi* – die besten.«

»Das ist krank.«

»Im Gegenteil – sehr gesund! Lebenswichtige Salze. Und jetzt fahren S' endlich weiter.«

FINGERZEIG

Vor dem Maria-Einsiedel-Bad steht die ganze Karawane. Einsatzfahrzeuge, Notarztwagen, Feuerwehr. Es schüttet ohne Unterlass. Trotzdem ist das Absperrband gesäumt von Schaulustigen. Unter Schirmen die ganze Haute Couture des benachbarten Campingplatzes: Jogginghosen und

Trainingsanzüge in grellen Farben, Bademäntel, Adiletten, Ganzkörper-Goretex an Bermudashorts. Alt und jung, sogar Kinder.

»Zefix, warum san die ned in ihren Wohnwagen?«, mosert Mader.

Hummel parkt den Wagen vor der Holzwand des FKK-Bereichs.

Der Wind peitscht den Regen gegen die Autoscheiben. Hummel zieht den Zündschlüssel und will aussteigen. Mader hält ihn zurück. Er konzentriert sich, schließt die Augen, zählt: »Oans, zwoa … drei!« Er reißt die Tür auf. Regen stoppt schlagartig.

Hummel starrt Mader an.

Mader lächelt. »Das ist erst der Anfang!«

Hummel schüttelt den Kopf und öffnet die Fahrertür. Seine Füße sinken in den Morast. Oh, nein. Seine neuen Wildlederboots! Mit denen er sich bei Beate als hoffnungsloser Romantiker outen wollte. Original Achtziger-Jahre-Robin-Hood-Gedächtnisstiefel. – Verdammt!

Sie gehen über die matschige Liegewiese bis zu der Stelle, wo der Eiskanal in das Gelände des Schwimmbads mündet.

»War ich oft beim Schwimmen, als Bub«, sagt Mader.

»Ich auch«, sagt Hummel. »Vorne rein, hinten raus. An der Brücke, vor den Fangnetzen.«

»Andere Zeiten«, sagt Mader und stapft davon, zum gleißenden Lichtteppich der mobilen Flutlichtanlage, die den Fundort der Leiche beleuchtet. Hyperrealistisch. Jeder nasse Grashalm ein Statement, das Wasser im Eiskanal wie Quecksilber, oben glatter Film, unten zerrend, wild. Strudel am Fanggitter. Zwei Taucher mühen sich im Wasser. Räumen Äste, Blattwerk, Müll beiseite, um an die Leiche zu kommen. Von der sieht man im Moment nur einen nackten weißen Arm. Fingerzeig in den Nachthimmel. *Dort ist das Jenseits!*

Hummel schaudert.

Mader scannt die Umgebung.

Bajazzo mustert misstrauisch das gurgelnde Wasser.

Und da ist auch Zankl, Maders zweiter Assistent. »Servus, Mader. Hummel.«

»Wer hat die Leiche gefunden?«, fragt Mader.

»Der Hund von so 'nem Campingtypen. Wartet in der Umkleide.«

»Der Hund?«

»Beide.«

Die Taucher sind jetzt bei der Leiche und versuchen, sie herauszuziehen. Schwierig. Starke Strömung. Makabres Schauspiel. Slapstick. Nur nicht lustig.

Schließlich bekommen sie die Leiche frei. Einer hält sie an den Füßen, einer an den Händen. Gleich haben sie es geschafft. Doch da stolpert der hintere, taucht unter, der vordere versucht mit aller Kraft, die Leiche zu halten, sie entgleitet auch ihm. In Händen hält er eine … Hand! Nein, nur die Haut der Hand! Wie ein Handschuh. Der Taucher sieht die Haut schockiert an und schleudert sie an Land.

Hummel und Zankl starren auf das schlabbrige weiße Etwas in der grün glänzenden Wiese. Maders Gesichtsausdruck sagt gar nichts.

Bajazzo schnüffelt interessiert.

Schließlich auch der Rest im nassen Gras. Eine Frau. Weiß, aufgequollen, voller Flecken. Schwarze Unterwäsche, viel zu eng für den aufgedunsenen Körper. Rotes lockiges Haar. Gesicht entstellt von Treibholz und Metallgitter. Trotzdem Ahnung von Schönheit. Hand spektakulär: Knochen, Sehnen, Muskeln. Haut und Nägel daneben im Flutlichtgras.

»Waschhaut«, sagt Dr. Fleischer, die wie aus dem Nichts aufgetaucht ist. »Kann man ausziehen wie einen Handschuh. Liegt schon länger im Wasser, die Gute.«

Mader nickt stumm. Hummel starrt sie an – Dr. Fleischer! Blaupause seiner erotischen Träume. Jenseits von Beate. Dr. Fleischer – die heiße Seite der Macht! Die langen schwarzen Haare, die vorwitzige schmale Nase und die messerscharfen Augenbrauen. In dieser Reihenfolge. Das Beste zum Schluss: Ihr spitzer Busen sticht durch die Ballonseide des Overalls und erzeugt bei ihm ein flaues Gefühl.

Dr. Fleischer durchschaut seine Assoziationskette. Bis ins letzte Glied. Lächelt. Wie ein Skalpell.

»Dr. Fleischer, können Sie auf den ersten Blick schon was sagen?«, fragt Mader. Und deutet auf die Leiche.

»Tot.«

»Das seh ich auch. Irgendeine Idee. Todesursache, Todeszeit?«

»Schwierig. Die Leiche kann schon mehrere Wochen hier liegen. Fettwachsbildung tritt in der Regel nach vier bis sechs Wochen post mortem auf, infolge hydrolytischer Spaltung und Verflüssigung von Körperfett in Glyzerin und Fettsäure. Wenn man nun …«

»Halten Sie uns keine Vorträge, Dr. Fleischer«, unterbricht Mader sie.

»Das sind schon interessante Vorgänge.«

»Aber wir sind nicht Ihre Studenten.«

»Nein. Die sind höflicher.«

»Dr. Fleischer, jetzt mal konkret, haben Sie eine Idee zur Todesursache?«

»Ob sie ertrunken ist, weiß ich erst, wenn ich in sie reingeschaut habe. Was aber auffällig ist, sind die Strangulationsmale an Fuß- und Handgelenken. Vielleicht hat sich deshalb die Haut an der Hand so leicht abgelöst.«

Interessiert betrachtet Mader die dunkelbraunen Streifen an den Gelenken.

Auch Hummel und Zankl treten näher.

»Was das genau ist, können wir mit ein bisschen Glück noch klären«, meint Dr. Fleischer. »Histologisch auf alle Fälle interessant.«

»Reden S' bitte normal mit uns«, sagt Mader.

»In der Regel lässt sich im Bereich der Strangmarken eine erhöhte Histaminkonzentration nachweisen. Histamin wird durch Irritation der Hautzellen mittels des Strangwerkzeugs in der Strangfurche vermehrt freigesetzt. Wenn sie die Male am Hals hätte, die auf die Todesursache Erwürgen hindeuten, dann könnte man im Labor etwas über den ungefähren Todeszeitpunkt erfahren. Aber Strangmale an den Extremitäten sind nicht tödlich. Beziehungsweise, wir wissen nicht, ob diese hier in einem kausalen Zusammenhang mit dem Ableben der Dame stehen.«

»Aber man könnte bestimmen, wann sie entstanden sind?«

»Vielleicht. Obwohl – das ist schwierig. Die Dame war recht lang im Wasser. Und noch eins ist auffällig. Die Narben sind so ausgeprägt, dass ich sagen würde: Die sind relativ alt und immer wieder aufs Neue entstanden.«

»Sexspiele?«, fragt Zankl.

»Vielleicht. Wir kennen das zum Beispiel von autoerotischen Praktiken, die statt in Ekstase manchmal im Exitus gipfeln.«

»Wohl gesprochen«, meint Mader. »Kriegen Sie raus, wie die Frau gestorben ist?«

»Wie gesagt, wenn ich den Leichnam geöffnet habe, wissen wir mehr. Vermutlich. Und noch was ist auffällig – die Unterwäsche.«

»Ja, die ist speziell, oder?«

»Ein raffinierter Mix aus Latex und Spitze«, erklärt Dr. Fleischer. »N.N.«

»N.N.?«, fragt Mader.

»Nuit Noire, eine sehr teure Dessousmarke. Sehr speziell. Bisschen Fetisch. So um die fünfhundert Euro, die zwei Teile. Schätz ich mal.«

Mader nickt nachdenklich. »Was Sie alles wissen.«

»Jenseits meiner Einkommensverhältnisse.«

»Meiner auch. Vielen Dank, Dr. Fleischer, das war schon sehr hilfreich. Ich bin gespannt auf Ihren Bericht.« Er wendet sich zum Gehen.

Hummel bleibt wie angewurzelt stehen.

»Hummel, alles klar bei Ihnen?«, fragt die Fleischer.

»Ja, alles klar. Faszinierend, was Sie alles wissen, ich mein, für mich ist das ja nichts. Also die Leichen. Aber Sie, na ja, Sie lesen in den Toten wie in einem Buch.«

»Danke schön, aber jetzt lassen Sie mich in Ruhe arbeiten.« Sie zwinkert ihm zu. »Wir sprechen uns morgen.«

Hummel wird knallrot. Ihn durchflutet ein warmes Gefühl trotz der klammen Nachtluft. Was für eine Frau! Hui! Bevor er Mader und Zankl in die Umkleidekabinen folgt, wo der Mann wartet, der die Leiche gefunden hat, raucht er noch schnell eine Zigarette. Hummel ist aufgewühlt. Blickt zurück auf die Liegewiese. Dr. Fleischer in ihrem schneeweißen Overall. Jenseits des Zauns die Schaulustigen. Und die Beamten, die die Neugierigen auf Distanz halten. Ihm schwirrt der Kopf. Alles ein bisschen viel – Wasserleiche, Strangulationsmale, Dessous, Waschhaut. Jetzt macht er den Job schon so lange, Wasserleichen hat er schon genug gesehen, aber das mit der Hand! Als ob das Leben etwas ist, was man einfach ausziehen und wegwerfen kann. Er schüttelt den Kopf und tritt die Kippe ins nasse Gras.

In der Umkleide muffelt es: feuchte Badesachen, Holz, Gummi und kalter Estrich. Diese ganz spezielle Mischung, die Hummel sofort in seine Kindheit zurückversetzt. Die schwachen Neonröhren an der Decke summen. Zwielicht.

Passt zu dem Typen, der die Leiche gefunden hat. Er ist in eine Wolldecke gehüllt und hält ein dampfendes Teehaferl in Händen. Dass da nicht nur Tee drin ist, verrät ein feiner scharfer Duft. Der Hund des Mannes, groß wie ein Kalb, hat sich zu dessen Füßen eingerollt. Hummel betrachtet das Gesicht des Mannes. Rot, fleischig, großporig, stechende Augen. Die Knastträne unter dem rechten Auge registriert er sofort.

»Sie sind Dauercamper, Herr Hartl?«, fragt Mader.

»Am Platz kennt mi jeder. I bin der Tscharly.«

»Gut, Tscharly. Kommt es oft vor, dass Sie mit Ihrem Hund so spät noch unterwegs sind?«

»Mei, wenn der Orkan scheißn muss. Kann er ja ned aufm Platz.«

Mader wirft einen sorgenvollen Blick auf den riesigen Hund. Bajazzo hat sich in eine ferne Ecke des Raums verkrümelt. Atmet lautlos. Hält den Ball flach.

»Wenn Sie also mit Orkan so spät noch Gassi gehen, dann nehmen Sie immer denselben Weg?«

»Ned immer, aber meistens. An der Floßlände. Bei de Laternen.«

»Ist Ihnen da mal was aufgefallen auf Ihren Spaziergängen, vielleicht auch schon vor ein paar Wochen?«

»Was zum Beispiel?«

»Eine Person, ein Auto. Irgendwas. Irgendwoher muss die Leiche ja kommen.«

»Mei, die wird halt wer in die Isar gschmissen ham.«

»Ja, vermutlich.« Mader stöhnt leise auf.

»Warum ist denn Ihr Hund da ins Wasser gesprungen?«, fragt jetzt Zankl.

»Na, der wird halt was gsehn ham, der Orkan Katz oder Antn.«

»Und da springt er gleich ins Wasser? Bei der Strömung?«

»Da kennt der nix. Der Orkan« Tscharly tätschelt den riesigen Kopf des riesigen Hundes.

Zankl nickt. »Und Sie mussten ihn dann rausziehen?«

»I war scho mit de Fiaß drin, aber der Orkan is a harter Hund. Des hat er selber gschafft. Grad so. Und im Wasser, da war er dann.«

»Wer?«

»Der Arm.«

»Ja. Gut. Und dann haben Sie gleich bei der Polizei angerufen?«

»Ja, freilich.«

Jetzt übernimmt Mader wieder: »Haben Sie immer ein Handy dabei, wenn Sie mal kurz Gassi gehen?«

»Freilich. Du weißt ja nie, was für a Gschwerl da unterwegs ist. San eh schon lauter Ausländer am Platz.«

»Ja, bei Touristen ist das manchmal so«, sagt Mader. »Wenn wir noch Fragen haben, melden wir uns.«

Mader ist schon auf der Türschwelle, als er sich noch mal umdreht. »Ach, Tscharly, kann ich mal kurz Ihr Handy sehen? Wegen der Anrufzeit fürs Protokoll.«

»Warten S' ...« Hartl entsperrt den Bildschirm. Blitzschnell schnappt sich Mader das Handy. »Hey, was wird des?!«, zischt Tscharly. »Derfan Sie des?«

»Ich darf«, sagt Mader und tippt sich durchs Menü. Fotos. Der weiße Arm im schwarzen Wasser. Gespenstisch erhellt vom Handyblitz. Mehrfach. »Souvenir, Souvenir«, murmelt er und löscht die Bilder. »Ich will so was nicht in der Zeitung sehen. Oder auf Facebook. Ist das klar, Herr Tscharly?«

»Des gibt Ärger!«, zischt der.

»Des is mir wurscht«, sagt Mader. »Ich hab Sie im Auge.« Er tippt sich mit dem Finger ans Jochbein, wo Tscharly die Knastträne hat.

Draußen am Kanal. Immer wieder Blitzlichter. Die Zaungäste können es nicht lassen. Selbst wenn sie nur die Sichtschutzplane und die Leute von der Spurensicherung fotografieren können. Oder die Kollegen mit dem Sarg, die inzwischen eingetroffen sind und hinter der Absperrung verschwinden, um unter Dr. Fleischers fachkundiger Anleitung die tote Dame ins kalte Bett aus Zink zu bugsieren.

Wo etwas zu Ende geht, fängt etwas anderes an – die Ermittlungen. Mader verteilt die Rollen. Hummel darf sich die Gaffer vorknöpfen, und er selbst widmet sich mit Zankl den Leuten auf dem Campingplatz. »Vielleicht gab es ja in den letzten Wochen irgendwas Besonderes. Zum Beispiel eine Party, wo man sich ein paar Ladys kommen ließ.«

Zankls Einwurf: »Klar, mit Unterwäsche für fünfhundert Euro«, lässt Mader unbeantwortet verhallen. Aber viel Hoffnung hat auch er nicht.

Die Resultate sind ernüchternd. Von wegen wilde Partys bei den Dauercampern. Gesehen hat natürlich niemand irgendwen oder irgendwas. Also etwas, das aus der Reihe fällt im entspannten Camperleben. Mader und Zankl erfahren nur Dinge, die sie nicht wirklich interessieren: Wer hier was mit wem hat und wie oft. Wer hier säuft oder wer sich Katzenfutter kauft, obwohl er oder sie gar keine Katze hat. Wer zu faul ist, in der Nacht bis zum Sanitärgebäude zu gehen, und hinter den Wohnwagen brunzt. Ein feines Netz aus perfiden Verdächtigungen, gespeist von Langeweile und Alkohol, geknüpft von alteingesessenen Dauercampern wie Tscharly.

»Und das ist der Normalzustand«, resümiert Zankl. »Was ist dann hier zur Wiesn los?«

»Hey-ey, Ba-by!«, singt Mader.

Die Schaulustigen sind weg. Die Leiche auch. Aber auf der Liegewiese brennt immer noch das Flutlicht. Spurensicherung und Taucher suchen alles im und rund um den Kanal ab. Beim Auto treffen sie Hummel. Er lehnt am Kotflügel und raucht.

»Und, Hummel?«, fragt Mader. »Haben Sie etwas Interessantes erfahren?«

»Ja, über die menschliche Natur. Die stehen da und gaffen, malen sich aus, wie die Frau zu Tode gekommen ist. Kein Mitleid. Nix. Als wär's Fernsehen. ›Tatort‹ oder ›Polizeiruf‹. Und die Scheißhandyfotos. Mir glangt's.«

FAST SCHON TAG

Hummel tigert durch seine Wohnung. Er ist hundemüde, aber er kann nicht schlafen. Zu viele Eindrücke. Für ein Bier ist es aber sogar ihm zu spät. Oder zu früh. Die Uhr in der Küche zeigt Viertel nach vier. Er greift zu seinem Tagebuch und lässt die Mine seines Kugelschreibers herausklicken.

Liebes Tagebuch,
Mann, das war vielleicht ein Tag! Oder besser: eine Nacht.
Statt Beate zu sehen und ein Bier in der Blackbox zu
trinken, durfte ich mit Mader und Zankl eine aufgeweichte
Wasserleiche anschauen. Abgefahren – die Sache mit der

*Hand! Wie ein Handschuh hat sich die Haut gelöst, als
die Taucher daran gezogen haben. Schon eklig. So was
greift mein empfindliches Gemüt an. Schrecklicher Fall!
Das wird sehr schwierig. Warum kann es nicht mal so sein
wie im Fernsehen oder im Kino, wo die Cops ein bisschen
kombinieren, sich durch eine Datenbank mit Verbrecher-
visagen klicken und die Typen dann einfach verhaften?
Nein, mein Alltag sieht anders aus. Immer raus aus der
Komfortzone. Ich sitze nicht am PC, sondern stapfe in
kalter Nachtluft mit meinen jetzt ruinierten neuen Wildlederboots durch Matsch und Regen und frage diese
ganzen bescheuerten Heinis, ob sie irgendwas gesehen
haben. Und die sind ganz aufgepeitscht, weil da ein
blässlicher nackter Frauenkörper in der Wiese liegt. Aber
die Fleischer, die ist schon toll! Beruflich und als Frau. Wie
sie da stand in dem weißen Anzug aus Ballonseide. Eine
Erscheinung! Wie sie gedampft hat unter den 1000-Watt-
Strahlern! Wie ein Vulkan! Wow! Die ist echt interessant.
Na ja, mehr so dienstlich. Beate, ich bin dir treu, ich
schwöre. Für immer und ewig. Und du, mein Tagebuch,
bist mein Zeuge.*

BELLA FIGURA

»Schön, dass Sie auch mal vorbeischauen«, wird Mader am
nächsten Tag im Büro begrüßt. Mader mustert Dezernatsleiter Kriminaloberrat Dr. Günther auf seinem Besucherstuhl
und hängt seelenruhig seine Jacke an den Haken hinter der
Tür. Bajazzo bezieht sein Kissen neben der verwilderten
Yuccapalme, und Mader setzt sich hinter seinen Schreibtisch.

»Was verschafft mir die Ehre zu dieser frühen Stunde, Dr. Günther?«

»Lassen Sie Ihre Witzchen. Warum kommen Sie erst jetzt, um Viertel nach zehn? Und wo sind Hummel und Zankl? Die Mordkommission ist nicht besetzt!«

»Wissen Sie was, Dr. Günther, stellen Sie sich doch mal bis drei Uhr früh in Thalkirchen auf den Campingplatz und ermitteln, und ich warte dann morgens gut ausgeruht auf Sie im Büro. Mal sehen, ob wir es mittags noch gemeinsam in die Kantine schaffen.«

»Mader, ich weiß, dass Sie eine harte Nacht hatten. Aber erklären Sie mir das!« Er schiebt ihm drei Zeitungen über den Tisch.

Mader mustert die Fotos mit dem Arm der Wasserleiche. »So schnell sind die?«

»Ja, so schnell sind die. Wenn's was Interessantes gibt. Das hätten Sie unterbinden müssen!«

»Was erwarten Sie? Da war schon ein Riesenauflauf, als wir beim Schwimmbad ankamen. Da hatten viele bereits ihr Erinnerungsfoto gemacht.«

»Das ist nicht alles!« Günther deutet auf die *TZ*. »Warum sind Sie den Typen, der die Leiche gefunden hat, so hart angegangen? Ein halbseitiges Interview! Und wir kommen dabei nicht gut weg!«

Mader stöhnt innerlich. Denn er weiß, was jetzt kommt: Günthers Monolog über das Image der Polizei, für das er verantwortlich zeichnet. Außenwirkung und so. Aber Günther sagt nichts, also sieht sich Mader den Artikel doch genauer an. Das Foto von Tscharly und Orkan wirkt fast schon romantisch. Tierlieber Single sucht Gefährten für gemeinsame Erlebnisse in der Natur. Die Knastträne hat man wegretuschiert. Allerliebst.

»Dieser Tscharly ist ein Ex-Knacki«, erklärt Mader. »Ich schätze mal Einbruch und Körperverletzung. Wir können uns gerne mal die Akte zusammen anschauen.«

Günther will schon etwas erwidern, aber im Büro nebenan rührt sich jetzt was. Hummel und Zankl treffen ein. Günther winkt sie zu sich und sieht in ihre müden kleinen Augen. Ansprache: »Ich weiß, Männer, das ist kein schöner Fall, und die Presse wird ihn genüsslich breittreten. Aber nach diversen Fällen, in denen der Polizei Gewaltexzesse vorgeworfen wurden, sind die Journalisten aktuell ziemlich scharf darauf, uns schlechtzumachen. Dazu dürfen wir keinen Anlass geben! Wir müssen hier eine gute Figur machen! Hierfür gibt es aber noch einen anderen Grund.« Er macht eine bedeutungsschwangere Pause. »Der Oberbürgermeister hat mich heute in aller Herrgottsfrüh angerufen. Höchstpersönlich. Er fürchtet, dass diese Wasserleiche beim Maria-Einsiedel-Bad das Image des familienfreundlichen Naherholungsgebiets Isarauen beschädigt. Er findet …«

»Dem seine Sorgen möcht ich haben«, rutscht es Zankl heraus. Günther bringt ihn mit einem scharfen Blick zum Schweigen und konkretisiert sein Anliegen: »Ich will, dass dieser Fall umgehend gelöst wird. Die Leute sollen sich sicher fühlen, wenn sie dort draußen spazieren gehen, den Biergarten besuchen oder zu Gast sind auf dem Campingplatz.«

Mader zuckt mit den Achseln. »Jeder Mord ist schlecht für das Image dieser Stadt. Egal, ob in den Isarauen oder in Milbertshofen. Denken die Mörder leider nicht dran.«

»Da haben Sie durchaus recht, Mader. Aber wenn der OB schon mal höchstpersönlich Interesse an unserer Arbeit zeigt, sollten wir uns schon ein bisschen anstrengen. Finden Sie nicht?!«

Mader lächelt. »Und wie sollen wir Ihrer Meinung nach vorgehen?«

»Effizient und geräuschlos.«

»Ich mein eher so personell. Wir haben hier noch ein paar andere Aufgaben.«

»Die habe ich auch!«, zischt Günther und rauscht aus dem Büro.

WIRKLICH SCHÖN

Dr. Fleischer hat ganze Arbeit geleistet, wie die Ermittler feststellen. Denn das Gesicht der Wasserleiche sieht jetzt richtig menschlich aus, friedlich. Dr. Fleischer entfernt auch noch den Rest des Leichentuchs. »Aber Vorsicht, bitte nichts anfassen, die Nasenflügel sind mit ein paar Stichen fixiert. Da hatten allerdings schon andere Kolleginnen oder Kollegen ihre Finger beziehungsweise Skalpelle dran.« Dr. Fleischer gibt den Kollegen einen konzisen Einblick in ihre bisherigen Erkenntnisse: »Todeszeitpunkt: grob geschätzt vor vier bis sechs Wochen. Wegen der Waschhaut. Todesursache: Fraktur der oberen Halswirbel. Aber kein Schlag, kein Sturz. Dort sind keine äußeren Verletzungen. Eventuell geht die Fraktur auf eine Überdehnung zurück. Darauf komme ich gleich noch mal. Ansonsten haben wir Narben und Striemen am ganzen Körper. Auch älteren Datums. Ich tippe auf sadomasochistische Praktiken. Dazu passen auch die Strangulationsmale an den Extremitäten. Bemerkenswert: keine Fasern, keine spezifischen Spuren wie etwa von einem geflochtenen Seil. Auch keine scharfen Schnitte von Kabelbindern wie bei Entführungsopfern. Ich tippe auf Leder. Vielleicht geht es um eine dunkle Spielart von Erotik. Eventuell war da eine Streckbank im Spiel.«

Hummel hakt ein: »Der Halswirbel. Was genau ist da passiert, wie kam es zu dem Bruch?«

Fleischer winkt ihn an einen freien Obduktionstisch. »Hummel, legen Sie sich bitte mal hier auf den Tisch.«

Hummel sieht sie irritiert an. Sie nickt aufmunternd, und er tut schließlich, wie ihm geheißen.

»Ganz entspannt bleiben. Mader, Sie ziehen unten an den Füßen, Zankl, Sie oben an den Händen. Aber bitte nicht zu fest.« Im Folgenden demonstriert sie, wie es passiert sein könnte. Sie umfasst Hummels Kopf und deutet eine plötzliche seitliche Bewegung an. Hummel ahnt den Schmerz schon und verzieht das Gesicht. »Bei einer derartigen plötzlichen Bewegung sind zwei Halswirbel gesplittert, und die Frau war vermutlich sofort tot«, erklärt sie. »So könnte es gewesen sein.«

»Also ein Unfall bei einem Folterspiel?«, fragt Mader. »Eine Prostituierte mit Spezialgebiet?«

»Kann sein. Muss nicht sein. So exotisch ist das nicht. Aber auf alle Fälle jemand mit einschlägigen Erfahrungen. Abgesehen von den Narben ist die Frau ein sehr gepflegter Typ. Die Nasen-OP ist hervorragend ausgeführt – nix Billiges. Ich kann falschliegen, aber der helle Hautton könnte auf einen osteuropäischen Typ hinweisen, die Haare sind eigentlich schwarz, aber rot gefärbt. Sie ist circa dreißig Jahre alt. Wenn sie wirklich eine Prostituierte war, dann von einem recht exklusiven Escortservice. Auch wegen der Unterwäsche. Die kostet locker fünfhundert Euro. Sagte ich schon, oder? Nuit Noire gibt es nicht in jeder Boutique. Mader, fragen Sie mal bei Domina's Heaven in der Rosenheimer Straße, das ist ein ziemlich gut sortierter Laden.«

Mader nickt nachdenklich. »Für das Campingplatzmilieu ist das jedenfalls zu avanciert. Da ist sicher eher Feinripp angesagt. Was hatte die Frau im Magen?«

»Nicht mehr viel. Die Verdauung beziehungsweise Verwesung ist schon stark fortgeschritten. Das Einzige, was sich sicher klären lässt: Knochensplitter und Knorpel von Hähnchen, Chickenwings. Und ein paar kleine Gräten.«

»Hendl und Steckerlfisch«, murmelt Hummel. »Passt doch zu den Campingheinis. Theoretisch. Und wie lang war die Frau im Fluss unterwegs? Eine weite Strecke?«

Dr. Fleischer zuckt mit den Achseln. »Kann ich nicht sagen. Ich kenn mich da draußen in Thalkirchen nicht aus, aber ich würde davon ausgehen, dass die Leiche mehr Verletzungen aufweisen müsste, wenn sie eine weitere Strecke im Fluss zurückgelegt hätte.«

GEBIETERIN

Meeresrauschen, donnernde Brecher. Nordsee? Nein, es ist der Sound der Blechlawine, die auf der Rosenheimer Straße stadteinwärts und stadtauswärts rollt und die Fenster der Gebäude erzittern lässt. Als die Tür hinter Zankl ins Schloss klickt, bleibt nur ein sanftes Vibrieren. Ansonsten elektrostatische Stille. Es riecht nach Leder und Gummi. Zankls Augen gewöhnen sich nur langsam an das gedimmte Licht.

»Hallo, kann ich Ihnen helfen?«, fragt eine weibliche Stimme aus der Dämmerung.

»Ich, also, äh, ja …«

»Sie sind zum ersten Mal hier?« Die Besitzerin der Stimme taucht jetzt hinter einem Kleiderständer auf.

»Ja. Äh. Schöne Sachen haben Sie hier.«

»Danke. Suchen Sie was Bestimmtes?«

»Ja, äh, eine Kollegin, äh, Freundin hat mir Ihren Laden empfohlen.«

»Ihre Gebieterin?«

»Nein! Äh, ich … Sagen Sie, führen Sie Nuit Noire?«

»Oh, Ihre Gebieterin hat einen exquisiten Geschmack. Nuit Noire wird selten verlangt. Recht kostspielig. Aber hervorragende Qualität, auch im härtesten Einsatz. Dehnbar. Reißfest. Sehr robust.«

Zankl nickt stumm. Er kommt sich vor wie im Baumarkt. Oder im Outdoorladen. So ganz ist das nicht das Seine, hier in Domina's Heaven in der Rosenheimer Straße. Er sieht in die fragenden Augen der Verkäuferin, die keineswegs Reizwäsche trägt, sondern einen legeren Kapuzensweater. Zankl beschließt, jetzt doch seinen Dienstausweis zu zücken. Entgegen seiner Erwartung ist die Verkäuferin hocherfreut, dass er Polizist ist. Aber logisch: Recht, Ordnung, Disziplin gelten hier noch was.

»Wie schade, dass ihr Jungs bei der Kripo keine Uniform tragt.«

»Zumindest haben wir Handschellen«, sagt er und klopft sich an den Gürtel.

Die Dame gluckst vergnügt. »Kommen Sie nach hinten. Ich zeig Ihnen, was wir von Nuit Noire haben.«

Als Zankl wieder im Wagen sitzt, ist er ein bisschen schlauer, aber vor allem zweihundertachtzig Euro ärmer. Zum Einkaufspreis! Darf man das eigentlich als Beamter? Ist das Vorteilsnahme? Egal. Zu spät. Er starrt die braune Papiertüte an. Zweihundertachtzig Euro für einen BH und einen Slip. Wahnsinn! Aber das Zeug schaut schon super aus. Und wie hat die Fleischer zu Mader gesagt: »Jetzt san S' mal ned so spießig.« Na ja, Mader. Bei dem ist das Feuer der Leidenschaft sicher schon vor Jahrzehnten erloschen. Er selbst hingegen hat noch einiges vor. Bei der nächsten Gelegenheit wird er seiner Frau das modische Präsent überreichen. Bringt vielleicht ein bisschen Schwung in ihr Sexleben. Momentan ist da ja eher Pflicht als Kür angesagt. Der noch unerfüllte Babywunsch seiner Frau macht sein Privatleben ein bisschen stressig.

Gut, ermittlungstechnisch hat er auch ein bisschen was erfahren. Die Wäscheträgerin war keine Kundin hier. In Domina's Heaven verkehren nur Stammgäste. Und zu denen gehörte sie nicht. Er hat Gaby – sie waren schnell beim vertrauten Du gelandet – erklärt, dass es sich bei der Dame auf dem Handyfoto um eine Wasserleiche handelt, die eben Nuit Noire am leblosen Körper trug. Gaby war ziemlich schockiert, aber sehr hilfsbereit, und hat ihm ein paar Spielregeln aus der Sadomasoszene erklärt. »Goldene Regel: Wenn jemand Stopp! sagt, dann heißt das auch Stopp!« War hier dann offenbar nicht der Fall gewesen. Gaby will sich mal in der Szene umhören, ob jemand die Frau kennt. Er hat ihr das Foto gemailt.

Wer weiß, denkt Zankl, die kennen sich in der Szene bestimmt alle. Spare ich mir wenigstens die Fusselrecherche. Er schnüffelt. Was ist das? Er öffnet die Tüte und steckt seine Nase hinein. Klar, der Gummi. Ungewohnt. Aber gar nicht übel. Mal sehen, was Jasmin dazu sagt.

ARSCHBOMBE

Müde flattern Absperrbänder im kühlen Aprilwind. Mader tritt an das betonierte Ufer des Eiskanals. Er hält Bajazzos Leine kurz. Wieder hat sich Astwerk am Gitter verfangen. Dafür ist es auch da.

Hummel raucht und lässt den Blick über die zertrampelte Liegewiese wandern. Ab Mai werden sich hier die Badegäste tummeln. Ob der Leichenfund die Leute vom Baden abhält? Na ja, die Großstadtjugend findet das vielleicht gerade hip. Ihn hätte das früher auch nicht gestört. Er sieht sich selbst eine Arschbombe von der Brücke in den Eiskanal machen. Lange her. Unbeschwerte Zeit. Oder wie Mader sagte: »Andere Zeiten …«

»Die Frage ist, Hummel, wo ham's die Frau neigschmissn.«

»Woanders auf alle Fälle. Also nicht direkt an der Abzweigung.«

»Warum?«

»Weil man von dort aus deutlich das Gitter sieht. Wenn einer eine Leiche in die Isar schmeißt, will er ja, dass sie weg ist. Und nicht, dass sie nach fünf Metern gleich hängen bleibt.«

Mader nimmt einen Stock und schleudert ihn in den breiten Kanal, von dem der Eiskanal abzweigt. Bajazzo will schon losspurten, wird aber unsanft von der Hundeleine gebremst. Maders Augen folgen dem Stock. Er bleibt an der Böschung hängen. »Woher kommt die Leiche?«, überlegt Mader laut.

»Maximal vom Wehr bei der Großhesseloher Brücke. Sonst wär sie schon dort hängen geblieben oder sähe noch schlimmer zugerichtet aus. Wenn es nicht nur Einzelteile wären.«

Mader nickt. »Des probiern ma aus. Aber heut nimmer. Fahrn ma ins Präsidium.«

ABPFIFF

Auch Polizisten haben ein Privatleben. Und durchaus unterschiedliche Vorstellungen von gelungener Freizeitgestaltung.

Mader sitzt im Kino. Stadtmuseum. Der Typ an der Kasse kennt ihn und lässt auch Bajazzo rein. Ohne Karte. Mader ist ganz erregt. Genießt die letzten Minuten von *Belle de Jour* im Original. Catherine Deneuve und Michel Piccoli. Was hat er, was ich nicht habe?, denkt Mader.

Zankl ist immer noch schweißgebadet. Gerade wurde in der Allianz-Arena das Spiel abgepfiffen. So was hat er noch nicht erlebt. 7:0 gegen Hoffenheim. Schlachtfest. Kollektiver Siegestaumel. Er steigt mit seinen Kumpels in die völlig überfüllte U-Bahn, um nach Schwabing zu fahren. Das muss gefeiert werden. *We are the Champions!*

Hummel ist gerade heimgekehrt. Er war im Glatteis, der Krimibuchhandlung in der Nähe des Gärtnerplatzes. Auf der Lesung eines amerikanischen Thrillerautors. Sehr cool. Er steht auf diese hardboiled Sachen. Auch wenn sie nicht ganz realistisch sind. Mann, wenn die Autoren wüssten, wie banal der Alltag bei der Kripo oft ist. Wobei ihre Wasserleiche schon was Besonderes ist. Doch, er hätte auch was zu erzählen. Ein Buch schreiben wäre sein Traum. Damit vielleicht sogar den Lebensunterhalt verdienen. Den Berufsalltag nur noch als Archiv benutzen für ein spannendes Ermittlerleben auf dem Papier. Träum weiter, Hummel!, denkt er. Wobei – solche Gedanken kommen ja jetzt nicht ganz aus dem Blauen. Denn da war diese Frau auf der Lesung. Die Chefin von dem Verlag, wo der Ami rausgekommen ist. »Schreiben Sie doch mal auf, was Sie so erleben«, hat sie gemeint, nachdem er ihr gestanden hat, dass er bei der Kripo arbeitet. Warum hat er ihr das erzählt? Sonst ist er auch nicht so auskunftsfreudig, was seinen Beruf angeht. Bei Frauen schon gar nicht, denn in der Regel stehen die nicht auf Polizisten. Denken, dass das alles Machos mit unguten Arbeitszeiten sind. Für ihn gilt natürlich nur Letzteres. Aber in dem Gespräch ging es ja nicht ums Flirten, sondern ums Schreiben. Zwei Themen, von denen er nicht besonders viel Ahnung hat. Trotzdem hat er in einem Anflug von Größenwahn »Warum nicht?« geantwortet, als sie ihn fragte, ob er nicht auch mal was schreiben könne. Yes, why not? Schließlich schreiben auch andere Kriminaler. Na ja, meistens erst, wenn sie nicht mehr im Dienst sind. Aber Genies sind die auch nicht alle. Worüber könnte er denn schreiben? Schon klar, Mord und Totschlag. Über eine Wasserleiche?

Hummel sitzt auf dem Sofa im Wohnzimmer. Sein Reich. Alle Wände sind mit Billy belegt, bis knapp unter die hohe Altbaudecke. Nicht die Regale sind erstaunlich, sondern ihr Inhalt. Ein paar Tausend Bücher. Hohe Literatur? Lyrik? Shakespeare, Goethe, Pynchon? Nein. Krimis. Natürlich. So viele. Ein Vermögen hat er investiert, abgespart von den Lippen seiner mageren Kriminalerexistenz. Hummel ist nicht knickerig, wenn es um seine Hobbys geht. In wichtige Dinge investiert er. Sein Leben – das private – steht auf zwei Säulen: Krimis im Wohnzimmer, Soulplatten im Schlafzimmer. Die dritte Säule wäre vielleicht noch sein Kühlschrank in der Wohnküche. Er steht vom Sofa auf und setzt sich auf das breite Fensterbrett. Blickt in die Nacht. Auf die Straße. Sein Privatkino. Jeder Tag ein neuer Film. Auch die Kulissen sind immer ein bisschen anders. Man muss nur genau hinsehen. Die Bushaltestelle. Momentan Palmers-Plakate. Nur wenige Meter weiter glänzt ein makelloser Frauenkörper in mintfarbener Unterwäsche im Leuchtkasten. Mint. Merkwürdig. Kalt und heiß zugleich. Die Frau auf dem Plakat besteht fast nur aus Strümpfen. Kein Gesicht, nur lange rote Haare, wie ein Wasserfall. Jetzt taucht Dr. Fleischer wieder in seinen Gedanken auf. Wie sie ihn heute Morgen herausfordernd angesehen hat. Warum kommt er jetzt auf sie und nicht auf Beate? Aber die Gedanken sind frei. Er geht in die Küche und holt sich ein Augustiner aus dem Kühlschrank. Dann setzt er sich an den Küchentisch, wo bereits sein aufgeschlagenes Tagebuch auf ihn wartet.

Liebes Tagebuch,
ich habe heute schon wieder eine interessante Frau kennengelernt. Also, wenn man das so sagen kann. Ich war auf einer Krimilesung, und da haben wir gesprochen. Hinterher. Sie ist Verlegerin. Frau König vom Kronen-Verlag. Den kenn ich sogar. Die haben ein paar tolle Krimis im Programm. Sie hat mich gefragt, ob ich auch mal was schreiben würde. Weil ich mich ja auskenne mit Verbrechen. Mit dem Bösen. Da hat sie nicht ganz unrecht. Ich war ein bisschen zögerlich. So nach außen. Ich wollte mir meine Überraschung und Begeisterung nicht gleich anmerken lassen. Innerlich

bin ich aber fast geplatzt vor Freude! Natürlich will ich schreiben! Das ist doch mein sehnlichster Wunsch! Ist das jetzt ein Wink des Schicksals, das es endlich mal gut meint mit mir? Ja, ich werde schreiben! Und, mein liebes Tagebuch, sei beruhigt, ich werde es nicht hinter deinem Rücken tun. Du wirst all meine Gedanken lesen können, denn ich werde meine Gedanken auf deinen Seiten zum Leben erwecken.

Kann ich denn überhaupt schreiben? Also ein Buch? Mehr als die persönlichen Worte, die ich an dich richte, mit denen ich versuche, meine Tage und Erlebnisse zu ordnen? Kann ich das? Aber wenn das andere Kriminaler machen, warum sollte ich das nicht auch können? Klar! Was wäre denn mein Thema? Ich möchte etwas schreiben, das bewegt, Emotionen hervorruft, das klug ist, meine Erfahrungen und meine Träume widerspiegelt, meinen eigentümlichen Blick auf die Welt und meine Stadt. Einen Text, dessen Tiefe und Originalität Beate in Ehrfurcht erstarren lassen, wenn sie mein Buch liest. Das sie dazu bringt, in mir endlich das zu sehen, was ich bin: ein tiefsinniger Mann voller Gedanken, voller Fantasie. Der es versteht, die Stadt, in der auch sie lebt, so wunderbar zu beschreiben, der sich beweisen muss in grauenhaften Kriminalfällen, die nur ein Mann klären kann, der tief in die menschliche Seele hineinschaut. Es muss natürlich ein hammerharter Fall sein. Am besten ein Serienmörder. Mindestens!

Ja, mindestens, denkt er jetzt. Denn als normaler Kriminaler erlebt man ja nicht so viel. Also besondere Sachen. Und so richtig aufregend ist so eine Wasserleiche auch nicht. Ja, ich würde schon gern ein spannendes Leben führen, sinniert Hummel weiter und macht sich noch ein Bier auf. Er steckt sich eine Zigarette an und geht ins Wohnzimmer, raucht am offenen Fenster, sieht in die Nacht hinaus. Das Licht in der Bushaltestelle ist erloschen. Frau Palmers schläft bereits.

WÜRSCHTLHIMMEL

Morgenstund in Maders Büro. Mader ist erschreckend munter. Großes Lamento: »Überstunden, Stress, zu wenig Geld, zu wenig Personal. Und jetzt noch diese Wasserleiche. Wir brauchen dringend Verstärkung!«

»Allerdings«, sagt Hummel.

Zankl nickt.

»Tja, bisher ging da ja gar nix. Aber ganz plötzlich bekommen wir …«

»… einen Mann zusätzlich?«, fragt Zankl ungläubig.

»Nein.«

»Nein?«

»Keinen Mann. Eine Frau.«

Hummel und Zankl starren ihn an.

»Habt's ihr ein Problem?«

Die beiden sagen immer noch nichts.

Aber Mader: »Die ist echt super für ihre achtundzwanzig. Jahrgangsbeste auf der Polizeischule, in Passau bei der organisierten Kriminalität, dann zwei Jahre bei der Drogenfahndung in Starnberg und jetzt bei der Mordkommission. Bei uns.«

»Ab wann?!«, fragt Zankl mit mehr als einem Anflug Panik.

»Ab sofort«, sagt Mader und lächelt zuckersüß. »Macht's euch auf frischen Wind gefasst. Sie kommt um zehn. In ein paar Minuten.«

Zankl sieht Hummel vielsagend an.

Schon klopft es an der Tür.

Boah!, denkt Zankl.

Boah!, denkt Hummel.

Kongruenz. Auch wenn beide diese Lautmalerei im Normalfall anders einsetzen würden. Kein oberweitendefinierter Machotraum betritt den Raum. Eine kleine stämmige Person mit kurzen rotblonden Haaren und Sommersprossen im bäuerlichen Gesicht.

»Das Sams!«, stöhnt Zankl. Zum Glück lautlos.

»Servus, ich bin die Rossmeier Doris«, sagt das Sams mit fester Stimme und streckt Zankl die Hand hin. Der ergreift sie zögerlich und lächelt gequält. »Zankl.«

Ihr Händedruck ist fest. Zu fest für seinen Geschmack.

»Servus, Zankl. Ich bin die Doris. Für Freunde: Dosi. Und Obacht: Mein Vater ist Pferdemetzger.«

»Ja, wir brauchen jemanden fürs Grobe.«

Dosi lacht.

Und Mader strahlt. »Der Rossmeier. Das waren noch Zeiten. Damals in Passau.«

Jetzt strahlt auch Dosi.

Zankl sieht Mader erstaunt an. »Wann waren Sie denn in Passau?« Er spricht den Ortsnamen aus, als würde er in einen fauligen Apfel beißen.

Mader lächelt versonnen. »Vor Ihrer Zeit. Interessante Stadt. Viel Licht, viel Schatten. Aber der Rossmeier in Salzweg: ein heller Stern am Würschtlhimmel. Wunderbare Knacker. Wunderbar.«

Dosi strahlt immer noch.

Gleich holt sie eine Tupperdose mit Souvenirs aus Papas Wurschtküche raus, denkt Zankl. Tut sie nicht. Sie gibt Hummel die Hand. Der kriegt das besser hin als Zankl: »Servus, ich bin der Hummel. Klaus Hummel, also Klaus. Oder einfach Hummel. Äh, wir sagen hier du zueinander, also Hummel und Zankl.«

Sie lacht und drückt auch seine Hand sehr fest. Ein zartes Wesen ist das nicht.

Mader winkt sie jovial zu sich. »Doris, setzen Sie sich. Wir erzählen Ihnen ein bisschen, was wir hier so machen.«

AN DER BACKE

»DOOSI! Ich fass es nicht!«, stöhnt Zankl, als er sich später auf den Kantinenstuhl fallen lässt. »Und Mader: ›Ich erzähle Ihnen mal ein bisschen, was wir hier so machen.‹ Mann, immer der harte Hund und jetzt plötzlich Bussibussi. ›Doris, kommen Sie, ich lad Sie ein, zum Einstand, zum Italiener. Da gibt's eine wunderbare Osteria in der Karlstraße.‹ – Wahnsinn! Die geht doch maximal zu Pizza Hut, die Bauernblunzn! Bah!«

Hummel blickt von seinem Rollbraten auf. »Jetzt sei halt ned so! Sie scheint doch ganz okay zu sein. Ganz blöd kann sie jedenfalls nicht sein, wenn sie's bis zur Münchner Mordkommission geschafft hat.« Er sieht kurz den Faden an, den er von seinem Rollbraten gezogen hat. Beobachtet den Tropfen dunkle Soße, der sich in Zeitlupe abseilt.

»Ich hab mich bei den Kollegen erkundigt über unsere liebe Dosi«, erklärt Zankl. »In Passau wurde sie wegbefördert, weil sie allen auf die Eier gegangen ist mit ihrem Arbeitseifer. Die mögen es da unten nicht so hektisch. In Starnberg hat sie dann mit der Soko Neuschnee die Drogenszene so aufgemischt, dass die Promis dem Bürgermeister gedroht haben wegzuziehen, wenn die Razzien nicht aufhören. So was ist nicht optimal für die Steuereinnahmen.«

»Ist doch okay, wenn sie sich reinhängt«, meint Hummel.

»Aber jetzt haben *wir* sie an der Backe. Bestimmt wegen der hervorragenden Beziehungen von Dr. Günther und Mader. Günther wartet doch nur drauf, Mader eins auszuwischen.«

»Ach komm! Sei froh, dass wir endlich Verstärkung haben.«

»Ich sag dir eins: Das Sams verursacht Mehraufwand!«

Hummel antwortet nicht, sondern konzentriert sich jetzt ganz auf seinen Semmelknödel, den er in viele kleine Stücke geschnitten hat und jetzt zu einem geometrischen Muster in dem braunen Soßenspiegel arrangiert.

Zankl schüttelt den Kopf. »Ich seh schon, auf dich ist kein Verlass.«

Hummel sieht von seinem Kunstwerk auf. »Was heißt'n hier Verlass? Sind wir etwa eine Burschenschaft? Die Monachia? Burschen zäh wie Ziegenleder? Dosi kann doch auch nix dafür, dass sie ausgerechnet bei uns landet. Und wir können jede Unterstützung brauchen.«

Zankl schiebt schlecht gelaunt seinen Teller weg.

Auch wenn Zankl es nicht weiß, er hat gar nicht so unrecht, denn Dr. Günther hat Doris Rossmeier tatsächlich absichtlich in Maders Abteilung platziert. Denn Mader ist wegen seiner unkonventionellen Arbeitsmethoden und seiner konsequenten Umgehung der Bürokratie ein lästiger Reißnagel in seinem Beamtenhintern. Kann nicht schaden, wenn Mader sich an der ehrgeizigen Polizistin aus der Provinz abarbeiten muss. Götterdämmerung. Nein, das wäre zu viel der Ehre. So Dr. Günthers Gedankengang. Außerdem soll Frau Rossmeier wirklich für mehr Tempo bei der Mordkommission sorgen. Wenn jetzt schon der Bürgermeister auf der Matte steht wegen der Wasserleiche, brauchen sie schnell Ergebnisse.

Mader selbst sieht das ganz cool. Bei ihm darf jeder seine Talente entfalten. Und dass für Doris der Einstieg in sein Team wohl nicht ganz einfach wird – na ja. Wo läuft es schon wirklich rund? Soll sie mal zeigen, was sie kann, denkt er. Dann wird sich auch Zankl beruhigen.

RUMTREIBER

Später Nachmittag. Sie sitzen zu viert um Maders Besprechungstisch. Hinter ihnen an der Pinnwand hängen die Fotos vom Schwimmbad und eine Karte von München. Beim Maria-Einsiedel-Bad steckt eine rote Nadel im Isarkanal.

»Wer fasst das alles für Doris zusammen?«, eröffnet Mader die Runde. »Sie, Hummel?«

»Gerne. Also, wir haben eine Wasserleiche. Eine junge Frau, Ende zwanzig, gepflegtes Äußeres, gute Zähne, Nasen-OP, sauteure Unterwäsche mit einem Hauch Fetisch. Sie hat zahlreiche Narben an Rücken und Gesäß und Strangulationsmale an Händen und Füßen. Eventuell handelt es sich um eine Prostituierte. Von der Sitte kennt sie keiner. Todesursache: Halswirbelbruch. Vielleicht infolge einer Überdehnung und einer plötzlichen ruckartigen Bewegung. Sie lag vermutlich vier bis sechs Wochen in der Isar. Mageninhalt: Reste von Hendl und Steckerlfisch.«

Die folgende Diskussion kreist vor allem um Tatort und Fundort. Sie sind sich einig, dass der Tatort nicht allzu weit vom Fundort entfernt sein kann. Dass Hendl und Steckerlfisch durchaus auf das Campingmilieu hindeuten, dass dazu aber definitiv die kostspielige Unterwäsche beziehungsweise die Profession der Dame als Edelprostituierte nicht passen. Soziales Gefälle sozusagen.

Doch Dosi hat einen ebenso profanen wie plausiblen Gedanken: »Bei der Brotzeit sind alle Bayern gleich.«

Der Gedanke leuchtet allen ein. Ja, Hendl und Steckerlfisch könnten auch im erlesenen Milieu von Grünwald, Pullach oder Solln zu Hause sein. Da würde eine Edelprostituierte finanziell auch hinpassen. Hummel denkt an die Waldwirtschaft, deren Parkplatz die ganze Palette an Autopreziosen des Münchner Geldadels bietet von Porsche Panamera über Mercedes SLK bis zu Jaguar Type E.

»Was ich aber nicht versteh«, sagt Dosi, »warum hatte die Frau noch die Unterwäsche an? Warum hat man die nicht entfernt, als man die Leiche entsorgt hat? Die Unterwäsche ist doch sehr auffällig und gibt uns einen Hinweis. Auf Sexspiele in besseren Kreisen? Soll da jemand durch den Leichenfund unter Druck gesetzt werden?«

»Interessante These«, findet Mader. Und spinnt sie fort: »Im Mai werden die Bäder geöffnet. Da wäre die Leiche dann definitiv aufgetaucht. Über kurz oder lang. Wenn sie absichtlich dort lag, ist sie wie eine Zeitbombe.«

»Dann sollte die Frau vielleicht auch dort gefunden werden«, murmelt Zankl.

Mader nickt. »Ist die Leiche den Fluss runtergetrieben, ist sie zufällig am Gitter gelandet? Schaut's euch das Stauwehr an. Wenn sie da wer reingeschmissen hat, kann sie dann überhaupt beim Maria-Einsiedel-Bad rauskommen? Doris und Hummel, Sie überprüfen das bitte morgen. Nehmt's euch einen Altkleidersack oder so was mit. Und Zankl, Sie fragen noch mal die Dame im Fetischladen. Ob sie schon was gehört hat aus der Szene. Mich würde auch interessieren, ob sie uns Adressen von professionellen Anbietern von Sadomasodiensten nennen kann.«

KIND OF BLUE

Eine Frau im kurzen blauen Kleid. Die Frau ist sehr schön. Und groß. Wie ein Fotomodell. Braune Locken, heller Teint, Sommersprossen. Sie wartet vor dem Eingang eines tristen Büroblocks im Westend.

Ein Mann drängelt sich die lange Rolltreppe hoch, nachdem ihn die U-Bahn an der Westendstraße ausgespuckt hat. Nackenhaar schweißnass, tellergroße Flecken unter den Achseln. Vor ihm blockiert eine Frau mit riesigem Samsonite die Rolltreppe. Sie versucht, den schwankenden Rollkoffer zu bändigen, lächelt ihn entschuldigend an. Für die blauen Augen und den tiefen Einblick in ihr Dekolleté hat er nichts übrig. Er ist in Eile.

Als sie auf der Rolltreppe fast oben angekommen sind, fragt die Frau: »Könnten Sie mir wohl kurz helfen?«

»Nein, keine Zeit«, knurrt er und drückt sich an dem Koffer vorbei.

»Arschloch!«, zischt sie ihm hinterher.

Hätte Zankl es gehört, würde er diese Einschätzung durchaus teilen. Aber das ist nichts im Vergleich zu dem, was ihn gleich von seiner Frau erwartet, wenn er noch später kommt. Er sieht auf seine Uhr, als er die Straße entlanghastet. Zwölf Minuten über der Zeit. Verdammte Scheiße! Als er seine Frau erblickt, winkt er. Nein, er rudert mit den Armen wie ein Ertrinkender.

Empfang kühl. Gut. Gar nicht so emotionsgeladen wie erwartet.

»Du siehst aus wie der letzte Penner«, begrüßt ihn die Frau im blauen Kleid.

Betreten sieht er an sich herunter.

»Unrasiert, verschwitzt, Ketchup«, präzisiert sie und deutet mit ihrem perfekt manikürten Zeigefingernagel auf seinen Oberschenkel.

Beinahe rutscht ihm »Schussverletzung« raus. Aber das lässt er lieber. Ebenso die Erklärung, dass das mitnichten Ketchup auf seiner Hose ist, sondern Hagebuttenmarmelade aus einem Krapfen, den er sich noch schnell am Stachus gekauft hat, bevor er in die U-Bahn gesprungen ist. Kein Öl ins Feuer. »Sorry, Schatz, es war einfach so viel los im Büro. Sind wir viel zu spät?«

»Was heißt: wir?! Wenn hier einer zu spät ist, dann ja wohl du!«

»Ja, ich weiß, Jasmin. Es tut mir leid, aber ...«

»Wir sind genau pünktlich«, unterbricht sie ihn sachlich. »Der Termin ist um halb sechs.«

»Aber du sagtest doch um fünf?«

»Dann wärst du erst in einer halben Stunde hier.«

Zankl antwortet nicht. Er ist deprimiert. Weil sie recht hat. In ihrer Gegenwart fühlt er sich immer wie der letzte Loser.

»Entschuldigung?«, sagt eine Stimme hinter ihm.

Jasmin zieht ihren Mann zur Seite, um der Dame mit dem Samsonite Platz zu machen. »Warten Sie, ich mach Ihnen die Tür auf«, sagt Jasmin und geht zum Eingang.

»Vielen Dank, das ist sehr freundlich. Sagen Sie: Ist das Ihrer?«, fragt die Frau mit einem Nicken in Zankls Richtung.

»Ja. Leider.«

Beide lachen, und die Frau mit dem Koffer verschwindet im Aufzug.

»Kommst du jetzt endlich!«, ruft Jasmin ihren Mann. »Sonst kommen wir wirklich zu spät.«

Zu spät ist relativ im Hormonzentrum von Dr. Röhrl. Denn hier stirbt die Hoffnung zuallerletzt. Wartezimmer immer voll und Wartezeiten immer lang. Riesenbedarf. Es brummt wie in einem Bienenstock. Keine ganz jungen Bienen. Hormontherapie heißt die Spezialität von Dr. Röhrl. Und er lebt gut davon. Der gediegene finanzielle Background seiner Patientinnen ist jedenfalls nicht zu übersehen. Außer ihnen ist nur noch ein jüngeres Paar anwesend. Blick voller Hoffen und Bangen. Neben Wechseljahren zweites Standbein von Röhrl: Wunschkindklinik, wie bunte Krakelbuchstaben fröhlich an der Wand verkünden.

»Frau und Herr Zankl«, erklingt die Stimme der Sprechstundenhilfe nach angemessenen fünfundvierzig Minuten Wartezeit. Als sie aufstehen, registriert Zankl, wie sich das junge Paar fester an den Händen greift und die älteren Ladys die Köpfe zusammenstecken. Eine grinst ihn frech an und drückt ihm die Daumen. Scotty, beam me up!, denkt Zankl.

Als sich die schwere, schallgedämmte Tür hinter ihnen sanft schließt, findet Zankl sich wieder in einem Designertraum in Weiß: weiße Ledersofas, weiße Stühle, weißer Marmorschreibtisch, ein monochrom weißes Bild an der Wand. Auf allem ein Hauch Rotgold. Denn die Sonne steht tief am Himmel. Draußen. Unter dem Feuerball: die Alpenkette.

»Faszinierend, nicht?«, sagt Dr. Röhrl aus dem kleinen Badezimmer, das an sein Büro grenzt und wo er sich gerade in aller Sorgfalt die Hände wäscht und abtrocknet. »Die Berge, der Himmel, die Sonne. Aber nichts ist so faszinierend wie das Wunder des Lebens.«

Er tritt näher. Halbgott in Weiß. Vor dem weißen Hintergrund sieht man nur sein braun gebranntes Gesicht und seine Hände. Bestimmt fünfzig. Aber bestens in Schuss, denkt Zankl und muss an Sean Connery denken.

Röhrl schüttelt beiden mit festem Druck die Hände und lächelt. »Setzen Sie sich doch.«

Sie nehmen vor dem riesigen Designerschreibtisch auf den harten Designerstühlen Platz. Büßerstühle, schießt es Zankl in Erinnerung an Maders Büro durch den Kopf. Mit ein bisschen mehr Style allerdings.

»Schön, dass auch Sie sich heute Zeit genommen haben, Herr Zankl. Zum Kinderwunsch gehören ja immer zwei. Noch.« Er lächelt unverbindlich.

Zankl nickt betreten.

»Nun, heute, das wissen wir ja alle, kommen die Kindlein ja leider nicht mehr einfach so. Also häufig. Aus vielen Gründen: jahrelanges Verhüten, schlechte Ernährung, zu wenig Bewegung, zu wenig Sex, zu viel Stress, zu viele Umweltgifte. All das beeinträchtigt die Fruchtbarkeit. Bei Frauen wie bei Männern.«

»Und erbliche Faktoren«, wagt Zankl einzuwerfen.

Röhrl schüttelt den Kopf und zeigt mit Daumen und Zeigefinger seiner rechten Hand etwas sehr Kleines an. Eigentlich gar nix. »Die erbliche Komponente ist verschwindend gering. Und da können wir Mediziner auch nichts machen, also fast nichts. Da sprechen wir dann schon von sechsstellig. Aber so weit sind wir noch nicht.« Er klopft auf die Hängeregistermappe, die vor ihm auf der sonst jungfräulichen Marmorplatte liegt.

Braucht dieser Mensch keinen Computer, kein Telefon?, wundert sich Zankl. Telepathie und Eingebung? Arbeitet ein guter Arzt so? Vielleicht.

Röhrl strahlt Jasmin an und hebt die Mappe. »Bei Ihnen, Frau Zankl, gibt es jedenfalls keinerlei Erblasten. Fantastische Gene, wenn ich das mal so sagen darf. Da sprechen Ihre Laborwerte eine sehr klare Sprache. Sie haben Gene, die nur darauf warten, weitergegeben zu werden. Und ihr physischer Zustand, das haben wir ja schon im letzten Test gesehen, der ist 1 a, tipptopp. Ihr biologisches Alter ist gerade mal Anfang zwanzig.«

Zankl verscheucht schnell den Gedanken, wie sich Röhrl wohl vom physischen Zustand seiner Frau überzeugt haben mag, denn Röhrl sieht jetzt ihn an. Zankl spürt die Nässe unter seinen Achseln. Regenwald.

»Bei Ihnen hingegen, Herr Zankl, müssen wir etwas genauer hinschauen. Mir sind sogleich Ihre unreine Haut und Ihr übermäßiges Schwitzen aufgefallen.« Messerstiche in Zankls dünnhäutiges Ego. »Und ich bin mir nicht sicher, ob das nur beruflicher Stress ist – Sie sind doch Beamter? – oder ob es eine hormonelle Geschichte ist. Angesichts Ihres bedauernswerten Allgemeinzustands, also, was ich so auf den ersten Blick erkennen kann, zweifle ich ein wenig, ob Ihre Spermien die Leistung bringen, die sie bringen sollten.«

Unverschämtheit! Zankl schluckt. Todesurteil. Röhrl legt Zankl vertraulich die Hand auf die Schulter und sagt mit sanfter Stimme voller Mitgefühl und zugleich voller Tatendrang: »Keine Sorge. Wir werden uns Ihr Sperma mal ein bisschen genauer ansehen.«

Zankl nickt langsam und krächzt: »Jetzt gleich?«

Röhrl lacht jovial. »Das mag ich. Ein Mann der Tat. Kommen Sie!« Er bringt Zankl zum Bad. »Bitte ordentlich Hände waschen. Vorher und nachher.«

Röhrl wartet, bis Zankl sich die Hände gewaschen hat, und führt ihn weiter. Er deutet auf eine Tür rechts. »Unser

Darkroom. Schauen Sie mal!« Er öffnet die Tür. Zankl blickt in gähnendes Schwarz. Röhrl macht das Licht an. Besen, Putzmittel und Kram. Röhrl lacht glucksend. Zankl nicht.

»Letzte Tür links. Viel Erfolg!«, verabschiedet sich Röhrl und schickt hinterher: »Wir brauchen keinen Liter!«

Als Zankl in dem kleinen Zimmer die Tür hinter sich schließt, atmet er tief durch und lehnt sich mit dem Rücken an die Tür. »Was für eine Scheiße! Ich lass mich scheiden!«

Er sieht aus dem Fenster. Auch hier die fantastische Aussicht in die Berge. Er inspiziert den Raum. Schnuffelt. Nix. Vor ihm: ein Stuhl, ein Tisch, nicht in strahlendem Weiß, sondern hellgraue Resopaloptik wie im Präsidium. Heimatgefühl. Außerdem: ein Stapel Zeitschriften, Plastikbecher und eine Rolle Küchentücher. Marke Happy End. Zankl lacht bitter. »Na, prima. Echt sexy das alles.« Sein Blick streift unruhig umher. Wände. Decke. Irgendwo Kameras? Nichts. Okay. Er setzt sich und sieht die Zeitschriften durch. Kein *Playboy* oder Ähnliches. Nur so richtig versautes Zeug. Erstaunlich. Kauft das der Chef persönlich am Bahnhof? Er entscheidet sich für ein amerikanisches Magazin und blättert es mit der linken Hand durch, während die rechte versucht, ihre Pflicht zu erfüllen. Gelingt ihr nicht recht. Zankl ist kein Hygienefanatiker, trotzdem kreisen seine Gedanken vor allem darum, wer diese Zeitschriften schon alles befingert hat. Was diese Typen dabei gemacht haben, weiß er ja. Dasselbe wie er. Was sie gedacht haben, nicht. Hatten sie ähnlich deprimierende Gedanken wie er? Von Pflichterfüllung und Gehorsam? Seine Erektion kommt nicht über Halbmast hinaus. Irgendwann gleitet sein Blick ab, weg von den Fleischbildern in das Gold des Abendrots über den Bergen. Er ist irgendwo weit draußen und denkt an alles und nichts. Als er endlich fertig ist – seine rechte Hand schmerzt inzwischen heftig, sein Penis auch –, sinkt er erschöpft an die Stuhllehne. Ein seliges Grinsen auf den Lippen. Sogleich schreckt er wieder hoch. »Scheiße!« Er hat den Becher vergessen. Er sieht nach unten. Sein Sperma glänzt milchig auf dem lindgrünen Linoleum. Wenigstens kein Teppichboden, sonst hätten wir jetzt echt ein Problem, denkt er ganz pragmatisch. Er bugsiert mit einer forschen Handbewegung den Großteil seiner Gene in den Plastikbecher und wischt den Rest ordentlich mit einem Küchentuch auf. »Wir brauchen ja keinen Liter«, sagt er und hält den Becher stolz gegen das Licht. Er ist ganz gelöst, als er den Gang hinuntermarschiert und sich im Bad frisch macht.

»Hier kommt der Eierlikör!«, ruft er fröhlich, als er das Büro betritt.

Die Anwesenden drehen sich von der Sofagruppe aus um. Zankls Lächeln gefriert. Drei Personen: Dr. Röhrl, Jasmin und eine dritte Person – die Frau mit dem Rollkoffer!

Röhrl springt auf. »Sehr schön, Herr Zankl, geben Sie das mir.« Er nimmt ihm den Becher mit spitzen Fingern ab und begutachtet das Resultat. »Na, viel ist es ja nicht. Aber wir brauchen ja keinen Liter.« Er lacht herzhaft, schnuppert an dem Becher und kräuselt die Nase. »Ah, Südhang.« Kichernd trägt er den Becher zur Bürotür, wo er ihn seiner Assistentin anreicht. Und schon ist er wieder bei der Sitzgruppe. »Darf ich vorstellen. Meine Frau Jessica. Gerade zurück von einem Fertilitätskongress in Vancouver. Sie forscht, ich praktiziere. Sie kommt aber erst ins Spiel, wenn ich mit Ihnen nicht weiterkomme, Herr Zankl.«

Zankl nickt müde. »Hallo.«

Sie lächelt. »Ihre Frau hat mir schon von Ihrem Kinderwunsch erzählt.«

»Der Kinderwunsch meiner Frau, ja der ...« – Die Blicke seiner Frau durchbohren ihn. – »Ja, wir wünschen uns beide ein Kind.«

»Das kriegen wir schon hin. Immer schön locker bleiben«, sagt Dr. Röhrl.

Er nickt. Mehr gibt es dazu nicht zu sagen.

Als sie endlich wieder unten auf der Straße stehen, sagt Jasmin: »War doch halb so schlimm, Frank. Oder? Jetzt warten wir einfach das Ergebnis ab.«

»Ja.«

»Erzähl doch mal.«

»Was denn?«

»Wie war das für dich?«

»Was?«

»In dem Zimmer?«

»Wie meinst du das?«

»Ich mein, so ganz allein, ohne mich?«

»Ganz neue Erfahrung.«

»Und, hast du dabei an mich gedacht?«

»Na klar.«

Sie strahlt und hakt sich unter. »Mein Held.«

GALAPAGOS UND SO

Mader sitzt auf dem heimischen Sofa. Bajazzo neben ihm. Sie schauen einen Dokumentarfilm über die Galapagos-inseln und ihre Fauna. Verzückt verfolgen die Hundeaugen die unheimlichen Echsenwesen. Mader sieht nicht wirklich in den Fernseher, er starrt durch ihn hindurch und überlegt. Alles Mögliche. Auch, ob es vielleicht ein ganz anderes Leben für ihn gibt. In Schwarz-Weiß. In Paris. Mit Catherine. Er fummelt einen Brühwürfel aus der Brusttasche seines Hemdes. Eine Hälfte für ihn, eine für Bajazzo. Der japst vor Freude. Mader steht auf und geht ans Fenster. Er sieht hinaus in die Dunkelheit und lutscht nachdenklich.

Dosi liegt mit einer Rohrzange bewaffnet unter der Spüle in ihrer Küche und versucht, den Siphon aufzuschrauben. Das Wasser läuft kaum ab. Bevor sie die Umzugskisten ausräumt, müssen hier zumindest die grundlegenden Dinge funktionieren. »Ein Schnäppchen«, hat der schleimige Makler gesagt. Wahnsinn, denkt Dosi. Achthundertachtzig Euro für dreißig Quadratmeter an der Landsberger Straße! Aber was soll man machen? Aus dem Ghettoblaster hoppelt Buddy Holly durch die Wohnung: »Peggy Sue, oh, Peggy Sue, Peggy, Peggy, Peggy …«

Hummel verhockt den Abend in der Blackbox. Und führt imaginäre Gespräche mit Beate, die alle Hände voll zu tun hat. Viel los. Er beobachtet sie. Unauffällig. Denkt er zumindest. Sie bewegt sich wie eine Tänzerin hinter dem Tresen. Perfekt abgestimmt auf den Motown-Sound, der aus den Boxen kommt. Hummel bleibt nicht zu lange, denn er will zu Hause noch arbeiten. Also schreiben. Nur von Beate würde er sich davon abhalten lassen. Aber die ist ja busy. Er stellt sich vor, wie Beate eines Tages sein Buch liest. Ein schöner Gedanke.

Oh, du mein Tagebuch!
Heute war ein besonderer Tag. Ich habe eine neue Kollegin bekommen. Nun ja, hübsch ist sie nicht, aber sie hat etwas. So quadratisch, praktisch, gut. Wie diese Schokolade. Auch

wenn Zankl das irgendwie anders sieht. Er nennt sie »das
Sams«. Ich weiß gar nicht, was er hat, ich habe das Sams
immer gemocht. Ich glaube, dass Dosi, so heißt sie nämlich,
sofort erkannt hat, dass ich ein sensibler Typ bin. Jedenfalls
waren die ersten Schwingungen sehr in Ordnung. Morgen
werde ich mit ihr zusammen unterwegs sein. Ich freue mich
schon. Lieber ein Sams an der Hand als ein Vogel auf dem
Dach. Oder wie dieser Spruch heißt. Haha, Quatsch! Was
sonst passiert ist? Ich war heute Abend noch in der Black-
box. Beate und ich hatten eine wunderbare Konversation.
Lautlos. Wir verstehen uns auch ohne Worte. Sie hatte so
viel zu tun. Am liebsten wäre ich ihr zur Hand gegangen.
Ach, Beate! Du bist so unerreichbar. Und so schön. Was du
wohl so alles denkst, den lieben langen Tag? Auch mal an
mich?
Ich muss einfach mehr erfahren über die weibliche Psyche.
Vielleicht gelingt mir das jetzt mit meiner neuen Kollegin.
Das ist doch eine gute Gelegenheit. Und es ist ganz ohne
Risiko für unsere Beziehung, Beate. Dosi ist cool, aber sie ist
nicht mein Typ. Ach, was erzähle ich für einen Unsinn,
liebes Tagebuch. Eigentlich will ich ja jetzt endlich den
Anfang meines Romans schreiben. Für Frau König, die Frau
vom Kronen-Verlag. Nein, eigentlich für Beate. Ach, Beate,
meine Gedanken sind zu sehr bei dir. Denen werde ich
mich noch ein bisschen hingeben. Bei einem Bier. Und
morgen werde ich dann mit meinem Roman anfangen.
Morgen. Ganz bestimmt. Ehrlich.

SAUEREI

Vormittag. Dosi und Hummel fahren mit dem Auto durch Solln in Richtung Großhesseloher Brücke. Es nieselt. Hummel raucht am offenen Fenster. Aus der Anlage kommt eine Playlist mit Instrumentalnummern vom Soul-Label Stax. Gerade läuft *Green Onions*.

»Booker T. and the MGs«, stellt Dosi fest.

»Korrekt«, sagt Hummel. »Magst du so was?«

»Klar. Du stehst auf Sixties?«

»Ja. Sixties, Seventies – alten Soul!« Er muss lachen. Über sich selbst. Denkt: Jetzt sage ich »Soul« im selben Tonfall, wie Lotte zu Werther am Fenster beim Gewitter »Klopstock« sagt. Innerlich. Bedeutungsschwer. Blöder Vergleich. Oder vielleicht nicht. Soul ist ja tatsächlich der Schlüssel zu meinem Herzen.

Dosi sagt nix. Aber Hummel: »Motown, Stax, Atlantic, Chess. Fast alles. Sechziger- und Siebzigerjahre. Andere Zeit. Manchmal denk ich, ich hätte gern damals gelebt.«

»Na komm, so ein Schmarrn! Die Sechzigerjahre in Bayern? Ich weiß nicht.«

»Ich mein New York, Detroit, Philadelphia. Das war doch bestimmt eine coole Zeit. Und du? Was magst du für Musik?«

»Fifties. Rock ’n’ Roll. Buddy Holly, Chuck Berry. Und Elvis – natürlich.«

»Natürlich. Machst du selbst Musik?«

»Nein. Wie kommst du darauf?«

»Kann doch sein.«

»Nein. Du etwa?«

Hummel nickt. »Ich spiel Trompete und Saxofon in 'ner Band. Wir machen Soul, paar eigene Sachen, aber vor allem Covers.«

»Cool. Und ich tanze. Rock 'n' Roll. Im Verein. Also früher. Ich war sogar mal niederbayerische Meisterin.«

Er sieht sie verblüfft an.

»Rock 'n' Roll ist keine Gewichtsfrage.«

»Hab ich nicht gedacht.«

»Soso. Für Soul muss man auch nicht schwarz sein.«

Hummel nickt. »So ist es. Du musst nicht mal englisch singen. Wir machen auch Nummern auf Bayerisch. *What's Going on?* heißt bei uns *Bassiert jetzt wos?*. Und statt *People Get Ready* singen wir *D'Leit essn Radi.*«

»Scharf! Und wie heißt ihr?«

»Wir sind *MSB* – die *Munich Soul Boys.*«

»Sauber. Bist ein cooler Typ, Hummel.«

Er wird knallrot und weiß nicht, ob er »Danke« oder »Du auch« sagen soll.

Da das Eis schon mal gebrochen ist, fragt Dosi auch gleich mal wegen Zankl. Warum der so ekelhaft ist. Eine überzeugende Antwort hat Hummel nicht parat. Deshalb lenkt er das Gespräch in eine andere Richtung: »Na, jedenfalls hatte Mader recht. Dass du bei uns für frischen Wind sorgst. Kaum bist du da, fahren wir mit einer ausgewachsenen Sau im Kofferraum an der Isar lang.«

»Maders Idee mit dem Kleidersack war ja etwas unterdimensioniert. So gewichtsmäßig. Und wir sehen jetzt im Idealfall auch, in welchem Zustand eine Leiche beim Schwimmbad ankommt.«

»Was hast du denn deinem Spezl vom Schlachthof gesagt?«

»Dass ich mit Kollegen ein Grillfest mach.«

»Schmarrn.«

»Ich hab ihm gesagt, dass wir eine neue Infrarotkamera testen und die Sau im Wald vergraben. Ist doch besser als Tierverwertung, denn die hat ja beim Transport die Grätsche gemacht. Die Sau übt postum noch eine staatsbürgerliche Pflicht aus – im Dienst der Verbrechensaufklärung.«

Hummel lacht und konzentriert sich auf die schmale steile Straße zur Isar runter und hält auf dem Uferweg auf das Stauwehr hinter der Brücke zu. Dort sucht er sich einen Parkplatz, der nicht sofort einsehbar ist. Was egal ist, denn bei dem miesen Wetter sind keine Spaziergänger unterwegs. Er öffnet den Kofferraum. Und wird ein bisschen nervös, als er die Sau an der borstigen Pfote packt. »Wenn uns einer sieht …«

»Dann ruft er die Polizei.« Dosi greift beherzt zu. »Und die ist schon da. Endlich mal nicht zu spät.«

Sie schleppen die Sau aufs Wehr.

»Brauchst ned vorsichtig zu sein, die is scho hi«, sagt Dosi.

»Ich bin eher der Sensible«, meint Hummel und legt die Sau ab. »Hier, willst du auch?« Er reicht Dosi die Zigaretten-schachtel.

Sie rauchen und sehen aufs Wasser hinunter, genießen die Stille. Ein scharfer Sonnenstrahl schneidet durch die tief-graue Wolkendecke. Das Wasser glitzert.

»Warum schmeißen wir die Sau eigentlich hier rein und nicht am Campingplatz?«, fragt Hummel.

»Na ja, dass sie dann beim Schwimmbad hängen bleibt, wissen wir ja. Also, wenn an der Floßlände genug Strömung ist. Und dass die Dame nicht zum Campingmilieu passt, da waren wir uns ja einig.«

»Warum dann hier?«

»Na ja, die Villen von Grünwald und Pullach sind nicht weit, man kommt hier bequem mit dem Auto hin.«

»Du kennst dich ja schon gut aus in München.«

»Als ich in Starnberg war, bin ich oft reingefahren.«

Hummel nickt und schnippt seine Kippe ins Wasser. »Okay, Dosi, pack ma's!«

Dosi nickt und tritt ihre Zigarette aus. Sie wuchten die Sau übers Geländer. Ein zäher halber Salto, und die Sau touchiert mit einer donnernden Arschbombe das Wasser.

Und ward nicht mehr gesehen.

»Ja, Scheiße«, murmelt Dosi, als sie nach einer langen Sekunde immer noch nicht aufgetaucht ist.

»Wo ist die blöde Sau?!«, flucht Hummel.

»Da vorn!«, schreit Dosi. Und rennt schon auf dem Böschungsweg der Sau hinterher, die ein erstaunliches Tempo vorlegt. Hummel heftet sich an Dosis Fersen. Nur mit Mühe können sie mithalten. Starke Strömung. Sie rennen am Isarwehrkanal entlang, die Sau immer im Blick. Schließlich treibt die Sau auf die Floßrutsche zu. Wird sie links abbiegen auf die Rutsche oder rechts in Richtung des nächsten Wehrs? Kurz vor der Landspitze mit dem Flößermandl entscheidet sie sich im letzten Moment für die Floßrutsche und donnert hinunter. Fasziniert sehen Hummel und Dosi zu, wie die Sau aus den schäumenden Wassermassen wieder auftaucht.

Hummel lacht. »Weißt du, wie die Stelle da unten heißt?«

»Nein, wie?«

»Sauloch.«

»Woher weißt du das?«

»Ich hab mal 'nen Kajakkurs hier gemacht.«

»Na dann.«

»Und die beste Überraschung kommt gleich.«

»Aha?«

Hummel läuft schneller. »Na los, beeil dich!«

Ein paar Hundert Meter weiter sieht es Dosi. Die Surferwelle kurz vor der Floßlände. Sie erreichen die Brücke über die Engstelle, kurz bevor die Sau ankommt.

»Aus der Bahn!«, ruft Hummel der Handvoll Surfer zu, die hier trotz der frühen Stunde und des schlechten Wetters ihre Tricks üben. Er deutet flussaufwärts. Aber die Typen lassen sich nicht abbringen, bis die Sau einen von ihnen vom Brett holt. Großes Hallo von den anderen Surfern. Hummel und Dosi wollen schon weiterziehen, als sie sehen, dass die Sau die Welle gar nicht passiert hat, sondern in der Wasserwalze hängen geblieben ist. Sie dreht sich mit erstaunlicher Lässigkeit.

»Hätten wir das geklärt«, sagt Hummel. »Die Sau kann nicht diesen Weg gekommen sein.«

»Sagst du das jetzt als Kajakfahrer?«

»Ja, wenn du einmal drinhängst in so einer Walze, kommst du da von selbst nicht raus.«

Dosi nickt nachdenklich.

Hummel geht zu den Surfern und zeigt ihnen seinen Polizeiausweis. Bittet sie, der Sau einen Schubs zu verpassen, damit sie nicht weiter den Durchlass blockiert. Was die Surfer unter Johlen machen.

In Zeitlupe bewegt sich die Sau über die Floßlände. Hummel und Dosi spazieren gemütlich am Ufer entlang und behalten sie im Auge. Bis sie in Slowmotion an der Uferbefestigung andockt.

»Also, das ist zu wenig Speed«, befindet Dosi. »Campingplatz kannst du also vergessen.«

»So sehe ich das auch«, sagt Hummel und schnappt sich einen Stock und schiebt die Sau weiter. Im hinteren Teil der Floßlände nimmt die Strömung wieder zu, bis die Sau geradezu angesaugt wird vom Abfluss, und somit im Eiskanal des Schwimmbads verschwindet.

»Weg ist sie«, sagt Hummel.

»Wieso?«

»Die Kollegen von der Spurensicherung haben das Fanggitter auf dem Schwimmbadgelände abgeschraubt, zur Untersuchung. Offenbar ist es noch nicht wieder drin.«

»Wozu ist das da überhaupt?«

»Na ja, damit sich die Badegäste nicht an Treibholz verletzen, vermute ich mal.«

»Und wo geht die Reise unserer Freundin jetzt hin?«

»Bis zum Flauchersteg, wenn so viel Wasser wie aktuell auf dem Fluss ist. Vielleicht sogar noch weiter.«

Sie spazieren bis zum Flauchersteg, können die Sau aber nirgends entdecken.

»Tja, das war's dann wohl«, meint Dosi. »Gehen wir zurück zum Auto.«

»Wenn tatsächlich jemand gedacht hat, dass sie im Kanal weitertreibt, dann war das kein Ortskundiger. Ist aber generell nicht so clever. Entweder nehme ich die freie Isar, oder ich mach es erst gar nicht, weil in irgendeinem Wehr bleibt die Leiche immer hängen. Zumindest wissen wir jetzt, dass die Reise nicht allzu lang gewesen sein kann.«

Als sie sich auf der Fahrt ins Präsidium an der Wittelsbacher Brücke zum Abbiegen einordnen, sehen sie ein Riesenaufgebot an Feuerwehr und Rettungswagen. Die Brücke ist gesäumt von Schaulustigen.

»Surfer?«, sagt Dosi.

Hummel zuckt mit den Achseln, dann grinst er. »Du meinst doch nicht …?!«

»Ich mein gar nichts.«

In der Kapuzinerstraße platzen sie vor Lachen.

SCHLUSSFOLGERUNGEN

»Also, was machen wir mit der Erkenntnis, dass die Leiche aller Wahrscheinlichkeit bei dem Abfluss an der Floßlände reingeworfen wurde?«, fragt Mader.

»Na ja«, sagt Hummel. »Ist doch komisch. Das ist generell keine gute Stelle, um eine Leiche verschwinden zu lassen. Der enge Kanal, die Einbauten für die Kajakfahrer. Und dann noch die Stauwehre.«

Am Ende einer längeren Diskussion kommen sie zum Schluss, dass es durchaus sein kann, dass die Leiche dort absichtlich platziert wurde, um dann auch gefunden zu werden. Legt da jemand eine Spur? Warum? Um jemanden unter Druck zu setzen? Und wen? Jemanden aus dem Grünwalder Chichi-Milieu?

Hummel hat noch eine ganz andere Idee: »Vielleicht geht es dem Täter auch um Aufmerksamkeit. Er will uns neugierig machen, damit wir Witterung aufnehmen, bevor er sein nächstes Opfer zur Strecke bringt. Wir könnten es mit einem Serientäter zu tun haben.«

Mader runzelt die Stirn. »Hummel, Sie lesen zu viele Krimis. Solche Psychopathen gibt es hier nicht. Wir sind in München, nicht in New York. Zankl, was haben Sie noch in dem Unterwäscheladen rausgekriegt?«

»Gaby meinte …«

»Gaby?«, unterbricht ihn Hummel erstaunt.

»Die Verkäuferin in Domina's Heaven.«

»Dem Sexshop«, erklärt Mader.

»Das ist kein Sexshop. Das ist ein Damenausstatter.«

»Also, Zankl, was meinte sie denn wegen unserer mut-maßlichen Prostituierten, Ihre Gaby?«, fragt Mader.

»Sie ist nicht *meine* Gaby. Aber sie meinte, dass es da ein paar Agenturen gibt. Die sind nicht sonderlich beliebt in der Szene. Weil sie die Sadomasoszene so in Richtung Prostitu-tion schieben. Die lehnen die Geschäftemacherei ab. Die Leute aus der Szene sehen Zucht und Ordnung als Lifestyle, als persönliche Entfaltung. Aber Gaby mailt mir die Adres-sen einschlägiger Agenturen.«

Mader nickt zufrieden und klärt seine Mitarbeiter über seine weiteren Pläne auf. Er will das Foto der Wasserleiche an die Zeitungen geben. Mehr als »Wer kennt diese Frau?« interessiert ihn, ob dann im Hintergrund irgendwas passiert, ob die Dinge ins Rollen kommen. »Wenn die Dame für eine Agentur gearbeitet hat und nicht zu ihrem Arbeitgeber zu-rückkehrt, muss sie doch jemand vermissen. Und wenn die von der Agentur jetzt das Foto sehen, fangen die sicher an, ihren Kunden Fragen zu stellen. Falls sie das nicht schon längst getan haben.«

Hummel und Zankl stöhnen, denn sie wissen genau, welche Folgen solche Presseaktionen haben: jede Menge wertlose Telefonate und Hinweise und viel Rennerei. Aber sie haben auch keine bessere Idee. Doris gefällt der Ge-danke. Sie ist sich sicher – irgendwas passiert im Hinter-grund.

VISIONÄR

»Meine sehr verehrten Damen und Herren,

ich darf Ihnen heute die Pläne für das Wellnessresort ISARIA im Detail vorstellen. Die perfekte Symbiose aus großstädtischer Lebensart und naturverbundener Abenteuerlust. Der real gewordene Traum erlesenster Wellnesskonzepte und höchstklassiger Architektur. Mit Spitzengastronomie und komplett individualisierbarem Erlebnisangebot.

ISARIA besteht aus einem Luxushotel mit 1100 Betten und einem einzigartigen Naturerlebnispark in unmittelbarer Stadtnähe. Drei Kilometer Flusslänge mit Glasüberdachung zwischen Grünwald und Pullach. Isar – die ›Wilde‹ –, gezähmt durch sämtlichen Luxus, den moderne Wellness zu bieten hat. Mitten in der Natur, aber ohne deren Widrigkeiten: keine Nässe, keine Kälte, kein Schmutz. Klettern am Isarhochufer, ein Mountainbike-Parcours, Whirlpools in Isar-Gumpen, Baumhäuser mit Fußbodenheizung und Satellitenempfang.

Wenn das für Sie nach einer Vision in ferner Zukunft klingt, dann darf ich Ihnen sagen: Das Modell, das Sie hier sehen, ist ein Entwurf des vielfach preisgekrönten Architekturbüros White & Blue aus München. Wir haben detaillierte Berechnungen für sämtliche Kosten: Planfeststellungsverfahren, Baumaterial, Arbeitskraft.

Dieses Projekt können wir bei entsprechender Finanzierung in knapp drei Jahren realisieren. Es geht also nicht um Zukunftsmusik, sondern um ein zukunftsweisendes Bauprojekt, das zahlreiche Arbeitsplätze in München auf Jahre hinaus sichern wird: in der Baubranche, im Hotelfach, in der Gastronomie und im dienstleistenden Gewerbe mit Therapieangeboten, Massagepraxen, Friseursalons.

Natürlich werden jetzt manche von Ihnen die Stirn runzeln und sagen: Wie sieht es denn mit dem Umweltschutz aus? Darauf kann ich Ihnen besten Gewissens antworten: Gut sieht es aus. Sehr gut. Sogar hervorragend. Klimaneutralität ist für uns selbstverständlich. Und nicht nur, dass alle Baumaterialien schadstoffgeprüft sind, kein Tropenholz verwendet wird und das Hotel und die Wellnesseinrichtungen mit modernster Solartechnik versorgt werden. Nein, wir werden einen Großteil der überdachten Isar als besonders geschützter Biosphäre höchste Beachtung zukommen lassen. Wir werden mit größter Sorgfalt das schützen und pflegen, was die Menschen suchen und in ISARIA finden: den Kontakt zu unberührter Natur. Nur ohne deren Gefahren. Wer möchte sich schon freiwillig den Risiken der Wetterunbilden aussetzen, der Nässe des Regens, der glühenden Hitze der Sonne, dem Schmutz, den Gefahren eines Sturzes auf scharfkantige Felsen?

Wir werden mit dem Hotel keinen riesigen Betonbunker ins Isartal setzen, sondern unter Achtung des Denkmalschutzes die historische Burg Waldeck ausbauen und deren aktuell ungenutzte Wirtschaftsgebäude einer neuen Bestimmung zuführen, sie behutsam erweitern und somit auch einem Stück bayerischer Heimat neuen Glanz verleihen.

ISARIA ist ein Projekt ohne staatliche Fördermittel. Die Finanzierung belastet keinerlei Budgets, die sich aus Steuermitteln speisen. Unsere arabischen Geschäftsfreunde warten nur noch auf grünes Licht für ihre Investitionen, dann können wir beginnen. Hierfür müssen Sie die politischen Rahmenbedingungen schaffen. Bei der Realisation können Sie sich dann ganz auf mich und mein Team verlassen.

Ich zähle auf Sie! Herzlichen Dank.«

Tosender Applaus. Theoretisch. Realität ein bisschen profaner. Zeuge der fulminanten Rede von Dr. Heribert Patzer von Patzer Invest sind nur die kargen und funktionalen Einrichtungsgegenstände seines Arbeitszimmers in seiner Grünwalder Villa. Die Rede vor wichtigen Vertretern aus Politik und Wirtschaft muss er in den nächsten Tagen in der Staatskanzlei halten. Großer Bahnhof. Die Projektplanung geht in die Endphase. Patzer schnauft durch. Überlegt. Ein bisschen dick aufgetragen ist das alles schon, oder? »Nässe des Regens, glühende Sonne.« Was für ein Quatsch! Aber Rhetorik ist die halbe Miete. Das verstehen die Politiker. Den Typen muss man es einhämmern. Da kann es gar nicht primitiv genug sein. Aber wenn sich die Umwelteinis wieder querstellen? Dann muss er eben größere Kaliber auffahren. Bestechung. Oder er muss in die Kiste mit den ganz bösen Tricks greifen. Ja, wenn's sein muss. Warum ist das alles so ein Kampf? Ist mal jemand bereit, Arbeitsplätze zu schaffen und richtig viel Geld zu investieren, sehen alle nur Probleme. Und dabei geht es um keinen einzigen Cent Steuergeld! Die Scheichs aus Abu Dhabi sind ganz scharf drauf, ihre überflüssigen Öl-millionen rüberzuschieben, um sich nicht länger mit dem eher durchschnittlichen Luxus der Münchner Traditions-hotels zufriedengeben zu müssen. Die Kohle liegt bereit, ein Riesengeschäft. Es gibt nur einen Haken. Nein, zwei. Ein Teil des Grundstücks ist in Besitz von Eduard von Haslbeck. Burg Waldeck natürlich auch. Der Rest des Gebiets gehört den Bayerischen Staatsforsten. Beide zicken noch rum. Aber willigt der alte Haslbeck endlich ein, dass seine Burg und der Hangwald bebaut werden, werden sich seine politischen Freunde auch nicht länger sperren. Vor allem weil die Staats-forsten dringend Geld brauchen. Leider liegt Haslbeck viel am unverfälschten Erhalt seiner bayerischen Heimat. Ro-mantik-Kack. Findet Patzer. Irgendwann muss es sich doch auszahlen, dass er Haslbecks Tochter Katrin geehelicht hat. Keine Leistung ohne Gegenleistung – auch finanziell. Er hat fett investiert. Ohne sein Geld wäre der werte Herr Graf mit seiner Burg schon lange insolvent. Seine Lebensmaxime *Wer zahlt, schafft an* gilt auch in diesem Fall. Über kurz oder lang. Da ist er sich sicher. Man muss nur Geduld haben. Auch wenn Geduld nicht seine Stärke ist.

Gedankenverloren blättert Patzer durch seine Unterlagen. Wunderbare 3-D-Animationen. Die werden ihm in Mün-chen noch ein Denkmal setzen, wenn das Ding gebaut ist. Und er wird mehr Geld scheffeln, als er ausgeben kann. Er klappt die Präsentationsmappe zu und verlässt sein Arbeits-zimmer.

RING FREI!

Nach einer von Mader recht spontan herbeigeführten Pressekonferenz am frühen Abend, in der auch die hervorragenden Präparationskünste von Dr. Fleischer ausgiebig ‹gewürdigt wurden, ist die Presse mit dem Bild der Wasserleiche versorgt. Morgen wird es in allen Zeitungen zu sehen sein. Ring frei!

LONESOME TONIGHT

Zankl wollte seine Frau heute eigentlich mit der Unterwäsche von Nuit Noire beglücken. Wurde aber ausgebremst. Auf dem Küchentisch lag ein Zettel: »Bin beim Hormon-Yoga. Bussi, Jasmin.« Dann halt nicht. Also wird er den Abend mit einem Bier vor dem Fernseher verbringen. Irgendein Fußballspiel kommt immer. Auf dem Sofa liegt eine *Bunte*. Er schnappt sich das Heft. Warum seine Frau diesen Schmarrn kauft? Sie ist doch Lehrerin. Liest doch sonst nur gute Bücher. Er skippt durch die Seiten. Kaum Text, aber viele Fotos. Drei Themen: Heirat, Baby, Trennung. Die drei. Mehr nicht. Auf jeder zweiten Seite Schwangerschaftsbäuche. Warum ist so eine Fußballkugel so wichtig? Das Leben ist doch auch ohne Kind ganz schön. War es bei Ihnen jedenfalls, bis Jasmins biologische Uhr zu ticken begann. Laut. Inzwischen sind es Presslufthammerschläge. Die alles zwischen ihnen betäuben. In seiner Wahrnehmung zumindest.

Aber die zählt im Moment ja nicht. Und dann noch diese Neue in der Arbeit. Dosi Superschlau. Ach, so richtig gut läuft es für ihn nicht zurzeit.

Dosi räumt Umzugskartons aus. *Are You Lonesome Tonight?* hallt es von den immer noch nackten Wänden. »Ja! Wenn du es genau wissen willst, Elvis!«, flucht Dosi und ächzt. Sie schwitzt in ihrem ausgebeulten Jogginganzug, als sie versucht, die Toplader-Waschmaschine in ihrem kleinen Bad zu verrutschen, weil so die Tür nicht zugeht. Ist doch wurscht, geht es ihr plötzlich durch den Kopf. Ich leb ja allein! Ob die Tür einen Spalt offen steht, wenn sie auf der Schüssel sitzt, interessiert doch keinen. Sie lässt die Maschine, wo sie die Jungs vom Lieferservice abgestellt haben, und geht in die Küche, um sich eine Cola aus dem Eisfach zu holen.

Mader steht auf dem Balkon und sieht nachdenklich auf die Quiddestraße hinaus. Auf den nahen Ostpark verstellen ihm weitere große Wohnblocks den Blick. Aufgemotzte Autos röhren durch die Nacht. Mader lutscht wieder einen Brühwürfel. Grübelt. Die Wasserleiche. Was steckt dahinter?

Hummel macht sich gerade ein Tegernseer Hell auf. Mit dem Feuerzeug. Der Kronkorken fliegt durchs offene Küchenfenster und klickert lustig im Hof. Hummel grinst und beginnt zu schreiben.

Liebes Tagebuch,
heute habe ich eine Grenzerfahrung gemacht. Jetzt habe ich
so oft mit Toten zu tun, und doch war das heute etwas ganz
anderes. Als ich die ledrige Haut mit den stachligen Borsten
berührte, merkte ich, dass ich am Leben bin. Ich weiß, das

klingt jetzt komisch. Aber es war genau so. Das war ein sehr intensives Gefühl. Und als in diesem Moment die Sonne durch die Wolken brach – ein Zeichen! Mein Tagebuch, du merkst, ich übertreibe mal wieder ein wenig, aber es war schon ein besonderes, sehr intensives Gefühl, mal was anderes zu tun als immer nur das Naheliegende. Eine Sau in der Isar versenken! Toll! Dosi ist auch ganz anders, als ich es erwartet habe. Nicht nur quadratisch, praktisch, gut, sondern voller ungewöhnlicher Ideen. Und sie tanzt! Rock 'n' Roll! Dosi, der fliegende Elefant. Sorry, so meine ich das nicht. Ich muss lernen, Leute nicht gleich nach ihrem Aussehen zu beurteilen. Na ja, bei Beate kann man das schon machen. Ihre äußere Schönheit ist nur der Spiegel ihrer inneren Schönheit. Was für eine wunderbare Analogie. Nicht wahr? So romantisch. Und irgendwann möchte ich mal nicht nur romantisch denken, sondern auch romantisch sein.

Üben kann ich das ja schon mal auf dem Papier. Nein, liebes Tagebuch, kein Gedicht. Viel profaner. Ich werde das Nützliche mit dem Angenehmen verbinden und nun endlich anfangen, meinen Krimi zu schreiben. Die Frau vom Verlag ist ja – eben – auch eine Frau. Wenn es ihr gefällt, dann gefällt es vielleicht auch Beate. Und so weiter. Ich werde in meinem Krimi jedenfalls nicht die laute Stimme eines testosterongesteuerten Bullenmachos erschallen lassen, sondern es wird der feine Sound eines lebensklugen Kriminalers erklingen, der mit sorgenvollen Augen auf seine Stadt blickt und dessen Herz irgendwann vor langer Zeit zerbrochen ist am Zwiespalt der kalten Realität und seiner persönlichen Ideale von Gerechtigkeitssinn und Liebe. Der aber trotzdem weiterhin für das Gute kämpft, ohne sich von eigenen Verlusten beirren zu lassen. Der einer der letzten

*Aufrechten ist und es eigentlich verdient hätte, von ganzem
Herzen geliebt zu werden. Ich werde Zeugnis ablegen von
meiner zerklüfteten Seelenlandschaft mit einem melancho-
lischen Rückblick aus der Zukunft auf das, was hätte sein
können, wenn die Umstände glücklicher gewesen wären.
Retrofutur. Oder so ähnlich. Titel habe ich leider noch
keinen. Aber ich fange jetzt endlich an zu schreiben.*

*München ist am Ende. Über weite Strecken. Ich sehe mehr
als das, was uns die Bildbände vorgaukeln: München nicht
nur als charmantes, lebenslustiges Millionendorf im Jahre
2033, wie immer noch kolportiert wird. Ja, wir schreiben
das Jahr 2033. Wie die Zeit vergeht! So viele Jahre sind ins
Land gegangen, mein fünfzigster Geburtstag war erst vor ein
paar Wochen. 2015 habe ich diesen Job hier unter Mader
angefangen. Mader ist inzwischen steinalt, wohnt aber
immer noch in Neuperlach, und sein Hund heißt immer
noch Bajazzo. Der dritte Bajazzo inzwischen. Wenn ich
mich nicht verzählt habe. Er nimmt immer wieder denselben Namen. Auch als Persönlichkeit ist Mader weiterhin
ein Münchner Original. Gibt's ja nicht mehr viele. Tja.
Inzwischen leite ich die Mordkommission. Nach einem
harten Wettbewerb mit den Kollegen und Kolleginnen um
Maders Nachfolge, den ich für mich entschieden habe. Viel
Wasser ist die Isar hinabgerauscht. Wie sich diese Stadt
verändert hat! Nicht zum Guten. Zu viel Beton, zu viel
Plastik, zu viel Reichtum, zu viel Kriminalität.
Heute verlasse ich das Präsidium schon um halb sieben.
Habe ich lange nicht mehr gemacht. Wären Beate und die
Kinder noch zu Hause, würden sie staunen, wenn ich vor
sieben dort eintreffe. Aber es wartet ja niemand mehr auf
mich, Familie ist längst Geschichte, also lasse ich mir Zeit.*

Ich gehe zu Fuß. Manchmal mache ich das, um das alles
aus der Nähe zu sehen. Meine Stadt. Das Verschwinden
des alten Münchens zwischen Coffeeshops, Backshops,
Handyläden und Billigboutiquen.
Ich habe inzwischen die Maximilianstraße erreicht, die
Vorhölle auf Erden. Luxuslimousinen und bratzige Neurei-
che, hingegossen auf Caféhausstühle unter Wärmepilzen.
Falls mal ein kühler Abendhauch käme. Soll doch ein
Orkan heraufziehen und sie alle wegfegen! Mit Wehmut
sehe ich die Trambahnschienen. Die braucht heute keiner
mehr. Spätestens mit der letzten Tram ist das alte München
untergegangen. Von der Maximiliansbrücke schaue ich auf
die Isar hinab. Goldenes Wasser. Abendhimmel leuchtet.
Kiesbänke voller Menschen. Bierkästen im flachen Wasser.
Ich atme auf. Es ist immer noch da, das echte München.
Wenn ich am Ufer steh / Die Sonne dort im Wasser seh
Weiß ich, das ist meine Isar / Anderswo ist's sicher miesa.

Mit einem Klicken verschwindet die Mine des Kugelschreibers. Hummel kratzt sich am Kopf und liest noch mal. Er
kräuselt die Nase. Also leicht ist das nicht. Also nicht das
Schreiben an sich. Die Worte sind ja quasi aus ihm herausge-
sprudelt. Was Ordentliches zu schreiben, das eigene Thema
überhaupt zu finden, das ist sauschwer. Das muss konkreter
sein als dieses Gelaber. Er möchte doch eigentlich mitrei-
ßen, Spannung erzeugen, Lebensfreude versprühen. Das
hier klingt eher nach *Untergang des Abendlandes* oder *Der*
tiefe Fall der Stadt München. So negativ, statisch, endgültig.
Nicht sehr motivierend. Hummel denkt über seine Stadt
nach. Seine Stadt. In der er wirklich gerne lebt. Wo er einfach den Gebsattelberg runterradelt und an der Isar ist. Wo
man nie allein ist, auch wenn man allein ist. So als Gefühl.

Das Lässige, Entspannte, das müsste da auch rein, irgendwie. Muss er noch mal ran.

HÄNDE VOLL

Maders Team hat alle Hände voll zu tun. Das Foto in der Zeitung, das die Geschichte mit der Wasserleiche von vor ein paar Tagen wieder aufgreift, führt zu zahlreichen Hinweisen aus der Bevölkerung. Aber nichts, was ihnen wirklich weiterhilft. Vorerst. Doch wie Mader angenommen hat: Hinter den Kulissen steppt der Bär. Einige Herrschaften wissen sehr wohl, wer die Dame ist und welcher Beschäftigung sie nachgegangen ist. Vor ihrem plötzlichen Ableben. Einer der Herren ist nach ausgiebiger Zeitungslektüre und Anrufen besorgter Freunde in heller Panik. Kein Wunder, ist die junge Frau doch bei den Festivitäten auf seiner Burg ums Leben gekommen. Das ist alles ausgesprochen unangenehm für Eduard von Haslbeck, ein Kristallisationspunkt der Top 100 der Münchner Gesellschaft. Auf dessen Burg Waldeck geben sich zweimal im Jahr Politik, Wirtschaft, neues Geld und alter Adel die Klinke in die Hand. Ein Marktplatz für wichtige Geschäfte: Immobilien, Beteiligungen, Dienstleistungen aller Art. Big Business.

Zum Unterhaltungsprogramm für diesen erlauchten Kreis gehören stets auch frivole Spiele der schärferen Gangart. Dafür bietet Burg Waldeck das adäquate Ambiente mit bestens ausgestatteten Kellergewölben. Alles ganz harmlos. Natürlich. Kontrollierte Ekstase. Kann eigentlich nix schiefgehen. Aber einmal ist immer das erste Mal. Hauchte doch tatsächlich bei einer fröhlichen Zusammenkunft im engsten

Kreis die gemietete Folterdirn auf der hauseigenen Streckbank ihr Leben aus. Ein bedauernswerter Unfall. Burgherr
Eduard von Haslbeck war jedenfalls sehr froh – zum ersten Mal in seinem Leben –, dass er sich an seinen in solch
komplexen Notlagen offenbar kompetenten Schwiegersohn
Dr. Heribert Patzer wenden konnte, der über die entspre-
chenden Kontakte und Möglichkeiten verfügt, ein solches
Missgeschick unges(ch)ehen zu machen. Und das machte
Patzer auch. Allerdings mit zweifelhaftem Erfolg, wie jetzt
aus dem erneuten Artikel samt Foto der Wasserleiche in
der Zeitung zu schließen ist. Eduard von Haslbeck ist nicht
amüsiert.

DAS ZIEHT KREISE

Ein Mann im grauen Trenchcoat tritt aus dem Wirtschafts-
ministerium. Wie aus dem Nichts schießt ein schwarzer
BMW vors Portal. Der Mann steigt ein.

Der Chauffeur dreht sich um: »Herr Minister, der Vortrag
in der Handwerkskammer, Herr Minister?«

»Ja, Lederer. Vorher aber noch zum Ostfriedhof. Und sagen Sie nicht immer: Herr Minister!«

»Sehr wohl, Herr Minister, äh, Herr Huber.«

Der BMW fährt los. Ein zweiter BMW folgt ihm. Perso-
nenschutz.

Altstadtring, Isartor, Rosenheimer Berg, Balanstraße. Die
zwei Autos biegen unter der Eisenbahnbrücke zum Friedhof
ab. Sie stellen sich bei dem kleinen Laden für Trauerfloristik
ins Halteverbot. Der Minister steigt aus und weist die Per-
sonenschützer an, im Wagen zu bleiben. Er betritt das Blu-

mengeschäft und kauft einen Strauß Rosen. Dann geht er durch den Hintereingang des Friedhofs am Krematorium vorbei und bleibt bei einem großen schwarzen Grabstein stehen. Er nimmt den verwelkten Strauß aus der Vase, schüttet das trübe Wasser aus, füllt die Vase am nahen Brunnen und stellt die frischen Blumen aufs Grab. Er starrt auf den Stein mit den goldenen Lettern: *Hubert und Elfriede Huber.* Gleiches Todesjahr. Vor zehn Jahren. Schrecklicher Unfall auf der A 96. In Gedanken versunken steht der Minister fünf Minuten regungslos am Grab. Dann geht er zurück auf den Kiesweg und zieht sein Handy aus der Tasche, wählt. »Eduard, ich bin's, Heinz-Dieter.«

»Ja, ich wollte dich auch schon anrufen.«

»Was ist da los?! Du hast gesagt, das ist alles erledigt. Ein Scheißdreck ist erledigt! Jetzt ist die Tante in der Zeitung! Was sagt Patzer dazu?!«

»Ich hab ihn noch nicht erreicht.«

»Warum hat er sie überhaupt in die Isar geworfen?«

»Er hat gesagt, das ist sicher. Dass sie im Stauwehr oder in einer der Wasserwalzen bis zur Unkenntlichkeit zerlegt wird.«

»Was für ein Quatsch, die hätte doch irgendwo hängen bleiben können. Ist sie ja auch. So ein Dreck! Was, meinst du, passiert, wenn einer auspackt?!«

»Das weiß ich doch nicht. Ich habe es doch gesagt. Wir hätten es melden müssen. Es war schließlich ein Unfall.«

»Ein Unfall! Dass ich nicht lache. Wenn das rauskommt, kann ich meinen Job sofort an den Nagel hängen. Und die anderen auch. Dann sehen wir uns alle in Stadelheim zum Hofspaziergang in der Mittagspause. Hält Patzer dicht?«

»Er ist mein Schwiegersohn!«

»Als ob das was heißt. Weißt du, was ich denk? Dass er das mit Absicht gemacht hat. Er wird versuchen, ISARIA jetzt endlich durchzudrücken. Und ich geb dir einen Tipp: Lass ihn machen. Sonst hat er uns alle am Arsch.«

»Niemals!«

»Edi, hör zu, du bist sowieso pleite. Patzer finanziert deinen Laden. Und ich bin darauf angewiesen, dass Patzer schweigt. Du, ich hab jetzt keine Zeit, ich hab gleich einen wichtigen Termin. Ich sprech hier auch im Namen der anderen. Wir müssen dafür sorgen, dass Patzer dichthält, egal wie.«

»Wie meinst du das?!«

»Er muss schweigen. Mir wär es lieber, wie machen es auf die einfache Tour. Du gibst ihm, was er haben will – und Ruhe.« Der Minister drückt auf die Aus-Taste. Die Handwerkskammer wartet. *Förderung des regionalen Mittelstands.* Genau das würde ISARIA bedeuten. Er nimmt sich vor, Müller vom Umweltministerium noch mal zu bearbeiten.

TOTES KAPITAL

Noch jemand zeigt reges Interesse an dem Zeitungsfoto der unbekannten Isartoten: Elena Sorkia, die Chefin vom Escortservice Mondo 6. Die Agentur residiert in der Pasinger Villengegend. Elena hat die *Abendzeitung* vor sich auf dem Schreibtisch und spricht mit einem ihrer Angestellten: »Unsere liebe Olga. Und ich dachte, sie ist zurück in Heimat, mit Taschen voll Geld. Wie ungerecht von mir. Die gute Olga. Leider jetzt totes Kapital. Man sagt so, Peter, oder?«

»Kommt drauf an«, entgegnet der Angesprochene, ein blondes Handtuch mit stahlgrauen Augen.

»Was machen wir in solchem Fall, Peter?«

»Der Kunde bezahlt den Schaden. Plus Aufschlag.«

»Ware kaputt. Hunderttausend Euro. Kommt er noch billig weg. Nimmst du Leonid mit.«

»Leo, also, er ist … Manchmal ist er so … emotional.«

»Ja, genau. Soll Graf machen richtig Angst.«

KÜNSTLERPECH

Es kostet Haslbeck viel Überwindung, seinen Schwiegersohn anzurufen. Aber seine Nerven liegen blank. Als er ihn erreicht, fällt er mit der Tür ins Haus: »Du hast doch gesagt, dass die Frau nie wiederauftaucht! Jetzt ist ihr Gesicht überall in der Zeitung!«

Patzer ist bester Laune. »Eduard, schön, dass du anrufst. Ja, das Foto. Letzte Woche war nur der Arm in der Zeitung, da ist noch keiner auf die Idee gekommen, dass es unsere liebe Olga sein könnte. Ich auch nicht. Aber jetzt, tja. Künstlerpech. Tja, sicher kannst du nie sein. Äußerst unangenehm. Zu dumm. Und jetzt ermittelt die Mordkommission.«

»Es war kein Mord! Es war ein Unfall.«

»Und warum habt ihr dann nicht einfach einen Krankenwagen gerufen?«

»Sie war ja schon tot. Was hätte das denn gebracht?«

»'ne Menge Ärger.«

»Du hast gesagt, die Leiche ist weg. Auf Nimmerwiedersehen.«

»Weißt du, es ist ja eigentlich egal, ob die Leiche gefunden wurde oder nicht«, erklärt Patzer ungerührt. »Niemand kennt die Frau, niemand vermisst sie. Außer vielleicht die Agentur. Und die werden den Marktwert schon wissen. Wundert mich eh, dass die sich noch nicht bei euch gemeldet haben. Aber das bisschen Kleingeld könnt du und deine Freunde bestimmt zusammenkratzen. Und falls nicht, dann greife ich dir natürlich gern unter die Arme.«

»Darum geht es nicht.«

»Ich weiß. Weißt du, was der eigentliche Knackpunkt ist? Dass *ich* von der Sache weiß. Und für mich ist dieses Wissen Gold wert.«

»Ich geb das Land nicht her.«

»Du wirst das Land zur Bebauung freigeben. Und du wirst deine Politikspezln dazu bringen, dass sie die Pläne absegnen.«

»Das werde ich nicht!«

»Doch, das wirst du. Du bist schachmatt. Am Ende. Am Arsch.« Patzer legt auf.

Haslbeck starrt den Hörer an. Gar nicht mal wütend. Es ist die schlichte Erkenntnis, dass Patzer recht hat. Er ist am Ende. Er ist am Arsch. Er sieht aus dem Fenster. Über den glitzernden Fluss, die dunkelgrünen Wälder, bis zur Bergkette der Alpen. Die ganze Schönheit. Er hat alles verspielt. Er trägt die Verantwortung. Er hat sich hinreißen lassen. All die Jahre. Die Sünde, das Begehren, der Schmutz. Irgendwann musste etwas passieren. Was soll er tun? Patzer hat auf diese Gelegenheit gewartet. Er wird über Leichen gehen. Warum hat er sich bei der Angelegenheit mit ihm eingelassen? Seine Tochter ist sein letzter Anker. Aber sie ist Patzers Ehefrau. Kann er ihr noch vertrauen? Auf welcher Seite steht sie? »Nein, Katrin steht zu mir. Natürlich!«, sagt er leise. Haslbeck hat es ganz klar vor Augen. Er wird Buße tun. Und seinen Nachlass neu regeln. »Das alles darf Patzer nicht in die Hände fallen!«

TESTAMENT

Patzers Handy klingelt. Er sieht aufs Display, meldet sich: »Ja, Hubsi?«

»Hallo, Herby, du, rate mal, wer mich gerade angerufen hat.«

»Der alte Haslbeck? Will er das Erbe seiner Tochter vor dem bösen Schwiegersohn in Sicherheit bringen?«

»Du Hellseher. Er will das Land dem Bund Naturschutz überschreiben. Katrin soll nur die Burg bekommen.«

»Hm. So dachte ich mir das fast. Gar nicht gut. Katrin ist nicht das Problem, aber die Burg reicht nicht. Ich brauch das Land. Sonst kann ich das Projekt vergessen. Was machen wir? Wann macht Edi denn das mit der Überschreibung?«

»Er kommt morgen vorbei.«

»Morgen schon? Verdammt!«

»Jetzt werd mal nicht panisch. Mich bewegt was ganz anderes: Wenn er jetzt sein Testament ändert, was bedeutet das? Ich mein, er ist jetzt siebzig.«

»Was meinst du damit?«

»Na ja, wonach klingt das?! Mit siebzig gibst du heutzutage nicht gleich den Löffel ab. Hast du ihn unter Druck gesetzt? Die Sache mit der Wasserleiche?«

»Die aus der Zeitung?«

»Mann, Herby! Tu nicht so ahnungslos. Dass die Frau da gefunden wurde, ist purer Zufall. Ich lach mich tot! Du bist echt ein Mistkerl. Damit wir beide ganz klar sind: Du übst jetzt keinen Druck auf Edi aus, ist das klar?!«

»Aber wir können es doch nicht so laufen lassen. Er kann doch nicht einfach …«

»Bleib ganz ruhig. Er wird morgen zu mir kommen, ich sprech das alles mit ihm durch, und dann reden wir beide. Ich bin Notar. Hast du schon mal gehört, dass bei einem Notar etwas schnell geht? Wenn es bei jemandem so wäre, dann ist er kein Notar. Geduld! Ich krieg das hin.«

»Okay. Hubsi, halt mich auf dem Laufenden.«

ABSPANN

Mader liegt auf dem Sofa. Träumt von Catherine Deneuve. Er tanzt mit ihr in einem riesigen leeren Ballsaal. Das Orchester spielt nur für sie. Sehr exklusiv. Bajazzo liegt zu seinen Füßen eingerollt. Wundert sich, was sein Herrchen mit den Füßen macht.

Dosi sitzt vor dem Fernseher mit einer Tüte Paprikachips und trinkt Weißbier aus der Flasche. Sie sieht sich einen Elvis-Film auf DVD an. Elvis ist leicht übergewichtig in dem Streifen. Gefällt ihr.

Zankl hat seine Frau zum Abendessen zum Thailänder eingeladen und ordert gerade die zweite Flasche Wein, um endlich seine Hemmungen abzuwerfen und Jasmin später zu Hause sein Geschenk zu überreichen. Nuit Noire. Jasmin sieht verstohlen auf die Uhr. Morgen muss sie früh raus.

Und Hummel? Na klar. Der schreibt Tagebuch und verarbeitet seinen Tag.

Liebes Tagebuch,

heute war ein zermürbender Tag. Den ganzen Tag sind wir irgendwelchen blöden Hinweisen nachgegangen von Leuten, die die Frau auf dem Foto in der Zeitung angeblich schon mal gesehen haben. Zwischen Viechtach und Aschaffenburg. Zur selben Zeit. Na klar. Das ist so ein Phänomen. Sobald ein Fahndungsfoto in der Zeitung ist, mit einer Frau, die einigermaßen hübsch ist, da glauben viele, sie schon mal gesehen zu haben. Männer vor allem. Sicher Wunschdenken. Jetzt wäre nur interessant, ob es genauso wäre, wenn man in der Zeitung auch etwas über die mutmaßliche Profession der Dame gelesen hätte. Als Sadomasogespielin. Aber wer weiß, vielleicht gerade dann. Quatsch. Wer spricht schon gerne mit der Polizei, wenn er solche Dienste in Anspruch nimmt. Egal. Das Nachgehen von sinnlosen Hinweisen aus der Bevölkerung gehört leider auch zu meiner Arbeit.

Dann habe ich noch was Komisches erlebt. Nein, wie soll ich sagen, ich probiere mich ja im Moment so ein bisschen aus. Ich schaue, wie das bei anderen ankommt, wenn man etwas offener aufeinander zugeht. Jedenfalls bin ich heute mal richtig aus mir rausgegangen und habe Zankl von meinem Romanprojekt erzählt. Ich bin mir im Nachhinein nicht so sicher, ob das gut war. Obwohl. Reden ist eigentlich immer gut. Also, wir standen da um zwölf Uhr mittags mit unseren Leberkässemmeln am Marienplatz und haben über die Touristen gelacht, die ihre Handys aufs Glockenspiel gerichtet hatten. Wie viele von solchen bescheuerten Handyvideos schlummern wohl in Handys und auf Servern dieser Welt, und kein Mensch wird sich das jemals wieder ansehen? Aber vielleicht ist das auch nur ein Akt der Selbstvergewisserung: Ich bin

*hier, München, zwölf Uhr, die Frisur hält. Jedenfalls
stehen wir da so, ich hatte mir gerade meine weiße Levi's
501 mit süßem Senf versaut und musste an Steve Mc-
Queen denken, der ja auch immer Ölflecken auf seinen
weißen Jeans hatte. Wobei süßer Senf schon problematisch
aussieht.*

*Jedenfalls habe ich Zankl gefragt, ob er noch ein paar
Minuten mitkommt in den Hugendubel zum »Konkurrenz-
check«. Hat er irgendwie nicht darauf reagiert. Auf das
Wort. Aber er ist in den Buchladen mitgegangen. Und hat
sich gleich lustig gemacht über die Berge von Krimis, die es
da gibt. Ich habe mich schon nicht mehr getraut zu sagen,
dass ich auch einen Krimi schreibe. Na ja, dass ich es
zumindest vorhabe. Er hat sich nur schlappgelacht über den
Klappentext eines Buches. Der war tatsächlich schräg. Ich
habe mir das Buch sogar gekauft. Ich will ja auch sehen,
wie man es besser nicht macht. Den Umschlagtext will ich
dir nicht vorenthalten, liebes Tagebuch. Wenn ich dir mal
solche Sätze auf deine weißen Seiten schreibe, darfst du
mich laut anschreien.*

*»Kröger ermittelt am liebsten allein. Doch der brutale
Serienkiller in Berlin bringt Kröger an seine Grenzen.
14 Opfer in den Herrentoiletten der U-Bahn! Warum
hinterlässt der Killer am Tatort stets ein aktuelles Kalender-
blatt mit einem Sudoku? Kröger steht vor einem Rätsel, das
selbst er nicht lösen kann. Doch da erscheint die attraktive
Dagmar Schöne vom Landeskriminalamt ...«*

*Zankl hatte schon recht, als er sagte: »Wahnsinn! U-Bahn-
Klo. Berlin. Eh schon Selbstmord!« Na ja, danach sind wir
zurück in die Ettstraße, und ich habe es ihm doch noch
gesagt. Das mit meinem Roman. Da war er eigentlich ganz*

nett. Leider hat er gleich die K.-o.-Frage gestellt: »Wie soll
das Buch denn heißen?« *Damit hat er den Finger in die
Wunde gelegt. Ja, verdammt, wie soll das Buch eigentlich
heißen? Hatte die Verlegerin ja auch gemeint:* »Denken Sie
rechtzeitig an die Titelformulierung! Ein guter Titel ist
bereits die halbe Miete!«
*Aber das ist ja ein bisschen wie mit der Henne und dem Ei.
Was war zuerst da? Wenn ich schon genau wüsste, was ich
schreiben will, dann würde mir bestimmt ein guter Titel
einfallen. Weil ich aber noch nicht weiß, was ich schreiben
will, wäre es vielleicht gut, erst den Titel zu haben. Erst Titel,
dann Text. Wäre auch ökonomischer. So von der Menge der
Wörter.*
*Was braucht ein guter Titel? Kurz muss er sein. Und alles
muss schon drin sein. Ein Lebensgefühl: Herz, Soul, Fantasie, auch was Grobes, Bodenständiges. Und eine Prise
Intellekt. Davon aber nur ein Hauch. Schon schwierig.
Oder?*
Bullen-Blues. *Nein, das ist zu dumpf. Vielleicht ein bisschen tougher ohne das Plumpe:* Der Wolf von München.
*Bin ich das? Nein, das geht nicht. Das will ich ja gerade
nicht. Die triste Melancholie, das Abgehangene. Müsste ich
ja den ganzen Tag Johnny Cash oder Bob Dylan hören und
Rotwein saufen. Nein, vielleicht ganz anders. Oder mit Un-
tertönen, die ein Verbrechen nur andeuten.* Der scharlach-
rote Damensattel. *Auf dem Cover dann ein Fahrrad im
Rinnstein. Nein. Unsinn, das ist unterste Schublade. Vorstellen kann ich mir so ein Cover allerdings schon. Oh, ja, jetzt
habe ich was! Boh, das ist DER Knaller:* Letzte Ausfahrt
Fröttmaning. *Das hat doch was! Klar, da gab's mal einen
Roman oder einen Film mit Bronx oder so, aber wir sind
ja in München. Wobei das Amerikanische, das ist schon*

toll. So anzitieren. Ein bisschen James Elroy. Der ist hart
ohne den weinerlichen Beigeschmack. Vielleicht war mein
erster Schreibversuch doch nicht so verkehrt? Nur muss es
noch tougher, männlicher werden, ohne das Melancholische.
Eher ein bisschen superheldmäßig. Ja, ich sehe es genau vor
mir. Wie Shaft laufe ich als einsamer Detective durch die
maroden Kulissen der zerstörten Vorstadt. Atemlos, wehen-
der Mantel, Magazin leer geschossen, aber kein Gedanke
daran aufzugeben. Im Schatten der Allianz-Arena. Letzte
Ausfahrt Fröttmaning. Das ist wie Musik. Als Soundtrack
das Rauschen der nahen Autobahn und Isaac Hayes.
Hah, jetzt habe ich mich forttragen lassen von meinen
Gedanken, liebes Tagebuch. Ob das die Muse ist, die mich
küsst? Die Fantasie, die sich ihren Weg freischießt durch
den Panzer der Alltäglichkeit? Bin sehr erregt. Werde mir
jetzt ein Bier öffnen. Noch ein bisschen Musik hören.
Versuchen, mal gar nichts zu denken. Mein liebes Tagebuch,
ich danke dir, dass du so ein geduldiger Zuhörer bist. Gute
Nacht!

WAS HEISST SCHON FALL?

Dosi hat es nicht länger in ihrer stickigen und lauten Mini-
wohnung ausgehalten und ist bereits früh morgens im Büro.
Als sie mit einem Kaffee vor sich den Rechner hochfährt,
steckt Mader seinen Kopf zur Tür herein. »Doris, guten Morgen! Schön, dass Sie schon da sind. Ich hätte da was für Sie.
Ganz frisch reingekommen. Ein Todesfall in Grünwald. Sie
waren doch schon in Starnberg aktiv, Sie können das doch
mit den Gspickten?«

Dosi nickt, und schon hat sie ihren ersten eigenen Fall. Aber was heißt schon Fall? Denn der erschließt sich nicht wirklich aus Maders Kurzzusammenfassung: Ein Grünwalder Graf ist aus dem Turmfenster seiner Burg gefallen. Vermutlich Selbstmord. Aber Mader will sichergehen, dass kein Fremdverschulden vorliegt. Zumal die Haushälterin, die den Burgherrn gefunden hat, jemanden zur möglichen Todeszeit auf dem Burghof gesehen hat. »Was aber noch nix heißen muss«, schließt Mader. »Wo was passiert, sehen die Leute immer was.«

»Warum glauben Sie, dass ich mir einen Selbstmord ansehen soll?«, fragt Dosi.

»So ein Gefühl. Isartal. Die bessere Gesellschaft. Unsere Dame vom Maria-Einsiedel-Bad. Schauen Sie es sich einfach mal an. Die Jungs kümmern sich währenddessen um die Hinweise, die zu der Wasserleiche reinkommen.«

DIE ALTEN RITTERSLEUT

Dosi staunt nicht schlecht, als sie das gewaltige Anwesen von Eduard von Haslbeck sieht. Knirschend kommt ihr Wagen auf dem Kies des Burghofs zum Stehen. Schroffe Mauern im Schatten des Hangwalds. Fröstelnd zieht Dosi den Reißverschluss ihrer Jacke zu und sieht sich um. Burg Waldeck ist imposant, keine Frage. Ein bisschen der Lack ab. Rissiger Putz, an manchen Stellen blankes Mauerwerk. Ein mächtiger Turm. Dort rot-weiße Bänder. Der Fundort, wo der Hausherr so unglücklich die Stiefmütterchen touchiert hat.

Die Spurensicherung macht Fotos. Eine Assistentin von Dr. Fleischer ist an der Leiche zugange. »Hi, ich bin die Gerti. Du musst die Neue bei Mader sein. Herzliches Beileid.«

Doris lacht. »Danke. Ich bin die Dosi.« Sie deutet auf den verkrümmten Grafen. »Was Besonderes?«

»Nein. Kein Hinweis auf Fremdeinwirkung.«

»Ein Unfall?«

»Eher nicht. Der Fenstersims oben ist ziemlich hoch. Und die Burschen«, sie deutet auf die Uniformierten, »sind erst nicht in den Turm gekommen. Der war zugesperrt. Schlüssel steckte innen. Sie mussten die Tür aufbrechen.«

Dosi betritt den Turm. Sieht sich das Schloss an. Der Schlüssel steckt immer noch innen mitsamt einem gut bestückten Schlüsselbund. Sie zieht einen Plastikbeutel aus der Tasche und tütet die Schlüssel ein. Dann steigt sie die engen Stufen hinauf zum Turmzimmer. Das ist vollgestellt mit astronomischen Geräten. Wie aus einer anderen Zeit. Blankes Messing glänzt im kalten Morgenlicht. Zwei Fenster. Vor einem Fenster ein eleganter Sekretär aus dunklem Holz.

Auf dem Sekretär liegt ein Kopfhörer. Dosis Blick spiralt das Kabel entlang. Steckt in einer kleinen Stereoanlage. Das Display des CD-Players leuchtet. Sie drückt auf Play. Laut und hochfrequent dringt Wagner aus dem Kopfhörer. Dosi dreht schnell die Lautstärke zurück. Sieht auf die CD-Hülle. *Der fliegende Holländer.*

Sie geht zu dem offenen Fenster. Der hohe Fenstersims. Nein, hier fällt keiner zufällig runter. Sie beugt sich über den Sims und schaut hinab. Fünfzehn Meter. Von hier oben wirkt das Blumenbeet so klein, als könnte man es leicht verfehlen. Tut man nicht.

Ihr Blick schweift über die Burganlage. »Respekt«, murmelt sie. Was sie so richtig umhaut, ist die Fernsicht: übers Isartal hinweg bis zur Alpenkette. Der Fluss, die Wälder, die Berge, der Himmel. Keine Straßen, Autos, Schornsteine. Wem so was gehört, der springt nicht aus dem Fenster, stellt

Dosi für sich fest. Abschiedsbrief gibt es auch keinen. Zumindest hier. Sie macht sich auf den Weg zurück nach unten.

Wo sie die Haushälterin erwartet. »Hallmeier Margit«, stellt sie sich vor und reicht Dosi die Hand.

»Rossmeier Doris. Mordkommission München.«

»Das kann kein Unfall sein! Und auch kein Selbstmord! Herr von Haslbeck würde nie Hand an sich legen!«

»Wir sehen nicht rein in die Menschen. Sie haben ihn gefunden?«

»Ja, heute Morgen um sechs, als ich kam. Gestern Abend, da war dieser Mann. Er ist zum Turm hinübergegangen. Ich hab's den Kollegen schon gesagt. Gestern Abend, so um neunzehn Uhr. Ich hab ihn erkannt.«

»Wie? Sie haben ihn erkannt?«

»Ich überlege schon die ganze Zeit. Es fällt mir einfach nicht ein. Aber der war schon mal hier. Es will mir einfach nicht einfallen. Groß, kräftig, kurzes blondes Haar. Er kam um neunzehn Uhr und ist zehn Minuten später wieder weg.«

»Aha. Und den Grafen haben Sie dann nicht mehr gesehen?«

»Nein, erst heute Morgen wieder. Hier.« Sie kämpft mit den Tränen.

Dosi informiert sich noch über ein paar Details. Die nächste Verwandte ist eine Tochter, die ganz in der Nähe lebt: Katrin Patzer. Außer Miss Hallmeier in Vollzeit gibt es auf der Burg nur noch einen Teilzeitgärtner. Neben einem Faible für Ahnenforschung, Astronomie und klassische Musik bereiteten dem Grafen vor allem die Hoffeste Vergnügen, die zweimal im Jahr auf Waldeck stattfinden beziehungsweise stattfanden.

»Gut, vielen Dank«, meint Dosi schließlich. »Wegen dem Mann gestern im Burghof würde ich gerne morgen mit Ihnen im Präsidium unsere Bilddatenbank durchgehen. Und wenn da nichts dabei ist, machen wir ein Phantombild. Am besten wäre es natürlich, wenn Ihnen noch einfällt, woher Sie den Mann kennen.« Sie reicht ihr ihre Visitenkarte. Die Haushälterin nickt eifrig und steckt die Karte in ihre Schürze.

»Sagen Sie, gibt es hier auf der Burg eine Folterkammer?«, fragt Dosi abschließend.

»Was denken Sie?!«, erwidert die Hallmeier spitz.

»Nein, im Ernst. Gibt's so was auf der Burg?«

»Nein. Der Graf war ein ausgesprochen distinguierter Mensch.«

»Ich meinte das eher«, Dosi lächelt, »so historisch.«

Die Haushälterin zuckt nervös und ist die Morgenröte persönlich.

Als Dosi zum Auto geht, überlegt sie, ob der Burgherr ein Verhältnis mit seiner Zugehfrau hatte. Warum nicht? Ob sie auch was erben wird? Sie muss die Tochter nach dem Testament fragen. Dosi legt Haslbecks Schlüsselbund ins Handschuhfach. Vielleicht braucht sie den noch mal.

INTERESSANTE FRAGEN

Kastanienallee 15. Die Patzer-Villa in Grünwald. Himmel wolkenverhangen. Aber Patzers Residenz strahlt. Prachtstück. Oder Tempel schlechten Geschmacks. Je nachdem. Dicke Säulen an der schneeweißen Hausfront, schmale hohe Fenster, die Läden azurblau. Feuchter Traum eines Bausparprospekts. Nur dass sich das hier kein Bausparer leisten kann.

Gefällt mir, denkt Dosi und klingelt.

Eine Bedienstete bittet sie herein. Im Foyer blitzt weißer Carraramarmor, lebensgroße Löwen posieren zu Füßen der Freitreppe, die in zwei weiten Schwüngen in den ersten Stock hinaufführt. Ein gewaltiger Kristalllüster schwebt in der Eingangshalle. Funkelnde Lichtreflexe auf all dem Marmor. Kaltes Licht.

Rechter Hand das Wohnzimmer. Dort trifft Dosi auf die beiden Eheleute. Sie sind von der Hallmeier informiert worden. Haslbecks Tochter ist ein Handtuch im Wind, und Dosi ist mit ihren Fragen auch nicht die Subtilste, sodass Patzer seine Gattin schon nach wenigen Minuten nach oben geleiten muss.

»Ich hab ihr eine Schlaftablette gegeben«, erklärt er, als er wieder zurück ist.

»Arbeiten Sie zu Hause?«, fragt Dosi.

»Ich arbeite auch zu Hause. Investment, Baufinanzierung. Geld arbeitet überall.«

»Aha. Hm. Ich hätte da noch ein paar Fragen an Ihre Frau gehabt.«

»Jetzt nicht. Fragen Sie mich.«

»Gut. Wie war Ihr Verhältnis zu Eduard von Haslbeck?«

»Das meiner Frau?«

»Ihres.«

Er lacht. »Interessante Frage. Der alte Ede. Nicht immer Sonnenschein. Wir hatten ein paar Differenzen. Andere Wertesysteme. Hier neues Geld, da alter Adel. Ich bin Investmentberater. Er ist vom alten Schlag. Stattlicher Grundbesitz, aber gefangen in Traditionen. Nichts für die Zukunft. Er ist so gut wie pleite. Nein, er war bankrott. Mein Geld hat seinen Laden halbwegs über Wasser gehalten.«

Dosi findet diese Offenheit durchaus erfrischend, auch

wenn ihr der Typ nicht ganz geheuer ist. »Sie mochten ihren Schwiegervater nicht?«

»Nein, so ist es nicht. Aber wir verstanden uns nicht. Er hat es mir nie verziehen, dass ich seine Tochter geheiratet habe. Er hätte sich jemanden von Stand gewünscht.«

»Und wie war das Verhältnis Vater-Tochter?«

»Gut, würde ich sagen. Sehr gut. Wenn man mich rausrechnet.« Er lächelt.

»Wo waren Sie gestern Abend?«

Er lächelt amüsiert. »Zu Hause. Fragen Sie meine Frau.«

»Sagen Sie, war Ihr Schwiegervater der Typ für Selbstmord?«

»Ich weiß nicht. Aus dem Turmfenster springen? Nein. Das trau ich ihm nicht zu. Aber man steckt ja nicht drin in den Leuten.«

»Die Tür vom Turm war von innen abgeschlossen.«

Erstaunen blitzt in Patzers Augen auf. Dosi entgeht es nicht. »Hatte er Feinde?«

»Jeder in einer solchen Position hat Feinde. Aber auch Freunde. Mächtige Freunde.«

»Wer erbt jetzt?«

»Ich sicher nicht. Meine Frau vermutlich. Außer, er vererbt alles dem Bund Naturschutz. Waren ja seine speziellen Freunde. In letzter Zeit hat er öfters davon gesprochen, sagt meine Frau. Wär auch egal. Wir brauchen den alten Kasten nicht.«

Dosi schwirrt der Kopf, als sie wieder im Auto sitzt. So was von abgebrüht. Sauber. Der Typ könnte gerade jemanden erschossen haben und mit dir im Nebenraum in aller Ruhe Kaffee trinken und übers Wetter reden. Aber da war ein Riss in der coolen Fassade – dieses kurze Flackern in seinen Augen. Die verschlossene Tür.

WURSTPARADIES

Dosi ist noch auf der südlichen Münchner Straße in Richtung Zentrum unterwegs, als ihr Handy klingelt. Die Hallmeier. Ihr ist eingefallen, woher sie den Mann kennt. Der Metzger in der Edelweißstraße, Nähe Tegernseer Landstraße, Giesing.

»Der macht das Catering bei Gesellschaften auf der Burg«, erklärt die Hallmeier. »Das verhandelt, also verhandelte der Herr Graf immer höchstpersönlich.«

Dosi merkt beim Telefonieren schon, dass die Tränensäcke der Hallmeier kurz vor dem Bersten sind, dennoch spart sie sich tröstende Worte. Irgendwie findet sie die Frau unangenehm. So eine Hinter-dem-Vorhang-lauer-Tante. Als sie auflegt, hat sie den Bruchteil einer Sekunde das Gefühl, sie hätte doch noch was Nettes sagen sollen. Hätte sie? Warum eigentlich? Ist ja dienstlich. Wenn man mit so was einmal anfängt, wird man nie fertig.

Die lange Rotphase am Stadion an der Grünwalder Straße lässt ihr Zeit für eine ausführliche Betrachtung dieser Münchner Ecke. Dosi staunt wie jedes Mal, wenn sie hier vorbeikommt. Städtebauliches Highlight. Tosender Verkehrslärm von links, rechts, unten. Der Grand Canyon in Richtung McGraw-Kasernen, zur Linken das wunderbare Ensemble aus Wohnbunkern und den Flachbauten vom Hendlgrill, Isar-Bowling und McDonald's. Kulinarisches Gipfeltreffen. Im Isar-Bowling war sie mal auf einer Weihnachtsfeier mit den Starnberger Kollegen. Eine Nacht des Schreckens. Auch die Currywurst dort. »Von der hast lang was«, hatte sie ein

Kollege schon vorher gewarnt. Tatsächlich, die phosphatverseuchte Wurst und das süßliche Ketchup stießen ihr noch zwei Tage später auf.

Wiener, Lyoner, Regensburger, Wollwürste, Knackwürste, Pfefferbeißer, Kaminwurzen, Chilipeitschen, Bauernseufzer, saure Zipfel, Leberwurst, Blutwurst – wirklich ein prachtvolles Angebot. Findet Dosi. In der Metzgerei Meiler ist viel los. Hinter der langen Glasvitrine zählt Dosi fünf Verkäufer. Goldgrube.

»Was kriegen Sie?«

Sie sieht auf. Ein sechster Mann.

»Äh ja, 'ne Scheibe Stuttgarter und 200 Gramm Bierschinken.«

Als sie die Wurst hat, fragt sie: »Ist der Chef da?«

»Steht vor Ihnen. Freddi Meiler.«

»Kann ich Sie kurz sprechen? Eine etwas umfangreichere Bestellung. Sie machen auch Partyservice?«

»Natürlich. Kommen Sie.«

Sie gehen nach hinten, in ein karges Buchhaltungsbüro. Freddi Meiler deutet auf einen Stuhl. »Setzen Sie sich. Um wie viele Personen geht's?«

»Eine. Graf von Haslbeck. Sagt Ihnen der Name was?«

»Kunde von uns.«

»Von uns auch. Kripo München.«

»Ausweis?«

Kriegt er. Dann fragt sie ganz direkt: »Waren Sie gestern auf Burg Waldeck?«

»Ja.«

Dosi führt ein kurzes knackiges Verhör. Die Worte fliegen wie Tischtennisbälle hin und her, der Metzger ist sich seiner Sache völlig sicher. Er hatte eine Verabredung, konnte aber nicht in den Turm hinauf, wo der Graf abends für gewöhnlich weilte und sich seinen Opern via Kopfhörer widmete, also auch nicht auf Klopfen oder Handy reagierte, sodass er angesichts der verschlossenen Tür unverrichteter Dinge wieder abziehen musste. Es wäre um das Catering für das Burgfest Anfang Juni gegangen.

»Sagen Sie, Herr Meiler, im Februar oder März, hatten Sie da auch eine Lieferung?«

»An Haslbeck? Nein. Wieso?«

»Steckerlfisch und Hendl?«

»Fisch hamma ned. Wieso?«

»Nur so. Können Sie sich vorstellen, dass der Graf sich selbst hinabgestürzt hat?«

»Ich weiß nicht. Klar, es gab Gerede wegen der Finanzen. Nein, eigentlich nicht. Der Graf war keiner, der aus dem Fenster springt.«

Auf dem Weg ins Präsidium denkt Dosi über Meiler nach. Interessant. Ziemlich abgebrüht. Seine Geschichte klang plausibel. Aber irgendwie war er eine Nummer zu cool. Vielleicht hat er es bereits gewusst? Ach Quatsch. Wahrscheinlich ist die Geschichte ganz einfach: Der Graf hat 'ne Depression, weil er sich sein schönes Schlösschen nicht mehr leisten kann, seine Frau ist schon im Jenseits, und da beschließt er, sie zu besuchen. Dauerhaft. Der Gedanke ist wunderbar einfach und komplett logisch. Aber auch enttäuschend. Nicht gut, wenn ihr erster Fall gleich mal gar kein Fall ist. Irgendwas ist faul. Lauter komische Leute. Und sie muss rauskriegen, ob jemand Steckerlfisch und Hendl im Februar oder März an die Burg geliefert hat. Dosi hat sich in den Kopf gesetzt, dass die tote Frau in der Isar vor ihrem Ableben auf der Burg war. Fleischers These von der Streckbank. Wo gibt's denn so was, wenn nicht auf einer Burg? Am Mittleren Ring merkt sie, dass sie ihre Wurst liegen gelassen hat. Vier Euro dreiundsechzig zum Fenster raus! Geht gar nicht. Bei der nächsten Möglichkeit wendet sie.

NED SO SPIESSIG

Dosi erstattet Rapport bei ihren Kollegen. Teilweise. Den Gedanken, dass die Burg gar nicht weit entfernt ist vom Fundort der Wasserleiche, behält sie erst mal für sich. Zankl und Hummel sind gereizt wegen der vielen Hinweise von Leuten, die behaupten, die Frau auf dem Foto kürzlich gesehen zu haben. Wenigstens lohnt sich Zankls Kontakt zu Gaby. Sie hat ihm vorhin eine Liste mit Agenturen gemailt, die professionell Sadomasodienste anbieten. Mengenmäßig überschaubar.

»Sehr gut«, sagt Mader. »Ihre Freundin ist sehr hilfsbereit.«

»Gaby ist nicht meine Freundin. Aber stimmt, sie ist sehr hilfsbereit.«

»Ist doch erstaunlich, wenn man in dem Gewerbe arbeitet.«

»Was für ein Gewerbe? Sie verkauft Klamotten, mehr nicht. Jetzt san S' mal ned so spießig!«

Mader grinst. »Ich bin gespannt, was die Überprüfung dieser Agenturen ergibt. Bleiben Sie dran, Zankl. Hummel, Sie bearbeiten die Hinweise wegen der Wasserleiche. Und Doris, Sie recherchieren bitte, was dieser Haslbeck so gemacht hat. Aber steigen Sie nicht zu tief ein. Vermutlich ist das einfach Selbstmord, sonst nichts.«

KOSTBARE STUNDE

Mader denkt nach. Kann er am besten alleine. Also mit Bajazzo. Sie verstehen sich ohne Worte. Ihre wichtigste Zeit an einem Arbeitstag ist die Mittagszeit. Nicht wegen Kantine. Nein. Ihre typische Mittagsstunde sieht so aus: Nach dem Essen steigen Mader und Bajazzo in die nahe 19er-Tram. Bis zum Max-II-Denkmal im Lehel, dann zu Fuß zur Museumsinsel, über den Kabelsteg, die Isar entlang. Durch die Isarauen bis zur Reichenbachbrücke. In der Fraunhoferstraße in die Tram 18 zum Stachus und zurück ins Büro. Kostbare Stunde. Wertvolle Gedanken. Berufliche und private. Bei jedem Wetter. Bajazzo bewegt sich, macht sein Geschäft, Mader spürt die Sonne, den Regen, den Wind im Gesicht. Fasziniert ihn immer wieder, wie man mitten in der Großstadt so bei sich sein kann. Ganz ohne Om. Freiheit und Natur. Trotz Autorauschen von Straßen und Isarbrücken. An der Isar ist es so, als wäre es gar nicht da: das Wuselnde, Laute. Hier aufgedröselt. Jeder für sich. Eigene Gedanken, eigene Wirkung, eigene Kraftfelder aus Erfahrungen, Werten, Wünschen. Die sieht er jeder und jedem an, die oder der ihm auf dem Uferweg entgegenkommt. Er spürt die Leute, und sie stören ihn nicht. Anders als in der U-Bahn oder Tram oder Fußgängerzone, wo sich alles überlagert, ihn bedrängt.

Braunauer Eisenbahnbrücke. Erst der donnernde Güterzug macht Mader darauf aufmerksam, dass er schon zu weit gegangen ist, tief versunken in Gedanken. Er bleibt stehen, beobachtet Bajazzo, der im Isarkies durchs flache Wasser tapst. Ja, warm heute. Die Luft ist schwer. Vom Schlachthofviertel zieht süßer Duft herüber. Muss man mögen. Im Hochsommer liegt der Geruch von Fleisch und Blut manchmal bleischwer über dem Viertel. Aber Sommer ist noch nicht.

GESCHÄFTSMÄNNER UNTER SICH

Patzer sitzt im Vorzimmer von Anwalt und Notar Dr. Hubertus Steinle. »Fünf Minuten«, hat seine Sekretärin gesagt. Das war vor zwölf Minuten. Laut Patzers Breitling. Patzer gähnt. Bisschen viel zurzeit. Er sieht nach draußen auf den Wittelsbacher Platz. Weiche Nachmittagssonne. Zwischen den Gebäuden wirft das Reiterstandbild mit Kurfürst Max einen langen Schatten. Münchner Geschichte. In welche Richtung deuten Sie eigentlich, Hochwohlgeboren? Hofbräuhaus? Patzer muss grinsen. Was in Bayern wichtig ist: Bier und Politik. Patzer mag die Gegend hier nicht. Aseptisch. Die Polizisten, die vor dem Innenministerium auf und ab marschieren, die Touristen, die die letzten Meter Ludwigstraße hinunterstolpern zur Feldherrnhalle oder die aus der Theatinerstraße herausquellen. Früher war sein Autohändler hier. Das Pflaster scheint aber inzwischen selbst für Aston Martin zu teuer geworden zu sein. Jetzt ist der Laden ganz unmondän im Moosfeld im Münchner Osten. Könnte er nachher mal vorbeischauen. Bisschen Stress machen. So ganz zufrieden ist er mit dem Wagen nicht. Qualitativ. Fast so schlimm wie der Jaguar früher. Im Moosfeld sind auch ein paar Puffs. Eine schnelle Nummer vor dem Heimweg? Ab wann haben die eigentlich offen? Er sieht wieder auf die Uhr. 16:17. Verdammt, was treibt Steinle die ganze Zeit? Er kann ihn doch nicht warten lassen wie irgendeinen seiner hochbetagten Klienten, die alle Zeit der Welt haben.

Endlich öffnet sich die schallisolierte Tür. »Dr. Patzer, Dr. Steinle wäre jetzt so weit«, sagt die alterslose Platinblonde mit völliger Tonlosigkeit. Patzer bewundert es, wenn jemand seine Emotionen so komplett aus der Stimme nehmen kann. Cool. Er hat ein Gespür für solche Fertigkeiten. Diese Frau hat es jedenfalls drauf. Er lächelt sie schmal an, sieht auf ihre perfekten Beine in den blickdichten silbergrauen Strümpfen. Dann auf ihre Hände. Ein paar Altersflecken. Beine dreißig, Hände sechzig, schießt es ihm durch den Kopf. Also fünfundvierzig. Kann man eigentlich Hände schminken?

»Was erheitert dich so?«, fragt Steinle und deutet auf den Sessel vor seinem ausladenden Schreibtisch.

»Hubsi, wie alt ist deine Sekretärin eigentlich?«

»Frau Lindner ist nicht meine Sekretärin, sie ist meine Büroleiterin. Und ihr Alter ist ein Betriebsgeheimnis.«

»Interessante Ausstrahlung. Die eines Eisbergs.«

»Lohnt sich doch, dass du mich mal in der Kanzlei besuchst. Heute hab ich keine Klienten mehr. Kaffee, Cognac, Zigarre?«

»Danke, nix. Du wolltest, dass ich komme?«

»Ja, Herby, wir müssen reden. Hast du was mit der Sache mit deinem Schwiegervater zu tun?«

»Nix. Hab ich dir doch schon am Telefon gesagt.«

»Vorhin hat Freddi angerufen. Die Kripo war bei ihm. Die Hallmeier hat ihn auf der Burg gesehen. Hat Freddi etwas mit dem Tod vom alten Edi zu tun? Oder hast am Ende du selbst nachgeholfen?«

»Nein, hab ich nicht.«

»Ist denn etwas vorgefallen zwischen dir und Eduard?«

»Ich hatte mit dem alten Herrn gestern noch eine lebhafte Diskussion wegen der Geschichte mit der Folterlady. Die vom Burgfest. Er hat mich angerufen. War voll panisch wegen dem Bild in der Zeitung. Ich hab ihm ein bisschen Dampf gemacht – wegen ISARIA. Aber er war immer noch dagegen. Der sture Hund. Was seine Politikspezln jetzt sicher anders sehen. Wo doch jetzt jeder weiß, dass die Frau aufgetaucht ist.«

»Ich versteh das schon richtig: Du hast das so eingefädelt? Dass die Leiche gefunden wird?«

»Nein, natürlich nicht. Das ist Künstlerpech. Freddi sollte sie möglichst schnell beseitigen. Er hat das mit seinem Bruder gemacht. Sie haben sie in die Isar geschmissen. Ich dachte, die Gute geht da durch eins der Wehre und taucht dann nur noch in Einzelteilen auf. Wenn überhaupt.«

»Herby, hör auf, mich zu verarschen. Und als ich dir gesagt habe, dass Edi sein Testament ändern lässt, habe ich nicht gemeint, dass du ihm gleich Freddi schickst, damit der ihn aus dem Turmfenster stürzt! Du hast Freddi doch geschickt?!«

»Nein. Doch. Ja. Aber er musste sowieso zu ihm wegen der Bestellung für das Fest. Bei der Gelegenheit sollte er ihm ein bisschen Druck machen.«

»Ein bisschen Druck?! Jetzt ist er tot!«

»Freddi hat's nicht gemacht! Glaub mir. Die Tür vom Turm war zu. Der Herr von und zu hatte sich eingeschlossen. Der Schlüssel steckte innen. Sagt die Polizei. Die war nämlich schon bei mir.«

Steinle schmunzelt. »Er sitzt da oben und will sich umbringen, und dann kommt der Killer und kann unten nicht zur Tür rein.« Steinle haut mit der flachen Hand auf den Tisch, dass die Whiskykaraffe klirrt. Lacht laut auf. »Das ist einfach gut! Zu gut!«

Patzer nickt. »Ja, gut, sehr gut sogar, dass sich das so schnell erledigt hat. Dann konnte er sein Testament nicht mehr ändern. Und seine Tochter erbt alles.«

»Die ihren Besitz natürlich von ihrem Mann verwalten lässt.«

»Selbstverständlich.«

»Tja, Herby. Schön wär's. Ich muss dich leider enttäuschen, Edi hat sein Testament noch geändert. Er war gestern am späten Nachmittag noch bei mir. Ohne Termin. Sehr in Eile.«

»Warum hast du mich nicht angerufen!?«

»Was hätte das gebracht? Du hättest es doch nicht verhindern können. Ich informiere dich jetzt!«

Patzer beruhigt sich. »Okay, er hat es geändert. Formsache. Du hast ja die Unterlagen.« Er grinst. Steinle auch. Patzer schüttelt langsam den Kopf. »Das machst du nicht.«

Steinle sieht ihn ernst an. »Mach hier mal keinen auf moralisch. Nicht du. Wir sind beide Geschäftsleute. Wenn du deine große Nummer mit den Scheichs abziehst, denkst du bestimmt auch an mich. Du beteiligst mich angemessen und bekommst dafür einen ausgezeichneten Rechtsbeistand. Der nichts weiß von irgendwelchen Testamentsänderungen.«

Patzer sieht ihn stumm an, dann grinst er. »Du Baazi. Samma im Gschäft.«

»Und was ist mit der Wasserleiche?«

»Da passiert nix. Die Tante ist Asbach. Da können die zehnmal ein Foto in der Zeitung bringen, da tappen die Bullen komplett im Dunkeln.«

»Und was ist mit der Agentur der Lady?«

»Die zahl ich, wenn's so weit is. Aber wo kein Kläger …«

»Okay. Aber eine Bitte: Nimm ein bisschen das Gas raus bei ISARIA! Sonst denkt noch wer, dass es einen Zusammenhang gibt zwischen dem Projekt und Haslbecks Tod.«

»Den gibt's nicht. Und ich muss Tempo machen. Wir sind unter Zeitdruck. Die Finanzierung steht. Die Araber zahlen alles. Aber wenn die plötzlich keine Lust mehr haben, ist es Essig mit ISARIA. Wir sind so knapp davor!« Er deutet mit Zeigefinger und Daumen einen Millimeterabstand an. »Nur noch der Umweltminister! Wirtschaftsminister Huber findet die Idee sowieso gut. Hubsi, es geht hier um achtzig Millionen Euro! Wahrscheinlich noch mehr. Jede Menge Geld, jede Menge Jobs. Wenn die Bayerischen Staatsforsten grünes Licht geben, können wir sofort anfangen. Jetzt, wo ich den Grund verwalte und der Alte nicht mehr mit Umweltschutz und dem ganzen Scheiß ankommen kann.«

Steinle nickt. »Eins noch – wer von der Polizei war bei dir?«

»Eine Frau. Rothaarig. Bisschen dick. Klein. Penetrant.«

»Die Rossmeier. Die war auch bei Freddi in der Metzgerei. Einige meiner Klienten aus Starnberg hatten ziemlich Ärger mit ihr. Die ist hartnäckig.« Steinle schüttelt den Kopf und grinst. »Ich hab ein paar Strippen gezogen, dass sie aus Starnberg wegbefördert wird. Ich kenn ja den Polizeichef. Blöd, dass die ausgerechnet bei der Mordkommission landet.«

»Das ist safe, die hat keine Ahnung«, sagt Patzer. »Hat jedenfalls keinen übermäßig engagierten Eindruck bei mir hinterlassen.«

»Wollen wir's mal hoffen.«

MIT STEUERNUMMER UND SO

»Für Ihren Besuch vielen Dank, Herr Zankl«, sagt Elena, als sie ihn zur Tür bringt. »Wir kennen Dame leider nicht. Wissen Sie, es gibt Mädchen so viele hübsche, die arbeiten auf eigene Rechnung. Oder eben nicht auf Rechnung. Wir immer alles offiziell. Bei uns Krankenversicherung, Sozialabgaben, Gewerbesteuer. Alles ordentlich. Auf Wiedersehen. Würden wir uns freuen, wenn Sie mal kommen so. Wir haben attraktive Angebote.«

Als Zankl vor der Pasinger Villa steht, reibt er sich die Augen. Was war das denn? Die von der Sitte hatten ihm schon gesagt, dass die von Mondo 6 Profis sind. Zweifellos. Die Chefin von dem Laden hat auf ihn gewirkt wie eine höfliche Sachbearbeiterin im Bürgerbüro des Kreisverwaltungsreferats. Nur besser angezogen. Er sieht auf die zur Villa gehörige Parkanlage. Mit solchen Dienstleistungen lässt sich offenbar sehr viel Geld verdienen. Er steigt ins Auto und checkt im Handy Gabys Liste mit den nächsten Adressen.

AUS DEM RUDER

Als Zankls Wagen das Grundstück verlassen hat, biegt Peter in die Auffahrt zur Villa. Kein angenehmes Gespräch, das er gleich führen muss. Elena war alles andere als begeistert, als er sie gestern Abend telefonisch vom Ableben des Grafen unterrichtet hat.

Elena sitzt am Schreibtisch. Vor sich Papiere, die sie zusammenschiebt und auf einen Stapel legt. »Peter, setzt du dich bitte.«

Peter nimmt auf dem Stuhl vor dem Schreibtisch Platz, wo eben noch Zankl saß.

»Polizei war da eben«, erklärt sie. »Kriminalpolizei. Wegen Olga. Konnte ich nicht helfen. Aber das ist eine andere Geschichte. Warum ist Graf tot?«

»Selbstmord. Hab ich doch am Telefon gesagt.«

»Erzähl nicht Scheiß. Wie es ist passiert? Leonid?«

Peter schüttelt heftig den Kopf. »Nein, der Turm war abgesperrt.«

»Welcher Turm?«

»Äh, wo er drin war, also der Graf.«

»Woher ihr wisst das?«

»War sonst alles dunkel. Nur im Turm war Licht. Wir wollten hoch und mit ihm reden. Wir haben nichts gemacht, ehrlich.«

Elena zieht die Augenbrauen hoch, dann winkt sie ab. »Muss eben Tochter zahlen oder Schwiegersohn. Aber blöd, wenn jetzt Polizei fragt wegen Olga. Egal. Ihr denkt euch was aus.«

»Was denken wir uns aus?«

»Wie ihr kommt an das Geld. Ich will hunderttausend Euro für Olga. Soll Tochter bezahlen oder ihr Mann, ist mir egal. Ist das klar?!«

KEINE SCHMINKE

Dosi interessiert sich nicht im Entferntesten für Mode – ihr eigener Stil ist im Moment eher geprägt von Conny's Jeans Shop in der Landwehrstraße (jede Jeans dreiunddreißig Euro!) –, aber dass Katrin Patzer exquisit angezogen ist, fällt selbst ihr auf. Das enge schwarze Kleid hat etwas Strenges und Verführerisches zugleich. Genug Trauer, aber auch genug Leben. Perfekt. Katrins Augen sind gerötet. Das verbirgt keine Schminke.

»Das tut mir sehr leid mit Ihrem Vater, Frau Patzer«, begrüßt Dosi sie im Vernehmungsraum.

»Danke, ich …« Ihr versagt die Stimme.

»Möchten Sie Ihren Vater noch mal sehen?«

»Nein, bitte nicht. Was ich nicht verstehe, also, warum befasst sich die Kripo mit Selbstmord?«

»Wir wollen sichergehen, dass kein Fremdverschulden vorliegt. Frau Hallmeier hat eine Person auf dem Gelände gesehen. Aber das ist geklärt. Es war der Metzger wegen der Bestellung für das Fest. Kennen Sie ihn?«

Katrin schnieft auf. »Nein, das hat mein Vater immer selbst in die Hand genommen. Ich war für die Einladungen zuständig. Der Metzger hat ihn gefunden?«

»Nein, Frau Hallmeier. Der Metzger war abends mit Ihrem Vater verabredet, aber der hatte sich offenbar im Turm eingesperrt.«

»Er sperrt nie ab, wenn er oben ist.«

»Außer vielleicht, wenn er nicht gestört werden will.«

Katrin schießen die Tränen in die Augen.

Dosi schaltet einen Gang zurück und ist betont einfühlsam zu Katrin. Und sie bekommt reichlich Auskunft. Zu den finanziellen Problemen des verstorbenen Burgherrn. Dass er ohne seinen Schwiegersohn seit Jahren zahlungsunfähig wäre. Dass ihr Mann mit ihrem Vater Streit hatte wegen eines Großprojekts – ISARIA, ein Wellnessresort an der Isar, das ihr Vater grundsätzlich ablehnte. »Als Haslbeck in der achten Generation kann man doch den Familiensitz nicht verkaufen!«, sagt Katrin mit fester Stimme.

Dosi runzelt die Stirn. Dieser Standesdünkel schmeckt ihr nicht. Gerne würde sie eine kleine Bosheit vom Stapel lassen, etwa zur offenbar nicht vorhandenen beruflichen Tätigkeit der Adelstante. Aber sie tut es nicht. Katrin Patzer bestätigt noch die Aussage ihres Mannes, dass sie beide abends zu Hause waren, und damit ist die Sache für Dosi erledigt. Vorerst. Dosi gibt ihr noch den Schlüsselbund ihres Vaters. »Den habe ich gestern mitgenommen für eine kriminaltechnische Untersuchung. Hat aber nichts ergeben.«

Katrin sieht sie verwundert an, dann nickt sie. Sie geben sich die Hand. Katrins Hand ist eiskalt. »Passen Sie auf sich auf«, sagt Dosi und sieht ihr nach, wie sie langsam den Gang hinuntergeht. Mit hängenden Schultern. Tragisches Bild. Da hilft auch das schönste Kleid nicht. Dosi hat kein schlechtes Gewissen, dass sie sich die Schlüssel hat nachmachen lassen. Wer weiß, wofür das noch gut ist. Zu gern würde sie mal die Kellerräume der Burg unter die Lupe nehmen. Wenn die doofe Hallmeier nicht immer da wäre. Aber die wohnt im Wirtschaftstrakt der Burg und hat bestimmt kein Leben jenseits der Burg.

GOLDROT UND PETTICOAT

Mader sitzt im Michaeligarten, dem eher wenig attraktiven Biergarten im Ostpark. Aber ihm gefällt es hier mit der aufgeräumten Künstlichkeit des Parks, dem abgezirkelten Teich mit seiner Betoneinfassung, den zerzausten Schmalbrustkastanien, die erst in hundertfünfzig Jahren angemessen Schatten spenden werden. Bajazzo döst unter dem Tisch, und Mader spült die letzten Reste seines Wiener Schnitzels mit Bier runter. Idyll. Die Dämmerung lastet schwer auf den Kastanien, die *Abendzeitung* liegt auf dem Tisch. Das Bier im halb vollen Maßkrug leuchtet goldrot.

Zankl ist nach seiner Recherche über Escortservices ziemlich geplättet. Die residieren an den schönsten Orten Münchens und verdienen sich dumm und dämlich. Ganz legal. Offenbar. Mit Steuernummer, damit Vater Staat happy ist. Er hat noch mal Gaby angerufen und sich für die Tipps bedankt. Sie hat ihn gefragt, wie denn seine Frau die Unterwäsche findet. »Toll«, hat er gelogen. Er hat sich immer noch nicht getraut, sie Jasmin zu überreichen. Heute wird er es tun. Ganz bestimmt. Aber erst muss er noch seinen Abendtermin hinter sich bringen.

Dosi ist zu Hause in ihrer kleinen Wohnung. Sie war noch fleißig. Hat sich schlaugemacht über Patzer. Bei den Kollegen von der Wirtschaft, im Internet, sogar im Rathaus, wo sie jemanden in der Verwaltung kennt. Jetzt weiß sie, dass Patzer ein echter Strippenzieher ist. Hat seine Finger in vielen wichtigen Bauvorhaben der Stadt. Sein größtes Projekt ist momentan ISARIA, von dem ihr auch schon Katrin Patzer erzählt hat. Völliger Wahnsinn: überdachte Isar!, denkt Dosi. Aber der Mann ist nicht wahnsinnig, der weiß genau, was er will. Da ist sich Dosi sicher. Patzer wird alles Mögliche nachgesagt. Aber bis heute blütenreine Weste. Wird vertreten von der Kanzlei Steinle & Partner. Dieselbe Kanzlei, bei der der alte Haslbeck sein Testament hinterlegt hat. Das noch nicht eröffnet ist. Da ist sie ja mal gespannt. Aber Arbeit ist Arbeit. Und Freizeit ist Freizeit. Dosi presst sich in einen Petticoat. Sie geht auf eine Tanzveranstaltung des Rock-'n'-Roll-Clubs Sendling Tigers. Vielleicht wird sie ja Mitglied. Damit sie nicht einrostet. Im Rock ist sie endlich drin, jetzt braucht sie nur noch eine Bluse, die nicht aus allen Nähten platzt. Ein bisschen abnehmen wäre echt mal wieder angesagt. Da ist Tanzen eigentlich genau das Richtige. »One o'clock, two o'clock: ROCK!«

Patzer und Steinle lassen es so richtig krachen bei ihrem Lieblingsitaliener, im Centrale in der Schellingstraße. Sie lassen die gemeinsamen Geschäftsbeziehungen hochleben. Katrin weint derweil ins Kopfkissen.

Und Hummel? Macht die Dinge, die er am liebsten macht. Ein Bier auf, eine Zigarette und die Stereoanlage an. Diana Ross singt *My Old Piano*. Am liebsten ist natürlich relativ. Also, die Dinge, die man gut allein machen kann. Wie Tagebuchschreiben.

Liebes Tagebuch,
auch dieser Tag war ein einziger Kampf. Also nicht physisch,
eher mental. Ich war in Laim draußen, weil ein Hausmeis-

ter behauptet hat, die Frau aus der Zeitung würde da wohnen. Ja, tut sie auch. Sozusagen. Die Frau war nämlich zu Hause. Nun gut, sie sah der Toten ein bisschen ähnlich, aber der Hausmeister hätte ja einfach mal klingeln können und schauen, ob die Frau wirklich schon in den ewigen Jagdgründen weilt. Sie war jedenfalls quicklebendig. Und ganz schön aufgetakelt. Die Wohnung war für Laim auch einen guten Tick zu teuer eingerichtet. Und die Frau hatte so was in Figur und Augen, das ziemlich eindeutig war. Wenn ich wüsste, wie Sex riecht, würde ich sagen, dass es dort nach Sex gerochen hat. Also im übertragenen Sinne. Aber was geht das mich an? Wenn, dann ist das ein Job für die Sitte. Ich habe der Frau das Foto von der Wasserleiche gezeigt, aber sie hat sie natürlich nicht erkannt. Ich war irgendwie total erleichtert, als ich wieder vor dem Haus stand. Da hast du eine ganze Batterie von Wohnblocks rund um den Laimer Platz und keine Ahnung, was sich in den vielen kleinen Wohnungen und Apartments so alles abspielt. Ach, eigentlich möchte ich es auch gar nicht wissen, liebes Tagebuch.

Ja, so ist das. Nur ein anderer Stadtteil, und du bist auf einem anderen Planeten. Schon interessant. Dosi hat mir heute auch irgendwas von Immobilien und Bauvorhaben erzählt, wo sie sich gerade schlaumacht. Wir hatten allerdings gar keine rechte Zeit zum Sprechen. Zu hektisch der Tag. Na ja, jedenfalls gibt es in München echt unterschiedliche Ecken. Laim ist jedenfalls nicht so meins. Also im Vergleich zu meinem geliebten Haidhausen. Ich mag den Blick auf die belebte Orleansstraße und in den Hinterhof, wo die Bäume über die Mülltonnen ihr Blätterdach breiten. Wo ich genug Platz habe und die Sachen machen kann, die ich gerne mache. Zum Beispiel auf deine weißen Seiten schreiben, liebes Tagebuch. Da bin ich dann sogar ganz gern allein. Noch lieber wäre ich es allerdings, wenn ich wüsste, dass ich es nicht immer bin. Wenn ich noch was vorhätte, also nicht jetzt, aber morgen am frühen Abend vielleicht, dass ich dann mit Beate durch mein Viertel spaziere, die Wörthstraße hoch. Dass wir in die beleuchteten Schaufenster schauen, in den Schmuckladen oder das lustige Papiergeschäft oder wir bei dem Asiaten gegenüber ein paar Sushiröllchen und Hähnchenspieße zum Weißbier essen. Dass wir dann über den Bordeauxplatz schlendern, wo das Brunnenwasser glitzert und die Linden sich im Wind wiegen. Der Kies kieselt unter unseren Sohlen, der Mond wirft sein Silber auf den Ostbahnhof. Und wie zufällig streif ich im Gehen deine Hand. Und dann lade ich dich noch auf eine Tüte Eis ein, bei der kleinen Eisdiele am Kaufring. Und die beiden Portugiesen, die schon dabei sind, ihren Laden aufzuräumen, sehen mir gleich an, was die Stunde geschlagen hat. Und dann hör ich dich sagen: »Mango und Melone.«

Mhhm!

Na ja, so ist das ja leider nicht. Aber die Vorstellung ist schon schön. Doch ohne Beate habe ich wenigstens viel Zeit für meine Fantasien. Zeit!? Von wegen! Ich muss endlich der Verlegerin was schicken, sonst schreibt die mich noch ab. Wie war das noch mal mit dem Titel? Letzte Ausfahrt Fröttmaning. Schon cool. Halbe Miete. Mindestens. Ja, jetzt müsste mir nur noch was einfallen, was dazu passt. Also eine Geschichte. Fröttmaning – irgendwas mit dem Stadion oder dem Kunstpark Nord, aus dem irgendwie nie was geworden ist. Dosi hat doch heute auch von Immobiliengeschichten gesprochen. Ja, darum geht es immer in dieser Stadt. Wem gehört die Stadt? Wäre doch ein Aufhänger.

Irgendwas mit Grundstücksspekulation oder so. Mit Mafia und einem knallharten Verteilungskampf um die besten Grundstücke in der Stadt. Muss ich mir mal genauer überlegen. Aber heute schreibe ich nix mehr. Morgen dann. Ganz bestimmt.

NERVENSÄGE

Dosi ist das Gegenteil von einsam. Kurzer Blick zurück. Gestern Abend: »One o'clock, two o'clock: ROCK!« Auf der Tanzveranstaltung der Sendling Tigers hatte sie echt viel Spaß. Endlich mal wieder die Sau rauslassen. Sie ist jetzt Mitglied im Verein. Und hat eine Klette am Hals. Einen Typen, der sich erst im Morgengrauen als solche entpuppte. Fränki-Boy (mit i, wie er betont hat), ein hagerer, langer Rockabilly-Typ mit einer Haartolle wie ein Dreimeterbrett. Was sie nun gerne als One-Night-Stand nach einer ausgelassenen Tanzparty abhaken würde, könnte sich zum Dauerzustand entwickeln. Befürchtet sie zumindest. Fränki-Boy ist jedenfalls bis über beide Ohren in sie verliebt. »Du bist so feurig!«, hat er zu ihr gesagt. Süß. Auch wenn sie das eher über einen Bohneneintopf sagen würde. Der Typ ist noch Informatikstudent, hat also Zeit. Ein bisschen zu viel Zeit! Passt ihr definitiv nicht. Nach dem Alter hat sie Fränki vorsorglich gar nicht gefragt. Und jetzt hat er sie zur Arbeit gebracht und will sie von dort auch wieder abholen. Echt nicht! Den muss sie irgendwie ausbremsen. Die neu erworbene Mitgliedschaft wird sie vermutlich erst mal ruhen lassen. Tanz ich eben wieder allein vor dem Flurspiegel!, denkt sie grimmig.

ERMITTLERALLTAG

Inzwischen kommen kaum mehr Hinweise zur Wasserfrau. Das Foto in der Presse hat nichts gebracht. Zumindest für die Polizei. Und andere Nachrichten beschäftigen inzwischen die Lokalpresse. Hummel geht noch den letzten unsachlichen Hinweisen zu der Wasserleiche nach. Heute in Feldmoching.

Zankl hat gestern Feldforschung betrieben. In einem Bungalow in Solln. Gaby hat ihn auf eine SM-Party mitgenommen. Zu Recherchezwecken. Hat ihm schon ein bisschen Angst gemacht. All die Gestalten in Lack und Leder. Aber erstaunlich nette Leute. Mit Verbrechen haben die nichts am Hut. Bevor es dann zur Sache ging, ist er aber doch lieber heim zu Jasmin. Berufliches und Privates sollte man trennen. Auf die Latexunterwäsche hatte er dann irgendwie keinen Bock mehr. Kommt Zeit, kommt Tat.

Dosi konzentriert sich voll auf die Arbeit. Auch weil sie keine große Lust auf Freizeit hat. Denn da wartet Fränki-Boy auf sie. Er ist total verknallt. Dosi hat das Gefühl, dass er umso hartnäckiger auftreten wird, je mehr sie ihn mit Nichtachtung straft. Vielleicht hat er einen Domina-Komplex. Fände es vermutlich scharf, wenn sie sich auch mal in der Rosenheimer Straße in Domina's Heaven einkleiden würde. Ob die überhaupt was für ihre Figur hätten? Sie lacht über ihr Gedankenspiel und beißt sich an der Arbeit fest. Informiert sich über Patzer. Irgendwas an dem Typen ist nicht knusper. Vom Wirtschaftsdezernat hat sie noch mehr Details über Patzers gewaltiges Bauprojekt ISARIA erfahren, das er gegen alle Widerstände verfolgt. Das wäre doch ein schönes Motiv für Haslbecks Ableben, denkt Dosi. Und von wegen, dass sie den alten Kasten nicht brauchen. Das kann der seiner Oma erzählen. Dosi ist ein bisschen frustriert, dass bei Haslbeck tatsächlich alles nach Selbstmord aussieht. Wie kann Patzer das Wellnessteil überhaupt planen, wenn ihm weder Waldeck noch der Grund gehören?, fragt sie sich. Und sie fragt Patzer selbst. Auch hier ist er sehr offen am Telefon: »Ja, jetzt gehört das alles meiner Frau. Gemeinsam werden wir endlich dieses Großprojekt angehen. Das ist ein starker Impuls für die regionale Wirtschaft und den Tourismus, und wir werden dafür sorgen, dass der sensiblen Flusslandschaft mit höchstem Umweltbewusstsein begegnet wird. Wir führen Menschen mit Verantwortungsbewusstsein und finanzieller Potenz an die Schönheit unserer bayerischen Natur im Isartal heran. Sie werden sehen, ISARIA wird ein Meilenstein in grüner Luxustouristik sein.«

Wie gedruckt, denkt Dosi und sagt: »Schon von Vorteil der Selbstmord des Grafen. Für Sie, oder?«

»Wenn Sie so direkt fragen: ja.«

Als Dosi auflegt, glaubt sie tatsächlich fast schon, dass sie auf dem Holzweg ist. Es hört sich nicht so an, als ob Patzer etwas zu verbergen hätte. Trotzdem – der Typ ist ihr unheimlich. Mit Mader kann sie nicht darüber reden, der will ja, dass sie die Haslbeck-Geschichte schnell abhakt. Außerdem ist er heute auf irgendeiner Fortbildung und nicht im Haus. Vielleicht sollte sie mal mit Hummel sprechen? Aber ob der nach seinem Trip in den Münchner Norden noch mal ins Büro kommt?

ÜBERSTUNDEN

Hummel ist froh, endlich wieder zu Hause zu sein. Auch weil er noch was zu tun hat. Er macht Überstunden. Sozusagen. Nicht dienstlich, auf eigene Kappe. Er will endlich weiterkommen mit seinem Roman. Heute trinkt er alkoholfreies Bier, um einen klaren Kopf zu behalten. So zumindest der Vorsatz. Die Flasche steht geöffnet vor ihm auf dem Küchentisch. Wie eine Drohung.

Liebes Tagebuch,
eigentlich wollte ich ab jetzt gleich alles in meinen Laptop reinhauen. Also meinen Romanentwurf. Aber das käme mir komisch vor. Du weißt alles von mir, und wenn ich das jetzt in den PC tippe, käme es mir vor, als würde ich meine Worte jemand anderem als dir anvertrauen. Nein, das werde ich nicht tun. Außerdem macht mich das Summen des Computers nervös. Das setzt mich unter Druck. Da kann ich nicht denken. Also wirst du auch weiterhin Zeuge meiner kläglichen Schreibversuche sein. Schade, dass du nicht sprechen oder schreiben kannst, um mir mitzuteilen, ob ich komplett auf dem Holzweg bin. Kurz habe ich überlegt, mein Problem mit KI zu lösen, aber das wäre ja noch schöner! Das wäre ja der Selbstmord des Autors. Niemals werden Maschinen menschliche Kreativität ersetzen! Also hoffentlich! Ich probiere das einfach noch mal, okay? Jetzt so in Richtung Immobilien, Mafia, das volle Programm. Sozialkritisch. So eine abgewrackte Zukunftsvision. Letzte Ausfahrt Fröttmaning. So könnte München enden,

*wenn man nicht aufpasst, wenn man den Blick verliert für
das Bodenständige, Gemütliche, Liebenswerte, für das
Münchner Gefühl.*

*Ich fahre durch die nachtleeren Straßen auf den Mittleren
Ring. Mein Aftershave korrespondiert mit der nüchternen
Kühle des Wageninneren. Cool Water. Ich verbinde mein
Handy mit dem Player. Die ersten Takte treffen mich mit
Wucht. Perfekt. Bobby Womack mit* Across 110th Street.
*Als wäre ich auf New Yorks Umgehungsstraßen unterwegs.
Die Rücklichter der Autos, die Neonstreifen der Tankstellen,
der vom einsetzenden Nieselregen glänzende Asphalt, die
Schlieren meiner altersschwachen Wischerblätter. Kaleidos-
kop der Lichtreflexe. Hinein in die Nacht. Ich halte das
Lenkrad lässig mit ein paar Fingern. In den Norden.
Fröttmaning, gescheiterte Boomregion zwischen Autobahn
und Mülldeponie. Hier sagen sich Industrieruinen und
andere zweifelhafte Liegenschaften gute Nacht. Zerklüftete
Fabrikhallen werden überragt von der gewaltigen baufälli-
gen Allianz-Arena. Auf Sand gebaut. Betonstützen, Luft-
kissen, eine aufwändige Konstruktion aus Stahlseilen, ein
Spinnennetz – nichts half. Stetig neigte sich das Stadion.
Eine Zeit lang wurde noch Fußball gespielt, schließlich
erlaubten auch die Halbzeitwechsel kein gerechtes Spiel
mehr. Als ob der BR-Klassiker Bergauf-Bergab sein Sen-
dungsmotto auf Fußball erweitert hätte. Natürlich haben
die Bayern sich verbessert und mit dem neuen Stadion in
der Stadtmitte auf der Theresienwiese neue Maßstäbe
gesetzt auch hinsichtlich einer ausgeklügelten Mehrfachnut-
zung. Zu Oktoberfestzeiten ist das das größte Bierzelt der
Welt, wenn nicht gerade Andreas Gabalier auftritt, der
größte deutschsprachige Showstar der letzten Jahre. Und*

hier draußen im Norden steht nur noch die eindrucksvolle Stadionruine. Wie eine riesige Satellitenschüssel, die in die Weiten des Weltraums hinaushorcht. Hallo, hallooo, halloooo…

Hm. Hummel legt den Kugelschreiber beiseite. Das klappt nicht. Diese dunkle Zukunftsvision bringt einen nicht nur beim Schreiben schlecht drauf, beim Lesen auch. So düster sieht er die Welt doch gar nicht. Er holt sich ein kaltes Tegernseer aus dem Kühlschrank.

BEERDIGUNG

Grauer Trauervormittagshimmel. Es regnet. Bindfäden. Kies glänzt und knirscht unter den Schritten zahlreicher Trauergäste. Meer in Schwarz. Dosi flucht, weil sie keinen Schirm dabeihat. Stellt sich brav an. In der Schlange vor der Aussegnungshalle. Am Ostfriedhof liegt auch Modezar Moshammer samt Mama. Auch ein Kriminalfall: Der einzig wahre König-Ludwig-II-Wiedergänger wurde Opfer eines Strichjungen, der ihn mit einem Telefonkabel erwürgt hat. Ob die Leute da immer noch Blumen ablegen? Die Gruft ist so groß, dass sein Rolls-Royce reinpassen würde. Tiefgarage. Auch Kriminalfall. Der Mosi. Telefonkabel. Tja, damals gab's noch Telefone mit Kabel. Aber wieso *auch* ein Kriminalfall?, überlegt Dosi. Haslbeck ist aus dem Fenster gestürzt. Die Tür war von innen verschlossen. Und die Aussage der Haushälterin über den Metzger hat nichts ergeben. Sieht alles nach Selbstmord aus. Oder?
»Rossmeier!«

Dosi schreckt hoch. »Oh, Dr. Günther?«

Der Dezernatsleiter funkelt sie an. »Was machen Sie denn hier?! Sie stören hier nicht etwa die Totenruhe, äh, die Trauerfeier?«

»Natürlich nicht.«

»Ich höre?«

»Ach, ich seh mich nur ein bisschen um.«

»Ich denke, es war ein tragischer Selbstmord?«

»Ja, so sieht es aus.«

»Und warum sind Sie hier?«

»Ein Bauchgefühl.«

»Nur weil Sie bei Mader arbeiten, heißt das nicht automatisch, dass Sie seine schlechten Angewohnheiten übernehmen müssen!«

»Jawohl. Und Sie sind dienstlich hier?«

»Nein. Privat. In gewissen Kreisen kennt man sich. Eduard von Haslbeck war ein hochrangiges Mitglied der Münchner Gesellschaft. Ich möchte nicht, dass auch nur der leiseste Zweifel an Haslbecks Integrität ruchbar wird!«

Ruchbar! Dosi schüttelt sich innerlich, als sich Günther entfernt hat zu seinesgleichen, die erstaunlich zahlreich sind. Sie folgt dem Menschenstrom. In der Aussegnungshalle trennen sich die Wege. Chichi vorn, Fußvolk hinten. Dosi mustert die übrigen Trauergäste. Sie entdeckt Katrin von Haslbeck. Verheult. Ihr Mann neben ihr. Entspannt. Nichtssagend. Ein paar weitere Personen kennt sie. Das sind der bayerische Wirtschaftsminister, der Vorsitzende vom Bund Naturschutz, der Zweite Bürgermeister. Alle staatstragend. Langsam versiegt das Gemurmel. Stille. Alle Blicke auf den Sarg. Eingebettet in einen Urwald aus Kränzen und Gebinden. Lange Schleifen mit Gold- und Silberlettern. Ganz still jetzt. Die Trauergemeinde erwartet den Pfarrer und seine tröstlichen

Worte. Eine Seitentür öffnet sich. Zwei Friedhofsbedienstete in betroffenheitsgrauen Anzügen tragen eine Staffelei mit einem prächtigen Kranz herein. Als die Staffelei ihren Platz im Urwald gefunden hat und einer der beiden Herren die Schleife nach vorne legt, können es alle lesen: *Die Bernbacher Nudelfabrik dankt ihrer langjährigen Mitarbeiterin.* Tuscheltuscheltuschel. Leise öffnet sich die Tür wieder, durch welche die beiden Friedhofsherren gerade verschwunden sind. Hopsa! Sind wieder da. Ihre subtile Leichenblässe ist feurigem Rot gewichen. Abgang Nudelkranz. Falsche Baustelle. Ein Hauch von Heiterkeit durchweht die kühle Halle.

»Ein Großer ist von uns gegangen«, beginnt der Pfarrer plötzlich, wie dem Himmel entstiegen. Zustimmendes Nicken vieler Köpfe.

Ja, ihr großkopferten Geldscheißer, denkt sich Dosi mit leiser Wut. Ihr Leistungsträger. Aktienfondsverwalter, Börsenzocker, Steuerhinterzieher, Immobilienhaie. Dosi schaltet auf Stand-by.

»Drum lasset uns nun beten in stiller Andacht für den Verstorbenen«, läutet der Pfarrer das Ende seiner Ausführungen ein. Was? Schon vorbei? Dosi ist verblüfft. War das so kurz oder war sie so weit weg? Na ja, muss ja auch schnell gehen. Die Nudelfabrik will ja auch noch ihre langjährige Mitarbeiterin mit Anstand unter die Erde bringen.

In angemessenem Abstand folgt Dosi dem Leichenzug zur Grabstelle. Regen. Immer noch. Erde zu Erde. Staub zu Staub. Asche zu Asche. Ein Trauergast nach dem anderen wirft ein Schäufelchen Erde ins offene Grab.

»Das ist der Besitzer der Mangfall-Stahlwerke«, sagt jemand neben Dosi und deutet nach vorn.

»Oh, Frau Hallmeier, grüß Sie. Ja, 'ne Menge wichtige Menschen hier.«

»Der Graf hat viel bewegt für dieses Land. So ein Ende passt nicht zu ihm. Er hatte so viele Ideale. Und er war gläubig. Selbstmord ist Sünde!«

»Finanziell stand er mit dem Rücken zur Wand.«

»Er hat seine Tochter über alles geliebt. Er würde ihr nicht einfach einen Schuldenberg hinterlassen.«

»Na ja, es bleibt ja alles in der Familie. Das Geld kommt doch eh von ihrem Mann.«

»Sie haben gestritten.« Die Hallmeier schluckt und lächelt entschuldigend. »Ich habe nicht gelauscht, also nicht absichtlich. Der Graf und sein Schwiegersohn. Es ging um Geld, das sich der Graf geliehen hat.«

»Und sein Schwiegersohn wollte es zurück?«

»Der Graf sagte: ›ISARIA – nur über meine Leiche!‹ Dr. Patzer will die Burg umbauen und braucht den Grund. Graf von Haslbeck hätte dem Ansinnen nie zugestimmt. Ihm waren Traditionen so wichtig, der Familiensitz. Ein von Haslbeck in der achten Generation!«

»Und wir leben immer noch im Mittelalter«, ergänzt Dosi lautlos, die die gewissen Kreise schon ziemlich überhat. »Sagen Sie, gab es im Februar oder März größere Veranstaltungen auf der Burg?«

Hallmeier sieht Dosi erstaunt an. Dann schüttelt sie den Kopf. »Das wüsste ich. Ich bin ja immer da. Na ja, für die ersten drei Märzwochen kann ich das nicht sicher sagen. Da hab ich meinen Jahresurlaub und bin bei meiner Schwester in Aschaffenburg. Ich helfe ihr. Sie hat ein kleines Handarbeitsgeschäft. Ein sehr schöner Laden in der Fußgängerzone. Ich kenn mich ja sehr gut aus in dem Bereich.«

»Das ist schön. Und könnte der Graf in dieser Zeit alleine so ein Fest ausgerichtet haben?«

»Wieso sollte er? Und außerdem hat er doch zwei linke

Hände. Er hatte …« Ihre Augen füllen sich wieder mit Tränen.

Dosi atmet tief durch, als sie durch das Friedhofstor auf die Straße tritt. Alleine. Puh! Die Tram steht an der Haltestelle. Noch. Dosi legt einen Spurt hin.

STERNCHENKÜCHE

Präsidium. Mader starrt den Telefonhörer an, als wäre der ein Ufo. Hat ihm eine Botschaft übermittelt, die ausgesprochen sonderbar klang. Dr. Günther will mit ihm essen gehen. Ins Kolibri. Ein Edelschuppen im Lenbachpalais. »Fünf Minuten zu Fuß. Ich hol Sie ab. In einer halben Stunde. Bis später.« Das waren seine Worte. Mader starrt immer noch den Hörer an, aus dem immer noch der Kammerton flötet. Unheilschwanger. Mader isst ja wirklich gerne, aber das würde er sich gerne sparen. Was will Günther von ihm? Und lauwarme Sternchenküche ist so gar nicht seins. Warum hat er Günther nicht gesagt, dass er keine Zeit hat? Heute nicht, morgen nicht, übermorgen nicht. Ganz einfach – weil Günther sein Chef ist.

»Bringen wir's hinter uns«, murmelt Mader und sieht auf seine abgewetzten dunkelbraunen Cordhosenbeine hinab. Der diskrete Charme des Landadels. Wie geschaffen für ein Edellokal. Mader geht zu den Kollegen rüber. Nur Hummel ist da. Recherchiert im Internet. »Hummel, können Sie bitte mittags Bajazzo übernehmen? Ich muss mit Dr. Günther zum Essen.«

»Oh. Mein Beileid. Alles klar.«

KINDERSCHNITZEL

Die paar Hundert Meter von der Ettstraße zum nahen Lenbachplatz ziehen sich wie eine Wüstendurchquerung mit Reinhold Messner. Nur dass es mit dem sicher lustiger wäre. Günther erzählt von seinen Kindern und ihren schulischen und universitären Leistungen, von seiner Frau, seinem Haus, seinem Urlaub. Von seiner Idee, sich einen alten Mustang Cabrio zu kaufen und damit bis zum Nordkap zu fahren. Mit offenem Verdeck natürlich. Von Dingen, die Mader so fremd sind wie der Gedanke, sich eine Katze anzuschaffen. Mindestens.

Dann das überkandidelte Interieur des Kolibri: Rigips in mondän. Kolonialmöbel im Herrenreiterstil. Die Krönung: der affektierte Kellner, dessen Gesichtshaut Mader an Brühpolnische erinnert. Sicher im Solarium eingepennt. Dr. Günther wird mit »Dr. Hier« und »Dr. Da« umtänzelt.

Mader murmelt ein Mantra: »Mein Körper ist hier, mein Geist ist auf Reisen. Mein Körper ist hier, mein Geist …«

»Himbeergeist?«

»Wie?!« Mader sieht den Kellner entgeistert an.

»So antworten Sie doch, Mader«, drängt Günther. »Aperitif?«

»Nein danke. Ein Weißbier.« Im letzten Moment schickt er »alkoholfrei« hinterher und hofft, dass nur Günther es gehört hat. Ist ja dienstlich.

Ihr Tisch steht direkt an einem der fünf Meter hohen Fenster. Blick auf den Verkehr am Lenbachplatz. Gerade rumpelt die 19er-Tram vorbei. Mader blickt ihr sehnsüchtig hinterher. Der gegrillte Kellner bringt Günther einen Drink in einem riesigen Glas. Gelb und trüb wie Elefantenpipi. Am Rand des Pokals eine Physalis.

»Mango-Juice und ein Schuss Holunder«, jubiliert Günther. »Vitamine pur. Trink ich immer hier.«

Sie stoßen an. Maders 0,3 Alkoholfrei ist mit einem Zug fast leer. Nur noch der Hals – wie der Bayer sagt.

»Mader, ich hab ein ernstes Wort mit Ihnen zu reden«, eröffnet Günther.

Der Kellner kommt wieder an den Tisch. »Haben die Herren schon gewählt?« Im selben Moment klingelt Günthers Handy. Er geht dran und zeigt dem Kellner parallel etwas auf der Karte. *Multitasking*. Kann er. Dann deutet er zu Mader hinüber und widmet sich seinem dringenden Telefonat.

»Der Herr haben gewählt?«, fragt der Kellner.

»Für mich was Leichtes. Das Gschorselte vom Reh.«

»Wir haben kein Wild. Wie wäre es mit einem Carpaccio vom …«

»Schweinsbraten?«

»Tut mir leid. Ich könnte Ihnen ein Steak anbieten.«

»Machen Sie das. Und dazu …«

»Eine Polenta vom Grieß aus den Hochebenen des …«

Mader schüttelt den Kopf. »Mit Bratkartoffeln aus der niederbayerischen Tiefebene. Und jetzt huschhusch, sonst werd ich nervös. Und bringen Sie mir noch ein Weißbier. In einem normalen Glas. Und mit Atü!«

Als der Kellner abzieht, schnauft Mader durch: »Mannmannnmann …«

Günther beendet sein Telefonat mit dem schönen Satz: »Na, dann sehen wir uns ja am Samstag auf dem Green.«

Mader stürzt den Rest seines Alkoholfreien hinunter.

»Nun zu uns, mein lieber Mader. Wie kommen Sie eigentlich mit der Wasserleiche voran?«

»Geht so. Ein paar Hinweise, ein paar Spuren. Nichts wirklich Konkretes.«

»Wäre gut, wenn Sie bald was haben. Was Konkretes. Sie wissen doch – ich will nur drei Dinge: Ergebnisse, Ergebnisse, Ergebnisse. Sie haben ja jetzt mehr Personal. Wie macht sie sich denn, die Rossmeier?«

»Sehr gut, danke der Nachfrage.«

»Dann setzen Sie sie bitte auch korrekt ein. Ich hab die Rossmeier heute Vormittag auf der Beerdigung von Graf von Haslbeck getroffen. Wie kann das sein? Ermittelt sie in einem Selbstmordfall?«

»Sie hat offenbar ihre Zweifel.«

»Was für Zweifel? Offenbar? Warum schicken Sie die Rossmeier dorthin?«

»Ich schicke niemanden irgendwohin. Meine Leute ermitteln selbstständig. Wenn sie glaubt, dass sie auf dieser Beerdigung etwas erfährt, was ihr bei ihren Ermittlungen weiterhilft, warum soll sie dann nicht hingehen?«

Der Kellner bringt das Essen.

Mader sieht skeptisch auf seinen Teller. »Kinderschnitzel«, murmelt er. »Maximal.«

»Hören Sie mir zu?«, fragt Günther.

»Voll und ganz, Dr. Günther«, sagt Mader und probiert die Kartoffeln.

Günther sieht Mader missbilligend an. »Ich sehe keinen Grund dafür, dass eine Beamtin der Mordkommission auf der Beerdigung eines hochrangigen Mitbürgers rumlungert, der sich auf so tragische Weise das Leben genommen hat.«

»Oxymoron.«

»Bitte?!«

»Hochrangiger Mitbürger. Schließt sich irgendwie aus. Sozialpolitisch.«

»Wollen Sie mich provozieren, Mader?«

»Und tragisch wäre etwas nur, wenn das Schicksal zuschlägt. Geht bei Selbstmord ja nicht.«

»Lassen Sie diese Haarspalterei! Was macht die Rossmeier bei der Trauerfeier?«

»Sehen Sie es doch so: Solange Sie es nicht herumerzählen, dass Frau Rossmeier sich dort umgeschaut hat, wird es auch keiner in den erlauchten Kreisen erfahren. So bekannt ist sie nicht.«

Günther sieht Mader scharf in die Augen. Mader hält dem Blick problemlos stand. Und schiebt den letzten Rest Bratkartoffeln auf seine Gabel. »Nicht schlecht«, muss er zugeben. »Aber sehr wenig.«

»Zahlen«, ruft Günther in Richtung Kellner. Die gedünstete Artischocke an veganer Sauce béarnaise auf seinem Teller hat er nicht einmal probiert.

SO KOMISCH

In Maders Büro dudelt leise das Radio. Mader studiert Akten. Bajazzo döst friedlich zu seinen Füßen. Erschöpft von dem langen Mittagsspaziergang mit Hummel. Der hat ihm hinterher eine große Wurst spendiert. Guter Mann.

Mader ruft Dosi zu sich. »Doris, ich hatte vorhin das große Vergnügen, mit Dr. Günther essen zu gehen. Sagen Sie, warum waren Sie auf der Beerdigung von dem Haslbeck?«

»Ich wollte mir die Leute mal anschauen. Um ein besseres Gefühl für Haslbeck zu kriegen.«

»Haben Sie denn Zweifel, dass es Selbstmord war?«

»Klar, alles spricht für Selbstmord. Das mit dem Metzger hat nichts ergeben. Und die Tür vom Turm war von innen verschlossen. Aber trotzdem.«

»Ihre Zweifel in Ehren. Aber es wäre gut gewesen, wenn ich gewusst hätte, dass Sie auf der Beerdigung sind.«

»Äh, ich dachte, das ist nicht so wichtig. Soll ich jetzt immer Bescheid geben, wenn …?«

»Nein, sollen Sie nicht. Denken Sie nicht, dass ich Ihnen nicht vertrau. Aber ich will vorbereitet sein, wenn Günther bei mir aufschlägt und …« Mader hebt den rechten Zeigefinger und macht das Radio ein bisschen lauter: »Du bist so komisch anzuseh'n, denkst du vielleicht, ich find das schön …«, singt eine sanfte Männerstimme. Mader strahlt übers ganze Gesicht. Dosi sieht ihn entgeistert an. »Charles Aznavour«, erklärt Mader feierlich.

Mader spricht leise, als wolle er die Musik nicht zu sehr stören: »Günther hat viele schlechte Seiten. Aber er ist der Chef. Und er hat dafür gesorgt, dass Sie bei uns arbeiten. Also hat er auch gute Seiten. Schreiben Sie mir einen kurzen Abschlussbericht zu Haslbeck, und dann unterstützen Sie Zankl und Hummel wieder bei der Wasserleiche.«

Dosi nickt. Obwohl sie eigentlich ein paar andere Sachen auf dem Schirm hat. Zu denen sie Maders Meinung durchaus interessieren würde. Etwa, dass die Wasserleiche gar nicht so weit weg von Burg Waldeck gefunden wurde. Oder dass es doch gar nicht so unwahrscheinlich ist, dass eine Burg über eine Folterkammer verfügt. Aber jetzt ist offenbar nicht der richtige Zeitpunkt für ihre Theorien.

NIRWANA

»Boa, der hab ich das Nirwana gezeigt!«, sagt Luigi zu sich selbst und steigt aus der Dusche. Katrin braucht momentan viel Liebe. Die ihr Patzer nicht gibt. Patzer zeigt keine Spur von Mitgefühl nach dem plötzlichen Tod ihres Vaters. Er hingegen: Sensibilität in Person. Jetzt ist Katrin nach einer aufwühlenden Nummer zur Mittagszeit ermattet in die Federn gesunken, während ihn das Koks auf hundertachtzig hält. Seine nackten Füße registrieren wohlig die Fußbodenheizung im Bad. Er sieht in den großen Spiegel. Sein Kapital ist überschaubar. Er ist jetzt neunundzwanzig. Sein Körper ist top. Ein paar Jahre noch. Er stellt sich auf die Zehenspitzen. Seine Bauchmuskeln, seine schmalen Hüften, sein stattlicher … Er fühlt sich so geil. Am liebsten hätte er sofort wieder Sex – mit sich selbst. Aber er weiß um die Vergänglichkeit von Schönheit und muss sich ranhalten. Welche Vorteile kann er noch aus der Beziehung mit Katrin ziehen außer ein paar schönen Stunden? Ja, langsam sollte er seine Schäfchen ins Trockene bringen.

Er zieht Patzers Bademantel an und macht eine Hausbesichtigung. Erstes Mal hier. Bislang hatten sie sich in irgendwelchen Hotels getroffen. Auch schon mal bei ihm zu Hause. Katrin war allerdings nicht so begeistert von seiner Bude. Komisch. Hat doch alle Schikanen. Jetzt also hier. Patzer ist geschäftlich weg. Ist die Katze außer Haus, tanzen die Mäuse.

In der Küche findet er eine Packung Lachs im Kühlschrank. Er öffnet sie und isst ein paar Scheiben ohne Brot. Wertvolles Eiweiß. Die Fettfinger wischt er achtlos am Bademantel ab.

Jetzt Tacheles. Ist ja nicht zum Spaß hier. Wüsste Katrin, dass er ihr Schlafmittel in den Schampus gemischt hat, fände sie ihn wahrscheinlich nicht mehr ganz so nett. Er holt sich aus der Besteckschublade einen Bratenwender und geht nach oben. Das Schnappschloss ist ihm vorhin schon aufgefallen. Ungewöhnlich in einem Haus. Er lässt das flache Edelmetall in die Türritze auf Höhe des Schlosses gleiten, und *schnack!* ist die Tür offen. Gelernt ist gelernt.

Wow! Lässig vierzig Quadratmeter. Riesiger Designerschreibtisch aus Chrom und Glas. Darauf gähnende Leere bis auf einen großen iMac und ein Telefon. Ordentlicher Mensch, der Herr Patzer. Luigi sieht sich um. Auf dem Besprechungstisch am Fenster liegt eine Mappe. Eher nebenbei blättert er sie durch. Computergrafiken von einem Wellnessresort. Wow! Gefällt ihm. Patzer weiß, was die Leute wollen. ISARIA. Klar. Isar. Isartal. Gute Idee – Wildnis und doch stadtnah. Das Telefon klingelt. Luigi zuckt zusammen. Der Anrufbeantworter schaltet sich ein, zeichnet eine Männerstimme auf: »Verdammt, Herby, wo bist du? Du hast das Handy nicht an, zu Hause bist du auch nicht! Ruf mich an! Hier ist die Kacke am Dampfen! Wegen der Wasserleiche in der Zeitung und dem alten Haslbeck drehen alle am Rad! Heinz-Dieter war bei mir. Uns hilft die ganze Finanzierung aus Abu Dhabi nicht, wenn jetzt Unruhe entsteht. Ruf mich an! Wenn wir das nicht in den Griff kriegen, kannst du dir ISARIA und die ganze Kohle in die Haare schmieren.« Der Ungenannte knallt den Hörer hin. Luigi grinst, denn er kennt die Stimme. Dr. Steinle. Auch ein Stammgast im Centrale. Oft genug hat er Steinle und Patzer dort bedient. Interessantes Paar. Luigi reibt sich das Kinn. Die Wasserleiche in der Zeitung. Hat er gelesen. Der alte Haslbeck – Gott hab ihn selig – wäre mit ISARIA niemals einverstanden gewesen.

Von welchem Heinz-Dieter hat Steinle gesprochen? Luigi setzt sich an den Schreibtisch und fährt den Rechner hoch. Passwortgeschützt. Klar. Daran verbrennt er sich nicht die Finger. Kann man hinterher vermutlich auch sehen, dass wer falsche Kennwörter ausprobiert hat. Er fährt die Kiste wieder runter. Blättert noch mal durch die Präsentationsmappe mit ISARIA. Darüber muss er mehr rauskriegen. Ob Katrin Details weiß? Leider kann sie ihm jetzt keine Auskunft geben. Noch nicht. Schläft ja tief und fest. Er zieht die Zimmertür hinter sich zu. Er muss los. Zur Arbeit.

BACK HOME

Das Erste, was Patzer sieht, als er sein Büro betritt: den Bratenwender. Liegt wie ein abstraktes Designobjekt auf seinem Schreibtisch. Patzer hebt ihn auf und riecht daran. Nichts. Er sieht im spiegelnden Edelstahl seinen dummen Gesichtsausdruck. Patzer schlägt wütend mit dem Bratwerkzeug auf die gläserne Tischplatte. Wenn Katrin zu Hause wäre, würde er sie zur Rede stellen. Sofort. Ist sie aber nicht. Genervt sinkt er in den Schreibtischstuhl. Der Anrufbeantworter blinkt. Er drückt den roten Knopf und hört die Nachricht ab. Er ruft zurück.

Steinle meldet sich sofort. »Mann, Herby! Wo bist du?«

»Zu Hause. Ich komme gerade aus Basel. Eigentlich wollte ich erst morgen zurück. Ging schneller als gedacht.«

»Warum gehst du nicht an dein Handy?«

»Weil ich im Flieger war?« Patzer zieht sein iPhone aus der Tasche und sieht, dass er den Flugmodus nach der Landung nicht rausgenommen hat. »Was ist so dringend?!«

»Nachdem die Isartussi in der Zeitung war, rufen jetzt Hinz und Kunz bei mir an. Du glaubst gar nicht, wie interessant ein guter Anwalt ist, wenn's ungemütlich werden könnte. Findet sogar unser lieber Minister Heinz-Dieter Huber. Fragt rein prophylaktisch, ob ich eventuell ein Mandat übernehmen könnte. Die haben Panik, dass jemand wegen der Sache auf Waldeck auspackt, jetzt wo Haslbeck das Zeitliche gesegnet hat.«

»Sollen doch froh sein, dass Edi nichts mehr erzählen kann. Die haben Glück, dass er keinen Abschiedsbrief verfasst hat. Wir sind jetzt ihre Lebensversicherung. Und wir sind Geschäftsleute. Eine Hand wäscht die andere. Du, ich hab jetzt ganz andere Sorgen. Hier war jemand. In meinem Büro.«

»Fehlt was?«

»Nein. Nicht dass ich wüsste. Aber auf meinem Schreibtisch liegt ein Bratenwender. So ein Teil zum Burgerwenden.«

»Vielleicht 'ne Drohung der Mafia? Die Spaghetti haben es doch mit Kochen. Obwohl, die hassen doch Burger.«

»Sehr witzig. Jedenfalls war jemand hier.«

»Vielleicht hat deine Frau nur aufgeräumt und das Ding liegen gelassen.«

»Ja, genau, einen Bratenwender. Kochen ist nicht ihr Ding. Außerdem geht sie hier nicht rein.«

»Beruhig dich. Kannst du in einer Stunde im Centrale sein? Wir müssen reden.«

»Okay, bis nachher.«

Patzer reibt sich die müden Augen und überlegt, ob er das Teil irgendwann in der Hand hatte. Schließlich ist er der Koch hier. Wenn er mal zu Hause ist. Genervt geht er am Handy seine verpassten Telefonate durch. Nichts, was sofort zu erledigen ist. Der Bratenwender liegt wie ein Menetekel vor ihm. Grinsend schüttelt er den Kopf. Wahrscheinlich war er das selbst. Sieht schon Gespenster. Er fährt den Rechner hoch, um ihn mit den neuesten Daten seines Handys zu synchronisieren. Als er sein Kennwort eingibt, kommt ihm ein komischer Gedanke. Er geht auf »Zuletzt verwendete Dokumente«: Dateien aus dem Ordner ISARIA. Klar, hatte er in Arbeit. Er geht auf »Eigenschaften« und »Letzter Zugriff«. Gestern, 12:26. Alles gut. Oder? Er fixiert den Bratenwender. Das Haus ist alarmgesichert. Hier kommt kein Unbefugter rein. Er sieht den Folder mit dem ISARIA-Projekt auf dem Besprechungstisch. Leichtsinnig. Das Zeug so offen rumliegen zu lassen. Wobei – geheime Sachen stehen da nicht drin. In der Presse sollten die Details allerdings auch nicht stehen. Noch nicht. Er sperrt den Ordner in den Schreibtischcontainer. Dann drückt er auf den Anrufbeantworter und hört noch mal Steinles Nachricht ab. Der AB hat geblinkt. Also hat niemand die Nachricht vor ihm abgehört. Außer, die Person war in dem Moment, als der Anruf kam, hier im Raum. Hmm. Nicht sehr wahrscheinlich. Er geht zu dem Whiteboard an der Wand und klappt es weg. Tippt die Kombination in den Wandtresor. Die schwere Tür schwingt auf. Im Safe sind seine Waffe und viele Geldbündel. Patzer liebt Bargeld. Hinterlässt keine Spuren. Nein, sieht alles unberührt aus. Er schließt den Tresor und klappt das Whiteboard wieder an die Wand. Trotzdem. Jemand könnte in seinem Büro gewesen sein. Hat Katrin einen Liebhaber, der hier im Haus rumschnüffelt, während sie nach dem Akt ermattet in den Federn liegt?

Er geht ins Schlafzimmer seiner Frau und steckt die Nase in das Laken. Er kann Sex riechen. In jeder Variante und Abart. Doch die Bettwäsche riecht frisch und nach Katrins

Parfüm. Er geht ins Badezimmer und sieht in den Abfalleimer. Nichts. Sein Bademantel liegt ordentlich gefaltet im Schrank. Er späht in die Dusche. Kein fremdes Haar. Etwas unbefriedigt geht er in die Küche. Hunger. Öffnet den Kühlschrank und sieht die angebrochene Packung Lachs. Wenn seine Frau eins hasst, dann Lachs. Nächste Station: Keller. Die Kiste mit dem Altglas. Die Schampusflasche sieht er gleich. *Veuve Clicquot.* Brr. Das Zeug haben sie nicht im Haus. Die Flasche hat jemand mitgebracht. Er dreht sie um und lässt den Rest herauslaufen. Quasi auf frischer Tat ertappt. Jetzt muss er nur rauskriegen, wer seine Frau bespaßt, wenn er nicht da ist, und dann wird man weitersehen.

WARMES ZEUGS

Luigi zuckt zusammen, als Patzer um halb zehn das Centrale betritt und auf den Tisch von Steinle zugeht. Patzer kommt doch erst morgen zurück? Hätte er heute Abend frei, würde er vielleicht noch bei Katrin im Bett liegen. Aber er muss arbeiten. Er ist ein verdammter Glückspilz!

»Hallo, Dr. Patzer, schön, dass Sie mal wieder bei uns sind«, begrüßt er ihn.

»Ja, Luigi, die vielen Geschäfte. Zu wenig Zeit für die schönen Dinge.«

»Darf ich Ihnen einen Aperitif bringen? Einen Aperol?«

»Nein, nicht dieses klebrige Zeug. Kann man keinem zumuten«, sagt Patzer. »Grappa! Doppio!«

Steinle sieht ihn verwundert an. Als Luigi weg ist, fragt er: »Hey, Herby, was ist los?«

»Das mit meinem Büro macht mich nervös, Hubsi.«

»So, die Herren, hier ist der Aperitif.« Luigi serviert die Drinks und kommt kurz darauf mit einem Servierwagen an den Tisch. Auf dem weißen Tischtuch befinden sich Teller und Schüsseln mit köstlichen Vorspeisen.

»Wir haben noch gar nicht gewählt, Luigi«, meint Steinle. Luigi lächelt. »Sie sehen hungrig aus. Greifen Sie zu. Die Antipasti gehen aufs Haus.«

Steinle lächelt. »Danke. Und was empfiehlst du danach? Fleisch oder Fisch?! Ich bin noch unentschlossen.«

»Nehmen Sie die Spaghetti alle vongole und als Hauptgang die Scaloppine. Dazu empfehle ich einen Trebbiano.« Gesagt, bestellt. Luigi zieht sich zurück. Holt den Wein aus der Kühlung und poliert die Gläser.

»Herby, ich weiß nicht, ob das mit der Isarlady eine so gute Idee war«, beginnt Steinle das Gespräch.

»Das war meine beste Idee seit Langem. Sieh mal, wenn sie einfach so verschwunden wäre, dann wären mir die feinen Herren eine Zeit lang dankbar gewesen. Und dann? Diese Typen vergessen schnell. Jetzt geht ihnen der Arsch auf Grundeis, und wir können Druck machen.«

»Auf die Idee, dass die dich aus dem Weg räumen könnten, kommst du gar nicht?«

Patzer lacht laut auf und leert sein Glas. »Diese Sesselfurzer? Du machst mir Spaß. Du hast sie doch gesehen in der Nacht. Die haben sich in die Hosen geschissen, als die Frau sich nicht mehr gerührt hat. Jetzt fressen sie mir aus der Hand.«

»Das Ganze hat einen Schönheitsfehler. Die machen sich vielleicht ins Hemd. Aber im Herbst wird gewählt. Wenn das Umweltministerium jetzt ISARIA abnickt und die Bevölkerung läuft Sturm, stehen die blöd da. Und wir vielleicht auch. Denn, wenn wir nach der Wahl andere Ansprechpartner haben, fangen wir wieder ganz von vorn an.«

»Hmm. Wer hat mehr Einfluss – Wirtschaft oder Umwelt?«

»Wirtschaft. Minister Huber zieht ja mit. Aber ohne die anderen geht es nicht.«

»Dann flicken wir Umweltminister Müller persönlich was am Zeug. War zwar nur sein Staatssekretär dabei, aber wenn wir den hochgehen lassen, kann er ebenfalls den Hut nehmen. Imagemäßig ist das doch schlimmer als eine verlorene Wahl, oder?«

Steinle entfaltet die Stoffserviette und legt sie sich auf die Oberschenkel. Er sieht Patzer an. »Kannst du denen nicht irgendwas anbieten? Irgendein Ökoprojekt im Ausgleich für die Hotelanlage? So als PR-Maßnahme.«

»O ja, natürlich, wir bewässern irgendein vertrocknetes Scheißmoor mit Laubfröschen oder asphaltieren irgendwelche Schneckenautobahnen. Das kriegen wir hin. Alles eine Frage des Budgets. Ach! Mich regt dieses Scheiß-Öko-Blabla auf. Jetzt schmieren wir die Heinis schon so lange, und es ist immer noch so kompliziert. Wir ziehen für zig Millionen Bauaufträge an Land, und die langweilen uns mit Umwelt. Aber ja, gut, wenn du meinst, auch das machen wir. Ich hab da am Rand vom Perlacher Forst eine alte Farbenfabrik. Ich überleg mir was. Renaturierung oder so was. Das kriegen wir schon hin. Ich hab morgen den Termin in der Staatskanzlei und soll ISARIA noch mal im Detail präsentieren. Da kann ich das als Joker ins Spiel bringen.«

»Klingt hervorragend, Prost!«

Sie stoßen an und beladen ihre Teller mit den exquisiten Vorspeisen.

Patzer und Steinle geben sich die Kante. Nach drei Flaschen Weißwein haben sie immer noch nicht genug. »Hey, Luigi, bring uns 'ne Flasche Schampus«, lallt Steinle.

»Welche Marke?«, fragt Luigi.

»Hauptsache, kein *Veuve Clicquot*«, schnarrt Patzer.

»Nein, das warme Zeugs kann man keinem zumuten«, sagt Luigi mit ausgesuchter Höflichkeit.

FRAUEN UND HUNDE

Mitternacht. Die Kriminaler schlafen schon. Außer Hummel. Der sitzt mit Bier und Zigarette auf dem Fensterbrett seines Wohnzimmers. Sieht hinaus auf die Straße. Heute kein so guter Tag. Er fühlt sich einsam. Sogar Frau Palmers hat ihn verlassen. Jetzt sieht er an der Bushaltestelle auf den Waschbrettbauch und die tätowierten Muskeln von David Beckham. Der wirbt für einen Männerduft. Wenn es wenigstens Victoria wäre. Die räkelt sich eine Bushaltestelle weiter die Straße runter. Er überlegt kurz, ob es eine Geschäftsidee wäre, wenn das Parfüm tatsächlich nach ihren Namensträgern oder -trägerinnen duftete. Nach David. Dann würde er sich lieber die Ladies-Edition kaufen.

Liebes Tagebuch,
heute war ein erkenntnisreicher Tag. Ich war mit Bajazzo
unterwegs. Da ist mir so viel über mein Leben klar gewor-
den. Wir sind mit der U-Bahn zur Giselastraße gefahren
und haben eine Runde durch den Englischen Garten
gedreht. Hat mich total fertiggemacht. Kaum kündigt sich
der Sommer an, kommen die Liebespaare aus allen Löchern.
Halten Händchen, schmusen und schlendern lachend durch
den Park. Und ich? Ich bin allein, von aller Welt verlassen!
In diesem Sturm der Hormone. Aber ich habe mir den

Englischen Garten ja selbst ausgesucht. Es heißt doch immer,
mit Hunden findet man schnell Kontakt. Das gilt leider
nicht für alle Hunde. Bajazzo kann ja nichts dafür, dass er
ein Dackel ist. Ja, auch ein Dackel ist ein Magnet. Aber
leider nur für ältere Damen, die auf diese Hunderasse
stehen. Nichts gegen ältere Damen, aber wenn man ein
höflicher Mensch ist wie ich, dann lassen die einen gar nicht
mehr los. Die reden, als gäbe es kein Morgen. Ich hatte das
Gefühl, ich würde in wenigen Minuten um Jahrzehnte
altern. Ich sah neidisch auf die braun gebrannten Surfer-
typen, die ihren zerzausten Kötern die Frisbeescheiben und
sich selbst in Pose warfen. Unter den bewundernden Blicken
der holden Weiblichkeit. Diese blöden Sonnyboys! Brauchen
ihre Hunde doch nur zum Aufreißen! Würde Beate im
Englischen Garten spazieren gehen, würde sie auch die
körperfixierten selbstverliebten Hirndübel und ihr peinliches
Muskelspiel bewundern? Bestimmt. Sonst wäre sie ja nicht
mit diesem blöden Testfahrer zusammen.
Ach, du mein Tagebuch, es tut mir leid, dass ich dich mit
meinen trübsinnigen Gedanken belästige. Aber jetzt geht es
mir schon viel besser. Und vielleicht sehe ich das alles auch
zu düster, vielleicht wäre es ja auch ganz anders – Beate
würde auf mich zukommen und sagen: »Mensch, Hummel,
was hast du da für einen süßen Hund? Ich hab dich gerade
schon mit dieser netten älteren Dame plaudern gesehen. Ich
wusste gar nicht, dass du so ein Gentleman bist.«
Liebes Tagebuch, hier breche ich ab. Ich gehe noch auf ein
spätes Bier in die Blackbox. Ich werde dir berichten.

NACHTSCHATTEN

Luigi ist auf dem Heimweg. Um zwei ist die Schellingstraße
wie ausgestorben. Studenten schlagen sich heute nicht mehr
die Nächte um die Ohren. Zumindest heute nicht. Ab und
zu ein Auto. Die Ampeln haben nicht viel zu tun, wechseln
zäh von Rot zu Grün zu Gelb zu Rot. Luigi ist hundemüde.
Sein Kopf schwirrt vom Sprachgewirr im Lokal, von der
Hitze, vom ständigen Lächeln. Diese ganzen reichen Deppen. Auch Patzer und Steinle. Diese aufgeblasenen Riesenär-
sche. Aber jetzt hat er sie am Poposito. Die Idee mit seinem
Handy hatte er ganz spontan. Es lag mit eingeschalteter Auf-
nahmefunktion unten im Servierwagen sanft bedeckt mit einer Serviette. Nach Steinles interessanten Informationen auf
Patzers Anrufbeantworter wollte er wissen, was die beiden
so im Detail zu bequatschen haben. Was er jetzt über die
EarPods hört, haut ihn um. Es geht um die Frau in der Isar
beim Maria-Einsiedel-Bad, die kürzlich in der Zeitung war!
Und es geht um Politiker in der ersten Reihe, die für den
Todesfall mitverantwortlich sind. Luigi ballt die Faust. Aus
der Nummer wird er mit richtig viel Geld rausgehen. Jetzt
ist er allerdings zu müde, um detaillierte Pläne zu schmieden.
Aber morgen wird er einen Schlachtplan entwerfen. Eine
halbe Million! Eigentlich zu wenig, wenn da auch noch Politiker drinhängen. Aber nicht übertreiben! Sonst werden die
zickig. Die sind bestimmt nicht zimperlich. Doch eine kleine
Eigentumswohnung sollte schon drin sein. Er kann ja nicht
sein ganzes Leben in einem überteuerten Einzimmerapart-
ment zur Miete verbringen. Der Zeitpunkt ist perfekt. Mor-

gen das Geschäftliche erledigen und übermorgen ab in den Urlaub. Schon gebucht. Billigflieger nach Mallorca. Ein paar Tage die Seele baumeln lassen. Kein Stress, keine Verpflichtungen. Seinen Erfolg feiern. Ein paar deutsche Touristinnen glücklich machen. Nicht mehr, nicht weniger. *Yeah!*

Steinle und Patzer geben sich in einem Nachtclub im Moosfeld den Rest. Katrin wälzt sich schlaflos im Bett. Ihr vorzeitig zurückgekehrter Gatte hat merkwürdige Andeutungen gemacht. Auf dem Küchentisch lag ein Zettel: *Bin schon zurück, Liebling.* Und daneben ein Bratenwender und eine leere Schampusflasche. Ihr schwant Böses.

Hummel ist gerade heimgekehrt. In einem zerrütteten Zustand. Nicht nur mental. Es gibt Abende, da bleibt man besser zu Hause.

Liebes Tagebuch,
ich bin's noch mal. Es ist sehr spät, und ich habe zu viel
Bier getrunken. Ohne Bier hätte ich es aber auch nicht
überlebt. Der Abend war furchtbar. Und Beate war so
wunderschön. Wie immer. Klar. Nein, noch schöner. Sie hat
eine neue Frisur. Kürzer, fransig. Toll! Sie sieht aus wie ein
Filmstar. Aus einem skandinavischen Film. Hell und klar.
Aber ihr blöder Typ war auch da und hat die ganze Zeit an
ihr rumgefummelt. Das versteh ich ja noch. Aber dass ihr
das offensichtlich gefallen hat, das versteh ich nicht! Und
ich sitz ein paar Meter daneben. Wie kann sie mir das
antun? Als wäre ich gar nicht da! Ich bin immer noch
geschockt. Wie er an ihrem Ohrläppchen geknabbert hat!
Ich hab noch nie einen Pornofilm gesehen, aber so stell ich
mir das vor. Du bist bei etwas dabei, wo du nicht dabei sein
solltest. Es geht mir schlecht!

MAL WAS ANDERES

Mader sortiert am nächsten Vormittag seine Gedanken und die Unterlagen auf seinem Schreibtisch. Putztag quasi. Heute sind seine Mitarbeiter am Ammersee und müssen ein Blockseminar besuchen. *Polizeiarbeit und Pressearbeit.* Referent: Dr. Gisbert Günther. Höchstpersönlich. Chefsache. Hat Mader auch schon genossen. War gar nicht schlecht, auch wenn Mader der ganze Powerpoint-Schmarrn und diese Seminarspielchen ein Graus sind.

Am Ammersee ist die Stimmung auf dem Höhepunkt. »Mann, das geht mir vielleicht auf den Sack«, stöhnt Zankl in der Mittagspause, als sie im Biergarten der ehemaligen Brauerei in Stegen sitzen.

»Ach«, meint Hummel und blinzelt in die Sonne. »Wenigstens ist es schön hier draußen.«

»Mir wär's lieber, wir würden uns um unseren Fall mit der Wasserleiche kümmern«, sagt Dosi.

»Du meinst *unseren*«, sagt Zankl und zeigt auf Hummel und sich. »Denn das war vor deiner Zeit.«

»Na, was meinst du, warum ihr Verstärkung bekommen habt?! Weil ihr das alles mit links rockt?«

Hummel steht auf. »Diskutiert ihr ruhig eure Beziehung. Ich geh eine rauchen.« Er zündet sich eine Zigarette an und schlendert zum sumpfigen Ufer des langsam verlandenden Sees. Er setzt sich auf die Holzplanken eines der Stege. Vor ihm liegt eine weite silberne Platte im diesigen Gegenlicht. Feine graue Schablonen am Horizont – die Alpenkette. Er schließt die Augen. Alles orange. In seinem Kopf hört er die Streicher, das Orchester. Dann die Stimme von Sam Cooke: »I was born by the river, in a little tent. And just like the river I've been running ever since …«

Stegen, Ammersee, oder Clarksdale, Mississippi. Alles eins. Ein Gefühl. »Autsch!« Die Mücke hat ihn sogar durch den dicken Jeansstoff am Oberschenkel gestochen. Jetzt stürzt sich ein ganzer Mückenschwarm auf ihn. Hummel springt auf und schlägt um sich.

GANZ EASY

Hey, das war doch ganz easy!, denkt sich Luigi auf dem Heimweg von der Arbeit. Und darüber hat er sich den ganzen Tag den Kopf zerbrochen. Wie er es am besten angeht. Ganz subtil? Oder mit der Tür ins Haus fallen? Was er nicht so auf dem Schirm hatte: Patzer ist ein Profi, zu Hause in der Welt der Finanzen. Das Ganze ist gelaufen wie ein Gespräch mit dem Kreditberater: »Wie viel? Was bekommen wir für Sicherheiten? Wann sollen wir zahlen?« Grundsolide. Irgendwie hatte er Patzer anders eingeschätzt. Dass hinter der kühlen Geschäftsfassade ein Raubtier lauert, bereit, jeden zu zerreißen, der sich ihm in den Weg stellt. Vielleicht ist das auch so. Aber dafür sind seine Informationen einfach zu gut. Dass er nicht gleich zahlt, okay, damit war zu rechnen. In ein paar Stunden treibt man keine halbe Million auf. Aber egal. Das Zahlungsziel von einer Woche wird ihm die Heimkehr von Mallorca versüßen. Er wird sich dann natürlich nach einem anderen Job umsehen. Vielleicht ein eigenes Lokal, was Kleines in der Innenstadt. Luigis Espresso Bar.

Eine Tagesbar – dann muss er nicht mehr bis zwei Uhr nachts arbeiten. Dann könnte er sich abends den schönen Seiten des Lebens widmen – den Frauen.

Er hat die Kreuzung mit der Amalienstraße erreicht, wo er wohnt. In der Eckkneipe brennt noch Licht. Das Strabanz ist ein Unikum, eine Hippiekneipe in der geleckten Maxvorstadt. Würde er keinen Fuß reinsetzen. So vom Style her. Trotzdem nickt er respektvoll. Wenigstens der Laden widersetzt sich dem ganzen Studenten-to-go-Scheiß. Neben dem Centrale und dem Schellingsalon wahrscheinlich das letzte aufrechte Lokal in der Straße. Irgendwo hinten im Lokal brennt noch Licht. An einem der Fenster sieht er einen Mann und eine Frau in inniger Umarmung. Luigi bleibt stehen und betrachtet fasziniert das Bild. Wie gemalt. Die Frau sieht ihn. Ihre Blicke treffen sich. Er lächelt. Sie sieht weg.

Luigi ist euphorisch, als er den Hausflur betritt. Alles eingetütet, und morgen geht es ab in den Urlaub. Er checkt seinen Briefkasten. Nur Werbung. Das Minutenlicht erlischt. Er zuckt zusammen. Er tastet sich zum Schalter und macht das Licht an. Im Fahrstuhl riecht es nach Schweiß und Deo. Wie immer. Als er oben aus dem Lift tritt, geht das Minutenlicht schon wieder aus. Im Schein des Fahrstuhllichts tritt er zu seiner Wohnungstür und steckt den Schlüssel ins Schloss. Die Lifttür schließt sich. Er steht im Dunkeln. Der Schlüssel hakt. »Verdammte Scheiße!«, zischt er, bemüht sich, aufzusperren und den Schlüssel dabei nicht abzubrechen. Schließlich geht die Tür auf, und er stolpert in seine Wohnung. Er drückt die Tür mit dem Rücken zu und atmet schwer. Was ist los mit mir?, denkt Luigi irritiert. Er tastet nach dem Lichtschalter. Die kleinen Halogenscheinwerfer tauchen das Apartment in sanftes Licht. Luigi schüttelt den Kopf und öffnet das Küchenfenster. Dann geht er ins Wohnzimmer, um dort dasselbe zu tun. Er starrt den Mann an, der dort in seinem Sessel sitzt. Der Mann hat eine Pistole mit Schalldämpfer. Auf dem Sofa sitzt noch einer. Sieht genauso aus. Ein Tick jünger vielleicht.

Den mit der Waffe kennt Luigi. »Freddi, was soll das?«, fragt er mit zitternder Stimme.

»Heute bring ich keine Porchetta, keine Bistecca. Setz dich«, sagt Freddi und deutet auf das riesige Bett.

Luigi setzt sich. »Glucks«, sagt das Wasserbett.

»Wenn ich ein Loch in dein Heiapopeia mach, kriegst du Ärger mit den Nachbarn«, sagt Freddi und deutet mit der Waffe auf die Matratze.

»Was wollt ihr von mir?«, fragt Luigi mit wackliger Stimme.

»Du hast da etwas mitgeschnitten. Und es gibt jemanden, der findet das gar nicht gut.«

»Patzer. Ja. Aber das ist okay. Wir haben einen Deal.«

Freddi schüttelt den Kopf. »Einen Scheißdreck hast du. Gib dein Handy her!«

»Ich hab die Dateien vermailt.«

»Ja, klar. An dich selbst.«

Der andere Mann springt vom Sofa auf, ein Messer blitzt in seiner rechten Hand auf. Luigi rollt zur Seite. Der Messermann sticht mehrfach mit Wucht in die Matratze und grinst irre. Dann setzt er sich wieder aufs Sofa, als wär nichts gewesen.

»Hinsetzen, du Scheißer!«, sagt Freddi trocken zu Luigi.

Luigi setzt sich wieder. Fontana di Trevi. Als würden fünf Zwerge aus der Matratze biseln. »Die Nachbarn …«

»Sind uns scheißegal. Wo sind die Daten?!«

»Ich lösche sie vom Handy. Ich hab sie an niemanden gemailt. Ich vergess das Ganze. Wirklich. Ich will auch das

Geld nicht mehr. Und ich hab mit niemandem darüber ge-sprochen. Ehrlich!«

»Du wirst auch in Zukunft mit niemandem darüber spre-chen.«

STECKERLFISCH

Die Kripo stochert wegen der Wasserleiche immer noch im Nebel. Der Druck ist im Moment nicht so hoch, weil Dr. Günther nach seinem Seminar in den Urlaub ent-schwunden ist und Mader ihm nicht täglich die Ermittlungs-ergebnisse durchgeben muss. Würde er sogar machen. Wenn es welche gäbe.

Zumindest Dosi kriegt was Interessantes raus. Über die Fischgräten im Magen der Wasserleiche. Dosi hat ein Fai-ble für die Details. Beim Abklappern der Cateringfirmen – Steckerlfisch macht ja nicht jeder – hat Dosi tatsächlich einen Anbieter gefunden, der am 13. März dreißig Renken an Haslbeck geliefert hat. Und alleine wird er die ja kaum verputzt haben. Dosi ist sich sicher, dass am 13. März auf der Burg ein Gelage stattgefunden hat. Die Hallmeier war in Urlaub. Aber solange sie keine Gästeliste haben, kommen sie nicht weiter. Denn der Einzige, der verlässlich Auskunft geben könnte, ist leider tot. Und seine Tochter weiß nichts von dem Termin. Eine Sackgasse? Doch Dosi ist wie ein Ter-rier. Wird nicht loslassen. Schließlich hat der Graf ja nicht allein gefeiert. Jetzt wäre eigentlich der richtige Moment, mit ihrer Theorie herauszurücken. Dass Haslbecks Tod und die Isarleiche zusammengehören. Aber Mader wäre da-rüber vermutlich nicht begeistert wegen Dr. Günther und der besseren Gesellschaft. Vielleicht sollte sie Hummel ins Vertrauen ziehen? Der ist aber heute schon früh verschwunden. Und er war anders angezogen als sonst. Ein ordentliches Hemd. Hat er ein Date?

BLAUES LICHT

David Bowie singt: »Dann sind wir Helden, für einen Tag.« Ohne Trockeneisnebel. Aber sonst ist der Ort ziemlich auf den Punkt. Ambientemäßig.

Zankl tritt zu Hummel an den Tresen: »Mann, was ist das für ein abgeranzter Laden?«

»GAP heißt die Kneipe«, sagt Hummel leicht gereizt. »Englisch – wie Lücke. GAP.«

»Größte Anzunehmende Peinlichkeit. Kreuzberg 1982. Hipsterscheiße. Dieses improvisierte Loftzeug mit schmutzigen Toiletten.«

»Wärst du lieber im Lindwurmstüberl?«

»Ja. Definitiv. Ich liebe den Geruch von Bratfett in den Haaren.«

»Hätt'ste mal vorher Bescheid gesagt.«

»Jedenfalls ist das hier Goethestraße, München. Und nicht Kreuzberg oder Mitte.«

»Sollen wir wieder gehen?«

»Quatsch, nur Spaß. Ich wollte dich lächeln sehen.« Zankl winkt dem Kellner. »Ein Bier, bitte.«

Als das Bier vor ihnen steht, stoßen sie an. Zankl zischt das halbe Bier herunter. »Puhhh … So, jetzt schieß los.«

Hummel erzählt ihm, wie das heute gelaufen ist. Also heute Abend. Er hatte tatsächlich ein Date. Mit einer Frau.

Ums Eck, im Café am Beethovenplatz. Mit seiner Verlegerin in spe, die jetzt mal wissen wollte, ob er überhaupt schon irgendwas geschrieben hat. Und wenn ja, was? Und da hatte er ihr im Vorfeld auch was geschickt. Sofort nach dem Versenden hatte er es bereut. Er hatte ein ungutes Gefühl, als er seine bisherigen Texte aus dem Tagebuch abgetippt und noch ein bisschen frisiert und dann abgeschickt hatte.

»Ich habe die Texte dann gleich noch mal gelesen. Puh, da springen einen die Schwächen und Fehler an wie eine Meute Straßenköter. Das bisschen Kosmetik war mehr als angebracht. Und es war noch immer ziemlich räudig. Aber man muss ja mal aus der Deckung kommen, oder, Zankl?«

Zankl nickt und schweigt. Hummel hätte sich schon ein bisschen mehr konkreten Zuspruch erwartet. Wirre Gedanken schwirren durch sein Gehirn: Angeklagter, nehmen Sie die Strafe an? Zehn Jahre Schreibverbot. Im Wiederholungsfalle lebenslänglich und Sicherheitsverwahrung. – Ja, Euer Ehren, ich akzeptiere die Strafe und verspreche, nie wieder einen solch unausgegorenen Text weiterzugeben. Solche Gedanken. Und die Realität? Ja, wie war's eigentlich?

»Hey, Hummel, was ist jetzt, erzählst du mir endlich, was sie dazu gesagt hat?«

»Äh, ich. Also. Ich …« Hummel ringt nach Worten. Greift danach, als ob sie auf einer Wäscheleine hängen, die ein paar Zentimeter zu hoch für seine ausgestreckten Arme und Finger ist.

»Jetzt komm schon, Hummel. War's nix?«

»Nein, ganz im Gegenteil …«

Zankl trinkt das Bier aus und hebt das leere Glas in Richtung Barkeeper. »Also, letzte Chance: Wie findet sie es?«

»Ja, also. Ich … Na … Also, sie hat gesagt, dass das schon mal nicht schlecht ist. Vielleicht ein bisschen zu düster. Ich soll auch dran denken, dass die meisten Bücher von Frauen gekauft werden. Und die mögen schon ein bisschen Emotion und Humor. Jetzt ist es zu einsamerwolfmäßig. Das ist ihr einen Tick zu cool.«

Zankl lacht und freut sich über sein zweites Bier. Er prostet Hummel zu. »Zu cool wär mir bei dir jetzt nicht grad eingefallen.«

»Na ja, irgendwie machomäßig.«

»Du? Haha!«

»Ja, ich!«

»Und wie sollst du schreiben?«

»Sie meinte: irgendwie normaler, aber trotzdem raffiniert.«

»Raffiniert. Wie *Knorrfix*.«

»Hä?«

»Na ja. Wenn halt auf dem Tütenzeugs so was draufsteht wie *Rigatoni alla Mastroianni*. So mit Würze. Aus was Normalem was Besonderes machen. Das Normale sind die Nudeln, also die Geschichte, das Alltägliche. Und da tust du dann noch Soße oder Gewürze dran, also Action. Damit sie scharf wie Marcello ist.«

»Sie hat auch gesagt, dass es nicht geht, dass der Kommissar andauernd an Sex denkt.«

»Ist das so?«

»Ist mir gar nicht aufgefallen. Aber ja, vielleicht ist das so.«

»Na und? Kommt halt drauf an, wie man es ausdrückt.«

Hummel nickt nachdenklich.

Beim zweiten Bier entspannt sich Hummel langsam. Aus den Lautsprechern der Kneipe kommt jetzt Barry White. Passt überhaupt nicht hierher. Entweder will ihn einer verarschen oder meint es gut mit ihm. Klingt jedenfalls super. Er sieht durch die schlierige Scheibe auf die regennasse Straße raus. Nach einem Schauer hat es draußen merklich abgekühlt. Hummel geht raus und zündet sich eine Zigarette an. Denkt nach. Der Plot, die Sprache, die Motive. In seiner Geschichte. Normal, aber raffiniert. Doch, das kriegt er hin!

Er geht wieder rein und sagt zu Zankl: »Du hast recht, ich schaff das. Ich weiß noch nicht, wie, aber ich schaff das.«

»Vielleicht probierst du einfach mal was Neues aus. Also so vom Style.« Zankl deutet auf das Plakat hinter dem Tresen: *Poetry Slam.* »Wie wär's mit: Hummel, der rappende Bulle. So was gibt's bestimmt noch nicht.«

Hummel grinst und braucht nur ein paar Sekunden Bedenkzeit, bis er loslegt: »Hey, ich bin da Hummel / ich trag geilen Fummel / ich hab 'ne dicke Wumme / ich sag's dir, in der Summe / klär ich dir jeden Mord / in München … und an jedem andern Ort.«

Zankl lacht. »Genau so. Ich geb zwei Kurze aus!«

PENSIONE AMORE

Marienplatz. Nicht Rathaus, Zentrum, Glockenspiel. Sondern: Marienplatz, Pasing. Wanderer, kommst du nach Pasing, denkt Katrin. Kein Ort, wo du unbedingt hinmusst. Katrin wischt über die angelaufene Scheibe und sieht auf den Platz. Eine Tram rumpelt und kreischt über die kurvigen Schienen. Sie zählt die Fahrgäste. Vier. Sie wartet auf Luigi. Sie sieht dem Staub zu, der über der Heizung tanzt. Endlos langsam. Katrin öffnet das Fenster, lässt die stickige Luft aus dem Zimmer. Sie streckt eine Hand in den Regenflor. Sieht ihren Atem. Sie geht ins Bad, zieht sich aus. Und an. Unterwäsche. Rot und neu. Heute gekauft. Selbst im kalten Neonlicht der Umkleidekabine der Boutique hat sie sich sexy gefühlt.

Sie raucht eine Zigarette auf dem Bett. Ihre Augen wandern am Stuckband der Decke entlang. Im Schein der rotbeschirmten Nachttischlampe glühen Nikotinschwaden. Tausend Horizonte. Das Zimmer ist nicht schön. Nicht die Spur romantisch. Bestenfalls neutral. Nach der vorzeitigen Rückkehr ihres Mannes hatten sie sich letzte Woche für diese verschwiegene Pension entschieden. Allemal besser als bei Luigi. Bei ihm zu Hause sieht es aus wie im Puff. Jedenfalls stellt sie sich so einen Puff vor, einen besseren natürlich. Plüsch, Velours, indirekte Beleuchtung, Wasserbett, Kondome und Gleitgel im Nachttisch. Sie ist nicht die Einzige in Luigis Laden. Weiß sie. Das Zimmer hier atmet keine Erinnerungen an andere Geliebte, hat keine anderen Versprechen gehört. Jedenfalls nicht von Luigi. Woher will ich das eigentlich wissen?, fragt sie sich plötzlich. Luigi hat die Pension ausgesucht. Aber sie hat keinen Exklusivanspruch auf Luigi. Und sie ist verheiratet. Sie denkt an ihren Mann, ihre Ehe, ihre wenigen Bekannten, die Geschäftsfreunde ihres Mannes, die sie alle verabscheut. Alles graue Menschen, grauer Hintergrund. Sie auch, sie war unsichtbar, bis Luigi in ihr Leben trat. Er sieht sie, wie sie sein möchte: schön, sinnlich, sexy.

Jetzt ist es elf. Luigi kommt mit dem letzten Flieger aus Mallorca. Egal. Nach Tagen der Einsamkeit endlich ein Wiedersehen. Sie haben nicht telefoniert. Luigi wollte nachdenken, wie das weitergehen soll mit ihnen. Katrin hat auch nachgedacht. Über sich, über ihr Leben, ihre Zukunft. Wenn Luigi es will – sie wird ihren Mann verlassen. Was dann passiert, weiß sie nicht. Aber das ist ihr egal. Luigi! Wie hat sie ihn diese endlos langen Tage vermisst, seine zärtlichen Hände.

Heute ist ihr Mann in Zürich. Wie so oft. Sie haben die ganze Nacht. Sie geht ans Fenster und starrt auf den Pasinger

Marienplatz. 19er-Tram. Ein einziger Fahrgast. Der Zimmerboden zittert, als die Tram anfährt. Sie fröstelt. Das Zimmer ist nur mit viel Liebe warm zu kriegen. Hätte sie. Eigentlich. Liebe ist stereo, nicht mono.

WORD UP!

Hummel ist zu Hause. Ein bisschen angetrunken, aber nur ein bisschen. Nach dem vierten Bier war Schluss, denn er hat sich vorgenommen, noch zu arbeiten. Ist ja erst halb zwölf. Das Gespräch mit Zankl hat ihm neuen Schwung gegeben. Auch die Idee mit dem Rap. War natürlich ein Scherz, aber so blöd auch nicht. Hip-Hop – eine moderne Variante von Soul. Passt doch zu ihm! Er stellt sich vor den Flurspiegel und greift sich auffordernd in den Schritt.

Hey, ich lenke meine Schritte
Durch Münchens betonierte Mitte
Das kalte Graue der Stadt
Setzt mich, Hummel, nicht schachmatt
Die Killer, die ein Menschenleben
Mal eben so ins Off verschieben
Jag ich durch dunkle Straßen
Führ sie zu ihren Strafen
Ich schnapp sie, sie ziehen ein
In Apartments in Stadelheim

Das Münchner Leben, das ist roh
Doch such ich es nicht anderswo
Wenn ich am Ufer steh

Die Sonne dort im Wasser seh
Weiß ich, das ist meine Isar
Anderswo ist's sicher mieser.

Ich kenn die Strukturen
Ich kenn hier die Uhren
Die ganz anders gehen
Die Zugroaste nie verstehen
Ich bin am letzten Meter
An meinem Serientäter
Ich bin der coole Kripobrother
Ich ermittel undercover
Unsichtbar und doch dabei
That's my job, I'm SUPERFLY!

Beinahe hört er das Handy nicht. »Yo, MC Crime, was geht?«, meldet er sich endlich, als er das Handy aus seiner Jacke fischt.

»Hey, Funksoulbrother, ich bin's, Zankl. Bist du noch wach? Du hast Gelegenheit, den coolen Ermittler noch mal raushängen zu lassen. Wir haben eine neue Leiche. Grobe Sache. Bei der Allianz-Arena.«

Hummel schluckt. »In Fröttmaning?!«

»Wo denn sonst? Ich bin schon draußen. Sagst du Mader Bescheid und holst ihn ab?«

»Mach ich. Und Dosi?«

»Ja, äh, stimmt …«

»Ich ruf sie an.« Hummel beendet das Gespräch und kratzt sich am Kopf. Fröttmaning! Wie in seinem Romanexposé! *Letzte Ausfahrt Fröttmaning.* Das kann kein Zufall sein!

EINZELTEILE

Das Telefon klingelt in Maders Wohnzimmer. Er schält sich aus dem Ohrensessel und hebt ab. »Ja bitte? Mader Lebensversicherungen, was kann ich für Sie tun?«

»Ich bin's, Hummel. Sind Sie schon im Bett?«

»So gut wie. Was ist passiert?«

»Wir haben wieder eine Leiche. Zankl ist schon am Tatort. Er sagt, die Leiche ist grausam zugerichtet, also ...«

»Keine Details! Wo?«

»Hinterm Stadion.«

»Giesing?«

»Nein. Fröttmaning.«

»Schade.«

»–? –«

»Wäre näher. Holen Sie mich bitte ab.«

»Ihr Auto ist kaputt. Ich weiß.«

»Frau Rossmeier ist informiert?«

»Dosi ruf ich jetzt durch.«

Wenig später lenkt Hummel den Dienstwagen durch die Münchner Nacht. Mader und Bajazzo neben ihm. Hummel denkt an ihre letzte gemeinsame Fahrt nach Maria Einsiedel. Heute regnet es nicht. Trotzdem ein bisschen Déjà-vu. Mader lutscht wieder einen seiner schrecklichen Brühwürfel. Auch Bajazzo schmatzt. Sollen sie nur. Zu viel Salz ist ungesund. Schlecht fürs Mikrobiom. Hat er gestern im Radio gehört.

Bald sind sie in Sichtweite der riesigen Fußballschüssel. Hummel fährt bis ganz vorne zum Einlass hinter dem

Kassenhäuschen. Sie steigen aus. Hummel atmet tief durch. Kühl. Frischer Wind. Der Soundtrack der nahen Autobahn. Das eindrucksvolle Stadion – wie ein Ufo, das auf die Startfreigabe wartet. Rot glühend. Taucht die ganze nähere Umgebung in zweifelhafte Optik – wie durch ein Nachtsichtgerät.

Am Tatort sind die technischen Abläufe immer gleich: Spurensicherung, Gerichtsmedizin, das ganze Programm. Zahlreiche weitere Fahrzeuge parken am Einlass.

»Servus, Chef, Hummel«, begrüßt Zankl die beiden.

Mader nickt. »Zankl, wo ist die Leiche?«

»Da drüben.« Er deutet zu einem Baucontainer am Ende des geteerten Vorplatzes. Daneben rostige Betonmischer, ein Laster, ein Bagger und eine Armada verbeulter Schubkarren. Bajazzo läuft voraus.

»Pfeifen Sie ihn besser zurück«, meint Zankl.

»Er braucht ein bisschen Bewegung.«

»Die Leiche …«

Bajazzo will sich auf die sterblichen Überreste stürzen, als Dr. Fleischer dazwischengeht: »Mann, Mader, nehmen Sie Ihren Hund an die Leine!«

»Platz, Bajazzo«, sagt Mader milde. Bajazzo macht tatsächlich Platz. »Brav!«, lobt Mader und tätschelt Bajazzos struppigen Kopf. Mader mustert das Massaker. »Das ist das Opfer?«

»So ist es. Vielgestaltig ist der Tod.« Dr. Fleischer blickt von dem Moussaka auf. »Mann, Ende zwanzig. Aus Szegedin.«

»Sparen Sie sich Ihre Gulaschwitze, Dr. Fleischer. Woher wollen Sie wissen, dass diese Teile Ende zwanzig sind?«

Sie hält einen Plastikbeutel hoch. »Sein bestes Stück. Endzwanziger. Durchtrainiert.«

Hummel sieht schockiert den Beutel an.

»Ich scherze«, sagt Fleischer. »Aber das Ding wurde tatsächlich abgeschnitten.«

Hummel muss mit Übelkeit kämpfen.

»Todeszeit?«, fragt Mader.

»Kann ich nur schätzen. Aber er wirkt recht frisch. Vielleicht ein paar Stunden.«

Hummel ist ganz auf Dr. Fleischer konzentriert. Sie lächelt ihn an. Und hat immer noch den Beutel in der Hand.

Mader blickt zu seinem Hund, der gerade an einem Fuß des Opfers schnüffelt und den Zankl deswegen im Genick packt. »Lassen Sie meinen Hund los!«, zischt Mader. »Wenn ich die Wahl hätte zwischen Bajazzo und Ihnen, ich würde keine Sekunde zögern.«

Zankl lässt den Hund los und flucht leise. Irgendwann wird der Köter etwas in seinem Futternapf finden, das gar nicht gut für ihn ist. Warum hat der Chef so eine Scheißlaune?

Hat der gar nicht. Aber bei Bajazzo hört der Spaß auf. »Zankl, gehen Sie die Vermisstenmeldungen durch. Wir sehen uns nachher im Präsidium.«

Hummel steht noch bei Dr. Fleischer. Der Wind zerzaust ihm die Haare. Er ringt nach Worten, Komplimenten. Was Schönes, Bedeutsames. »Dr. Fleischer, ich, äh«, sagt er. »Wie Sie an ein solches … äh, ein solches …«

»Gulasch?«

»Gulasch? Ja, äh … Mit welchem Fingerspitzengefühl Sie an so ein Gulasch rangehen, toll!«

»Danke, Hummel. Nicht jeder weiß meine Arbeit so zu schätzen.« Ihr Seitenblick geht zu Mader, der noch einmal den Fleischhaufen inspiziert.

Hummels Wangen glühen. »Doch natürlich, Dr. Fleischer. Was, äh, was täten wir ohne Sie, Ihre Erfahrung, Ihre Kreativität …«

»Wenn Sie möchten, kann ich Ihnen nachher in der Gerichtsmedizin noch ein paar interessante Dinge zeigen.«

Hummel schluckt. Meint sie das ernst?!

»Sagen Sie doch Gesine zu mir«, sagt sie und reicht ihm die Hand.

Hummel strahlt, auch wenn sich die Latexhand sehr merkwürdig anfühlt. »Klaus.«

»Hummel!«, bellt Mader, der inzwischen beim Auto wartet.

Sie wollen gerade einsteigen, als ein alter Ford Fiesta heranbraust und scharf bremst. Am Steuer ein junger Mann mit einer Hornfrisur. Elvis? Lebt? Daneben Dosi. Sie springt aus dem Auto und eilt zu Hummel. »Sorry, ich hab's nicht eher geschafft.«

Hummel und Mader sehen neugierig zu Dosis Auto.

Sie grinst verlegen. »Fränki hat mich gefahren. Ich hab schon zwei Bier intus.«

Mader sieht sie ernst an. Chefmäßig. »Doris, schauen Sie sich den Tatort an. Wir sehen uns dann im Präsidium.«

OH, LUIGI, PART II

Halb vier. Katrin wartet immer noch. Gesicht rot geschwollen, Schminke verlaufen. Hoffnung aufgegeben. Fast. Auf dem Handy und zu Hause erreicht sie Luigi nicht. Jetzt haben sie sich bald eine Woche nicht gesprochen. Im Urlaub wollte er nachdenken, wie das mit ihnen beiden weitergeht. Sie möchte wissen, zu welchem Ergebnis er gekommen ist. Ob er sich für sie entschieden hat. Für ein Leben mit ihr. Er muss doch zurück sein? Sie platzt vor Sehnsucht. Warum geht er nicht ans Telefon? Warum kommt er nicht? Liebt er sie nicht mehr, hat er eine andere? Ist ihm etwas zugestoßen? So viele Fragezeichen

Die Nachttischlampe wirft rosa Licht auf Katrins langes glattes Haar. Erdbeerblond. Sonst strahlt nichts. Aber noch hat sie einen Funken Hoffnung, einen Hauch, dass sich die Zimmertür öffnet, einfach so, ein leises Klicken, die Tür geht auf und … Passiert nicht. Wie auch. Als es dämmert, zieht sie sich an. Hinaus, aus dem billigen Zimmer, aus dem schäbigen Hotel, in den kalten Vorstadtnieselregen.

VERSCHWOMMEN

Morgengrauen. Hummel findet keine Ruhe. Ist aufgewühlt. Irgendwas arbeitet in ihm. Ein großes Ausrufezeichen. Oder ein großes Fragezeichen. Irgendwas, was ihm an dem Fall bekannt vorkommt. Die Bilder von heute Nacht. Sie sind zu stark, um sie einfach beiseitezuschieben. Im Präsidium haben sie sich die Tatortfotos auf dem Rechner angesehen. Jetzt kann er nicht schlafen. Trotz seiner Bettlektüre. Die doch eigentlich scheißlangweilig ist. Eigentlich. Den Reclam-Band hat er aus den Tiefen seiner Regale gefischt. Das mit den Schaulustigen bei der Wasserleiche hatte ihn erstmals auf die Idee gebracht, ohne dass er es gleich verorten konnte. Heute Nacht war er selbst Schaulustiger. Und da war es ihm eingefallen, wann er sich schon mal mit so was beschäftigt hat. Er liest die Zeilen noch einmal: »Es ist eine allgemeine Erscheinung in unsrer Natur, daß uns das Traurige, das Schreckliche, das Schauderhafte selbst mit unwiderstehlichem Zauber an sich lockt, daß wir uns von Auftritten des Jammers, des

Entsetzens mit gleichen Kräften weggestoßen und wieder angezogen fühlen. Alles drängt sich voller Erwartung um den Erzähler einer Mordgeschichte; das abenteuerlichste Gespenstermärchen verschlingen wir mit Begierde; und mit desto größrer, je mehr uns die Haare zu Berge steigen.«

Schiller: *Über die tragische Kunst.* Hummel muss grinsen. Proseminar Bürgerliches Trauerspiel – unschuldige Zeiten. Als er noch zwanzig war und an der Uni. Bevor er zur Polizei ging. Die Uni – all das Gelaber. Langeweile pur. Nein, nicht immer. Auch schöne Momente. Und sieht man mal: Nicht für die Uni, fürs Leben lernen wir. In seinem Job geht es aber um mehr als nur Mordgeschichten. Hier geht es um echte Tote. Doch die Wirkung ist dieselbe, wenn er an die Schaulustigen denkt, die sich am Abspannband des Tatorts drängen, und an die widersprüchlichen Gefühle, die das Schreckliche auch bei ihm auslöst. Warum sonst konnte er vorhin kaum den Blick abwenden? Mit seinem empfindlichen Magen. Ja, er spürt ihn immer wieder – den Thrill, wenn sie an einem neuen Tatort eintreffen. Interessant. Er wird noch genauer darauf achten, wie das Schreckliche auf ihn wirkt, wie stark die Anziehungskraft ist, wie stark der Ekel. Ob ihm das auch was über den Täter sagen könnte. Der zerstückelte Mann beim Stadion hat sich ihm eingebrannt. Aber da ist noch was. Ganz großes Ausrufezeichen! Ein Gefühl, als würde er den Fall schon kennen. Hat er schon mal ein Buch mit einer solchen Geschichte gelesen? Dass er für seinen eigenen Krimi ausgerechnet Fröttmaning als Schauplatz gewählt hat, ist natürlich Zufall. Oder Intuition? Ihm schwirrt der Kopf. Es kommt ihm vor, als ob Wirklichkeit und Fiktion ineinanderfließen. Er kann es noch nicht verorten, aber der Gedanke ist da. Und gespeichert. Er ist sich fast sicher. Ja, der Mordfall erinnert ihn an ein Buch. Nur welches?

GEILES WETTER

Mader starrt aus seinem Bürofenster. Durch den Vorhang aus Wasser. Hausdächer speckig. Alles grau. Könnte später Nachmittag sein. Ist aber früher Vormittag. »Vom Himmel hoch da komm ich her«, ruft der strömende Regen. Mader konzentriert sich und kneift die Augen zusammen. Ruckartig öffnet er das Fenster. Der Regen stoppt. Die Luft ist klar und kalt. Mader atmet durch. Dann schließt er das Fenster. Es regnet weiter. Nur eine Laune des Wetters? Es klopft. Bajazzo stürmt zur Tür. Hummel und Zankl stecken ihre Nasen durch den Türspalt. »Fass!«, befiehlt Mader seinem Hund. Hummel und Zankl kennen das Spiel und legen keinen gesteigerten Wert darauf, von Bajazzo vollgesabbert zu werden. Bajazzo randaliert am Türspalt.

»Bajazzo! Brav!«, sagt Mader. »Komm her! Morgen, Leute. Wo ist Doris?«

»Kommt gleich mit Fleischers Bericht«, sagt Hummel.

Sie nehmen vor Maders Schreibtisch Platz.

Dosi tritt ein und hat eine Mappe dabei. »Der vorläufige Obduktionsbericht. Also, das ist echt super, was Gesine noch alles feststellen kann. Ich mein, der Typ sah ja echt nicht gut aus. Aber eins war auffällig. Außer den Schnittwunden. Der Typ ist gefoltert worden. Deutliche Spuren an den Hand- und Fußgelenken.«

»Wie die Tote in der Isar?«

»Eher nicht. Die Fleischer meint, dass das nicht nach Sexualpraktiken aussieht. Auch keine alten Narben, sondern alles ganz frisch.«

»Also wollte jemand Informationen aus ihm herausbringen«, meint Zankl. »Was kann so wichtig sein?«

Keine Antwort.

»Exakte Todeszeit ist ungewiss, meint Fleischer«, sagt Dosi.

»Gestern sagte sie noch, dass es ganz frisch aussieht«, murmelt Mader. »Puh, gleich steht Günther wieder auf der Matte und heizt uns ein. Er kommt heute aus seinem Kurzurlaub zurück.«

BESCHISSENES CHAOS

»Das ist ein beschissenes Chaos, das Sie da anrichten«, brüllt Dr. Günther Mader an und knallt die Sonderausgabe der *Abendzeitung* auf seinen Schreibtisch. »Schon wieder! Ich glaub's nicht! Wo ist das Bild her?!«

Mader betrachtet erstaunt das Bild: »Ja, das ist ein Tatortfoto!?«

»Und dieser Artikel von dem Kleinschmidt, wo hat der seine Informationen her?«

Mader überfliegt die Zeilen. »Bloß Blabla, der weiß gar nix.«

»Kriegen Sie raus, woher der Journalist das Scheißbild hat! Sagen Sie ihm, dass er die Arbeit der Polizei gefährdet. Und wenn das Bild von uns ist, dann leite ich persönlich die internen Ermittlungen! Wenn Baader ihm das Bild gegeben hat, reiß ich ihm den Arsch auf.«

»Ich kann Ihren Unmut verstehen«, sagt Baader, der jetzt in der Tür steht, ohne Begrüßung. »Aber dass Sie derart die Niveaubremse ziehen, erstaunt mich dann doch etwas.«

Günther mustert ihn scharf. Der Polizeifotograf hält seinem Blick stand. Er ist mindestens einen Kopf größer. »Bevor

Sie hier irgendwelche Verdächtigungen vom Stapel lassen, Dr. Günther, schauen wir uns doch das Bild mal an. Zankl, ich hab's dir gemalt.«

»Woher haben Sie das Bild?!«, fragt Günther.

»Von der *AZ*. Beziehungen.«

Alle starren auf das grausame Bild auf Zankls Bildschirm.

»Ist nicht von mir«, sagt Baader.

»Woher wollen Sie das wissen?«, fragt Günther gereizt.

Baader lächelt schmal. »Sie haben keine Ahnung, was? Und Sie können keinen Amateurschuss von einem Profibild unterscheiden.«

Günther schweigt. Tatsächlich.

Baader lässt sich mit der rechten Maustaste die Dateieigenschaften zeigen. »Ist mit 'ner Sony RX aufgenommen. Klein, aber oho. Was für ambitionierte Laien. Aber führen wir hier nicht. Wir Profis haben Canon und Nikon.«

»Ist es denkbar, dass einer der Kollegen schnell ein Bild geschossen hat, um sich was dazuzuverdienen?«

»Mann, wofür halten Sie uns eigentlich?!«

»Jetzt mal ganz ruhig«, sagt Mader. »Datum steht auch in der Dateiinfo?«

»Gestern, 22:56.«

»Da war von uns noch keiner am Tatort. Wir müssen Kleinschmidt dazu bringen, dass er uns den Informanten nennt. Das Foto führt uns vielleicht zum Täter.«

Mader sucht die Nummer raus und wählt. »Kleinschmidt? Hier Mader, Mordkommission. Hab gerade Ihren Artikel gelesen. Ganz wunderbar. Ein bisschen nichtssagend. Ich hätte eine Frage zu dem Foto.«

»Was wollen Sie?«, fragt der Reporter genervt.

»Wo haben Sie das Bild her?«

»Quellenschutz. Schon mal gehört?«

»Kleinschmidt, ich sag Ihnen eins. Wenn Sie jetzt nicht kooperieren, werden Sie keinen Schritt mehr in dieses Präsidium setzen. Sie werden über das Offizielle hinaus nie wieder ein Sterbenswörtchen erfahren. Dann können Sie als Journalist einpacken. Woher haben Sie das Bild?!«

»Anonym. Hat man uns gemailt. Verschlüsselt.«

»Aha. Schicken Sie mir die Mail durch. Es ist wichtig!«

Kurz darauf ist die Mail auf Maders Rechner. Ohne Betreff. Sie lesen die Nachricht zu dem anhängenden Bild: »Was isst euch das werd? Das isst nur ein Vorgeschmack. Es gibt noch mehr Bilder. Ich melde mich.«

»Na, ein Intellektueller ist das nicht«, stellt Hummel fest.

»Kann aber mit Computern umgehen«, sagt Zankl. »Wenn der Absender verschlüsselt ist.«

Mader nickt und wählt wieder Kleinschmidts Nummer. »Okay. Die Mail ist da. Wenn der Absender sich meldet, stellen Sie den Kontakt her. Unbedingt!« Mader legt auf.

»Wär gut, wenn bei Ihnen endlich mal was klappt!«, meint Günther und geht.

VERDAMMTES BUCH

Hummel sitzt auf einer Parkbank am Wittelsbacher Brunnen. Er hat sich bei der nahen Eisdiele ein Eis geholt. Zwei Kugeln – Himbeer und Zitrone. Hummel will in Ruhe nachdenken. Seine Gehirnzellen glühen. Das Foto in der Zeitung. Der zerlegte Mann. Gestern schon hatte er einen Gedanken, den er nicht verorten konnte. Jetzt kann er es. Er hat von so einem Fall schon einmal gelesen. Ein zerstückelter Mann. Und das Foto wenig später in der Presse und im Internet.

Das stand in einem Krimi, den er mal gelesen hat. Das Buch muss zu Hause in einem seiner Regale stehen. Am liebsten würde er sofort heimfahren und sein Wohnzimmer auf den Kopf stellen. Muss er heute Abend machen. Leider kann er sich weder an Titel noch Autor erinnern. Aber er weiß noch, dass es um einen Serientäter ging. Und dass die zerstückelte Leiche nur der Auftakt war einer ganzen Serie bizarrer Morde. Soll er den anderen davon erzählen? Die halten ihn doch für verrückt. Wie heißt das verdammte Buch? Er wird es suchen. Und finden. Sein Eis tropft aus der aufgeweichten Spitze der Waffeltüte auf seine Chucks. Er wirft das Eis in den Mülleimer neben der Bank und macht sich auf den Weg zurück in die Ettstraße.

SCHMANKERLGASSE

Weil Hummel heute Mittag so plötzlich weg war, hat es Zankl eiskalt erwischt: Dosi hat ihn gefragt, ob sie gemeinsam Mittag machen wollen. Da er ja von Jasmin auf eine fruchtbarkeitsstimulierende Diät gesetzt wurde und jetzt Fischwoche angesagt ist, glaubte er, sein von Jasmin verordneter Appetit auf Fisch würde reichen, um Dosi abzuschütteln. Von wegen. »Mal was anderes als Kantine«, hat sie fröhlich gesagt. Verdammt! Und jetzt traben sie nebeneinander durch das Stachus-Untergeschoss zur *Schmankerlgasse*, einer lindwurmartigen Ansammlung von Imbissständen aus aller Welt. Straße der tausend Gerüche. Schmurgelndes Gyros, feuchtschwüler Dampf aus einem Breznbackautomaten, schwiemelnder Käse. Ein paar Meter weiter der stechend säuerliche Odem von Eingelegtem. Mediterrane Köstlichkeiten. *Urlaub fängt zu Hause an.* Oder doch die heimatliche, erdige Süße der Folienkartoffel? Groß wie ein Hokkaido. Kräuterquark, Dosenthunfisch, Goudastreusel. *Auf die Mischung kommt es an!* Und von irgendwo etwas ganz anderes. Fein. Scharf. Herb. Wie Restluft aus einem defekten Fahrradschlauch.

»Das Fischbistro ist da hinten«, sagt Zankl.

Vor dem Fischtresen steht eine ansehnliche Schlange. Mittagszeit. Sie stellen sich an.

»Die haben super Sushi, und der Preis ist voll okay«, erklärt Zankl.

»Ich nehm eine Lachssemmel, wenn es so was auch gibt. Mit viel Zwiebeln. Boah, riecht das streng hier!«

»Südhang!«, sagt jemand vor ihnen, begleitet von einem gackernden Lachen. Zankl gefriert das Blut in den Adern. Er erspäht den Urheber dieses Worts. Dr. Röhrl! Mit Gattin! »Südhang« war exakt die Lagebestimmung, die der Hobbysommelier vom Stapel gelassen hatte, als er anzüglich an dem Plastikbecher mit den Ergebnissen seiner Bemühungen geschnüffelt hatte.

»Zankl, alles klar?«, fragt Dosi.

»Äh, können wir, ich mein … Ach, komm, ich lad dich auf 'ne Leberkässemmel beim Vinzenzmurr ein. Mir ist der Appetit auf Fisch vergangen.« Sein Blick flackert.

»Sehr gerne!«, strahlt Dosi.

AUF DER SUCHE

Hummel sitzt auf dem Wohnzimmerteppich inmitten eines Bücherbergs. Er hat sie alle aus seinen Regalen gezogen, viele durchgeblättert. Ihm schmerzen die Augen. Verdammt, er hat den Krimi nicht gefunden. Aber er hat keine Zweifel. Das Buch passt einfach zu ihrem Fall. Wo könnte es sein, wie könnte es heißen? Gegoogelt hat er auch schon. Mit verschiedensten Suchbegriffen. Verdammt! Er muss Joe fragen. Der ist mit seinem Laden spezialisiert auf abseitige Krimis. Jetzt kann er ihn aber nicht mehr anrufen. Schon zu spät. Morgen muss er ihn kontaktieren.

Liebes Tagebuch,
ich habe das Gefühl, dass ich auf einer ganz heißen Spur bin. Ich glaube, ich habe es beruflich zum ersten Mal mit einem Serienkiller zu tun! Wir werden jetzt auch so arbeiten müssen wie unsere amerikanischen Kollegen. Wir brauchen ein Täterprofil. Müssen uns in den Täter hineindenken. Seinen nächsten Schritt voraussehen, um ihn dann kurz vor der nächsten Tat zu schnappen. Ich merke zum ersten Mal, wie viel mein Beruf mit Vorstellungskraft, mit Fantasie und Gefühl zu tun hat. Ich muss meine bisherigen Ermittlungsmethoden komplett überdenken, andere Wege gehen. Und ich glaube nicht, dass meine Kollegen mir folgen werden. Aber einer muss ja vorangehen.
Was ich auch noch überdenken sollte: meinen Roman. Vielleicht ist ein paranoider Serientäter genau das, was ich brauche, um meinen fiktiven Ermittler nicht im trockenen

Dienstalltag mit lässiger Langeweile versacken zu lassen. Vielleicht ist so ein ausgeflippter Killer genau das Raffinierte, was die Verlegerin meinte. Das Nichtalltägliche oder die scharfe Soße von Mastroianni, von der Zankl gesprochen hat. Ja, mein liebes Tagebuch, ich werde noch mal ganz von vorne anfangen. Und München wird mir jetzt nur noch als Folie des Normalen dienen, durch die sich das Unerklärliche und Sonderbare Bahn bricht. Dann müsste man die schnöde Realität auch mal sich selbst überlassen und kann in höhere Sphären vordringen.

München. Regen. Nacht. Millionendorf. Home of Oktoberfest, Hofbräuhaus, Landhausmode. Schon spitze. Und das Verbrechen? In München schon Tradition – zumindest im TV: Batic, Leitmayr, Siska, Derrick, Harry. Villenwahnsinn, Mietskasernen. Okay, nicht mal Giesing oder Milbertshofen haben die hingekriegt. In der windigsten Sozialwohnung kann man Golf spielen. Klar, Tiefe des Raums. Macht jeder. Denk an Duisburg Anno Domini – Soultapete für Schimanski. Rauchende Schlote, rauchende Colts. Kapiert jeder. München anders. Auch in echt. Reich und fett.

Momentan ist die Münchner Kripo mit einer Mordserie beschäftigt, die den Rahmen des Gewöhnlichen sprengt. Bizarr verstümmelte Leichen. Reine Mordlust? Schwierig – zumindest als Motiv. Würde auch kein Profiler helfen. Welches Profil denn? Die üblichen Verdächtigen ist man durch. Die Vorbestraften, Ex-Knackis, Psychopathen. Die Kripobeamten um Hauptkommissar Karl-Maria Mader haben nicht den geringsten Anhaltspunkt, warum ihr großer Unbekannter seine Opfer mit solcher Grausamkeit zurichtet. Anrichtet sozusagen. 14 Tote bislang. Angefangen hatte es

mit einem zerstückelten Mann bei der Allianz-Arena.
Zerlegt wie ein Backhendl. Der Beginn einer grausamen
Serie: Ein Mann wurde von einer Straßenwalze in den
Asphalt gepresst, ein weiterer in einer Konservenfabrik in
Raviolidosen abgefüllt, einer auf dem Oktoberfest mit
Pressluft gefüllt – »Mama, Mama, guck mal, der lustige*
Ballon da!« – und zum Platzen gebracht, gerade als aus
dem Hofbräuzelt It's Raining Men schallte, eine Frau wurde
in einer Großküche zu Eintopf verkocht und landete in den
Mägen der hungrigen Belegschaft einer Gabelstaplerfirma.
»Fettaugen« – ganz neue Bedeutung! Die Presse hat bislang
keinen Wind von der Sache.

Die Beamten haben Witterung aufgenommen. Aber sie
stehen vor einem Rätsel. Keine intellektuelle Nuss, wie
Fernsehkommissare sie knacken. Nein, Realität – wie Beton,
ein modernes Kunstwerk: massiv, ohne Sinn, unzerstörbar.
Und die Polizisten wissen, dass es so weitergehen wird.
Täterprofil nicht in Sicht. Und ohne Profil kein Motiv. Oder
umgekehrt. Die Todesarten sind einfach zu abgefahren für
normale Münchner Kriminaler. Oberkommissar Klaus
Hummel hat da eine ganz neue Theorie …

Ja, Theorie. Da ist er schon, der Haken. Wie soll das denn
bitte schön weitergehen? Hummel schüttelt den Kopf. Und
dieser oldschool Fernsehfimmel! Viel zu retro. Keine Sau
kennt heute noch den Schimanski, oder? Gibt's doch ganz
andere Sachen inzwischen. Hat sich schon stark verändert.
München. Und das mit der bizarren Mordserie? Klingt ja
wie aus 'nem Comic. Tom & Jerry oder so. Das glaubt einem doch kein Mensch. Nein, so geht das nicht. Hummel
klappt nachdenklich sein Tagebuch zu und ist ein bisschen

frustriert. Aber nur ein bisschen. Solange er noch Sachen ausprobiert, ist er nicht am Ende. Mit Würde scheitern. Rotz abwischen und wieder aufstehen. Seine Devise. Morgen wird er einen neuen Versuch starten. Er steht auf und späht in den Kühlschrank. Eine Flasche Bier und eine angerissene Packung Scheibenkäse. Besser als nichts.

VERZAUBERT

Neuer Tag, neues Glück. Das gestrige Bild des Stadiontoten in der Zeitung sorgt für ziemlichen Wirbel. Viele Anrufe, viele Hinweise. Zankl legt nach einem längeren Telefonanruf auf und ruft die anderen zusammen. »Der Chef von einem italienischen Lokal sagt, dass sein Kellner nicht zur Arbeit erschienen ist, er glaubt, auf dem Bild eine Tätowierung am Unterarm erkannt zu haben, ein Herz mit Flügeln.«

»Wie heißt der Laden?«, fragt Mader.

»Osteria Centrale. So ein Edelitaliener in der Schelling-straße.«

»Wir fahren hin. Kommen Sie, Zankl.«

DISKRETION

»Haben Sie reserviert?«, fragt Paolo, der Patron der Osteria Centrale, als sie das Lokal betreten.

»Nein, wir …«, beginnt Mader, aber Paolo schüttelt entschuldigend den Kopf. »Tutto completto. Tut mir leid. Möchten Sie für kommende Woche vorbestellen?«

»So lange können wir nicht warten. Mader, Kriminalpolizei. Haben Sie uns angerufen?«

»Scusi. Ja, Paolo Marinello. Mein Lokal. Kommen Sie.«

»Herr Mallo, Marilli … Entschuldigen Sie.«

»Paolo. Sagen Sie einfach: Paolo. Ja, Luigi ist nicht erschienen zur Arbeit. Und in der Zeitung, das Foto, die Tätowierung …«

»Können wir in Ruhe sprechen?«

Mader und Zankl setzen sich an den großen Tisch hinter der Garderobe. Ein Kellner ist dort mit Serviettenfalten beschäftigt, ein Lehrling poliert gerade Besteck. Paolo macht eine flüchtige Handbewegung. Verschwindibus.

Mader erzählt ihm von dem Toten beim Stadion und zeigt Paolo die Bilder. Paolo schlägt sich die Hand vor den Mund, als er den Kopf sieht. Er erkennt seinen Kellner. »Luigi! Meine beste Mitarbeiter. Gäste lieben ihn. Oh, das ist schlimm, sehr schlimm. Katastrophe! Menschlich. Geschäftlich. Viele Gäste kommen, weil er verzaubert sie. Das Mediterrane, Italia, Azzurro.«

»Haben Sie die Privatadresse von Luigi?«

»Natürlich. Amalienstraße 19.«

LUIGIS LIEBESNEST

Später Nachmittag. Zankl ist in Luigis Wohnung. Zum zweiten Mal. Jetzt allein. Ohne die Kollegen, ohne die Spurensicherung, die hier jede Wollmaus umgedreht hat. Wonach er sucht, ist ihm auch nicht klar. Irgendwelche Hinweise auf ein Motiv. Man übersieht immer etwas. Vorhin war es einfach zu voll hier. Die Wohnung findet er interessant. Ein großzügiges Apartment im James-Bond-Style, das auf ein einziges

Ziel hin ein- beziehungsweise ausgerichtet ist – aufs Verführen. Klar definiert, gut gelöst, findet Zankl. Das Licht lässt sich per Fernbedienung dimmen, gut ausgestattete Hausbar, das Wasserbett hat ozeanische Ausmaße und ist in alle Himmelsrichtungen verstellbar. Mit einem Grinsen studiert Zankl die Konsole. I bis V. Das Ding hat manchen Sturm gesehen, denkt er sich und betrachtet das aufgequollene Parkett unter dem Bett. Qualität, aber nicht einwandfrei. Das Teil leckt.

Nachdenklich betrachtet er den großen gerahmten Fotoabzug an der Wand: Luigi in Schwarz-Weiß. Aktfoto griechisch-römisch. Muss man sich trauen – als Mann. Kennt er eigentlich nur von Schwulenkalendern. Aber hier wie da gilt: warum nicht, wenn man es sich leisten kann? Schon tolle Muskeln. Muss er neidlos anerkennen. Superbody. Kann sich bestimmt tierisch verrenken. Er mustert ein kleines Schwarz-Weiß-Bild in einem Aufstellrahmen auf dem Nachtkästchen. Schöne Frau. Verträumte Postkartenästhetik. Er nimmt das Bild aus dem Rahmen. Hey, das ist keine Postkarte, das ist ein Fotoabzug. Er nickt langsam. Ein zweiter Blick lohnt immer. Vielleicht vermisst die Schöne in Schwarz-Weiß ja den guten Luigi?

MR. LOVERLOVER

»Wo ist Doris?«, fragt Mader im Präsidium.

»In der Gerichtsmedizin«, sagt Hummel. »Bei Dr. Fleischer.«

»Metzgerinnen unter sich«, witzelt Zankl.

Mader zieht die Augenbrauen warnend hoch.

»Ich habe Luigi Volantes Bude noch mal genau unter die Lupe genommen«, berichtet Zankl. »Ist ja so 'ne Art schicker

Bumssalon. Wie bei James Bond, also beim alten. Wasserbett mit allen Schikanen. Muss man sich beim Sex nicht mal selbst bewegen. Uh-lala-uh!« Zankl lässt die Hüften kreisen. Mader und Hummel werfen sich besorgte Blicke zu. Aber Zankl ficht das nicht an: »Wir sollten das Motiv Eifersucht nicht vergessen. Dieser Luigi war so 'ne Art Latin Lover. So einer dieser heißen Südländer, der Frauen von anderen knallt.«

»Zankl, Ihre Ausdrucksweise ist unterirdisch«, sagt Mader. »Unser Mörder ist also ein gehörnter Ehemann? Das ist doch Quatsch! Wegen einer Affäre zerlegt man den Gigolo doch nicht in seine Einzelteile. Und wenn – Ihre These ist nichts wert, wenn wir nicht wissen, wer die Geliebte ist, wer der gehörnte Ehemann.«

Zankl zieht das Foto aus der Brusttasche. »Voilà! Hab ich aus der Wohnung von Volante.«

Hummel und Mader betrachten das Foto.

»Ich dachte zuerst auch, es wäre nur so 'ne Postkarte. Nein, es ist ein Foto, selbst geknipst. Fragen wir doch mal im Centrale, wer das ist.«

Mader nickt. »Nicht schlecht, Zankl. Hummel, haben Sie noch was rausgekriegt? Was sagen die Nachbarn von diesem Luigi? Hat jemand was gehört oder mitbekommen?«

Hummel schüttelt den Kopf. »Nein, gar nichts. Schon länger nicht. Die direkte Nachbarin hat gemeint, dass Luigi im Urlaub ist. Wollte verreisen. Letzte Woche.«

»Sagt sein Chef auch. Prüfen Sie das. Also, ob er wiedergekommen ist. Ob er die Reise überhaupt angetreten hat. Nein, Zankl, machen Sie das. Hummel, Sie begleiten mich ins Centrale. Wir nehmen das Bild von der Frau mit. Vielleicht kennt sie ja einer da. Zankl, Doris hilft Ihnen bei der Recherche, wenn sie von Frau Fleischer zurück ist.«

DISKRETION

Schellingstraße. Früher Abend. Hummel parkt den Wagen ein.

»Wär's nicht besser gewesen, Sie nehmen Zankl mit? Er hat doch das Bild gefunden.«

»Er soll sich mal mit Doris zusammenraufen.«

»Raufen ist das richtige Wort.«

Im Centrale sitzt Paolo vor einem erkalteten Espresso und starrt ins Leere. Er blickt auf, als Mader und Hummel das Lokal betreten. »Sie haben Neuigkeiten?«, fragt er.

»Vielleicht«, sagt Mader. »Sagen Sie, Paolo, kennen Sie diese Frau?« Er hält ihm das Foto aus Luigis Apartment hin. Paolo setzt seine Brille auf und betrachtet das Bild.

»Das Bild war in Luigis Wohnung«, erklärt Mader.

»Können Sie sein diskret?«

»Wir sind immer diskret. Hier geht es um Mord. Also los!«

»Signora Patzer. Ist Frau von Stammkunden, sehr guter Kunde, Dottore Patzer. Das ist Katrin Patzer.«

»Weiß ihr Mann was davon, also von der Beziehung?«

»Nein. Bestimmt nicht. Ich habe Luigi gewarnt. Dottore Patzer kann sein sehr … emotional.«

»Das wäre ich auch in einem solchen Fall.«

»Luigi sehr diskret. Kundschaft hier sehr empfindsam. Sagt man so?«

Mader nickt und steht auf. Doch Paolo hält ihn zurück und deutet auf die freien Tische. »Prego, seien Sie meine Gäste. Und Hund kommt mit mir. Habe ich was Feines.«

DOSI PACKT AUS

Nächster Tag. Im Präsidium beschließt Mader seine Zusammenfassung: »Wann kam Luigi aus dem Urlaub zurück? War er überhaupt verreist? Und dann die Geliebte. Sie heißt Katrin Patzer, ihr Mann ist Stammgast im Centrale und ...«

»Stopp!«, unterbricht ihn Dosi, »sagten Sie Katrin Patzer!? Das ist doch die Tochter vom alten Haslbeck!«

Mader sieht sie erstaunt an.

»Katrin Patzer. Geborene von Haslbeck. Ihr Vater ist der Graf, der aus dem Turmfenster gefallen ist. Haben Sie denn meinen Bericht nicht gelesen?«, fragt Dosi.

»Äh, also noch nicht ...«, sagt Mader. »Doris, was könnte das bedeuten?«

»Dass Katrin Patzer die Verbindung zwischen dem toten Luigi und dem toten Haslbeck ist. Klar, bei dem alten Herrn sieht alles nach Selbstmord aus, aber nur mal so theoretisch: Derjenige mit dem besten Motiv für den Mord an Luigi ist der betrogene Ehemann. Und der verstand sich nicht besonders mit seinem Schwiegervater. Und dann ist da noch die Wasserleiche, die gar nicht so weit weg von Burg Waldeck gefunden wurde. Die hatte Folterspuren. Wie jetzt auch dieser Luigi. Das ist doch alles ein bisschen viel Zufall. Und ich hab noch was. Die Wasserdame hatte doch offenbar Steckerlfisch im Magen. Am 13.3. gab es eine Lieferung von dreißig Renken an Burg Waldeck. Hab ich bei einem Partyservice rausgekriegt.«

Die drei Männer sehen sich verblüfft an.

»Doris, das sagen Sie uns jetzt, einfach so?«, fragt Mader.

»Sorry, ich wollte es euch sagen, dann kam die Stadionleiche dazwischen. Aber es steht auch in meinem Bericht. Also fast alles.«

Er nickt und kratzt sich am Kopf. »Okay, das ist vage, aber tatsächlich zu viel Zufall, um nur Zufall zu sein. Ein Gelage auf der Burg. Folterspiele. Todesfall. Die Leiche wird beseitigt. Oder auch nicht. Beziehungsweise nicht nachhaltig. Der Burgherr wird erpresst. Das Bild kommt in die Zeitung. Der Burgherr sieht keinen Ausweg und begeht Selbstmord.«

Dosi nickt. »So könnte es gewesen sein. Und derjenige, der am meisten von Haslbecks Tod profitiert, ist Patzer. Oder konkret seine Frau. Aber auf den Finanzen hat sicher er den Finger drauf. Er hat den Grafen jahrelang finanziert. Und ist scharf auf den Grund und die Burg für sein aktuelles Investmentprojekt. Patzer plant ein Riesenwellnessresort im Isartal. ISARIA. Haslbeck wollte es auf keinen Fall. Viel Gegenwind aus der Politik. Speziell aus dem Umweltministerium. Und na ja, wenn Patzers Frau erbt, und dann gibt es einen Liebhaber, der seine Frau vielleicht auf die Idee bringt, sich scheiden zu lassen. Das ist auch ein mögliches Motiv.«

Mader schweigt einige Zeit, dann sieht er sie ernst an. Hummel und Zankl sind gespannt, was jetzt kommt. »Doris, auch wenn hier viel los ist und Sie glauben, ich hätte keine Zeit – für die wichtigen Dinge ist immer Zeit! Wenn Sie so was haben, dann will ich das sofort wissen und nicht irgendwann, wenn's zufällig passt. Haben Sie mich verstanden?!«

Sie sieht in bedröppelt an.

Zankl strahlt.

Mader ist noch nicht fertig: »Aber inhaltlich, ermittlungstechnisch – sauber, Respekt! Doris, sehr gute Arbeit! Verfolgen Sie Ihre Theorie weiter. Und binden Sie uns ein.«

Jetzt strahlt Dosi. Zankl nicht.

»Gut«, sagt Mader. »Dann bin ich ja mal gespannt, was Katrin Patzer uns dazu sagt. Hummel, das machen wir beide.«

»Wieso kann ich nicht …?«, fragt Dosi. »Ich war ja schon mal bei den Patzers.«

»Eben. Klare Rollenverteilung. Wir sind die Bad Boys, Sie sind das Good Girl, okay? Vielleicht erfahren Sie dann später von ihr mehr. Sie erklären Zankl noch mal Ihre Theorie und überlegen dann gemeinsam, wie wir weiter vorgehen. Ich steh auf Teamwork.«

AMORE FINITO

Auch Katrin hat die Zeitung gelesen. Jetzt erst. Und Luigis Tattoo erkannt. Wie vor ihr schon Paolo. Sie ist außer sich. Schlägt mit der Zeitung eine Blumenvase von der Anrichte im Wohnzimmer. Stürmt auf die Freitreppe hinaus. Die Halle, der Leuchter, die Löwen. Wie sie diese ganze geschmacklose Scheiße hasst! Sie spuckt einen Batzen aus Schleim und Tränen über die Brüstung. Mit einem gellenden Schrei schleudert sie die Zeitung in den Kronleuchter. Eine Kaskade geschliffenes Glas prasselt auf den Marmorboden.

Auftritt Patzer. Aufs Köstlichste verkleidet mit Designerschürze und Häppchenplatte. Heute Abend hat er ein paar wichtige Geschäftsfreunde zu Gast. Es geht um ein Investmentprojekt in Pasing. Sein Gesicht zeigt Erstaunen, Verwirrung, Ärger. Dann sieht er Katrin. Sie hat schon das nächste Wurfgeschoss in der Hand, eine kostbare französische Vase aus dem 18. Jahrhundert. Patzer kann gerade noch das Tablett hochreißen, um den Kopf zu schützen. Die Vase zerplatzt in tausend Teile. Scherben, Garnelen und Lachsscheiben gehen zu Boden. Katrin hat sich schon ein weiteres Objekt geschnappt, die große Bodenvase aus Meißen, Einzelanfertigung nach Patzers höchsteigenen Entwürfen.

»Das tust du nicht!«, brüllt er nach oben.

»Leck mich!«, brüllt Katrin und hebt die Vase über den Kopf.

Patzer springt zur Treppe. Eine Lachsscheibe verweigert ihm den nötigen Grip, und er knallt bäuchlings hin. Das Wurfgeschoss aus Meißen explodiert knapp neben ihm. Dann fliegt er die Treppe hoch und nimmt Katrin in den Klammergriff, zischt sie an: »Bist du verrückt?! Willst du mich umbringen!?«

»Du Schwein, du hast Luigi umgebracht. Er ist tot!«

Patzer knipst sein gütigstes Lächeln an. »Liebling, falls das so ist, dann wäre das sehr traurig. Das hat er nicht verdient, der gute Luigi. Am Ende ist das eine Mafiageschichte! Diese Italiener sind ja so. Heißblütig. Und weißt du, was ich denke? Dass er dir schöne Augen gemacht hat. Vielleicht sogar mehr als das. Ziemlich sicher ist das so. Eigentlich müsste ich ihm ja böse sein. Bin ich ja auch ein bisschen. Aber wenn er tatsächlich tot ist, heißt das jetzt zumindest: Amore finito! Also, beruhig dich, Schätzchen. Leg dich 'ne halbe Stunde hin, ich bring die Halle wieder in Schuss. Wir wollen doch unsere Gäste heute Abend nicht enttäuschen.«

NICHTS FÜR VERLIERER

Bestens gelaunt rauscht Patzer mit seinem Aston Martin aus der Garage und lässt den Kies auf der Ausfahrt spritzen. So temperamentvoll hat er seine Frau lange nicht mehr erlebt. Jaja, die Liebe. Er wird noch kurz ins Büro fahren. Ein paar Dinge erledigen. Um sieben Uhr muss er zurück sein, da treffen die Gäste ein. Ist ja leider kein Vergnügen, dieser ganze formelle Scheiß. Aber das gehört zum Business. Er wird sehen, dass er schon um fünf aus dem Büro kommt, damit er noch schnell am Bahnhof vorbeifahren kann. Die beiden Ladys in der Pension Alpina. Das war schon eine ab-gefahrene Nummer das letzte Mal. Was die Ladys mit dem heißen Kerzenwachs veranstaltet haben – ganz sein Ge-schmack. Ja, es gibt so viele Möglichkeiten der Zerstreuung in dieser Stadt. Selbst im hochglanzpolierten München. Glaubt man gar nicht. Aber man muss nur wissen, was man will und wo man es findet.

Mit heiserem Röhren schießt der Aston Martin die be-lebte Grünwalder Straße stadteinwärts auf das 60er-Stadion zu. Diese Stadt ist nichts für Verlierer, denkt Patzer und schaltet einen Gang hoch.

SALAMITAKTIK

Es klingelt an der Tür der Patzer-Villa. Katrin geht zur Tür, langsam, unsicher. Wie betrunken. Wer ist das?! Jetzt? Die Gäste? Schon? Nein, es ist noch viel zu früh. Das heißt nichts Gutes. Richtig: Draußen stehen Mader und Hummel, zwei ihr unbekannte Männer.

»Ja bitte?«, fragt Katrin leise, als sie die Tür öffnet.

»Mader, Lebensversicherungen.«

»Ich brauche nichts.«

Sie drückt die Tür zu, doch Mader hat seinen Fuß bereits in der Tür. Er zückt seinen Polizeiausweis.

»Was soll die Nummer mit der Versicherung!?«, faucht Katrin.

»Kleiner Scherz.«

»Dass ich nicht lache.«

»Wo ist Ihr Mann?«

»Im Büro.«

»Wie lang?«

»Bis sieben Uhr. Wir erwarten heute Abend Gäste. Ist etwas mit meinem Mann?«

»Nein. Aber mit Ihrem Liebhaber. Luigi Volante. Der flotte Kellner aus dem Centrale. Er ist tot. Aber sicher wissen Sie das schon. War ja groß in der Zeitung. Mit Foto. Bizarre Sache. Wie ein Ritualmord. Zerlegt wie eine Weihnachtsgans. Arme, Beine, total zerstückelt.«

Katrin wird schwarz vor Augen. Mader kann sie gerade noch auffangen. Er reicht sie an Hummel weiter. »Hummel, betten Sie die Dame irgendwohin und holen Sie ihr ein Glas Wasser.«

Hummel übernimmt die Dahingesunkene und bringt sie ins Wohnzimmer. Mader wandert inzwischen durch die gewaltige Eingangshalle und sieht sich um. Beeindruckend. Nicht unbedingt sein Geschmack. Aber er leistet sich ja auch keinen. Mader geht gut gelaunt in das pompöse Wohnzimmer.

»Der Kreislauf«, piepst Katrin aus den Weiten des ausladenden Ledersofas.

»Mein Kollege kommt gleich mit dem Wasser.« Mader lässt seinen Blick durch die Verandatür über die Grünanlage schweifen. »Schön haben Sie's hier. Der Garten wäre was für meinen Hund. Aber wissen Sie, bei der Kripo verdient man ja nicht besonders gut. Ihr Mann macht Investment, sagt meine Kollegin. Und Sie?«

»Hausfrau.«

»Das ist schön. Ausgezeichnet. Hausfrau …«

Sie sieht ihn scharf an.

»Bestimmt viel Arbeit. Das große Haus. Ihr Mann – weiß er von Ihrem Verhältnis?«

»Ja.« Sie nippt an ihrem Wasser. »Was genau ist mit Luigi passiert?«

»Wir wissen noch fast nichts. Gefunden haben wir ihn beim Stadion in Fröttmaning. Trauen Sie Ihrem Mann so etwas zu? Mord am Geliebten seiner Frau?«

»Dazu müsste er eifersüchtig sein. Das ist er nicht. Ich bin die Konvention, die man in diesen Geschäftskreisen vorweisen muss.«

»Das ist bedauerlich. Wissen Sie, was mich stutzig macht? Die Sache mit dem abgeschnittenen Penis. Warum macht man so was? Was meinen Sie?«

Schieres Entsetzen auf Katrins Gesicht. Hummel beißt sich auf die Lippen.

Mader lächelt frostig. »Wir gehen jetzt. Sehen Sie, dass Sie wieder zu Kräften kommen.« Er reicht ihr seine Karte. »Wenn Sie das Bedürfnis haben, mir was zu erzählen.«

»Was war das denn für eine Nummer?!«, fragt Hummel draußen. »Warum so grob, so pampig?«

»Hab ich doch gesagt. Wir sind die Bad Boys. Ich wollte sie ein bisschen aus dem Konzept bringen, sehen, ob sie mehr weiß, als in der Zeitung steht. Und sie weiß was. Die knacken wir. Oder Doris schafft es. Die Frau steht nicht stabil. Luigi wusste irgendwas. Er hatte von Patzers Frau irgendwelche Informationen. Vielleicht über dieses ISARIA. Könnte sein, dass Luigi Patzer damit erpresst hat. Wäre doch denkbar. Durchleuchten Sie Patzers Geschäfte und bestellen Sie ihn ins Präsidium.«

RACHE!

Katrin ist fest entschlossen. Ihr Mann soll sterben! So grausam, wie Luigi gestorben ist. Sie weiß, dass ihr Mann dunkle Verbindungen hat, dass es für ihn ein Leichtes wäre, einen Killer anzuheuern. Katrin braucht keinen Bratenwender, um sich Zugang zu seinem Arbeitszimmer zu verschaffen. Sie hat einen Schlüssel. Wenn Patzer das wüsste. Sie durchwühlt seinen Schreibtisch, blättert durch seinen Kalender. Eine Notiz im Mai sticht ihr ins Auge: Steinle 21 765 555. Sie kennt Steinles Nummer. Das ist sie nicht. Sie tippt die Nummer in Patzers Apparat. Ein blechernes Tonband erklingt: »Das *Paradise Lost* öffnet um neunzehn Uhr und hat bis drei Uhr geöffnet. Montag Ruhetag.«

Paradise Lost? Ein Lokal? *Paradise Lost.* Ihre Gedanken schweifen ab. Milton. Damals im Lehramtsstudium. Unschuldige Zeiten. Sie greift zum Handy und googelt die Adresse der Kneipe. Fröttmaning. Wo Luigi gefunden wurde! Was macht ihr Mann da draußen? Bestimmt nicht mit Steinle einen trinken gehen. Es war sicher ganz einfach: Den richtigen Kontakt kriegt man über Leute, die sich auskennen mit Kriminellen. Steinle. Verteidigt oft genug welche. Wenn auch eher in einer anderen Liga.

Katrin geht auf ihr Zimmer und zieht sich um. Jetzt muss sie nur noch diesen bescheuerten Abend hinter sich bringen. Häppchen für die blöden Investoren, bevor die Typen in die Residenz zu dem Empfang weiterziehen. Da wird sie sich ausklinken. Migräne.

BAYERN 1

»Du Arschloch!«, flucht Dosi, als sie in der Abenddämmerung mit ihrem Ford Fiesta nach rechts aufs Bankett ausweichen muss, als ihr bei Hohenlinden ein roter Sportwagen mit Lichthupe beim Überholen entgegenkommt. Diese Wahnsinnigen auf der B 12! Das wird sich nie ändern. Der Schreck hat sie aus ihren Gedanken gerissen. Aus düsteren Gedanken. Der Grund ihrer Reise ist nicht angenehm. Sie ist auf einem Kurztrip in ihre Vergangenheit. Dorthin, wo man sich keinen kühlen Schattenparkplatz in der Anonymität der Großstadt suchen kann. Wobei, wenn sie an Fränki denkt – da wird auch die Großstadt zum Dorf. So anhänglich, wie der ist. Jedenfalls hat sie morgen in Passau eine Verabredung mit ihrem Ex-Mann. Na, zumindest ihre Eltern werden sich freuen, sie zu sehen. Dosi stellt die Oldie-Sendung auf Bayern 1 lauter: *Eloise* verhallt in höchsten

Tönen. Sie nimmt einen großen Schluck lauwarme Cola aus der Flasche, die sie zwischen ihren Oberschenkeln geparkt hat.

PERLE IM MIST

Paradise Lost. Auch das ist München. Allerletzte Ausfahrt. Die Scheiben des Lokals sind mit schwarzer Folie beklebt. Die dicke Blasen wirft. An der Fassade platzt der Putz großflächig ab. Gibt den Blick frei auf grünbraunen Stockschwamm. Sieht man jetzt im Dunkeln nicht. Es ist halb elf. Außen pfui, innen pfui. Ein stechend säuerlicher Geruch hängt in der Luft. Boden klebt, ist übersät mit Zigarettenstummeln und Scherben. Kneipe locker gefüllt. Stammgäste stellen ihre pockennarbigen Gesichter und tätowierten Unterarme zur Schau. Männer. Ausschließlich. Dicke. Fast nur. Aus sarggroßen Boxen, die an dicken Ketten über dem Tresen hängen, dröhnt *Motörhead.* Lemmys Bassläufe pumpen Blei in den Raum. Schlagzeugtrommelfeuer, schneidende Gitarrenriffs, Lemmys unterirdische Stimme: »Ace of Spades, Ace of Spades …«

Katrin steht unschlüssig im Windfang und wartet, bis sich ihre Augen an die Dunkelheit und ihre Ohren an den Lärm gewöhnt haben. Sie nimmt ihren Mut zusammen und sucht sich einen Tisch, von dem aus sie den Gastraum im Blick und niemanden im Rücken hat. Bedienung gibt's nicht. Weiß sie natürlich nicht. Sie ist etwas beunruhigt durch die vielen Augenpaare, die auf sie gerichtet sind. In ihrem beigefarbenen Cocktailkleid ist sie definitiv *overdressed.* Einen Hauch zumindest.

Es gibt immer einen Gentleman. Hier ist es Jakko, ein tätowierter Schrank in Leder und Nieten. Sein Bierkessel spannt T-Shirt und Weste bedrohlich, seine Pausbacken sind zu lang gegrillte Scheiben Kalbskäse. Poren wie Granateinschläge. Bedächtig durchquert Jakko den Gastraum. Stoppt vor Katrins Tisch. Sie mustert seine riesigen Hände, die er vor ihr auf der Tischplatte parkt. Fingerrückentattoos: F-I-C-K und M-I-C-H.

Katrin denkt: N-E-I-N und D-A-N-K-E.

Jakko beugt sich zu Katrin runter. Sein Atem ist tödlich – Zahnfäule, Bier, Zigaretten. Doch in seiner Stimme ist kein Hass, sondern Liebe: »Foll ich dir waf ftu trinken holen, Füffe?«

Katrin ist irritiert, ob das tatsächlich der Kellner ist, aber erleichtert gibt sie ihre Bestellung auf. »Äh ja, ein Mineralwasser. Nein, lieber einen trockenen Weißwein.«

Jakko grinst. »Kriegft du, Maufi.«

Jakko geht zur Bar und dreht die Anlage leiser. Will ja ein bisschen plaudern. Mit zwei Gläsern kommt er an Katrins Tisch zurück. Katrin sieht irritiert auf die Gläser und ihren Inhalt. Naturtrüb?

»Wein ift auf. Bifft eingeladen. Fpetfialität des Haufef«, sagt Jakko, setzt sich und prostet ihr zu. Katrin überlegt kurz, dann trinkt sie. *Schnaps!* Klar. Sie kann den Hustenanfall nur mit Mühe unterdrücken. Aber sie behält die Fassung.

Jakko strahlt sie an. »Ich bin Fdakko. Du haft dir den richtigen Abend aufgefucht, Maufi.«

»Hab ich? Warum?«

»Weil ICH heute da bin.«

»Hey, ein Satz ohne F.«

Jakko lacht dröhnend. Rückt näher. Gefällt ihm, die Frau, hat Humor.

Jakkos Mundgeruch raubt Katrin den Atem. Dieses Monster könnte ihren Mann vermutlich schon mit ein paar scharfen Atemzügen töten. Sie lächelt. »Sie kennen den Laden sicher wie Ihre Westentasche?«

Jakko sieht sie erstaunt an und betastet seine Fransenweste. Fummelt seinen Tabak heraus und beginnt sich eine Zigarette zu drehen, dick wie sein Daumen. »Wie meine Weftentaffe?«, murmelt er misstrauisch. »Maufi, willft du grofe Ohren machen?«

»Seh ich so aus?«, fragt Katrin selbstbewusst.

Jakko mustert sie eingehend. Dann lächelt er. »Ich bin Fdakko.«

»Sagtest du bereits. Ich bin Katrin.«

»Daf da drüben«, er deutet zu einem vollbesetzten Tisch mit Typen ähnlichen Kalibers, »daf find meine Freunde. Der rechtf ist meine Fpetfi Laffo.«

Lasso grinst dämlich zu ihnen herüber.

Katrin nickt zurück. Dann zu Jakko: »Kannst du mir einen Gefallen tun?«

Jakko saugt gierig an seiner Zigarette und nickt. Der Biene würde er jeden Gefallen tun. Sogar duschen.

Katrin sieht ihn ernst an. »Ich brauch 'nen Killer.«

Jakko überhört das geflissentlich und lächelt unverbindlich.

»Einen Typen«, sagt Katrin langsam und überdeutlich, »der jemanden umbringt – für Geld.«

Jakko bricht in schallendes Gelächter aus und dreht sich zu seinen Freunden. »Hey Leute, die Biene braucht 'nen Killer! Habt ihr heut Abend ffon waf vor? Wer braucht 'n biffchen Taffengeld?«

Dröhnendes Gelächter.

Katrin ist knallrot und zischt ihn an: »Kein Taschengeld! Zehn Riesen auf die Hand. CASH!«

Jakko merkt, dass sie es ernst meint, und knipst sein Lächeln aus. »Da bift du am falffen Dampfer, Lady, echt.«

»Schade«, sagt Katrin kühl und steht auf. Sie geht an die Bar, um einen zweiten Anlauf zu machen. Sie knallt die flache Hand auf den Tresen. »Noch mal dasselbe!«

Der Wirt schenkt ihr noch einen Schnaps ein. Katrin kippt ihn ex runter und versengt sich die Stimmbänder. »Der Fufel hier kann einen umbringen«, sagt sie mit Eiern in der Stimme. Vielleicht kommt daher Jakkos bezauberndes Lispeln, denkt sie und sieht zum Wirt. Der wischt teilnahmslos den Tresen. Sie versucht es noch mal und sagt konzentriert: »Was mach ich, wenn ich jemanden auf die Seite räumen will? Ich zahle sehr gut.«

»Wer schickt Sie?«

»Steinle.«

Der Wirt sagt nichts. Beschäftigt sich mit Gläserpolieren. Katrin bestellt »noch mal dasselbe« und zieht sich mit dem Glas an ihren Tisch zurück, den Jakko inzwischen freigegeben hat. Sie spürt, dass sie auf der richtigen Spur ist.

IRGENDWO DAZWISCHEN

Hummel und Zankl sitzen beim vierten Bier im GAP. Männliches Schweigen. Im Moment. Die beiden hatten gerade ein ernstes Gespräch. Hat eigentlich ganz gut angefangen. Zankl hat von seinen Sorgen und Nöten erzählt, von Jasmins Erwartungen an ihn, seinem ständigen Gefühl des Ungenügens, seiner schrecklichen Hormontherapie. Und noch ein paar private Details. Hummel hatte den Termin eigentlich anberaumt, weil er inzwischen hochgradig genervt ist, weil Zankl immer wieder versucht, Dosi hochzunehmen oder sie auszubremsen. Hat er ihm auch gesagt. Zankl hingegen ist hochgradig genervt, weil Dosi offenbar ihre ganz eigenen Wege geht, ohne sich mit irgendjemandem abzustimmen. Die Wahrheit liegt irgendwo dazwischen. Aber wenn es darum geht, wer sich danebenbenimmt, da hat Hummel eine ganz klare Meinung. Deswegen hat er sich gerade mit Zankl gestritten. Ihm ist vorhin noch der Satz durch den Kopf gegangen, den mal einer seiner Musikspezln über einen gemeinsamen unangenehmen Bekannten gesagt hat: »Der Matze ist ein Arschloch, aber ein Freund.« Zankl verhält sich unmöglich Dosi gegenüber. Und mal abgesehen von Dosi – in einem solchen Klima von Neid und Missgunst will er nicht arbeiten.

»Du übertreibst«, findet Zankl.

»Tu ich nicht. Du ziehst so eine Lätschn, bloß weil Dosi was rauskriegt, was wir noch nicht auf dem Schirm hatten. Und wenn Mader motzt, dann strahlst du. Das ist doch Scheiße!«

»Hummel, merkst du nicht, was da abgeht? Die überholt uns von rechts. Wo du gar nicht auf die Idee kommst, dass da noch wer unterwegs ist. Ohne Blinken. Die erzählt ja nicht mal Mader alles!«

»Schmarrn. Das ist halt blöd gelaufen. Wenn Mader die Berichte nicht liest, ist er selber schuld. Wozu machen wir uns denn die Mühe? Und generell – versuch's doch mal positiv zu sehen: Sie hat eine interessante Verbindung hergestellt und ein paar schöne Indizien für ihre Theorie.«

»Welche Theorie?«

»Dass die Sachen etwas miteinander zu tun haben.«

»Na ja.«

»Ach, komm. Statt dass du jetzt sagst: ›Sauber, endlich geht was!‹, beschwerst du dich bloß.«

»Merkst du nicht, wie sie einen Keil zwischen uns treibt? Ich hab den Eindruck, dass dir unsere Niederbayernqueen komplett den Verstand vernebelt. Du stehst wohl auf sie?«

»Nein. Aber selbst wenn es so wäre, entschuldigt das dein Verhalten nicht. Du gehst jetzt besser nach Hause zu deiner Oberbayernqueen. Zeig zumindest ihr, dass du auch mal nett zu einer Frau sein kannst.« Hummel hebt sein Glas. In seinen Augen ist keine Ironie, auch kein Vorwurf.

Zankl sieht ihn nachdenklich an, dann hebt auch er sein Glas.

LULU

Katrin zuckt zusammen, als ihr Mann das Lokal betritt. Patzer! Woher …?! Nein, nicht Patzer. Doch der Mann sieht aus wie Patzer, wie alle Patzers dieser Welt. Businessanzug, Aktentasche. Er sticht durchs Lokal, zum Tresen, wechselt drei Worte mit dem Wirt und deutet neben die Toiletten. Der Wirt nickt. Der Anzugmann übergibt einen Umschlag. Der verschwindet unterm Tresen. Abgang. Das Ganze dauert gerade mal so lange wie das Intro von *Hells Bells*, das soeben aus den Boxen rollt. Als sich die Gäste auf ein Armdrücken zwischen Jakko und einem Typen mit Nilpferdgesicht konzentrieren, ist es Zeit für *Lulu*. Katrin steuert auf die Toiletten zu. Niemand beachtet sie. Der Wirt spült Gläser. Halbes Auge auf die Wettkämpfer an Jakkos Tisch.

Katrin geht aufs Klo – oder eben nicht. Tür daneben. *Privat* steht auf dem kleinen Schild. Sie öffnet die Tür. Ein dunkler Gang. Am Ende ein Lichtspalt. Katrin tastet sich vor und drückt die Klinke, ohne zu klopfen. Die Tür führt zum Hof. Eine gelbe Lampe beleuchtet fadenscheinig den pockennarbigen Teer zwischen Lagerhallen und einem aufgelassenen Fabrikgebäude. Enttäuscht zieht sie die Tür wieder zu.

In der Gaststube empfängt sie das Gejohle von Jakkos Gang. Endspurt beim Armdrücken. Nilpferdgesicht kurz vor dem Sieg. Jakkos Ellbogen nur wenige Zentimeter über der Tischplatte. Wirt nervös. Wenn Nilpferd gewinnt, schlagen Jakkos Kumpels hier alles kurz und klein. Jakkos Gesicht Feuerqualle, Schweiß flutet seine Kalbskäseporen. Auch Nilpferd schwitzt. Noch ein paar Zentimeter. Nilpferd grinst. Jakko reißt mit einem Stöhnen das Ruder herum, Nilpferdarm kracht auf die Tischplatte, Jakkos Kumpels jubeln, Nilpferd weint vor Schmerzen. Jakko brüllt: »Lokalrunde!« Alle johlen. Was für ein Abend!

Franz betritt den Gastraum durch den Toilettengang. Er kommt an den Tresen. Der Wirt stellt eine Flasche Bushmills und zwei Gläser auf den Tresen und schenkt daumenbreit ein. Franz nimmt ein Glas. Sie prosten sich zu.

»Wo ist der Kunde?«, fragt Franz.

»Kundin. Da hinten.« Er nickt zu Katrins Tisch.

»Hey, Leute, ich brauch 'nen Killer«, grölt Jakko und drängt sich zu Franz an den Tresen.

»Halt die Klappe!«, zischt der Wirt. Er schenkt auch ihm ein Glas Whisky ein und schiebt ihn weg. Jakko stolpert zurück zu seinen Freunden.

Franz überlegt kurz, dann sagt er zum Wirt: »Sag ihr, morgen, siebzehn Uhr, hier.«

Franz trinkt das Glas aus und verschwindet durch den Windfang, hinaus in die Nacht.

KISS knallt aus den Boxen: »I was made for loving you, baby …«

ECHTE FREUNDE

Als Hummel zu Hause eintrudelt, ist er nachdenklich. Er weiß, dass Zankl es nicht leicht hat. Diese Hormongeschichte und seine Frau, die ihn unter Strom setzt. Dann die neue Kollegin, die ihm zeigt, was eine Harke ist. Und jetzt mosert auch noch sein altgedienter Kollege an ihm rum. Aber durchaus zu Recht, findet Hummel.

Liebes Tagebuch,
verzeih, wenn ich ein bisschen rührselig bin. Ich habe ein,
zwei Bier zu viel getrunken. Ach, ich hatte ein komisches
Gespräch mit Zankl. Es läuft im Moment nicht gut für ihn.
Da sollte ich ihm eigentlich die Stange halten und ihn nicht
auch noch kritisieren. Aber was muss er Dosi immer so
schräg von der Seite anmachen? Ich dachte eigentlich, dass
sich das etwas entspannt hätte. Dosi hat mir erzählt, dass
sie sogar mal gemeinsam Mittag gemacht haben. Und jetzt
dieser Rückschlag. Ach, vielleicht renkt sich das ja alles
wieder ein. Gemeinsam können wir doch viel mehr er-
reichen. Zumal sich momentan die Ereignisse überstürzen.
Dosi hat eine wirklich interessante Theorie, wie die Personen
aus unseren aktuellen Fällen zusammenhängen könnten.
Aber Patzer war es wohl kaum. Also das mit dem Italo-
Lover. Das passt nicht zu ihm. Für so ein Gemetzel ist er zu
cool. Vielleicht ist es wirklich ein verrückter Killer. Ich wollte
schon fast mit meiner Theorie zu dem Krimi und dem
Serienmörder rausrücken. Habe es zum Glück nicht
gemacht. Ich weiß ja nicht mal den Titel des Buchs oder den

Autor. Leider habe ich es noch immer nicht geschafft, Joe anzurufen und zu fragen, ob er das Buch in seinem Laden hat. Ich brauche das Buch! Und dann spreche ich mit Zankl. Vielleicht ist das eine gute Gelegenheit, wieder näher zusammenzurücken. Ja, ich werde ihn morgen fragen, ob er mir dabei hilft, mehr über dieses Buch rauszukriegen. Dosi ist sowieso nicht da. Muss in Passau was erledigen. Sie sah nicht fröhlich aus, als sie es erzählt hat.

Puh, jetzt bin ich gar nicht dazu gekommen, meinen Krimi weiterzuschreiben. »Weiter« wäre auch das falsche Wort. Ich glaube, der letzte Versuch war wieder nichts. Irgendwie zu emotionslos, so gewollt abgebrüht. Aber die Serienmörderidee werde ich beibehalten. Die bietet Spielraum für Psychologie. Und könnte mir auch bei dem Stadionfall weiterhelfen. Man kann von der Art des Verbrechens auf die psychische Verfassung des Täters schließen. Und noch mehr: Man darf da nicht nur psychologisch denken, man muss auch die ästhetische Dimension in Betracht ziehen. Der Täter hat das vielleicht wie dieser Typ in dem Buch gemacht und will damit eine Haltung zum Ausdruck bringen. Wenn Kunst Realität nachahmt, könnte es doch auch mal andersrum sein: Die Realität ahmt die Kunst nach. Also nicht Kunst, eher die Fiktion. Denn hohe Literatur ist dieses Buch nicht, so viel weiß ich noch. Mir schwirrt der Kopf. Ist das alles totaler Quatsch? Nein, das weiß ich erst, wenn ich dieses Buch in Händen halte. Das könnte auch der Schlüssel sein zu dem, was ich erzählen will. Faszinierend: Wirklichkeit und Fiktion – die vielen Berührungspunkte. Ich spüre es, dass ich auf dem richtigen Weg bin. Wohin er mich führen wird, weiß ich nicht. Noch nicht! Du merkst schon, liebes Tagebuch, ich bin ziemlich erregt. Zu Recht! Gib es zu, das sind doch faszinierende Gedanken,

oder? Aber genug für heute. Mein Gehirn ist schon ganz
wischiwaschi. Und falls ich es vergessen sollte, dann
erinnere mich bitte nächstes Mal daran: nicht so viel Bier
trinken!

Hummel unterstreicht diesen letzten Satz dick und muss
grinsen. Mal sehen, in welchem Zustand er das nächste Mal
sein Tagebuch aufschlägt und diesen Satz liest. Er holt sich
noch ein letztes Bier aus dem Kühlschrank.

PHANTOM

Vormittags. Präsidium. Hummel sieht nachdenklich aus dem
Bürofenster. Auf die Dächer der Nachbargebäude. Sein Kopf
brummt.

»Und, wie war dein Abend noch?«, fragt Zankl.

Hummel kratzt sich am Kopf. »Wie soll er schon gewesen
sein? Ruhig. Und deiner? Du hast deiner Frau jetzt endlich
die Unterwäsche gegeben, richtig?«

»Woher weißt du das?!«

»Du warst gestern ziemlich gesprächig. Also, wie war's?«

»Na ja, erst war sie misstrauisch. Von wegen: wo ich das
jetzt herhab, ob sie mir so zu langweilig ist?«

»Und dann hast du ihr von Gaby erzählt?«

»Wohl kaum! Wie klingt denn das, wenn ich sag, dass wir
solche Dessous an einer Wasserleiche gefunden haben?! Ich
hab gesagt, dass ich das in 'ner Zeitschrift gesehen hab.«

»Klar, du, in der *Cosmo*, beim Friseur!«

»Warum denn nicht?«

»Jedenfalls haben ihr die Sachen gefallen?«

»Theoretisch schon. Praktisch hat's das Zeug aber in sich. Erst ist Jasmin kaum reingekommen. Das trägt man ziemlich eng. Hat aber hammermäßig ausgesehen!« Er grinst. »Rausgekommen ist sie dann allerdings auch fast nicht mehr.«

Hummel lacht. »Müsst ihr noch üben.«

»Sorry noch mal wegen gestern. Ich hab überreagiert.«

»Das musst du Dosi sagen.«

»Ja, mach ich bei Gelegenheit. Wo ist sie eigentlich?«

»Hat zwei Tage frei, ist in Passau.«

»Na ja, vielleicht bleibt sie ja ein bisschen länger. Soll ja sehr schön dort sein.«

»Zankl, du Arschloch!«

»Welch ekel Wort an diesem edel Ort?«, sagt Mader knurrig durch die offene Tür.

»Morgen, Chef«, begrüßt Zankl ihn. »Spät heute …«

»Die Arbeit eines Polizisten fängt nicht erst im Büro an«, kontert Mader.

MUTMASSUNGEN

»Ich hab da so 'ne Idee«, eröffnet Hummel Zankl auf dem Weg in die Kantine. »Wäre es denn denkbar, dass der Mörder von Luigi eine Vorlage benutzt hat? Zum Beispiel ein Buch, einen Krimi.«

»Warum sollte er das tun?«

»Also, es gibt da ein Buch, da ist genau unser Mordfall drin. Mit Foltern und dann in handliche Stücke zerlegen und so.«

»Und wie heißt das Buch?«

»Fällt mir im Moment nicht ein. Aber ich hab's gelesen. Ich hab's zu Hause. Eigentlich. Ich hab's leider nicht gefunden.«

»Und vom wem ist es?«

»Weiß ich nicht mehr. Aber das müssen wir rauskriegen. Es könnte sein, dass unser Täter es als Vorlage benutzt.«

»Du spinnst.«

»Wieso? Da zerlegt der Serienkiller seine Leiche, arrangiert die Teile hübsch und macht davon ein Bild. Ist genauso wie in dem Buch. Also ziemlich. Hatten wir so was schon mal?«

»Nein. Zum Glück nicht. Aber wenn wir jetzt denken, dass dieser Patzer dahintersteckt, dann müsste das ein Auftragsmord sein, denn Patzer hat ein Alibi. Und Profikiller sind Leute ohne Emotionen. Die machen es ganz einfach. Kugel in der Birne parken, Licht aus. Wie zerlegt denn dein Bücherheini seine Opfer?«

»Mit einem Elektromesser, Moulinex oder so. Dann stellt er die Bilder seiner Opfer ins Internet.«

»Das ist allerdings interessant«, muss Zankl zugeben.

»Bei uns mailt er das Bild an die Zeitung. Er sucht die Öffentlichkeit, oder jemand anders macht es in seinem Auftrag. Und der will dafür Geld. Die Zeitungen zahlen ja 'nen Haufen Kohle für solchen Dreck.«

»Oder jemand anders hat die Bilder gemacht und erpresst den Täter jetzt«, schlägt Zankl vor.

»Wer weiß. Jedenfalls könnte es sein, dass das Buch den Täter inspiriert hat.«

»Überschätzt du Bücher damit nicht ein bisschen? Also so generell?«

»Bücher können Berge versetzen. Denk an *Werther*.«

»Hey, Alter, das ist ein paar Hundert Jahre her.«

»Ich würde diese Krimispur gern verfolgen. Bist du dabei?«

»Pfff. In Gottes Namen, ja. Wenn's nicht zu viel Arbeit macht. Und wo fangen wir an?«

»Na ja, erst mal brauchen wir ein Exemplar des Buches. Ich hab auch schon eine Idee.«

»Jetzt hab ich erst mal Hunger, ich nehm die Haxe. Du auch?«

Hummel studiert die Vitrine und schüttelt den Kopf. »Ich bin heute happy mit Linsensuppe.«

Am Tisch widmet sich Hummel seiner Suppe und Zankl seiner Schweinshaxe. Zankl scheitert an der Kruste und schüttelt den Kopf. »Wie soll man die kleinkriegen mit dem Messer hier? Dafür braucht man 'ne Säge.«

Etwas macht klick! in Hummels Gehirn. »*Der Mann mit der Säge*«, platzt er heraus. »So heißt das Buch.«

Mader betritt die Kantine. »Mahlzeit, Leute«, ruft er herüber.

Die beiden nicken ihm zu.

»Na, alles klar?«, fragt Mader, als er sich mit seiner Haxe zu ihnen setzt.

»Klar, Chef«, meint Zankl.

Mader inspiziert den Tisch. »Haben Sie keinen Hunger, Hummel?«

»Ach, heute ist mir nach Suppe.«

»Chef, Hummel hat eine Idee.«

Hummel sieht ihn böse an.

»Ideen sind immer gut«, sagt Mader. »Ich höre.«

»Nein, eigentlich … Ach, es ist ein bisschen zu …«

Zankl übernimmt: »Also, Hummel hat in seiner umfangreichen Krimisammlung ein Buch, da ist so ein ähnlicher Todesfall wie der von Luigi drin.«

Hummel nickt. »Na ja, ich dachte, vielleicht hilft uns das was, um etwas über die Psyche des Täters herauszukriegen. Wissen Sie, ich hab mir auch Gedanken gemacht, warum dieser Typ am Stadion lag wie auf einem Präsentierteller. Es ist ein bisschen so, als zeigt der Täter uns ein Bild mit einer ganz eigenen Ästhetik.«

»Ästhetik. Hummel? Sind das die sterblichen Reste Ihrer Uni-Vergangenheit?«

»Nicht für die Uni, fürs Leben lernen wir.«

»Da haben Sie recht. Wie heißt denn der Krimi?«

»*Der Mann mit der Säge*.«

»Und der macht was?«

»Er ist ein Serienkiller und stellt die Bilder seiner Opfer ins Internet, wo er eine Art Kultstar wird.«

»Aha. Leihen Sie mir das Buch mal?«

»Ich hab's leider nicht mehr. Aber vielleicht kann ich noch eins organisieren.«

»Das mit den Bildern klingt tatsächlich interessant. Luigi hat ja auch seinen Weg in die Zeitung gefunden. Aber machen Sie sich nicht zu viel Mühe. Konzentrieren Sie sich bitte auf das Naheliegende, auf die Patzers und ihr Umfeld.«

Hummel steht auf. »Wir müssen dann mal los. Zankl, kommst du? Das Naheliegende wartet.«

Mader sieht ihnen nachdenklich hinterher. War irgendwie nicht so nett von ihm. Aber die Jungs haben zu viele Flausen im Kopf. Krimis … Ihm fällt ein Stück Knödel von der Gabel in die Soße. Macht Spritzer auf seinem Hemd. Kleine Sünden bestraft der liebe Gott sofort.

VIEL UM DIE OHREN

»Grüß Gott, Herr Patzer. Mader. Schön, dass Sie so spontan Zeit haben«, begrüßt Mader seinen Besuch und steht von seinem Schreibtisch auf. »Lassen Sie uns nach nebenan gehen, da ist ein bisschen mehr Platz.«

Sie gehen in den Vernehmungsraum.

»Kaffee?«

»Nein danke. Bitte fassen Sie sich kurz.«

»Es wird nicht lange dauern. Die Geschäfte gehen gut?«

»Bestens. Immobilien sind immer gefragt. Aber Sie wollen mit mir bestimmt nicht übers Geschäft plaudern.«

»Nein, will ich nicht. Sie kennen Luigi Volante?«

»Natürlich. Ich bin Stammgast im Centrale. Der Stadiontote in der Zeitung ist angeblich Luigi. Paolo hat es mir gesagt. Der arme Luigi!«

»Sie wissen, dass Ihre Frau ein Verhältnis mit ihm hatte?«

»Hatte. Ja und nein. Ich hab's geahnt. Aber ich weiß es erst seit gestern aus ihrem Mund.«

»Und wie war das für Sie?«

»Ein Schock. Also, sein Tod. Nicht, dass meine Frau was mit ihm hatte. Das ist mir egal. Wir führen eine offene Ehe, haben wenig Zeit füreinander. Da ist es völlig in Ordnung, wenn meine Frau sich anderweitig engagiert.«

»Ihre Frau hatte öfter Affären?«

»Fragen Sie sie selbst.«

»Wo waren Sie denn an dem Tag, als die Tat vermutlich begangen wurde, also am Abend, bevor das Foto von Luigi in der Zeitung erschienen ist?«

»Auf einem Kongress in der Schweiz. Als Gastredner für einen Vermögensverwalter. Schönes Thema: *Erben und Vererben.*«

»Wann haben Sie Luigi das letzte Mal gesehen?«

»Das muss vor etwa einer Woche gewesen sein. Ich war mit einem Geschäftsfreund im Centrale essen. Luigi hat uns bedient.«

»Wer war dieser Geschäftsfreund?«

»Dr. Hubertus Steinle, mein Anwalt und Notar.«

»Und Luigi war wie immer?«

»Ja, er war sogar ausgesprochen gut gelaunt. Sehr liebenswürdig. Hat uns Antipasti aufs Haus ausgegeben. Na ja, Paolo wohl eher. Exquisit kann ich nur sagen. Das Kalbs-Carpaccio – ein Gedicht. Sehr fein. Waren Sie schon mal im Centrale?«

»Ja, hervorragende Küche.«

»Können Sie laut sagen. Gut, dass es nicht den Koch erwischt hat.«

Mader nickt irritiert.

Patzer lächelt. »War's das? Wie gesagt, ich hab ziemlich viel um die Ohren.«

Zankl und Hummel haben das Gespräch im Vernehmungsraum von nebenan verfolgt. Sie sind schon ein bisschen platt. Abgefahrener Typ. Knochentrocken, eiskalt, zynisch. Das findet Mader auch. Er setzt sich an seinen Rechner und googelt Patzer noch mal, um ein besseres Gefühl für ihn zu bekommen. Was er schon weiß: Patzer mischt bei vielen großen Bauprojekten in der Stadt mit, ist ein Strippenzieher mit Verbindungen in höchste Kreise. Hat offenbar richtig viel Geld und engagiert sich sogar für die Umwelt, in der UfU – Unternehmer für Umweltschutz, einer Art konservative Gegenveranstaltung zum BUND Naturschutz. Was ihn besonders erstaunt: Patzer hat keinen Doktortitel in Wirtschaftswissenschaften, sondern in Psychologie. *Die Psychologie des Geldes – was uns wirklich antreibt.* So lautet der Titel seiner Doktorarbeit. Interessant, denkt Mader. Sollte ich vielleicht mal reinschauen.

SPAGHETTI

Maxvorstadt, Schellingstraße, das Strabanz. Hummel steht nicht auf Studentenkneipen mit Ökotouch. Aber öko hin oder her – wenn Bedienungen so aussehen, ist öko schon okay. Findet er, als die Studentin mit den langen schwarzen Haaren und dem dunkelroten Lippenstift ihnen das Bier bringt. Sie trägt ein knappes Batiktop mit hauchdünnen Spaghettiträgern.

»Und was kriegst du?«, fragt die Schönheit schon zum zweiten Mal.

»Äh, ich, ich, Spatz…, äh, Spa…, Spaghetti … bolognese«, krächzt Hummel und sieht sie dämlich an. Sie macht sich ein Zeichen auf ihren Block und schwebt davon. Hummel starrt ihr hinterher. Das schwarze Haar auf den nackten Schultern. »Lass mich dein Spaghettiträger sein!«, flüstert er – lautlos.

»Aufwachen!«, sagt Zankl. »Und viel zu jung für dich. Prost.«

Hummel nimmt einen großen Schluck von seinem Bier. Er ist verwirrt. Weil er bei Beate nicht landen kann, sieht er jedem Rock hinterher. Ist ja voll peinlich!

»Ich mein, der große Hit war das nicht«, fasst Zankl zusammen. »Sechs Buchläden mit Antiquariat. Kein einziger hat dein Scheißbuch.«

»Ich hab's gegoogelt. Das gibt's. Ist nur vergriffen.«

»Kein einziger von deinen Spezialisten kennt dein Buch.«

»Die Chefin vom Glatteis wüsste es bestimmt. Aber die war heute nicht im Laden. Pech. Gibt halt nicht viele gute Läden, also, die auch Abseitiges führen. Nicht nur die Massenware aus USA und Skandinavien oder diese Jodelkrimis.«

»Und Joe's Garage, wo du einkaufst, hat heute zu.«

»Joe ist ein Künstlertyp. Flexible Arbeitszeiten. Einen Versuch war's wert.«

Zankl fährt mit dem Zeigefinger über den Touchscreen seines iPhones. »Ist schon ein Ding, da findet man jeden Scheiß im Internet, aber dieses Buch bietet niemand an. Und über den Autor Ferdinand Karlsfeld gibt es auch fast nichts. Außer dass er schon vor Jahren das Zeitliche gesegnet hat.«

»Dann scheidet der wenigstens aus.«

»Und du bist sicher, dass Joe hierherkommt?«

»Klar, das ist sein Wohnzimmer.«

Wo Hummel recht hat, hat er recht. Schon steht Joe im Windfang und macht sich am Zigarettenautomaten zu schaffen.

»Hey, Joe!«, ruft Hummel quer durchs Lokal und winkt. Die halbe Kneipe dreht sich zu ihnen um. Hummel wird feuerrot, und Zankl starrt frostig in sein Bier. Joe wirft Hummel einen gehässigen Blick zu und widmet sich wieder dem Chickomaten. Eine blitzschnelle Linke aufs Gehäuse, und endlich spuckt der Automat die Marlboros aus. Dann kommt er an ihren Tisch. »Mann, Hummel! ›Hey, Joe‹ is nich! Das ist 'ne Kneipe, wo man sich entspannt und nicht rumbrüllt wie auf 'nem Hendrix-Konzert! Ist das klar?!«

Hummel nickt betreten. »Ja ... klar ... Aber, äh, setz dich doch. Ich ... Wir haben dich gesucht. Das ist Zankl, mein Kollege. Wir bräuchten 'ne Auskunft von dir.«

Joe setzt sich und raunt der Bedienung im Vorbeigehen etwas zu. Einen Einsilber.

»Sub?«, fragt Hummel neugierig.

»Susi, ein Bier«, erklärt Joe.

Während Hummel überlegt, was »Susi, zwei Bier« heißen könnte, fragt Joe: »Was liegt an, dass ihr meinen Feierabend zerstört?«

»Wir haben es vorhin in deinem Laden probiert, aber du warst nicht da«, erklärt Hummel. »Na ja, und so sind wir …« Er wird unterbrochen. Von Susi, die Joes Bier bringt. Joes Miene hellt sich schlagartig auf, als Susi mit einem bezaubernden Lächeln das Bier vor seiner Nase parkt. »Dasu«, sagt er und hält sie am Arm fest. Er mustert sie und pfeift durch die Zähne. »Du wirst immer hübscher, Engelchen, zum Anbeißen.«

Susi lacht, entwindet ihm den Arm und flattert davon.

»Dasu?«, fragt Hummel.

»Danke, Susi.«

»Aha.«

»Also, Hummel, was willst du?«

»Äh ja. Sagt dir Ferdinand Karlsfeld was?«

»Karlsfeld. Gibt's da ein Revival? Hab ich heute verkauft. *Der Mann mit der Säge.*«

»Heute!? Wir waren bei dir! Du hattest zu.«

»Flexible Arbeitszeiten.«

»Heute war jemand da, der dieses Buch wollte?!«

»Vorhin, kurz vor sechs, ich wollte schon zusperren.«

»Hast du ihn gefragt, warum gerade das Buch?«

»Nein, wieso? Er hat gefragt, und ich hab's rausgesucht. Wird ihm halt jemand empfohlen haben. Wobei. Ich kann mir nicht vorstellen, wer. Ist doch der letzte Dreck. Soweit ich mich erinnere. Krudes Zeug. So Heimwerkerhorror.«

Hummel schaut irritiert zu Zankl.

Joe ist verwirrt. »Hey, Leute, was ist los mit euch? Bloß weil jemand einen Ladenhüter bei mir kauft, zieht ihr 'ne Fresse? Das war ein hammerharter Zwei-Euro-Deal. Kein Job für die Polizei.«

»Und du kennst den Käufer nicht?«

»Nie gesehn. Aber willst du wissen, von wem ich das Buch vor Jahren gekauft hab?«

Die beiden sehen ihn erstaunt an.

Joe nickt mit dem Kopf in Richtung Hummel.

Zankl lacht. »Ich hatte ihn auch schon in Verdacht. Aber jetzt mal der Reihe nach. Seit Jahren fragt kein Mensch nach diesem Buch oder kauft es zufällig. Und heute kommt jemand in deinen Laden und fragt ganz konkret danach. Korrekt?«

Joe nickt.

»Jemand will dieses rare Buch aus dem Verkehr ziehen«, schlussfolgert Hummel. »Damit niemand auf die Idee kommt, es mit dem Mordfall in Verbindung zu bringen.«

»Mordfall?!«, entfährt es Joe, ganz ohne Coolness.

Zankl schüttelt den Kopf. »Mann, Hummel …!«

»Jetzt ist es raus«, sagt Joe. »Hey, Jungs, worum geht's hier eigentlich?! Wenn ich euch helfen soll, brauch ich schon ein paar Infos.«

Hummel sieht Zankl fragend an. Der nickt.

»Ein Mordfall. Bizarre Verstümmelungen. Ganz im Stil von *Der Mann mit der Säge*«, erklärt Hummel. »Die Sache beim Stadion.«

»Der Typ in der Zeitung. Echt?! Geil! Äh … Ich mein … Nee, natürlich nicht. Und ihr denkt, der Typ, der heute bei mir den Karlsfeld gekauft hat, der könnte was damit zu tun haben, vielleicht sogar selbst …?«

Zankl zuckt mit den Achseln. »Was mich wundert, warum

hat er es nur in deinem Laden versucht? Wir haben alle Krimibuchläden in München abgeklappert. Die hätten doch was gesagt, wenn bereits jemand nach genau dem Buch gefragt hätte.«

»Na hört mal, Jungs. Wer sich wirklich für Krimis interessiert, kommt zu mir. Vielleicht noch zu Monika ins Glatteis. Aber die anderen, das sind doch keine richtigen Krimibuchläden, die haben doch nur …«

»… die Massenware aus USA und Skandinavien oder diese Jodelkrimis«, komplettiert Zankl den Satz.

Joe sieht ihn erstaunt an. Und nickt. Zankl fährt fort: »Okay, ja. Der Typ weiß also, wo er suchen muss. Die Frage ist: Warum ausgerechnet jetzt? Wo die Ermittlungen erstmals in diese Richtung laufen. Wer kann das wissen, außer Hummel und mir? Joe, kannst du den Typen beschreiben, der das Buch gekauft hat?«

Joe zuckt skeptisch mit den Schultern. »Na ja, so um die sechzig, schätz ich. Vielleicht a bisserl jünger. Korpulent, rötliches Gesicht, irgendwie imposante Erscheinung. Nicht groß. Aber mit Persönlichkeit.«

»Persönlichkeit?« Hummel kratzt sich am Kopf. »Kannst du morgen aufs Revier kommen, für ein Phantombild? So um zehn Uhr? Geht ganz schnell. Knappes Stündchen, und du bist wieder draußen.«

Joe nickt schwerfällig.

Susi kommt mit dem Essen.

»Danke, Süße«, sagt Hummel, als sie ihm die Spaghetti hinstellt. Hat er »Süße« gesagt?! Ja, hat er, denn sein Bier ist bereits in seinem Schoß gelandet.

»Oh, Verzeihung«, flötet Susi. »Ich bring gleich einen Lappen und ein neues Bier.«

Zankl und Joe grinsen ihn breit an.

FEURIGE KÜSSE

Als Zankl um halb elf aus der U-Bahn Theresienwiese steigt, trifft er am Bahnsteig seine Frau Jasmin. Sie kommt von einem Frauenabend und ist leicht angeschickert. Sie verpasst ihm einen feurigen Kuss, für den er sich zehn Jahre zu alt fühlt. Irgendwie ist es nie richtig für ihn.

Dosi sitzt mit ihrem ehemaligen Chef Wimmer im Colors, einer Kneipe in der Innstadt. Beim vierten Weißbier lassen sie die alten Zeiten hochleben. Dosi hat für heute einen Haken gemacht unter ihr ganz persönliches Waterloo mit ihrem Ex-Mann, das heute eine Neuauflage erfahren hat. Das mit dem gemeinsamen Wohneigentum kriegen sie nicht so schnell gelöst. Er sieht es jedenfalls nicht ein, dass er auszieht und das Haus verkauft wird. Darüber den Mantel des Schweigens.

Mader liegt schon im Bett und liest ein Buch. Bajazzo döst und denkt über das Leben nach. Ein Leben ohne Herrchen wäre nicht sinnlos, aber unmöglich.

Katrin sieht keinen rechten Sinn mehr im Leben. Ihr Mann hingegen schon. Er kostet es in vollen Zügen aus und lebt für den Augenblick. Gerade lässt er sich von zwei Asiatinnen in der schmuddeligen kleinen Pension Alpina am Hauptbahnhof durchpeitschen. Er ist sich nicht sicher, ob das wirklich Frauen sind. Überprüfen wird er es nicht. Er genießt ihn einfach, den Schmerz.

Steinle sitzt im Dunkeln in seinem großen Büro und sieht Zigarre rauchend auf den Wittelsbacher Platz hinaus. Der verschwimmt in gelbem Licht.

Und Hummel? Ist ein bisschen von der Rolle. Hat noch einen Abstecher in die Blackbox gemacht. Nachdem er seine biergetränkte Hose unter dem Föhn auf dem Klo vom Strabanz getrocknet hat. War aber auch kein Hit in der Blackbox, er hätte lieber heimgehen sollen, im guten Gefühl, dass sich endlich was bewegt bei seiner Krimitheorie. Tja.

Liebes Tagebuch,
beruflich war das ein echter Erfolgstag heute. Ich habe dir
doch von meinem Verdacht erzählt, dass unser Mordfall am
Stadion etwas mit einem Krimi zu tun haben könnte. Und
jetzt hat tatsächlich irgendwer den letzten Mann mit der
Säge gekauft! So heißt der Krimi nämlich. Wenn das kein
Signal ist! Ich brauche unbedingt ein Exemplar von dem
Buch. Denn ich glaube, dass unser Täter die Morde aus
dem Buch nachahmt. Leider ist das Buch aktuell nirgends
zu kriegen. Was mich echt erstaunt: In Zeiten des Internets
gibt es immer noch Dinge, die nicht verfügbar sind. Aber
das mag ich so an Büchern. Nicht einfach ein Knopfdruck,
und man weiß alles, sondern es geht immer noch um das
Jagen und Sammeln. Genauso wie bei guter Musik. So
vieles kriegst du heute bei Spotify, und trotzdem gibt es dort
nur einen Bruchteil der ganzen guten Sachen aus den
Sixties. Und vieles wird es dort niemals geben. Anders als
im Plattenladen, wo du immer mal wieder was Unbekann-
tes entdecken kannst, eine alte Single in der Grabbelkiste,
einen Song, den du nie gehört hast und der dich aus den
Schuhen haut.

Mein Besuch in der Blackbox startete nicht schlecht. »Hier,
Hummel, heute ein Helles aufs Haus«, hat Beate mich
begrüßt. Und ich war so schlagfertig zu antworten: »5 mal
H ist wunderbar!« Und sie hat gelacht. Konkrete Poesie.
Wow! Aber das war's auch schon, denn dann kam ihr
Freund. Der Lackaffe. Die beiden legten einen filmreifen
Willkommenskuss hin. Wie kann sie die Ekelzunge von
diesem Ungustl in den Mund nehmen!? Bah! Erst beim
dritten Bier verblasste dieses schreckliche Bild. Aber jetzt
seh ich es wieder genau vor mir. Manchmal denke ich, ich
bin ein Masochist. Ach, Beate, was geht's dich an, dass ich
dich liebe!
Eigentlich wollte ich ja heute Abend noch ein bisschen an
meinem Krimi weiterschreiben, liebes Tagebuch. Aber ich
bin gerade ein bisschen durch den Wind wegen Beate. Und
der Frauen an sich. Morgen schreibe ich was. Ganz be-
stimmt. Ach ja: Mit unserem Fall sind wir ein gutes Stück
weitergekommen. Ich bin schon sehr gespannt auf das
Phantombild von Joe. Vielleicht ist es ja ein alter Bekannter
aus der Verbrecherkartei. Na ja, wohl kaum. So einen Fall
haben wir noch nie gehabt.

TIGERFEELING

Zankl sitzt schlecht gelaunt und breitbeinig auf seinem Bü-
rostuhl. Er bewegt sich nicht. Muskelkater. Das tibetanische
Fruchtbarkeitsritual hat ihm das Genick gebrochen. Sozusagen. Besuch in der Todeszone. Als hätte er seinen Unterleib
mit grobem Himalayasalz eingerieben. Hummel spart sich
dumme Fragen. Er selbst ist unausgeschlafen und trinkt den

vierten Kaffee, um seine alkoholgebadeten Synapsen zu entknoten. Warum er nackt auf der Arbeitsplatte in der Küche geschlafen hat, weiß er nicht. Auch nicht, warum er einen Laib Pfisterbrot fest umklammert hielt, als er aufwachte. Ein ganzer Laib ist doch eh schon der Wahnsinn für einen Singlehaushalt, denkt er jetzt.

Sie warten auf Mr. Bookshop. Joe kommt Punkt zehn und ist unangenehm gut gelaunt. »Hey, Leute, was geht? Mann, ich hab tatsächlich noch so ein Karlsfeld-Teil aufgetrieben. Von 'nem Sammler. Ich hab's gleich heute Morgen abgeholt und in der U-Bahn reingelesen. Hatte ich ganz anders auf dem Schirm. Das Zeug ist echt abgefahren! Kult!« Er legt das Buch auf den Tisch und blättert. »Also die Szene, wo er dieses Elektromesser raus holt. So ein Moulinex mit zwei Klingen. *Ritscheratsche*. Bisschen oldschool. Sieht man aber heute noch gelegentlich bei den Dönerläden am Hauptbahnhof, wenn die das Fleisch runterschnippeln.«

»Joe, es ist noch früh«, stöhnt Hummel.

»Leute, es ist zehn durch! Ich denk, ihr bei der Bullerei seid immer voll auf Zack, topfit und so?«

»Schau nicht so viel fern. Die Realität sieht anders aus.« Hummel kassiert das Buch ein und steht auf. »Na dann komm mal mit, Joe. Für unser Phantombild.«

»Das Buch krieg ich aber wieder!«

»Ja, wenn wir es nicht mehr brauchen. Jetzt komm schon.«

Zankl humpelt hinterher.

»Was hat er denn?«, fragt Joe.

»Zu viel Sex«, erklärt Hummel.

Joe grinst. »Tigerfeeling.«

»Hä?«

»Beckenbodentraining. Hilft. Hast du mehr Power untenrum.«

»Aha.«

Hummel schiebt Joe in das Büro von Kollege Binder und wendet sich zum Gehen.

»Ihr seid nicht dabei?«, fragt Joe erstaunt.

»Du konzentrierst dich besser ohne uns«, sagt Hummel. Er zieht die Tür zu.

Zankls Gesicht ist schmerzverzerrt.

»Tja, Tiger«, sagt Hummel. »Zu viel Sex ist ungesund.«

»Besser als gar keiner.«

Treffer, versenkt. Hummel nickt. Traurig. Sex mit einer *Pfister Sonne*. Was soll man dazu sagen? Laibesübungen?

SCHON MAL GESEHEN

»Hey, das ist doch schon mal ein Ergebnis«, meint Zankl, als er das Phantombild betrachtet, das nach Joes Angaben angefertigt wurde.

»Ich hab das Gesicht schon mal gesehen«, murmelt Hummel. Die beiden anderen sehen ihn erstaunt an.

»Irgendwo. Anderer Kontext. Weiß nicht. Nichts mit dem Fall.«

»Super. Das hilft uns enorm«, meckert Zankl. Doch dann sagt er zögernd: »Hey, du hast recht. Irgendwie. Ja, mir kommt der Typ ebenfalls bekannt vor. Ziemlich sogar. Aber ich hab keinen Schimmer, woher.«

»Jungs, ich geh mal schnell aufs Klo«, sagt Joe.

»Gang runter, rechts«, sagt Hummel und beugt sich mit Zankl wieder über das Bild. Bedenkzeit. Zufrieden sind sie nicht. Da ist was faul. Nur was? Hummel blättert fahrig durch das Buch. Muss er sich in Ruhe ansehen.

»Ach komm schon«, bricht Zankl nach einiger Zeit das Schweigen. »Wir haben die erste konkrete Spur. Das ist doch schon was.«

Jetzt hören sie Geräusche aus Maders Büro. Ihr Chef kommt zu ihnen rüber. »Und, Leute, gibt's irgendwas Neues?«

Sie legen Mader das Phantombild vor, das nach Joes Angaben angefertigt wurde.

»Das ist er«, sagt Hummel voller Stolz.

»Wer?«, fragt Mader.

»Der Tatverdächtige. Also, wir glauben ja, dass es vielleicht um einen Typen geht, der Motive aus diesem Buch nachstellt.« Hummel deutet auf das Buch, dann auf das Blatt mit dem Phantombild. »So könnte er aussehen.«

Mader studiert das Bild und kratzt sich am Kopf. »Hmm, kommt mir bekannt vor.«

Zankl und Hummel sehen sich vielsagend an.

»Uns ging's genauso«, sagt Hummel.

»Woher ist das Bild?!«, fragt Mader. »Woher kommt der Tipp, dass das die Person sein könnte, die sich an dem Buch orientiert?«

»Ein Zeuge hat uns geholfen, das Phantombild zu erstellen. Vorhin. Er kommt gleich, ist nur schnell auf die Toilette.« In diesem Moment steckt Joe seinen Kopf durch die Tür. Er sieht Mader und zieht die Tür voller Panik wieder zu. Zu schnell für seinen Kopf, er klemmt ihn zwischen Türblatt und Türstock ein und drückt sich die Luft ab. Trotzdem gibt er die Tür nicht frei. Körper auf Flucht, Kopf noch da. Augen quellen hervor. Zankl und Hummel sehen Joe entgeistert an. Endlich springt Hummel auf und zieht die Tür gewaltsam auf, um Joe aus der Klemme zu befreien. Als das gelungen ist, starrt Joe Mader an.

»Hey, Joe, komm runter, das ist nur unser Chef«, erklärt Zankl.

»Das, das, das ist der Typ!«, krächzt Joe verzweifelt.

Hummel wird blass. Er sieht auf das Phantombild und dann zu Mader. Zankl tut dasselbe.

Mader seufzt und schüttelt den Kopf. »Ihr habt nichts als Scheiße im Kopf!«, murmelt er. »Während ihr hier Räuberpistolen erfindet, läuft da draußen ein Killer frei rum! Ihr macht euren verfluchten Job nicht. Verdammt noch mal!«

»Chef, wir dachten …«, fängt Zankl an.

»Nein, ihr denkt nicht!«, schneidet ihm Mader das Wort ab. »Ihr denkt nicht! Das ist das Problem! Euer Problem! Und damit auch mein Problem! Soll ich euch andauernd auf die Finger schaun? Sind wir ein Kindergarten?! Ja, nein, vielleicht? – Nein! Garantiert nicht! Wahnsinn!« Er tippt mit dem Finger energisch auf das Bild auf seinem Schreibtisch. »Ein Phantombild von mir! Ihr seid so was von bescheuert!« Er winkt ab und lässt sich auf einen Stuhl fallen. Macht mit den Backen ein pfeifendes Geräusch. Wie ein Wasserball, dem die Luft ausgeht.

Zankl und Hummel sind kleiner als zwei Eierbecher.

»Chef, woher, ich mein', wie können Sie, das, äh, das Buch …?«, stottert Hummel.

»Sie haben doch gesagt, dass da was passiert ist, das sie aus einem Krimi kennen! *Der Mann mit der Säge*. Und was macht ein guter Chef? Nimmt die Anregungen seiner Mitarbeiter ernst!«

»Aber wie kommen Sie auf Joe und seinen Laden?!« Hummel grinst hilflos.

»Weil Sie ihn mir selbst mal empfohlen haben, Hummel! Nicht nur das Schwedenzeugs und den Jodelwahnsinn, oder so ähnlich.«

Joes Stichwort: »Ich geh dann mal. Viel, äh, Glück.«

»Hey, Joe?«, sagt Mader. »Ich muss Ihnen nicht sagen, dass hier Stillschweigen angesagt ist? Absolut. Sonst können Sie Ihren Laden dichtmachen. Kein Wort nirgends, ist das klar?!«

Joe nickt. »Absolut. Geht klar, kein Thema. Ich schweige wie ein Grab. Mörder bei euch, Krimis bei mir.« Abgang Joe.

»Hab ich was verpasst?«, fragt Dosi, die gerade reinschneit.

»Ich denke, du hast heute noch frei?«, sagt Zankl erstaunt.

»Ach, ich hatte Sehnsucht nach euch.«

PARADISE RELOADED

Die Autobahn singt ihr Lied. Gewitterwolken ziehen über schrundige Häuser und Lagerhallen. Ein paar scharfe Sonnenstrahlen teilen das Grau. Es riecht streng – die nahe Mülldeponie lässt grüßen. Hier auch Monacos Straßenstrich. Klapprige Wohnwagen mit rot glimmenden Fenstern. FREE HUGS hat ein Witzbold auf einen der Wagen gesprüht. Im trüben Restlicht sieht die Gegend aus wie nach einem Atomschlag. Das Neonschild vom *Paradise Lost* leuchtet nicht, weist Durstigen noch nicht den Weg. Es ist siebzehn Uhr. Tür angelehnt. Kneipe leer. Nicht mal der Wirt ist da. Katrins Blick wandert durch den Gastraum.

Franz tritt aus dem Lagerraum hinter den Tresen. »Sie suchen mich?«

Katrin sieht ihn an. »Ich habe einen Auftrag. Gut bezahlt.«

Franz' Gesichtsausdruck verändert sich nicht. Aber in seinem Gehirn rattert es. Denn aus der Nähe fällt es ihm auf. Er hat die Frau schon mal gesehen. Nicht hier. Irgendwo. Gar nicht lang her. Auf einem Foto. Wo war das? Nein, er weiß es nicht mehr. Er sieht sie scharf an. »Wer schickt Sie?«

»Steinle.«

Er nickt langsam. »So, Steinle. Ich höre.«

»Ein Mann. Mein Mann. Er soll das Opfer sein.«

»Tarif kennen Sie?«

Sie hat keine Ahnung. Aber Geld dabei. »Zehn vorher, zehn nachher.«

»Nein. Zwanzig jetzt, zwanzig danach.«

»Ich hab nur zehn dabei.«

»Zehn jetzt, dreißig danach. Übersteigt das Ihre Möglichkeiten?«

Sie schüttelt den Kopf und gibt ihm den Umschlag mit den zehntausend Euro.

»Wie, äh, wie machen Sie es?«

Franz überlegt kurz. Luigi war nur das Vorspiel. Nun was ganz Feines. Er lächelt. »Ist Ihr Mann Vegetarier?«

»Nein, wieso?«

Er gibt ihr eine Visitenkarte: *Meiler – Fleisch aus Leidenschaft. Partyservice, kalte Platten, Barbecue. Edelweißstraße 2. 81541 München.* »Schicken Sie ihn dahin. Sagen Sie ihm, Sie machen eine Grillparty am Samstag. Spontan. Als Überraschung. Er soll das Fleisch abholen. Freitag, dreizehn Uhr. Ich werde ihn dort empfangen.«

»Aber wir lassen immer liefern …«

»Sagen Sie ihm: Unsere Kundschaft wählt die besten Stücke selbst aus. Zieht bei Männern. Der Job wird erledigt, und Sie bezahlen den Rest. Die Party fällt dann leider aus. Auch spontan. Außer, Sie haben was zu feiern.«

»Und wie, äh, machen Sie's?«

»Wollen Sie das wirklich wissen?«

Sie schüttelt den Kopf.

»Morgen um eins. Pünktlich.« Er schreibt seine Handynummer auf einen Notizzettel. »Rufen Sie an, falls er den

Termin nicht hinkriegt. Noch mal: Sind Sie sich sicher, dass Sie das wirklich wollen?« Er hält ihr den Umschlag hin.

Katrin winkt ab. Ihr Mann hat es verdient. Weil Luigi so grausam sterben musste. »Steinle wird nichts davon erfahren? Es wäre mir sehr unangenehm, wenn er denkt, na ja …«

»Diskretion ist mein Geschäft.«

»Geben Sie mir Bescheid, wenn es erledigt ist.« Sie schreibt ihm ihre Handynummer auf den Umschlag und verlässt die Kneipe.

Franz sieht ihr nachdenklich hinterher. In die Vorfreude hat sich ein kleiner Zweifel gemischt. Irgendwas ist komisch. Er kann die Frau nicht einordnen. Wo hat er sie oder ein Bild schon mal gesehen? Aber Geld ist Geld. Und er möchte etwas Außergewöhnliches ausprobieren.

NICHT SCHLECHT

Patzer staunt nicht schlecht, als Katrin ihm von ihrer Idee mit der spontanen Grillparty erzählt. So kennt er sie gar nicht. Und er muss sich um nichts kümmern. Nur morgen das Fleisch holen. Bei Meiler! Er lacht. Einer der besten Metzger in der Stadt. Kluges Mädchen. Weiß, was gut ist. Vielleicht hat sie ein schlechtes Gewissen. Wegen Luigi. Zeit, dass die ehelichen Pflichten wieder Einkehr halten im Hause Patzer!

PERSONENSCHUTZ

Hummel sieht sich in Dosis Wohnung um. »Na, ist doch ganz schön hier.«

»Klein, aber mein«, sagt Dosi durch die halb offene Badezimmertür.

Hummel stellt sich an den französischen Balkon und steckt sich eine Zigarette an. Er sieht auf den dichten Abendverkehr runter. Die Landsberger Straße ist echt laut. Muss man mögen.

Dosi tritt neben ihn. »Genießt du die Aussicht?«

»Ja, guter Sound vor allem. Ich liebe Autos. Vor allem, wenn es ganz viele sind. Und ich mag's auch gern grau in grau. Du, ich hatte vorhin 'nen komischen Anruf. Ein Freund von mir. Mike. Der ist Trompeter in der Band, mit der wir uns den Übungsraum teilen.«

»Aha?«

»Die machen so Mittelaltermusik. Eisenterz.«

»Klingt wie Rammstein für Arme.«

»Keine Witze. Das sind Freunde von mir. Und die sind echt gut, auch wenn es nicht ganz mein Style ist. Die Jungs spielen viel live und verdienen ziemlich gut.«

»Schön für die Band. Und weiter, Hummel?«

»Jedenfalls erzählt mir Mike, dass das Sommerfest auf Burg Waldeck auch dieses Jahr stattfindet, obwohl der Alte doch gerade das Diesseits verlassen hat. Eisenterz soll auf dem Fest spielen. Mike hat mich angerufen, ob wir einen Übungsabend tauschen können. Sie hatten den Gig schon abgehakt, jetzt sollen sie doch spielen. Bringt fett Gage. Und sie müssen noch proben.«

»Burgfest ohne Hausherr. Interessant. Wenn wir da Mäuschen spielen könnten! Wie kommt man denn da rein? Gibt's da Tickets?«

»Nein. Das ist ein ganz exklusiver Kreis. Und das Booking für die Band geht immer unter der Hand. Über Mikes Onkel. Der ist Stadtrat. Du weißt ja: Politik, Wirtschaft, Adel.«

»Eine Soße. Kann Mike was für uns tun?«

»Hmm, müssten wir mal überlegen. Aber komm, jetzt lass uns losziehen, ich brauch dringend ein Bier.«

Sie fahren mit dem Lift nach unten.

Dosi sieht ihn ernst an. »Wenn wir jetzt vor die Haustür treten, legst du mir den Arm um die Schulter. Klar?«

»Hä?«

»Mach's einfach, Hummel. Ich beiße nicht.«

»Okay …«

Sie treten vors Haus. Zögerlich legt er ihr den Arm um die Hüfte.

»Ich sagte Schulter!«, zischt sie.

»Oh, entschuldige.«

Sie spricht leise: »Da drüben sitzt er, im Auto. Nicht hinschauen. Fränki-Boy ist mir im Moment echt zu viel. Er ist ja nett, aber er ist wie ein junger Hund. Kannst du nicht abschütteln.«

»Und jetzt ist er eifersüchtig auf mich. Ganz toll, vielen Dank auch!«

»Der tut keiner Fliege was. Aber ich brauch einfach ein bisschen Privatsphäre.«

Als sie im Lindwurmstüberl sitzen und sich mit Hendl, Kartoffelsalat und Augustiner stärken, sieht Dosi immer wieder sorgenvoll zur Straße raus.

»Dosi, jetzt schalt mal ab. Denk an was anderes. Wie war's denn eigentlich in Passau?«

»Willst du nicht wirklich wissen. Noch so eine Baustelle. Und was für eine.«

»Erzähl's mir.«

»Okay, aber erst, wenn ein frisches Bier da ist.« Sie hebt zwei Finger in Richtung Kellner.

Als das Bier vor ihnen steht, beginnt sie: »Also, ob du es glaubst oder nicht, ich bin schon geschieden. Ich bin reingefallen auf so einen Schönling. Bisschen wie dieser Luigi. Also vom Typ her. Nur dass mein Luigi Eric heißt. Und ich den Trottel geheiratet habe.«

»Und warum hast du ihn dann geheiratet?«

»Ach, na ja, mir war klar, dass ich nicht gerade an der Poleposition stand. So männertechnisch. Und da kommt dieser Typ, nach dem sich alle Frauen umdrehen, und macht mir den Hof. Ich weiß auch nicht, warum. Das hat mir das Hirn weggeschossen. Für kurze Zeit hab ich tatsächlich geglaubt, dass er mich liebt. Innere Schönheit und der ganze Scheiß. So was von deppert! Kaum waren wir verheiratet und hatten den Scheißkredit für das Haus an der Backe, da hat er mich mit so einer Studentenmaus betrogen. Ich komm von der Spätschicht heim, und die bumsen da munter im Carport vor dem Haus.«

Hummel kann sich ein Grinsen nicht verkneifen.

»Heute kann ich auch drüber lachen«, sagt Dosi. »Quietschen wie die Schweine auf der Rückbank von Erics Opel. Scheiben beschlagen.«

»*Steamy Windows.*«

»Hä?«

»So 'n Lied von Tina Turner. In dem Video sind … äh, ja. Und was hast du gemacht?«

»Die Reifen aufgestochen.«

»Hast du nicht!«

»Hab ich schon. Während die zugange waren.«

Hummel lacht laut auf.

»Und die haben es nicht mal gemerkt. Da bin ich weg. Erst mal zu meinen Eltern. In mein altes Zimmer. Kannst du dir das vorstellen?«

Hummel schüttelt den Kopf.

»Supergau. Und dazu die schlauen Sprüche: ›Wir haben's ja die ganze Zeit gesagt, Dosi!‹ Das typische Elterngerede. Na ja. Die Scheidung war schnell durch, aber das gemeinsam angezahlte Wohneigentum ist mein finanzielles Grab. Ich hör noch diesen Scheißbanker: ›Sie müssen eine Immobilie auch als Alterssicherung sehen. Ein Rettungsring in unsicheren Zeiten.‹ Das Ding ist eher ein Schwimmreifen aus Beton. Eric hockt immer noch in dem Haus. Und ich krieg ihn nicht raus. Das ist eine Schrottimmobilie!«

»Und du kannst dir nicht irgendwie mit ihm einig werden?«

»Ich hab's ja probiert. Deswegen bin ich ja hingefahren. Aber der hat mich so was von auflaufen lassen. So ist das natürlich megabequem für ihn. Zahlt eine lächerliche Miete, und ich wohn hier in München auf dreißig Quadratmetern und zahle das Doppelte. So, jetzt weißt du, was ich Schönes in Passau gemacht hab. Und aktuell die Sache mit Fränki. Ich sag's dir: Männer sind so was von anstrengend.« Sie winkt dem Ober. »Noch zwei Bier.«

Nach Hause nehmen Hummel und Dosi ein Taxi. Als Hummel Dosi absetzt, sieht er, dass Fränki immer noch vor Dosis Haus in seinem Wagen sitzt.

»Warten Sie kurz«, sagt Hummel zum Taxifahrer und steigt aus. Er geht zu Fränkis Auto und klopft an die Scheibe.

Die surrt runter.

»Hi, Fränki, ich bin ein Kollege von Dosi. Ich glaub, sie mag es nicht, wenn du ihr so auf die Pelle rückst.«

Bumm!

Hummel hat die Faust nicht kommen sehen. Wie auch, mit fünf Bier?

Fränki braust mit quietschenden Reifen davon.

»Alles in Ordnung bei Ihnen?«, fragt der Taxler.

»Alles super«, stöhnt Hummel.

»Soll ich die Polizei rufen?«

»Ist schon da. Fahren Sie mich bitte heim. Ich will ins Bett.«

SPÄTE LEKTÜRE

Franz liegt auf dem zerschlissenen Sofa in seiner Wohnhöhle in der alten Lagerhalle im Hinterhof des *Paradise Lost*. Die Füße hat er auf dem Couchtisch geparkt. Dort auch ein gut gefülltes Whiskyglas. Im spärlichen Lichtschein der rostigen Stehlampe liest er in einem Buch.

»Als Tscharly das Geräusch hörte, war es schon zu spät. Er schaffte es gerade mal bis zur Schlafzimmertür, als ihn der erste Nagel traf. Tschaktschaktschak schlugen die Nägel aus dem Niethammer ein. Er spürte den Schmerz kaum, so groß war sein Schock. Er war wie gelähmt. Er hätte sich aber auch nicht mehr bewegen können, denn die Geschosse prasselten wie Hagel auf ihn ein und fixierten ihn an der Rigipswand. »Na, mit mir hast du nicht mehr gerechnet?«, sagte der Schütze im ausgewaschenen Blaumann. Aber Tscharly konnte ihn schon nicht mehr hören. Auch nicht das Aufjaulen der Handkreissäge.«

Franz legt das Buch auf den Tisch und muss schmunzeln. Das hat wirklich was. Heimwerkerhorror. Baumarkt-Slasher.

Gutes altes Handwerk. Richtig gut gefällt ihm die Sache mit dem Fleischwolf im Schlachthof. Super. Mit so was kennt er sich ja aus. Er liebt den schweren metallischen Blutgeruch im Schlachthaus. Sehr inspirierend diese Lektüre. Das Buch hat er in einem Antiquariat in der Thalkirchnerstraße gekauft. Eine echte Fundgrube für Abseitiges. Dass so wilde Sachen veröffentlicht werden, erstaunlich! Vielleicht sollte er auch mal was schreiben. Seine eigene Geschichte. Franz nimmt einen großen Schluck Whisky und macht eine Zeitreise in die Vergangenheit. Er sieht es genau vor sich: Edelweißstraße 2, zweiter Hinterhof, dritter Stock. Seine Familie, die Meilers: Mama, Papa, Opa, sein Bruder Freddi, seine Schwester Sophia und er selbst, das Nesthäkchen in der Metzgerdynastie. Der Laden an der Ecke zur Tegernseer Landstraße ist eine Goldgrube. Und die Familie betreibt ein lukratives Nebengeschäft: Geld eintreiben, unliebsame Mieter vor die Tür setzen und Ähnliches. Ohne ihn allerdings. Neben dem Metzgerhandwerk gelten all seine Ambitionen der Kunst. Er will auf die Akademie und malt in jeder freien Stunde. Und dann kommt dieser Abend, der ihn auf ein anderes Gleis setzt.

Mama bereitet gerade das Abendessen zu. Der Rest der Familie sitzt im Wohnzimmer und sieht sich eine Quizshow mit barbusigen Damen an. Papa bewacht das Telefon. Sie warten alle auf die Zuschauerfrage und das Einblenden der Telefonnummer. Mama ruft zum Abendessen. Aber nur er setzt sich an den großen Esstisch. Mama seufzt. »Komm, Franz, hilf mir auftragen.« Sie sieht sich um und kämpft mit den Tränen. Die Luft ist nikotinschwer, überall stehen Bierflaschen und Coladosen, liegen zerlesene Zeitungen herum, ein umgekippter Aschenbecher verunziert den Couchtisch. Klirrend stellt Mama die Teller auf den Esstisch. Alle stöhnen auf.

»Mama, die Zuschauerfrage!«, empört sich Sophia.

»Ich liebe dankbare Kinder«, sagt Mama leise und beginnt, den Eintopf auszuteilen.

Die treibende Kraft ist sein Cousin Vitus, sein Erscheinen an diesem Abend. Solche Typen gibt es heute gar nicht mehr, denkt Franz und muss grinsen. Ein Strippenzieher vor dem Herrn mit einem gewaltigen Mundwerk.

»Oh, was sehen meine trüben Augen, gestresst von den hektischen Geschäften der Straße?«, sind seine Worte, als er plötzlich im Wohnzimmer steht. »Die Familie bei Tisch. Eintopf nach eines harten Tages Arbeit. Ob für eine hungrige Seele wohl noch ein Teller übrig ist?«

»Wie stehen die Geschäfte?«, fragt Papa und reicht Vitus eine Flasche Bier.

»Kann nicht klagen. Die Jugend ist gut bei Kasse. Anspruchsvoll. Nichts von dem billigen Zeug. Dröhnen wie die Reichen und Schönen.« Er grunzt zufrieden.

Nachdem er seinen Teller zur Hälfte geleert hat, wischt er sich den Mund und zieht lachend ein Bündel Geldscheine aus der Tasche. »Vom King. Ein Auftrag für euch. Ein Wirt in Sendling, der die Standgebühr nicht zahlen will.« Er muss lachen. »Standgebühr – das ist typisch für den King. Als ob es um eine Wurstbude irgendwo in Niederbayern geht. Das hier ist München, Landeshauptstadt!« Vitus wedelt mit dem Geldbündel: »Heut Nacht. Den Wirt und sein Personal ein bisschen motivieren. Der Laden heißt Brezn & Bier. Ihr bleibt sitzen, bis die letzten Gäste weg sind, und dann nehmt ihr den Schuppen auseinander. Damit jeder Bescheid weiß: Keiner bescheißt den King!« Er dreht sich zu ihm, dem Jüngsten. »Franz, du bist auch dabei, oder?! Reichlich Stoff für deine Arbeit: Rache und Zerstörung. Mit ein bisschen Glück auch mal der Übergang vom Leben zum Tod. Auf solche Themen kann kein echter Künstler verzichten! Franz, verbinde doch das Nützliche mit dem Angenehmen. Nachts Geld verdienen, tagsüber malen. Blut – die Farbe des Lebens, der Liebe, der Wirklichkeit.«

Was für Worte damals! Franz leert das Glas, spürt, wie ihn der Whisky erhitzt. Seine Vergangenheit, seine Herkunft, sein Sündenfall. So hat alles angefangen. Wie sehr hat er sich anfangs gewehrt. Und doch hatte dieser Schwätzer Vitus recht. Er fand Gefallen daran. Auch an den Rahmenbedingungen: Macht, Geld, Koks, Alkohol. Das eine nicht ohne das andere. Er malte schon damals wie ein Besessener, aber erst jetzt entdeckte er seine wahren Motive. Eine tiefschwarze Grundstimmung prägt seitdem all seine Bilder und Objekte.

Seine Gedanken rasen. Der Kick, den er bei dem italienischen Kellner verspürt hat. Er hat eine neue Stufe erreicht. Einen Rausch erlebt. Viel besser als Koks. Er würde es sofort wieder tun. Sein Bruder Freddi versteht das nicht. Freddi ist so sachlich, nüchtern, geschäftsmäßig. Für ihn hingegen ist es Leidenschaft, Ausdruck seiner Persönlichkeit, seiner Fantasien. Und dazu dieses Buch! Wegweisend. Wunderbare Anregungen. Bin ich wahnsinnig?, denkt er kurz. Ja sicher, größenwahnsinnig. Klarer Fall für die Klapse. Franz lacht und nimmt einen tiefen Schluck, direkt aus der Scotchflasche.

VEILCHEN

Am Freitag kommt Hummel erst nach zehn Uhr ins Büro. Sein Kopf platzt. Aber nicht vom Bier. Solche Mengen wie gestern Abend ist er durchaus gewohnt.

»Verdammt, war das Fränki?!«, zischt Dosi, als sie Hummels Veilchen sieht.

Zankl sieht die beiden kariert an. »Habt ihr Geheimnisse vor mir?«

Hummel schüttelt den Kopf. »Nein, ich bin gestolpert, zu Hause. Gegen den Küchentisch.«

»Küchentisch?«, sagt Zankl belustigt.

»Nicht lustig. Schmerzhaft«, sagt Hummel. »Wer hat 'ne Aspirin für mich? Oder besser gleich drei.«

Zankl wirft ihm die Packung hin, und Dosi bringt ihm ein Glas Wasser. »Dem Arsch zieh ich die Ohren lang«, flüstert sie Hummel zu. Der zerstößt mit einem Bleistift die Tabletten im Wasser. »Wo ist Mader?«

Zankl grinst. »Bei Günther. Jour fixe. Darf jetzt regelmäßig antanzen zum Rapport.«

»Ich weiß nicht, was daran lustig ist«, sagt Hummel schlecht gelaunt.

TEMPORARILY NOT AVAILABLE

Katrin muss raus. Sie hält es nicht aus zu Hause. Sie geht die kleine Einkaufsstraße zur Trambahnendhaltestelle hinunter. Grübelt. *Warum hab ich das gemacht?! Ein Mordauftrag. Bin ich wahnsinnig!? Ich muss das abblasen!* Mit zitternden Fingern holt sie ihr Handy aus der Tasche und wählt Franz' Nummer. Sie wartet. Mailbox. »Hallo, hören Sie mich? Hier ist … äh, Ihre … Der Auftrag, der Job ist abgesagt. Gecancelt. Tun Sie's nicht! Behalten Sie das Geld! Ich hab mich anders entschieden. Ich ziehe den Auftrag zurück!« Sie drückt die rote Taste. Sie muss ihren Mann anrufen. Ihn warnen. Aber was ihm sagen? Nichts erklären. Einfach sagen, dass das Grillfest ausfällt und sie das Fleisch nicht brauchen.

Sie wählt seine Nummer. »The number you have called is temporarily not available.« Frustriert legt sie auf. Soll sie ihren Mann vor der Metzgerei abfangen? Das packt sie nicht. Scheißescheißescheiße! Sie kramt in ihrer Handtasche. Findet die Karte von dem Kripotypen. Mader. Sie will schon wählen, als sie sich besinnt. Ihr Blick geht auf die andere Straßenseite. Bei der Wendeschleife der Trambahn hängt ein Punk mit seinem Hund rum. Katrin zieht einen Zehner aus der Geldbörse.

BELOHNUNG

Maders Diensttelefon klingelt. Er hebt ab. »Mader?«

»Kleinschmidt, *Abendzeitung*. Ein Typ hat gerade angerufen. Wegen der Geschichte am Stadion. Er hat Fotos und 'nen Tipp. Und will Geld. Es ist doch eine Belohnung ausgesetzt, oder?«

»Ja. Wenn der Tipp zur Ergreifung des Täters führt. Wie erreich ich ihn?«

»Steht in 'ner Telefonzelle.«

»So was gibt's noch?«

»Offenbar. Der Typ wartet auf meinen Rückruf.«

»Geben Sie mir die Nummer!«

»Ich meine, wir sollten vorher noch …«

»Mann, Kleinschmidt! Hier geht es um einen grausamen Mord, nicht um ein Achterbahnunglück auf dem Oktoberfest! Sie bekommen die Geschichte. Exklusiv! Jetzt geben Sie mir die verdammte Nummer!«

»Okay, aber Sie halten sich an die Abmachung! Hier ist die Nummer: 23 22 63 45, ich …«

Mader hat schon aufgelegt und tippt die mitnotierte Nummer. Er schiebt die Notiz mit der Nummer Zankl zu. Zankl geht zu seinem Schreibtisch nach nebenan.

Es läutet ... und läutet ... Mader verzieht enttäuscht das Gesicht. Dann hebt doch noch jemand ab. »Chjaa ...?«, kommt es kratzig aus der Leitung.

»Hier ist Hauptkommissar Mader von der Kripo. Mit wem sprech ich?«

»Fda..., äh, ich, daf, daf tut nichtf zur Fache.«

»Ich versteh Sie sehr schlecht.«

»Waf?«

»Nein, ist gut. Was haben Sie für mich?«

»Gibt'f Geld für noch mehr Bilder von dem Toten beim Ftadion?«

»Zehntausend für Tipps, die zur Ergreifung des Täters führen ...«

»Ergreifung?«

»Nicht Ergreisung! Ergreifung! Wenn wir ihn kriegen.«

»Okay. Ich hab verftanden. Ich bin ja nicht blöd.«

»Sie sagen mir, was Sie wissen. Wir überprüfen den Hinweis. Wenn wir ihn schnappen, bekommen Sie das Geld..«

»Äh, ich weiff nicht ...«

»Sie haben Fotos?«

»Ja, Fotof. Ich, ich muff noch nachdenken.«

»Hallo?«, ruft Mader.

Keine Antwort. *Klick!* Dann Kammerton A.

»Scheiße, der Typ hat aufgelegt! Zankl, war das Telefonat lang genug? Haben Sie den Anschluss zu der Nummer?«

»Hans-Jensen-Straße 12.«

»Wo ist das?«

»Fröttmaning. Nähe Stadion.«

»Na los, sagen Sie den anderen Bescheid. Wir fahren raus.«

DIE FLIEGE MACHEN

Jakko hat aufgelegt, weil er plötzlich kalte Füße bekommen hat. Wenn der Täter das Foto in der Zeitung gesehen hat, weiß er ja, dass jemand die Bilder hat. Und somit die Kamera. Die kann er ja nur im Paradise geklaut haben. Gefährlich. Hätte er das Teil mal lieber nicht mitgehen lassen sollen? Aber wenn der sein Zeug so offen auf dem Tresen liegen lässt. Und wenn der Typ wegen seines Tipps in den Bau geht und wegen Mord verurteilt wird, kommt er ja nicht mehr so schnell raus. Vielleicht nie mehr. Eigentlich eine todsichere Nummer. Oder? Aber der Typ hat bestimmt Kontakte! Wenn der von der Kripo sagt, dass das anonym bleibt, kann man dem trauen? Fragen über Fragen. Zu viele für den kleinen Kopf vom großen Jakko. Noch mal von vorn. Die Kamera muss jemandem aus dem Paradise gehören. So viel ist schon mal klar. Jakko überlegt krampfhaft. Ihm fällt keiner ein, der dafür infrage kommt. Wenn die Bullen am Ende glauben, dass er selbst die Bilder gemacht hat? Wenig durchdacht das Ganze. Scheiße. Aber vielleicht ist die Kamera dem Besitzer genauso viel wert wie der Polizei? Oder noch mehr? Er muss mit Lasso reden. Bei ihm zu Hause ist die Kamera.

SONST PASSIERT WAS

Mader ist abmarschbereit, da klingelt schon wieder das Telefon. Er hebt ab.

»Hey, Bulle, schickt wen in die Edelweißstraße 2«, sagt eine fremde männliche Stimme.

»Wer spricht da?« Mader stellt das Telefon laut, winkt die andern zu sich.

»Es geht um Leben und Tod.« Im Hintergrund ist Straßenlärm zu hören. Eine Tram rumpelt vorbei. Mader schneidet das Gespräch mit.

»Wer spricht da, verdammt?«

»Ich. Schickt wen in die Edelweißstraße 2. Sonst passiert was Schreckliches.«

»Hey, Sie sind in der Mordkomm…« – *Klick.*

»Die Metzgerei Meiler ist in der Edelweißstraße 2!«, sagt Dosi.

Mader sieht Hummel an. »Kriegen wir den Anrufer?«

Hummel schüttelt den Kopf. »Zu kurz.«

»Und der Straßenlärm?«

»Könnte überall sein.«

»Tja, dann fahren wir also erst mal nach Giesing. Hummel, Doris, Abmarsch! Zankl, Sie überprüfen bitte die Telefonzelle in Fröttmaning. Wir telefonieren.«

Zankl ist sprachlos. Er ist zweite Wahl, und die anderen sind das A-Team. Seine Kollegen sind schon aus dem Büro, als er seine Fassung wiederfindet. »Deppenhaufen!«, flucht er.

BLUTWURST

Franz wäscht sich sorgfältig die Hände. Riecht an seinen Fingern. Blut. Immer noch. Seine weiße Plastikschürze ist besudelt. Er zieht sie aus und wirft sie in einen der Container. Er tritt an die große Rührschüssel und schaltet den Knethaken eine Stufe runter. Der rote Brei ist dick und zäh. Genau richtig.

REALITÄT UND SO

Die Sonne steht dick am Himmel. Wunderbarer Tag, gar nicht geschaffen für einen neuen Mordfall. Mader und Hummel brettern über den Mittleren Ring. Stille im Auto.

»Hummel, so schweigsam?«, meldet sich der Mader. »Was macht Ihr Veilchen?«

»Blüht.«

»Sind Sie noch sauer wegen gestern?«

»Nein. Das ist schon okay. Das mit dem Krimi und Ihnen war nicht so super.«

Dosi lacht. Mader sieht sie fragend an.

Hummel winkt ab. »Ich hab's ihr schon erzählt. Sie fand es ganz lustig.«

»Die Idee war nicht schlecht«, sagt Mader. »Im Ansatz. Nutzen Sie das kreative Potenzial solcher Einfälle. Inspiration ist wichtig. Bücher, Filme, was immer. Das kann uns auf Ideen und Gedanken bringen, die wir sonst nicht haben.

Auch in diesem Fall. Was wissen Sie von dem Killer in *Der Mann mit der Säge?* Was für ein Typ ist das?«

»Er hat 'ne Schraube locker.«

»Ja. Okay. Und sonst?«

»Er ist sehr brutal und schreckt vor nichts zurück.«

»Okay. Was fehlt ihm, um ein richtig beinharter, abgebrühter Killer zu sein?«

»Na, irgendwie das Profimäßige. Er ist halt ein Amateur.«

»Sehen Sie, das ist der Unterschied. Der schrabbelt sich mit seinem Moulinex-Teil durch Mark und Bein und richtet seine Opfer elendig zu. Wie fanden wir Luigi?«

»Ich versteh nicht.«

»Doris, haben Sie eine Meinung dazu?«, fragt Mader nach hinten. »Wie fanden wir Luigi, Doris?«

»Sauber zerlegt. In Dr. Fleischers Bericht steht, dass die abgetrennten Gliedmaßen glatte, gleichmäßige Schnittmale hatten.«

»Danke. Das heißt, Hummel?«

»Dass der Täter ein Profi war.«

»Genau. Die Tragweite dieses Umstands ist mir erst klar geworden, als ich diesen Horrorkrimi gelesen habe.«

Hummel nickt. Jetzt versteht er. Gute Transferleistung seines Chefs. Aber der Sägenmann verfeinert seine Technik ja durchaus noch. Sagt er aber lieber noch nicht.

»Und jetzt fahren wir zu Meiler«, sagt Dosi von hinten. »Einem Profi in Sachen Fleisch. Bloß schade, dass Luigis Tod nicht zu ihm passt. Meiler ist zu kontrolliert für so ein Gemetzel. Ich hab ja wegen Waldeck mit ihm gesprochen. Den bringt nichts aus der Ruhe. Als Killer wäre der bestimmt eiskalt und würde nur das Nötigste machen. Aber wer weiß, vielleicht gibt es da auch noch eine dunkle Seite.«

Sie steigen aus und gehen auf die Metzgerei zu. Die Glastür ist verschlossen. Mittagspause 12:30 bis 14:30 Uhr steht auf dem Schild an der Tür.

»Schön, dass es so was noch gibt«, sagt Mader. »Früher war das oft so. Heute wollen alle rund um die Uhr einkaufen. Schauen wir mal in die Wurstküche.«

Sie gehen durch den Innenhof in einen Flachbau. Das Rolltor ist nicht verschlossen. Ein Lehrling spritzt gerade Wannen und andere Behälter aus.

»He, Sie können hier nicht einfach …!«

Mader zückt seinen Ausweis. »Doch, wir können. Kriminalpolizei. Wo ist der Chef?«

»Macht Mittag bis halb drei.«

»Was dagegen, wenn wir uns mal kurz umsehen?«

Der Lehrling deutet auf Bajazzo. »Der Hund muss draußen bleiben!«

Mader bindet Bajazzo an einen Laternenpfahl und folgt Hummel und Dosi in die Halle. Der Lehrling beobachtet sie nervös. Mader und Hummel werfen einen Blick auf die blutverschmierten Plastikschürzen im Müllcontainer und sehen sich die beeindruckende Sammlung von Messern und Sägen an. Auch die große Motorsäge, die mit einem Spiralkabel von der Decke hängt.

»Wofür braucht man die?«, fragt Mader den Lehrling.

»Fürs Grobe. Rinderhälften, Schweinehälften.«

»Mader, Hummel, kommt mal her!« Dosi steht an einer großen Rührschüssel aus Edelstahl. Gemeinsam spähen sie hinein. Eine grobe blutige Masse. Sie riecht schwer, süßsauer.

»Was ist das?«, fragt Mader den Lehrling.

»Blutwurst.«

»Hm. Macht wer?«

»Die Chefs. Familienrezept. Weniger Eis als normal und andere Kräuter. Ordentlich Fenchelsamen. Wollen Sie probieren?«

Mader nickt. Dosi auch. Hummel nicht.

Der Lehrling holt zwei lange Holzlöffel und taucht sie in die blutige Masse. Mader probiert und macht ein ernstes Gesicht. »Hervorragend, Respekt.«

Dosi probiert auch. »Ned schlecht«, lautet ihr Urteil. »Vielleicht ein Tick zu viel Fenchel. Fischelt a bisserl im Abgang.«

Mader lacht. »Okay, das war's. Hier gibt es nichts mehr zu tun für uns.«

Der Lehrling sieht ihn fragend an.

Mader blickt ernst zurück. »Ich mach dir 'nen Vorschlag. Du sagst deinem Chef nicht, dass die Kripo hier war, und ich sag ihm auch nicht, dass du dir nach Feierabend gerne mal was reinpfeifst.«

Der Lehrling läuft krebsrot an und nickt matt.

Mader lächelt. »Ein Tipp: Das riecht man auf zehn Meter. Hättest du noch ein paar schöne Knochen für meinen Hund?«

Während Mader und Bajazzo warten, sehen sich Dosi und Hummel noch ein bisschen um.

Dosi bewegt sich, als wäre sie hier zu Hause, denkt Hummel. Aber kein Wunder, wenn ihr Vater Pferdemetzger ist. Lässig öffnet sie die schwere Verriegelung zum Kühlhaus. Hummel folgt ihr. Gespenstische Atmosphäre. Von der Decke hängen reihenweise Schweinehälften. Kaltes, totes Fleisch.

»Dosi, wo bist du?«

»Hier hinten. Also, hier ist nichts …«

Das »nichts« geht im Donnern der schweren Stahltür unter. Licht aus.

»Scheiße, was soll das?!«, fragt Dosi und schlägt mit der Faust an die Stahltür. Tut weh und macht kein besonders beeindruckendes Geräusch.

Hummel checkt sein Handy. Kein Empfang. »Na super.« Frostiges Schweigen.

Hummel leuchtet mit seinem Handy die Wände ab. »Verdammt, warum ist hier kein Lichtschalter?«

»Der ist bestimmt draußen.«

»Ganz toll.«

»Bei meinem Vater haben sie auch mal einen Lehrling im Kühlhaus eingesperrt«, sagt Dosi schließlich. »Aus Versehen natürlich. Nicht lustig. War nämlich Feierabend.«

»Und, wie ist er wieder rausgekommen?«

»Gar nicht.«

»Aha.«

»Also in der Nacht nicht. Aber er hat's überlebt. Er ist die ganze Nacht auf und ab gegangen, damit er warm bleibt. War ganz erschöpft am Morgen.«

»Schlaues Kerlchen. Ich fang schon mal an.« Hummel geht schnell auf und ab und schlägt sich mit den Handflächen an den Brustkorb. Dosi macht es genauso. Es ist finster in der Halle. Nur ein paar Kontrollleuchten glimmen gespenstisch und lassen die Schweinehälften metallisch schimmern.

»Mader wird uns schon rausholen«, sagt Hummel.

»Auf alle Fälle kann er uns dann taufrisch in Empfang nehmen.«

»Du, Dosi, kann man eigentlich bei den gekühlten oder gefrorenen Schweinehälften feststellen, wann sie geschlachtet wurden?«

»Hab ich mich noch nie gefragt.«

»Ob vor einer Woche oder vor drei Wochen oder vor zwei Tagen?«

»Irgendwann ist das Zeug alt, klar, aber das dauert lange. Manchmal Jahre. Man hört doch immer wieder so Sachen, dass Tiefkühlfleisch ewig durch halb Europa gekarrt wird. Denkst du an Gammelfleisch, oder was?«

»Nein. An Luigis Todeszeit. Pass auf: Luigi ist von einem Profi zerlegt worden. Wir haben zur vermeintlichen Mordnacht alle möglichen Leute befragt. Niemand hat Luigi im betreffenden Zeitraum gesehen. Vielleicht gibt es einen Grund dafür.«

»Du meinst, dass er zwischengelagert wurde?!«

»In einem Kühlhaus zum Beispiel. Geht das? Ich mein, dass er dann frisch aussieht, wenn man ihn findet.«

»Ich weiß nicht, wie das mit der Körpertemperatur ist. Kerntemperatur und so was. Vielleicht kann man feststellen, ob jemand kalt gestellt oder sogar eingefroren wurde. Gesine wird so was wissen. Aber warum sollte das so sein?«

»Das wird erst interessant, wenn wir wissen, ob es so war.«

»Und das kriegen wir erst raus, wenn wir hier wieder raus sind.«

»Du sagst es.«

»Na ja, Mader wird ja nicht ohne uns wegfahren.«

»Wenn ihm mal selber nix passiert.«

Mader hat ihr Verschwinden noch gar nicht bemerkt und wartet auf die Rückkehr des Lehrlings mit den Knochen für Bajazzo.

»Was machen Sie hier, verdammt noch mal!?«, schnauzt ihn jetzt ein robuster Metzger an. In der einen Hand hat der bekittelte Glatzkopf ein langes Messer. Er deutet mit der Messerspitze auf Maders Brust.

Der ist ganz cool. »Sind Sie Herr Meiler?«

»Nein. Aber ich arbeite hier. Was wollen Sie?«

»Ich muss da drüben in die Einfahrt. Da stand ein Lieferwagen drin. Ich dachte, der Wagen wär von Ihnen. Und wollte Bescheid geben.«

»Unsere Laster stehen im Hof.«

»Jedenfalls war vorne zu, Mittagspause. Und da dachte ich, ich seh mal nach.«

»Und da schauen Sie ins Kühlhaus und lassen die Tür offen?«

»Nicht dass ich wüsste.«

Der Metzger sieht den Lehrling mit bösem Funkeln an.

TODESZEIT

Hummel hat die Standheizung des Dienstwagens auf höchste Stufe gestellt. Langsam tauen er und Dosi auf. Als Mader ihnen erzählt hat, was vorgefallen ist, fragt Hummel: »Warum haben Sie dem nicht Ihren Kripoausweis unter die Nase gehalten?«

»Damit er es gleich seinem Chef erzählt?«

»Aber der Lehrling wird doch was sagen.«

»Der Lehrling wird gar nichts sagen. Habt ihr seine Augen gesehen? Astreiner Kiffer. Der will keinen Stress mit der Polizei. Er hat euch ja wieder rausgelassen.«

»Zum Glück. Ich bin jedenfalls bedient.«

»Ich auch«, murmelt Dosi und zieht die Nase hoch.

»Ich wäre nicht gefahren ohne euch«, sagt Mader.

»Das hoffe ich doch sehr«, meint Hummel.

»War doch 'ne interessante Erfahrung«, sagt Dosi. »Und du hattest eine gute Idee, Hummel. Mader, was denken Sie: Könnte es sein, dass jemand unseren Luigi im Kühlhaus zwischengelagert hat?«

»Wenn es so gewesen wäre, was bringt uns das?«, fragt Mader.

»Nichts. Mit Blick auf das Ergebnis«, sagt Hummel. »Tot bleibt tot. Aber wenn jetzt jemand ein wasserdichtes Alibi hat für letzten Dienstag zum Beispiel. Und die Sache ist schon ein paar Tage vorher passiert …«

Mader nickt anerkennend.

»Wir fragen Gesine, ob das generell möglich ist mit dem Zwischenlagern in der Kühlung. Ob man das hinterher feststellen kann. Und dann schauen wir noch mal in den Bericht, was Luigi im Magen hat«, ergänzt Dosi. »Und fragen Paolo, was Luigi an seinem letzten Abend vor dem geplanten Urlaub im Centrale gegessen hat.«

Mader grinst. »Respekt, Leute, ihr seid ein gutes Gespann. Hat sich unser Besuch doch gelohnt. Wenn das wirklich so gelaufen ist, dann starten wir die Befragung noch mal von vorn. Diesmal für den richtigen Tag.«

»Womit wir diesen blinden Alarm mit der Metzgerei noch nicht geklärt haben«, sagt Hummel.

Er will den Wagen starten, doch Mader hebt die Hand. »Warten Sie noch kurz!«

»Auf was? Regen?«

»Nein. Nur kurz. Hummel, war der Wagen vorhin schon da?« Er deutet auf den schwarzen Sportwagen neben der Hofeinfahrt.

»Tolles Auto. Aston Martin. Nein, der wär mir aufgefallen. Garantiert.«

»Na, mal sehen, wem der gehört.«

Nach fünf Minuten kommt der Lehrling über den Hof. Auf seiner Sackkarre stapeln sich vier Plastikwannen mit Fleisch. Er geht auf den Sportwagen zu und verstaut die Kisten im Kofferraum.

»Interessanter Lieferwagen«, sagt Hummel.

»Vielleicht gehört er einem Kunden«, meint Dosi.

»Oder dem Chef«, sagt Hummel. »Mein Metzger in Haidhausen fährt Porsche.«

Mader gibt das Kennzeichen über Funk durch.

Zwei Minuten später wissen sie: Der Wagen gehört Patzer.

Mader lächelt. »Wenn uns jemand warnt, dass um diese Zeit dort etwas Schreckliches passieren soll, dann könnte ja Patzer gemeint sein, oder?« Hummel und Dosi nicken und Mader fährt fort: »Jetzt würde mich vor allem interessieren, wer uns warnen wollte, dass Patzer etwas passiert. Kommt eigentlich nur eine in Betracht – Frau Patzer.«

»Na ja, aber es war doch ein Mann, der angerufen hat?«, wirft Hummel ein.

»Was heißt das schon. Kann ja irgendjemand für sie anrufen«, sagt Dosi.

»Sehe ich auch so«, sagt Mader. »Und der Anruf kam nicht über die Zentrale. Der Anrufer hatte meine Durchwahl. So oft habe ich in letzter Zeit meine Visitenkarte nicht verteilt. Dosi, Sie knöpfen sich noch mal Frau Patzer vor. Die hat da ihre Finger drin.«

DER DECKEL

Zankl ist ein bisschen angepisst, weil Mader ihn nicht mitgenommen hat. Er hätte doch auch Dosi den Job hier aufs Auge drücken können. Während die anderen schon mit einem neuen Fall beschäftigt sind, darf er noch die Scherben des letzten Falls zusammenkehren. Schiefes Bild. Positiv denken. Hat ihm Hummel ja eingeschärft. Vielleicht findet ja er hier im schönen Fröttmaning den Schlüssel zu dem bizarren Luigi-Mord. Viel Hoffnung hat er allerdings nicht. Aber ein Ziel: Dosi zeigen, wer in der Mordkommission die Hosen anhat. Kann ja nicht sein, dass diese Provinzmaus meint, dass sie hier alles darf. So sieht positives Denken aus! Zankl muss lachen über seine eigene Eitelkeit.

Fröttmaning ist echt nicht meine Gegend, denkt er sich, als er durch den Norden der Stadt fährt. Ausgefranste Stadtränder, dominiert von der gewaltigen Wulst der Allianz-Arena. Gerade noch schien die Sonne. Jetzt bedecken schwarze Wolken den Himmel. Einzelne dicke Tropfen platzen auf der Windschutzscheibe.

Er bremst. Das muss die Telefonzelle sein. Zankl sieht durch die beschlagenen Autoscheiben ins Grau hinaus. Daneben eine verwegene Imbissbude, windschief am Rand des riesigen Aldi-Parkplatzes. Auf dem Dach der Bude blinkt eine braune Neonwurst. Zankl hat Hunger. Oder ist das zu riskant? Ernährungstechnisch. Aber wer nicht wagt, der nicht gewinnt. Er fährt auf den Parkplatz hinüber und hält neben der Bude.

Kurz darauf steht er unter dem kleinen Vordach an einem wackeligen Plastikbistrotisch. Nieselregen bestäubt seine Pommes. Als ob die nicht schon labbrig genug wären. Die Currywurst ist das Grauen persönlich. Pappmaché mit süßlicher Ketchup-Soße und einem Hauch Curry.

»Chef, ich krieg ein Bier«, sagt Zankl zum Würstelmeister.

Spinnst du, wir sind im Dienst!, würde Hummel jetzt sagen. Sagt er nicht, denn er ist ja nicht dabei. Anders krieg ich den Dreck nicht runter, würde Zankl antworten. Aber das denkt er sich nur und geht zum Tresen, um eine Kunststoffflasche Adelskrone in Empfang zu nehmen.

Das Plastikflaschenbier ist auch noch lauwarm. Zankl spült die grausame Currywurst mit einem langen Zug herunter.

»Meister, ich zahl dann mal.«

»Sieben achtzig.«

Zankl gibt ihm einen Zehner. »Stimmt so.«

Der Typ sieht ihn an, als wäre er verrückt, dann nickt er.

»Super Currywurst«, sagt Zankl. »So mit Biss. Und die Soße! Hammer! Selbst gemacht?«

»Erzähl keinen Scheiß.« Der Blick des Wurstmanns geht zu einem Zehnlitereimer. »Was willst du?«

»Noch 'ne Currywurst.«

Jetzt ist der Meister tatsächlich verwirrt.

»Nein, echt nicht. Mir ist eh schon schlecht. Ich brauch eine Auskunft. Kennst du einen Typen mit einem starken Lispeln?«

»Bist du ein Bulle?«

»Nein. Inkasso.«

Der Herr der Würstel lacht. »Das passt zu Jakko.«

»Jakko. Sehr gut, das hätten wir schon mal.«

Don Wurst sieht ihn scharf an. »Okay, vielleicht meinst du Jakko. Der lispelt. Und hat 'nen Deckel bei mir.«

»Wie viel?«

Der Meister kramt in einer Schublade und fördert schließlich einen Bierfilz zutage. Am Rand sind zahlreiche Kreuze und Striche. »Achtzig Euro.«

»Pass auf, du sagst mir, was du über ihn weißt, und ich übernehm den Deckel. Deal?«

Der Imbissmann nickt. »Jakko. Fetter Typ. Sieht aus wie ein Biker. Ist aber ohne Bike. Hat manchmal Geld. Manchmal keins. Im Moment keins.«

»Wann hast du ihn das letzte Mal gesehen?«

»Gestern. Aber probier's mal im Paradise.« Er deutet zu der Kneipe auf der anderen Straßenseite. »Die machen auf, wenn ich zusperr. Um sieben.«

»Hat er Freunde, dieser Jakko?«

»Ein Typ ist ab und zu dabei. So ein schmächtiger, tätowierter. Dicke Brille und immer Laptop dabei. Komischer Vogel, so ein Computerfuzzi. Hasso. Nein. Lasso. Ja, Lasso. Wie bei den Cowboys.«

»Was die Cowboys so reden, weißt du nicht zufällig?«

»Ich kümmer mich um meine Würste und sonst nichts.«

»Auch, wenn ich auf hundert erhöhe?«

»Jakko hat gestern rumgetönt, dass er bald seinen Deckel zahlt und keine Geldprobleme mehr haben wird.«

»Da wär ich mir nicht so sicher. Und dieser Lasso? Wo finde ich den?«

»Auch im Paradise. Ist die einzige Kneipe hier.«

»Okay, danke.« Zankl nimmt den Bierdeckel und wendet sich zum Gehen.

»Hey, mein Geld!«

»Später, ich muss noch zum Automaten.«

»Arschloch!«

»Ebenfalls.«

Zankl steigt ins Auto und sieht noch mal zur Grillbude. Der Meister hat gerade den Kühlschrank geöffnet. Voll mit Augustiner. Nimmt sich eins raus. Der Typ hat mich verarscht!, denkt Zankl. Lässt mich hier Adelskrone saufen! Was für ein Depp! Er sieht auf die Uhr. Kurz nach zwei. Zurück in die Stadt.

FLEISCH

Grünwald. Kastanienallee. Es klingelt an der Tür. Katrin steht verunsichert auf der Empore des Foyers. Wer kann das sein? Jetzt? Es klingelt noch mal. Sie geht runter. Sieht auf den Videomonitor im Flur. Niemand vor der Tür. Sie öffnet. Vier Plastikwannen. Vorsichtig hebt sie die oberste Abdeckung an und bekommt einen Schock. Der Anblick und der intensive Geruch der Innereien fahren ihr direkt in die Magengrube. Sie würgt. Was ist das für eine perverse Nummer?! Ist er das? Ihr Mann? Kam ihr Anruf zu spät? Plötzlich spürt sie eine kühle Hand am Nacken. Mit einem gellenden Schrei fährt sie herum.

»Schatz, was ist denn?«, fragt ihr Mann mit der ruhigsten Stimme der Welt.

»Ich, ich, ich dachte …« Sie hyperventiliert, doch dann beruhigt sie sich langsam.

»Was ist denn passiert?«, fragt Patzer.

»Nichts, ich hab die Sachen gesehn. Mir hat es so gegraust.«

»Aber Schatz, das sind doch nur ein paar Innereien.«

»Ich kann mich nicht erinnern, dass ich die bestellt habe«, meint Katrin.

»Nein, die gibt uns die Metzgerei on top. Weißt du, scharf angrillen, klein schneiden und über den Reis geben. Beilage zum Steak. Wunderbar. Komm, hilf mir mal reintragen.«

Katrin weiß nicht, ob sie enttäuscht oder glücklich sein soll. Nein, eigentlich ist sie froh, dass Franz es nicht getan hat. Ist eben nicht so, wie mal das Licht ausschalten. Hängt viel mehr dran. Verdammt, jetzt muss sie die Scheißgrill-party gebacken kriegen. Grill. Getränke. Telefonate. Aber auch das wird sie überstehen. Ihr Mann bringt die Wannen nach unten in den Keller zum großen Kühlschrank.

GLENFIDSCHI

Freddi hatte ein paar Tage Pause vom harten Arbeitsleben im schönen Südtirol gemacht, aber kaum ist er zurück, ist die ganze Erholung auch schon im Arsch. Steinle hat ihn zu sich bestellt. War stinksauer wegen der Sache mit Luigi. Warum er ihn so zugerichtet hat und dann noch offen rumliegen lässt? Hat er doch nicht. Das muss sein ausgeflippter Bruder gewesen sein. Den darf man nichts alleine machen lassen. Und warum ist das alles in der Zeitung mit Foto? Muss er mit Franz klären. Er kann Steinles Verärgerung verstehen. Auf der Autofahrt nach Fröttmaning grübelt er. Was ist da passiert? Warum war die Leiche so übel zugerichtet? Im Hof hinter dem *Paradise Lost* parkt Freddi seinen Wagen und steigt die steile Betontreppe in die erste Etage des alten Fabrikgebäudes hinauf. Er klopft. Nichts passiert. Er hämmert an die Stahltür. »Franz, du Arsch, lass mich rein.«

Endlich wird ein Riegel zurückgeschoben, und die Tür öffnet sich einen Spalt. Franz' schweißgebadetes Gesicht taucht auf.

»Scheiße, Franz, wie siehst du denn aus!?«

»Magst 'nen Schluck?« Franz wedelt mit einer Whisky-flasche vor Freddis Nase.

Freddi greift die Flasche und geht zur Küchenzeile. Er schüttet den Whisky in den Ausguss.

»Hey, bist du plemplem? Das ist ein *Glenfidschi*, ein super Scotch.«

»Wasch dir das Gesicht, ich muss mit dir reden.«

»Der hohe Herr muss mit mir reden, hui …«

»Mach schon! Sonst mach's ich für dich.«

Franz torkelt zum Spülbecken und spritzt sich Wasser ins Gesicht.

»Schon besser«, sagt Freddi und klopft aufs Sofa. »Setz dich!«

Franz lässt sich schnaubend ins Polster fallen.

»Junge, was hast du mit Luigi gemacht, nachdem wir ihn verhört haben?«

»Ich weiß es nicht mehr. Ich war so was von breit.«

»Erzähl keinen Scheiß.«

»Echt nicht!«

»Quatsch! Du hast ihn zum Stadion rausgekarrt und ihm den Rest gegeben.«

»Äh, gut. Ja. War das nicht so vereinbart?«

»Nein, war es nicht. Er hätte verschwinden sollen. Unauffällig. Bei Unterföhring in der Isar.«

»Ach so, Mist. Muss ich was falsch verstanden haben.«

Freddi packt ihn am Kragen. »Falsch verstanden!? Ich vergess mich gleich. Du hast der armen Sau die Beine und Arme abgetrennt und den Zipfel noch dazu. Deine Scheißkokserei. Du hast keine Ahnung, was in deiner matschigen Birne vorgeht.«

Franz sieht ihn stumm an, dann kichert er.

»Hör auf! Das ist kein Spaß! Steinle hat mich so was von zusammengefaltet.«

»Der muss ja reden. Für so ein bisschen Erpressung verdammt harte Strafe. Selber schuld. Und tot ist tot. Egal wie viele Einzelzeile. Soll sich mal nicht so aufregen, der gute Steinle. Die viele Büroluft bekommt ihm nicht.«

»Du redest mir eine Nummer zu lässig, Franz. Wenn irgendeine Spur zu Steinle führt, sind auch wir am Arsch. Warum hast du Luigi so zugerichtet?«

»Pff.«

»Pff? Mehr fällt dir dazu nicht ein? Du machst mich wahnsinnig!«

»Ich weiß es echt nicht.«

»Ich glaub dir Koksmonster kein Wort. Es gibt Fotos von Luigi. Von seinen traurigen Überresten. Hast du die gemacht?«

»Keine Ahnung, ich find meine Kamera nicht mehr.«

»Ganz toll.«

Jetzt grinst Franz. »Ich brauch keine Kamera, die Bilder sind alle da oben.« Er tippt sich an die Stirn.

»Klar, in deiner kaputten Birne.«

»Weißt du – die Kunst bildet die Wirklichkeit ab. Aber nicht nur das. Sie ist Wirklichkeit. Sie erregt uns. Zumindest uns Künstler.«

»Mann, Franz! Du bist echt kaputt in der Birne. Ich sag dir eins: Lass dich in nächster Zeit nirgends blicken. Und nimm keine Jobs an. Ist das klar?!«

»Jaja.«

»Hast du noch einen Auftrag am Laufen?«

»Nur einen. Von so einer Tussi. Ist aber abgeblasen worden. In letzter Minute. Hätt ich mein Handy nicht mehr abgehört, hätt ich's gemacht. Jetzt wart ich auf neue Anweisungen, ob ich's doch noch erledigen soll.«

»Nix wirst du tun!«

»Aber das Geld hab ich schon. Die Anzahlung.«

»Du machst nix. Ist das klar!?«

»Aber wenn die Tussi es sich doch anders überlegt? Geht um vierzig Riesen.«

»Nix!«

»Und der Vorschuss?«

»Meinste, den klagt die ein? Wer ist die Frau?«

»So 'ne blonde Edelschickse. Will ihren Mann loswerden.«

»Aha. Und wie wolltest du's machen?«

»Um ein Uhr sollte ihr Mann bei uns in der Metzgerei sein. Heute.«

»Nicht dein Ernst!? In meinem Laden?! Wahnsinn, bist du total irre!?«

»Es ist nicht dein Laden!«

»Doch, ich bin der Geschäftsführer. Du rührst schon lang keinen Finger mehr.«

»Jetzt komm mal runter! Seit wann bist du so kleinkariert?«

»Wenn du jemals wieder auf so eine saublöde Idee kommst, sind wir getrennte Leute! Für immer. Bruder hin oder her. Warum sollte der Typ zur Metzgerei kommen?«

»Fleisch abholen. Hab ich zusammengestellt. Für ein spontanes Grillfest morgen. Hat er auch abgeholt. Der Job war ja abgeblasen.«

»Hab ich nicht mitgekriegt. Ich war erst heute Nachmittag im Laden.«

»War in der Mittagspause.«

»Moment mal, der Lehrling sagte mir, dass Patzer heute da war und jede Menge Grillgut abgeholt hat. Du kennst doch Patzer?«

»Nicht persönlich. Spezl von Steinle. Oder?«

»Wie heißt die Frau mit dem Auftrag?«

»Hat sich nicht vorgestellt. Aber ich hab ihre Handynummer.« Er geht zum Sofa und hebt seine Jacke auf und kruschelt den Umschlag mit dem Geld aus der Tasche.

Freddi liest die Nummer auf dem Umschlag und wählt. »Hallo?«

»Ja?«

»Frau Patzer?«

»Ja?«

Er legt auf. Sieht Franz kopfschüttelnd an. »Du bist so was von crazy, Bruderherz! Wahnsinn! Aber auch interessant: Frau Patzer will ihren Mann umbringen! Warum? Und warum hat sie es abgeblasen?«

»Hat sie mir nicht gesagt. Ich weiß nur, was sie mir auf die Mailbox gelabert hat. Echt Zufall, dass ich das noch abgehört hab.«

»Franz, du hast so ein saumäßiges Glück. Du sprichst mit absolut niemandem darüber!? Hast du verstanden?!«

»Wenn du das sagst. Soll ich sie anrufen?«

Freddi schaut auf die Uhr. »Nein, vielleicht ist Patzer noch nicht zu Hause. Ich red mit ihr. Das Geld nehm ich!«

»Das brauch ich aber!«

»Nur geliehen. Du kriegst es wieder. Wahnsinn! Du weißt gar nicht, was für ein Glück du hast. Die Frau von Patzer. Sie war die Geliebte von unserem kleinen Spaghetti, den du filetiert hast. Wie kommt sie dazu …«

»Sie hat gesagt, sie hat den Kontakt zu mir über Steinle.«

»Woher weiß sie das? Was spielt Steinle da für eine Rolle?«

»Keine Ahnung.«

»Ich regle das. Ich sprech mit ihr. Und du machst nix! Komplette Funkstille, bis sich alles beruhigt hat. Schalt ein bisschen ab. Halt den Ball flach. Kann ich mich auf dich verlassen?«

»Klar, Bruderherz. Kannst du.«

»Und lass die Sauferei und das Koks. Ist besser für dich, und dann brauchst du auch nicht so viel Geld.«

»Klingt gut. Aber so einfach ist das nicht.«

UNSERE SPEZIALITÄT

Katrin sieht ungläubig den Hörer an. Was war das denn gerade für ein Anruf? Freddi Meiler mit einem flotten Spruch: »Partyservice ist unsere Spezialität.« Ob sie noch Hilfe braucht für das Grillfest? Wie kommt der Metzger denn auf die Idee? Wegen der Berge an Fleisch, die ihr Mann abgeholt hat? Aber egal. Sie ist so durch den Wind, dass sie froh ist, dass ihr jemand die Sache abnimmt, das Scheißgrillfest.

TROTZDEM INTERESSANT

»Der Typ, den wir suchen, heißt Jakko«, berichtet Zankl. »Trinkt gelegentlich bei so 'ner Imbissbude Bier. Mit einem Spezl Lasso, einem Computerfuzzi. Die beiden sind Stammgäste im *Paradise Lost*. Das ist eine Kneipe da draußen im Norden. Hab ich noch nicht überprüfen können. Der Laden sperrt erst um neunzehn Uhr auf. Sieht von außen ziemlich verwegen aus.«

Mader nickt nachdenklich. »Sehr gut. Das ist doch schon was. Vielleicht treffen Sie ihn da. Überprüfen Sie das heute Abend.«

»Und was war hier los?«, fragt Zankl. »Der Anruf, die Edelweißstraße?«

»Fehlalarm. Jemand hat uns zu Meiler gelockt. Warum? Um uns auf eine Verbindung zwischen Patzer und Meiler hinzuweisen? Patzers Auto stand jedenfalls vor dem Geschäft.«

Zankl nickt nachdenklich und denkt laut: »Patzer kauft seine Wurst und seine Steaks bei Meiler. Die kennen sich also. Meiler wurde auf der Burg gesehen, als der alte Haslbeck starb. Und Patzers Frau war die Liebschaft von Luigi Volante. Und der wurde von jemandem umgebracht, der nicht zum ersten Mal etwas tranchiert hat. Da würde doch ein Metzger gut passen, oder?«

»Sehen wir auch so«, sagt Mader. »Aber warum so grausam?«

»Sollten wir Meiler nicht einfach mal vorladen?«

Mader schüttelt den Kopf. »Wir haben nichts gegen ihn in der Hand. Noch nicht.«

LE SERVICE

Die Vorstellung, dass sein Bruder beinahe Patzer erledigt hätte, findet Freddi schon abgefahren. Wenn das passiert wäre, hätten sie echt ein Problem mit Steinle. Ein großes. Oder am Ende nicht? Solange jedenfalls nur Miss Patzer und er Bescheid wissen, ist alles im grünen Bereich. Sein zugekokster Bruder hat sicher in ein paar Tagen keine Ahnung mehr, die Frau jemals gesehen zu haben.

Freddi klingelt in der Kastanienallee 15.

Katrin öffnet selbst. »Ja, bitte?«

»Äh, wir haben telefoniert. Freddi Meiler. Metzgerei, Partyservice.«

Sie sieht ihn erstaunt an, bemerkt die Ähnlichkeit zu dem von ihr angeheuerten Killer, fragt aber nicht. »Äh … Ich dachte, wir sehen uns dann morgen?«

»Ich war in der Gegend. Kurzer Blick auf die Örtlichkeiten. Das ist in der Regel sehr hilfreich. Darf ich?«

Er folgt ihr durchs Haus bis auf die Terrasse. Sie verschwindet in der Küche, um ein Glas Wasser zu holen. Er blickt auf den weitläufigen Garten. Alles stinkt hier nach Geld. Sehr schön. Katrin bringt das Wasser. Er trinkt und kommt gleich zur Sache: »Ein Bekannter hat mir was mitgegeben für Sie.« Er zieht den Briefumschlag mit dem Geld heraus. Der Umschlag steckt in einer Plastikhülle. Ihre Handynummer steht auf dem Umschlag.

»Was wollen Sie?«

»Reden. Sie hätten meinem Bekannten sagen sollen, wer Ihr Gatte ist.«

»Das wäre offenbar kontraproduktiv gewesen. Oder?«

Er lacht. »Ja, durchaus.«

»Wo doch Luigi sein letzter Auftrag war«, sagt Katrin und sieht Freddi herausfordernd an.

Freddi lächelt unverbindlich. »Wissen Sie, wir machen ein bisschen Inkasso für Steinle und Ihren Mann. Gelegentlich unangenehm, aber nicht illegal. Weder ich noch mein Bekannter haben mit dem Tod von diesem Luigi Volante etwas zu tun.«

»Sehen Sie! Sie kennen seinen Namen. Sie wissen, dass er tot ist.«

»Ja, das Foto war groß in der Zeitung. Und Luigi war Kunde bei mir. Ich beliefere das Centrale. Glauben Sie, ich bring einen meiner besten Kunden um?«

»Paolo wird schon weiter bei Ihnen einkaufen.«

»Das hoffe ich doch. Trotzdem, Sie sind auf dem Holzweg, wenn Sie glauben, dass wir etwas damit zu tun haben. Ich weiß nur, dass Sie meinem Bekannten diesen Briefumschlag mit Geld gegeben haben. Der Gute ist manchmal so durch den Wind. Ich hab's ganz vergessen, wofür. Er auch. Helfen Sie mir mal auf die Sprünge.«

Sie nickt müde.

Er streckt ihr den Briefumschlag hin.

Katrin hebt abwehrend die Hand. »Ich will das Geld nicht.«

»Ich werde es Ihnen auch nicht geben. Ich verwahre es zu Ihrer Sicherheit.«

Sie sieht auf die Plastikhülle und ihre Handynummer auf dem Umschlag mit den zehntausend Euro und weiß, dass es nicht um das Geld geht. Es geht um ihre Fingerabdrücke und ihre Handschrift. Er hat sie in der Hand. »Werden Sie es meinem Mann sagen?«

»Dass Sie unser Preis-Leistungs-Verhältnis so schätzen?«

Sie sieht ihn fragend an.

»Ich meine unser Fleisch- und Wurstangebot. Ich sage Ihrem Mann gar nichts. Die Sache ist erledigt. Und wenn Sie Ihren Mann loswerden wollen, lassen Sie sich einfach scheiden. Alles andere macht Probleme. Glauben Sie mir. Bis morgen.«

KALT GESTELLT

Nach einem kurzen Begrüßungsflirt in der Rechtsmedizin stellt Hummel seine Frage: »Gesine, ich hab da 'ne Frage wegen dem Todeszeitpunkt. Wie errechnet sich der? Temperatur spielt eine Rolle, oder?«

»Ja, maßgeblich. Wie hoch ist die Kerntemperatur? Die Außentemperatur? Das bestimmt vieles: wie schnell Zerfallsprozesse laufen, wie schnell sich bestimmte Bakterien vermehren und so weiter.«

»Wenn ich jetzt jemanden umbringe und dann einfriere – merkt man das hinterher? Also, gab es dafür irgendwelche Anzeichen bei Luigi?«

»Interessant, dass du fragst. Ich war mir ja nicht wirklich sicher wegen der Todeszeit. Die Blutgerinnung war nicht wirklich so, wie man das bei einer frischen Leiche hat. Aber das ist immer ein bisschen unterschiedlich. Die Körpertemperatur war nicht auffällig. Es war eine ziemlich kühle Nacht, als wir ihn gefunden haben. Doch was anderes ist auffällig. Ich hab's eigentlich erst jetzt richtig interpretieren können. Komm, ich zeig dir den Guten mal.«

Sie führt ihn zu der Wand mit den Schubfächern und zieht gezielt eins auf. »Schau mal hier, diese geröteten Stellen. Nicht besonders auffällig, oder?«

»Mit Blick auf den generellen Zustand der Leiche – nein.«

»Gefrierbrand. An diesen Stellen hat sein Körper sehr kaltes Material berührt. Vermutlich Metall.«

»Könnte er in einem Kühlhaus gelegen haben?«

»Vielleicht.«

»Und dort bleibt die Leiche frisch?«

»Wenn man die Leiche sachgerecht einlagert. Komm mal mit.« Sie lotst ihn zu einer anderen Schublade und zieht sie auf. Eine junge Frau mit einer Kopfverletzung. »Totschlag in Garching«, erklärt sie. »Das war letzten Monat. Sieht aber taufrisch aus, die Schöne. Wir warten noch auf eine letzte Laboranalyse. Du siehst, in der Rechtsmedizin halten wir Leichen durch Kühlung frisch. Wir untersuchen sie ja in der Regel nicht nur einmal. Manchmal wissen wir erst Tage nach dem Leichenfund, wonach wir eigentlich suchen müssen.«

»Bei der Stadionleiche haben wir einen Metzger im Visier. Wegen der Verletzungen, also des fachgemäßen Zerlegens.«

»Okay, ich verstehe. Wenn jemand Ahnung hat, wie man Fleisch frisch hält, dann ein Metzger.«

»Kannst du mir noch mal sagen, was Luigi im Magen hatte?«

Sie geht an ihren Computer und holt sich den Bericht auf den Bildschirm. »Wachteln, Polenta, Artischocken, Parmaschinken. Hilft dir das was?«

»Doch ja, super. Sehr sogar. Kannst du ihn jetzt noch mal anschauen? Ob es Hinweise darauf gibt, dass ihn jemand kalt gestellt hat für ein paar Tage?«

»Mach ich. Und sonst? Wir könnten ja mal zusammen essen gehen?«

»Äh, ja, gerne.«

»Ins Centrale zum Beispiel.« Sie zwinkert ihm zu.

NOCH MAL NEU

Ein Telefonat später hat Hummel Gewissheit. Wachteln gab es im Centrale in der Woche vor dem Leichenfund. Mit Salbeibutter und Polenta. An Luigis letztem Arbeitstag. Und Zankl hat rausgekriegt, dass Luigi ein Flugticket hatte, die Reise jedoch nicht angetreten hat. Passt alles gut zur Kühlhaustheorie. Der neue Zeitrahmen macht die bisherigen Alibis hinfällig. Mader ist sehr zufrieden über diese Nachrichten.

»Und wenn wir Meilers Laden gleich auseinandernehmen?«, fragt Dosi.

Mader schüttelt den Kopf. »Eins nach dem anderen. Also, die Sache ist ziemlich spät in der Nacht passiert. Paolo vom Centrale sagte, dass Luigi kurz nach eins los ist. Geht bitte noch mal den Weg vom Centrale zu seiner Wohnung ab. Und sprecht noch mal mit Paolo. Er hat gesagt, dass Luigi immer so um halb zehn eine kurze Pause eingelegt hat. So halbe Stunde. Bevor es bis ein Uhr weiterging. Fragt Paolo und seine Leute, ob sie jemanden zusammen mit Luigi gesehen haben, vielleicht in der Rauchpause. Wir müssen genau wissen, was Luigi an diesem letzten Abend gemacht hat. Mit wem er gesprochen hat. Vielleicht hat er jemandem erzählt, was er vorhat, vielleicht war er auch noch mit jemandem nach der Arbeit verabredet.«

»Und bis eins genießen wir die Küche im Centrale?«, fragt Zankl.

»Wenn ihr euch das leisten könnt.«

»Ich dachte, das sind Spesen.«

»Träumen Sie weiter.«

»Wir können nach dem Centrale in die Blackbox«, schlägt Hummel vor, »und auf dem Heimweg nach ein Uhr die Schellingstraße abklappern.«

Zankl grinst. »Verstehe.«

»Zieht euch ein Bild von Luigi aufs Handy. Und besorgt euch auch ein Bild von Freddi Meiler. Zeigt das herum, wenn ihr wegen Luigi fragt. Zankl, was ist jetzt mit diesem Jakko?«

»Da fahren wir jetzt gleich noch vorbei. Das *Paradise Lost* macht um sieben auf.«

»Dosi, begleiten Sie die Jungs?«

»Äh, ich hab heute Abend noch einen wichtigen Termin. Also, wenn es für euch okay ist, würde ich gerne …«

»Kein Problem«, sagt Zankl. »Das kriegen Hummel und ich schon hin.«

NICHT SEHR VIEL

»Was hat Dosi denn für einen wichtigen Termin?«, fragt Zankl, als sie vom Mittleren Ring abfahren.

»Keine Ahnung.«

»Hat es was mit deinem blauen Auge zu tun?«

Hummel sieht ihn erstaunt an. Und nickt. »Dosi hat so 'nen Typen kennengelernt. Fränki-Boy. Der entwickelt sich langsam zum Albtraum. Eine Klette. Ich hab versucht, mit ihm zu reden. Dass er ihr nicht nachstellen soll. Mit durchschlagendem Erfolg. Und heute trifft sie sich mit ihm. Will reinen Tisch machen.«

»Ist das nicht riskant? Ich mein, der schlägt 'nem Bullen ein Veilchen?«

»Die sind ja nicht allein, die treffen sich in einem Tanzclub.«

»Tanz-was?«

»So ein Rock-'n'-Roll-Club. Da ist ein Turnier. Dosi tritt an.«

»Unsere Dosi?«

»Unsere Dosi. War mal niederbayerische Meisterin im Rock 'n' Roll.«

»Sachen gibt's.« Zankl bremst den Wagen und parkt ein. »Die Boazn da drüben.«

»*Paradise Lost*. Das klingt etwas überambitioniert für die Gegend.«

»Wenn du das sagst.«

»Ist ein Versepos.«

»Ein was?«

»Versepos. Ein langes Gedicht. Von Milton.«

»Ah, die Teemarke.«

STAMMGÄSTE

»Ist Jakko da?«, fragt Zankl den Wirt vom *Paradise Lost*.

»Kennichnicht.«

»Jakko. Schuldet uns Geld. Viel Geld.«

»Pech.«

»Kannst du laut sagen. Hat er Freunde?«

»Weißichnicht.«

»Und Lasso?«

»Kennichnicht.«

Hummel bleibt am Tresen, während Zankl seine Runde dreht.

»Ist hier immer so wenig los?«, fragt Hummel den Wirt.

Der zuckt mit den Schultern. Aus den Boxen dröhnen Van Halen mit *Jump*.

Als die beiden wieder im Auto sitzen, sind sie zumindest um eine Erkenntnis reicher. Aus dem Wirt ist nix rauszukriegen. Aber für sich haben sie die Sache klar. Jakko hat versucht, die Fotos zu verkaufen. An die Zeitung oder an die Polizei, um die Belohnung zu kassieren. Also kann Jakko nicht der Täter sein.

»Aber wie kommt dann Jakko an das Foto?«, fragt Zankl und startet den Wagen.

»Na ja, vielleicht war er zufällig am Tatort. Gassi mit dem Hund. Oder so. Macht Fotos, vertickt ein Bild an die Zeitung.«

»Macht jemand heute noch Fotos mit einem Apparat? Warum kein Handy?«

»Keine Ahnung, jedenfalls verschickt er oder sie Fotos.«

»Sie?«

»Na ja, wir haben doch keine Ahnung.«

»Die Frau möchte ich sehen. Also, der Täter sieht das Foto, macht sich einen Reim drauf, vielleicht kennt er Jakko sogar. Ich sag dir eins: Jakko lebt gefährlich. Wäre besser für ihn, wir erwischen ihn, bevor es der Täter tut.«

»Seh ich auch so. Na ja, wir werden den Guten schon noch finden.«

»Heute nicht mehr. Wir fahren jetzt in die Schellingstraße«, sagt Zankl. »Vielleicht spendiert der Wirt vom Centrale ja doch was. Ich hab Hunger.«

Hummel winkt ab. »Ich will mich noch umziehen.«

»Ja klar, so kannst du natürlich nicht in die Blackbox.«

»Auf keinen Fall. Was würde Beate denken? Wir treffen uns um halb zehn am Centrale.«

NACHTFALKE

Hummel geht federnden Schrittes durch die abendliche Maxvorstadt. In seinen Ohrstöpseln singen die Temptations. Er ist frisch geduscht, fühlt sich anders als sonst. Kleiner Imagewechsel. Er hat sich kürzlich in Schwabing mit neuen Klamotten eingedeckt. Schwarze Jeans, enges schwarzes T-Shirt und Sixties-Lederjacke. Black in Black. Intellektueller Rebell. Mal sehen, was Beate sagt, wenn er nach getaner Arbeit noch bei ihr reinschaut. Vielleicht ergreift er heute mal die Initiative und verwickelt sie in ein richtiges Gespräch, das über den Satz »Bitte noch ein Bier« hinausgeht. Die Begegnung mit Gesine hat ihm Mut gemacht. Nicht dass er mit Gesine was anfangen würde. Doch das Tête-à-

Tête mit ihr war wie eine Ayurveda-Kur. Als würde jemand lauwarmes Öl in die zerklüftete Seelenlandschaft seines fragilen Egos gießen. Jetzt hat er noch ein halbe Stunde Zeit. Er entscheidet sich für ein schnelles Bier im Strabanz.

Dort trifft er Joe, der natürlich gespannt ist, was es Neues in ihrem Slasher-Fall gibt. Kein Wort sagt Hummel diesmal. Susi bedient heute nicht. Schade. Findet Hummel. Kurz vor halb zehn zieht er weiter. Er wartet vor dem Centrale auf Zankl und sieht in das hell erleuchtete Fenster. Toller Laden. Nicht seine Preisklasse. Leider. Aber für Beate würde er sein Herz und seine Geldbörse auch mal ganz weit aufmachen. Wenn diese Geschichte vorbei ist. Momentan fällt ihm zum Centrale vor allem der zerlegte Luigi ein. Eher appetithemmend.

»Scheißüberstunden«, begrüßt Zankl ihn. »Lass uns loslegen. Ich freu mich schon auf das Bier später. Ich hab auch keine Eile.«

»Musst du nicht zu Hause deinen Ehepflichten nachkommen?«

»Sei nicht so neugierig. Dienst ist Dienst. Neue Klamotten?«

»Sozusagen.«

»Nicht schlecht. Mal sehen, was die schöne Beate sagt. Aber steht dir. So ein bisschen existenziell. Du als der große Denker.«

»Is so, let's go!«, sagt Hummel. »Jetzt ist erst das Centrale dran.«

Die Befragung von Paolo zu Luigis letztem Arbeitstag ergibt nichts. Alles aber wie immer. Nichts Ungewöhnliches. Im Gegenteil. Luigi war bester Dinge.

»Na, ob wir da nachher noch wirklich einen Zeugen finden, der ihn spät nachts noch gesehen hat?«, meint Zankl missmutig, als sie wieder vor dem Lokal stehen.

GUT SO!

Get Ready von den Supremes schallt ihnen entgegen, als sie durch den Windfang die Blackbox betreten: »I never met a boy who made me feel like you do.« Genauso ist es, denkt Hummel und tigert zum Tresen. Er schwingt sich auf einen Barhocker. Zankl auch. Beate ist in der Küche zugange. Was macht sie da, hier gibt es doch eh nichts zu essen?, fragt sich Hummel. Er sieht sie ausschnittweise in der Durchreiche. Sie gestikuliert wild. Jetzt Männerhände, die sie an den Unterarmen festhalten. Hummel spannt sich an. Beate macht sich los und knallt dem Typen eine. Hummel will nicht neugierig sein, kann seinen Blick aber nicht von der kleinen Guckkastenbühne abwenden. Jetzt fliegt die Küchentür auf, und der Testfahrer kommt mit krebsroter Backe heraus und entschwindet in die Nacht.

Gut so!, denkt Hummel, sehr gut!

Beate erscheint am Tresen. Frisur zerzaust, Kajal verschmiert. Sie nickt Hummel kurz zu und zapft den Jungs zwei Bier. Verschwindet wieder in der Küche.

»Eigentlich wollt ich 'nen Whisky Sour«, sagt Zankl.

»Soso«, sagt Hummel. »Nächste Runde dann.«

Hummel und Zankl stoßen an.

Mach ich 'nen Imagewechsel, merkt sie's nicht, denkt Hummel.

Doch. Denn als Beate ihr Make-up aufgefrischt hat, sagt sie: »Hummel, grüß dich, jetzt Dichter und Denker?«

»Immer schon«, kontert Hummel.

»Dein Drink wär Rotwein hier, nicht Bier.«

»Ich halt mich an das Helle, ich reit nicht jede Modewelle.«

»Was wird das hier?«, fragt Zankl, als Beate wieder in der Küche ist. »Bardentreffen?«

»Das verstehst du nicht«, sagt Hummel.

»Doch, du Frauenversteher, das versteh ich sehr gut. Bin ja nicht blöd.«

Sie schweigen ein bisschen.

Dann meldet sich Hummel: »Du, ich hab noch mal überlegt wegen des Falls. Wegen Luigi ist unsere Isarlady ganz ins Hintertreffen geraten. Dosi hatte doch gesagt, dass es auf Burg Waldeck im März eine Gesellschaft oder ein Fest gab. Wenn wir uns da noch mal ranrobben?«

»Hat deine schlaue Doris noch nicht rausgekriegt, ob Burg Waldeck über einen Wellnessbereich mit Folterbank verfügt? Könnt ihr ja mal zusammen auschecken. Uhhhh.«

»Zankl, du bist echt ein Arsch. Ich hab keine Ahnung, was sie dir getan hat.«

»Okay, Hummel. Du denkst also, irgendeine Rollenspielgang steckt hinter den Morden? Dass die ein paarmal zu oft am Rad der Streckbank gedreht haben. Im Hobbykeller der Burg. Ich wär dir echt dankbar, wenn du nicht immer so viel Fantasie entfalten würdest. Deine Krimithese hat uns schon mal voll aufs Glatteis geführt.«

»Meine Scheißkrimithese hat am Ende doch was gebracht.«

»Ja, dass Mader uns für Spinner hält.«

»Dass uns klar geworden ist, dass es Unterschiede gibt zwischen Amateuren und Profis. Der Killer in dem Krimi ist ein Bastler, Luigis Mörder ist ein Profi. Im handwerklichen Sinne. Und jetzt haben wir einen Metzger im Visier. Das ist doch besser als nix.«

»Aber wir haben leider niemanden gefunden, der in der mutmaßlichen Mordnacht irgendwas gesehen hat.«

»Mein Gefühl sagt mir …«

»Stopp, Hummel! Das ist genau dein Problem. Du ermittelst nicht mit dem Kopf, sondern nach Gefühl.«

ERWARTUNGEN

Zankl kann den gemeinsamen Abend leider nicht fortsetzen, da seine Frau anruft. Ihre App hat ihr angezeigt, dass jetzt der perfekte Moment wäre für eine erfolgreiche Empfängnis. Das sagt Zankl Hummel natürlich nicht, sondern spricht nebulös von einem familiären Notfall.

»Viel Spaß«, verabschiedet ihn Hummel augenzwinkernd, nachdem er ihm versichert hat, dass er sich die nächtliche Schellingstraße auch allein vorknöpfen kann. Hummel nimmt sein Bierglas und setzt sich an den kleinen Ecktisch, um für sich zu sein. Er überlegt. Früher hat er Zankl mal bewundert für seine Kaltschnäuzigkeit, seine Coolness, seine Kombinationsgabe, seine schöne Frau. Momentan nervt er einfach nur. So leicht reizbar, so aggro. Ob das alles mit dem Kinderwunsch seiner Frau zusammenhängt? Also, wenn er so verkrampft ist, kann das ja nichts werden. Irgendwie weiß er gar nicht, was in dem Typen vorgeht. Und dabei sind sie befreundet. Aber über wen weiß er schon so wirklich Bescheid? Mader? Jetzt ist der seit fünf Jahren sein Chef. Und er hat eigentlich keine Ahnung von ihm. Also persönlich. Kennt zwar seine Marotten, aber privat weiß er nichts über ihn. Komisch, da weiß er sogar über Dosi mehr. Von ihrer verkrachten Beziehung in Passau. Von dem Typen, der vor ihrem Haus lauert, von Fränki-Boy, den sie wahrscheinlich jetzt gerade beim Tanzturnier übers Parkett schleudert. Und Dosi kennt er erst seit ein paar Wochen. Vielleicht ist er eher so der Frauentyp?

Er überlegt, was Zankl gesagt hat. Lässt er sich wirklich so sehr von seinem Gefühl leiten? Kann schon sein. Ist ja nicht generell schlecht. Und hat er tatsächlich zu viel Fantasie? Vielleicht auch das. Deswegen schreibt er ja. Um das auszuleben. Nein, er schreibt ja gar nicht. Rumstopseln tut er. Das trifft es eher. An seinem düsteren Krimi. Warum kann er denn nicht einfach mal was Schönes schreiben? Immer dieser melancholische Unterton, dieses Mackermäßige. Hat er denn keinen Humor? Doch hat er schon. Aber über Schmerzen und Verlust lässt sich nun mal gut schreiben. Ist doch wie in der Musik. Die schönsten Lieder sind die über zerbrochene Liebe. *This old heart of mine, you broke a thousand times.* Ach, Beate! Du bist unerreichbar für mich. Oder? Aber ich will keine andere als dich! Er lehnt den Kopf zurück an die Wand und hört auf die Musik.

»Hummel, magst noch ein Helles?«

Er macht die Augen auf und sieht Beate direkt ins Gesicht. Er sagt nichts, sieht sie nur an.

Sie lächelt unsicher. »Alles gut bei dir?«

»Ja, klar, alles gut. Und bei dir?«

»Willst du noch ein Bier?«

Er sieht auf den Daumenbreit in seinem Glas. »Ja, bitte, ein letztes.«

Da war ein kurzer Moment, ganz kurz nur, aber er war da!, denkt er, als sie zum Tresen schwebt.

Sie kommt zurück an den Tisch, stellt ihm das Bier hin und setzt sich.

»Nichts ist gut«, stellt er trocken fest und sieht ihr in die Augen.

Sie nickt. »Es ist aus.«

Er nimmt einen großen Schluck von seinem Bier. »Nein, sicher nicht. Ein schlechter Tag, ein falsches Wort. Wir sind alle so auf uns selbst fixiert, erwarten von anderen, dass sie so sind, wie wir wollen. Aber Erwartungen sind nicht da, um erfüllt zu werden.«

»Doch, sind sie schon«, sagt Beate.

»Nein. Man kann sich lieben, auch wenn man anderer Meinung ist.«

»Hummel, du redest Amok.«

»Tu ich das?«

»Woher willst du so was wissen? Du bist doch Single.«

Hummel schluckt. Sie steht auf und geht zum Tresen. Hummel starrt in das Restgold seines Bieres. Wo sie recht hat, hat sie recht. Hummel trinkt aus, legt einen Zwanziger unter sein Bierglas und geht hinaus in die kühle Nacht.

NOCH EIN GEDANKE

Hummel sieht auf die Uhr. Kurz nach eins. Wenigstens das passt. Luigis Zeit. Er geht in Richtung Nordendstraße. In der frischen Nachtluft kriegt er langsam den Kopf wieder frei. Dort ziehen immer noch Beates Worte ihre Kondensstreifen. So viel hat er noch nie mit ihr geredet. Auch wenn man über den Inhalt streiten könnte. »Du bist doch Single.« Was für ein beschissener Satz! Und leider stimmt er. Aber der Grund ist ganz einfach: »Ja, weil ich auf dich warte!« Vielleicht hätte er das einfach sagen sollen.

Als er das Centrale erreicht, ist dort alles dunkel. Er sieht auf die Uhr. Halb zwei. Passt. Die Schellingstraße ist zu dieser Uhrzeit fast ausgestorben. Gehen die Studenten nicht mal mehr am Wochenende aus? Oder fahren sie heim zu Mami und Papi? Quatsch. Wahrscheinlich sind alle im Glockenbachviertel. Das ist überbewertet. In seinen Augen. Und hier, was ist das? Überbelichtet auf jeden Fall. Die grelle Beleuchtung der Schaufenster zu dieser Uhrzeit wirkt gespenstisch. Wer soll all die T-Shirts, Jeans und Stiefel kaufen? Wer soll sie anziehen? Bei dem kleinen Amishop neben dem Klohäusl an der Ecke Türkenstraße muss er grinsen. Hat er vorhin übersehen. Wenigstens den gibt es noch. Der graue Sweater, den er hier gekauft hat, muss noch irgendwo in seinem Schrank zu Hause liegen. Heiß geliebt. Fünfzehn Jahre alt. Mindestens. Als er an der Kreuzung steht, sieht er durch die Fenster ins Strabanz. Die Stühle stehen schon auf den Tischen. Er staunt, als Susi aus der Tür kommt und sich eine Zigarette ansteckt. »Hey, dich kenn ich doch?«, begrüßt sie ihn.

»Ja, äh, von Joe. Ich bin der Hummel, also der Klaus.«

Sie nickt. »Ja. Irgendwas ist anders. Die Klamotten. Aber sieht gut aus.«

»Danke.« Das Aber irritiert ihn ein wenig.

»Sorry, wir sperren schon zu. Musst dein Bier woanders trinken.«

»Passt schon. Ich bin auf dem Heimweg. Ich bin eigentlich dienstlich unterwegs.«

»Aha?«

»Ich bin bei der Kripo. Ich war heute Abend schon mal kurz bei euch im Laden. Mit Joe. Du warst nicht da?«

»Ich arbeite heute nicht. Ich hol bloß meinen Freund ab. Hansi kocht hier. Wegen was hörst du dich denn um?«

»Wir ermitteln in einem Mordfall. Das Opfer wohnte ganz in der Nähe und ist kurz vor der Tat etwa um diese Uhrzeit hier vorbeigekommen. Vermutlich. Hast du den schon mal gesehen?« Er zieht das Foto von Luigi raus.

Sie betrachtet es interessiert. »Hey, klar! Das ist der Spanner! Neulich Nacht. So vor 'ner guten Woche. Der Laden war schon zu, ich war mit Hans noch zugange, und da steht der Fuzzi draußen und schaut uns beim Knutschen zu.«

Hummel ballt die Faust. Yes! Das ist es. Und es wird noch besser: Kein Geringerer als Freddi Meiler hat im Lokal zwei Bier getrunken und dann noch auf der Straße rumgelungert. Denn Susi erkennt ihn eindeutig auf dem Foto, das Hummel ihr zeigt. Hummel ist happy. Das ist wie ein Sechser im Lotto. Und Susi zeigt erstmals ernsthaftes Interesse an ihm, als er ihr ein paar Details von ihrem Fall erzählt. Ja, eine grausame Mordgeschichte aus dem rauen Leben eines Kripobeamten. Darf er eigentlich gar nichts sagen, er tut es trotzdem, ist richtig in Fahrt.

»Susi, kannst du morgen im Präsidium vorbeikommen und eine Aussage machen?«, fragt er abschließend. »Wir brauchen was Handfestes. Ist echt wichtig.« Er fummelt seine Visitenkarte raus.

Sie nimmt die Karte und nickt. »Okay, geht klar.«

Hansi tritt aus dem Lokal und beäugt Hummel misstrauisch. »Was geht hier ab?«

»Hansi, das ist der Klaus. Der arbeitet bei der Kripo.«

»Und?«

»Er sucht nach einem Typen, der genauso aussieht wie der Spanner letzte Woche. Klaus, zeig noch mal das Bild her.«

Hummel präsentiert sein Handy. »Ist er das?«

Hansi mustert das Bild. »Ja, kann sein. War's das, Schimanski?«

Susi schüttelt den Kopf. »Hansi, es geht hier um ein Verbrechen, um Mord.«

»Jetzt helfen wir schon den Bullen«, murmelt Hansi.

»Schnauze, Hansi«, sagt Susi trocken.

Hummel verabschiedet sich sehr bald und ist froh, nicht Zeuge des sich anbahnenden Ehestreits zu werden. Was will die schöne Susi eigentlich mit diesem gefühllosen Heini? Soll der mal in der Küche bleiben und in seiner Bolognese rühren. Susi hätte einen sensiblen Typen verdient. Wie ihn.

Er geht zur Ludwigstraße und beschließt, zu Fuß nach Hause zu gehen. Er atmet die frische Nachtluft tief ein. *Guter Tag heute. Sehr gut. Gesine, Beate, Susi. Ein Auf und Ab und Auf. Wenn Beate wüsste, dass auch andere Frauen ihn interessant finden? Würde sie mich dann mit anderen Augen sehen?*

TIEF IN DIE NACHT

Noch schläft keiner von Hummels Kollegen. Schon erstaunlich. Jeder führt ein Eigenleben, das sich manchmal bis tief in die Nacht erstreckt.

Mader sitzt in der Küche und betrachtet ein Foto. Ein Straßencafé. Paris. Eine schöne Frau mit schwarzen Haaren. Sehr französisch, sehr schwarz-weiß. Wie ein Bild von Doisneau. Mader hat das Bild gemacht. Er hatte sich einen Einwegapparat gekauft mit vierundzwanzig Bildern. Vierundzwanzig kostbare Erinnerungen. Aber kein Bild so schön wie dieses. Jacquelines schwarze Augen, die gar nicht schwarz waren, sondern dunkelbraun. Tief, ein bisschen fragend, ein bisschen unsicher und im nächsten Moment schon wieder strahlend, offen, herzlich. Eine Amour fou. Zwei Menschen, die sich treffen, weil sie füreinander bestimmt sind. Für diesen Moment. Und dann wieder auseinandergehen, weil die Fensterläden der Zeit sich wieder schließen. Bestimmt zehn Jahre ist das her, und doch kommt es ihm vor wie gestern. Der Zeit enthoben. Mader ist nicht melancholisch. Er genießt die Schönheit des Augenblicks, die ihn überrascht hat, die hier auf dem Bild eingefangen ist. Die Botschaft, sein Versprechen: Jeden Tag kann sich dein Leben komplett ändern!

Mader erinnert sich: Er war damals gerade frisch geschieden, hatte mehrere Abmahnungen bekommen, eine Strafversetzung nach Passau vor sich. Und zwei Wochen Urlaub. Allein. Er wollte sich einen Jugendtraum erfüllen: Paris. Abstand gewinnen zu den letzten Jahren Ehehölle. Leonore! Wie lange hat er nicht mehr an sie gedacht? Jetzt, mitten in der Nacht, denkt er an sie. Na ja, kein Wunder, sie hat heute angerufen. Ob sie sich nicht mal wiedersehen wollen. Nein, das will er nicht. Ihre Nachricht ging zum Glück nur an seinen Anrufbeantworter. An Leo hat er nur wenige gute Erinnerungen. Eine schöne starke Frau. Aber sehr dominant. Mit wenig Toleranz für seine variablen Arbeitszeiten. Und ohne Verständnis für seinen bodenständigen Geschmack. Was immer sie mal an ihm gefunden haben mag? Das fragt er sich noch heute. Andersrum war es klar. Zumindest am Anfang. Leonore hatte ihn schon bei der ersten Begegnung in Bann geschlagen. Sie in Robe, majestätisch, Richterin, er als junger Kriminalkommissar im Zeugenstand. Er hat sie vergöttert. Aber nach zehn Ehejahren war alle Bewunderung aufgebraucht. Und viele Nerven. Sie lebten damals schon ein Jahr getrennt. Er hatte die riesige Jugendstilwohnung in Neuhausen gegen diese Betonsilokemenate in Neuperlach getauscht und sich mit seinen Mitteln und seinem Geschmack häuslich auf Solobetrieb eingerichtet. Mit Bajazzo hatte er sich verbündet, als ihm das Alleinsein dann doch zu unheimlich wurde. »Ich hab es keinen Moment bereut«, sagt er leise und beschließt, nicht zurückzurufen. Auch morgen oder übermorgen nicht. Aber er beschließt etwas anderes: endlich mal wieder nach Paris zu fahren. Keinen Erinnerungen nachhängen, einfach in den Tag leben, den Augenblick genießen. Er sieht sich noch mal das Bild mit Jacqueline an. Er hat sie nie wiedergesehen oder etwas von ihr gehört. Er kennt nicht mal ihren Nachnamen.

Zankl liegt auch noch wach. Er hat ein schlechtes Gewissen. Heute hat er wieder versucht, Dosi vor Hummel schlechtzumachen. Warum macht er das? Kein feiner Schachzug. Er ist erschöpft. Aber nicht so, wie man nach einvernehmlichem Sex sein sollte. Einvernehmlich? Nicht wirklich. Er kommt sich vor wie ein Zuchtbulle. Generell ein blöder Tag. Fehlt ihm das Gespür für Frauen? Ach, Freitagnacht war früher mal anders.

Dosi sitzt mit Fränki im Fiesta vor Dosis Haus. Die Luft knistert zwischen beiden. Nicht erotisch, auch nicht vielsagend. Eher eine negative Spannung im statischen Vakuum des Schweigens. Als würde gleich etwas implodieren. Kein Wort wäre hier richtig. Endlich steigt Dosi aus und geht zum Hauseingang. Fränki bleibt sitzen. Eine Träne kullert über seine Wange.

Hummel ist der Einzige, dessen Laune heute nicht vom Firn der Melancholie überzogen ist. Es ist nach drei Uhr, und er ist noch immer ganz aufgewühlt. Er muss sich unbedingt noch mit seinem Tagebuch austauschen. Austauschen?

Kommunikationstechnisch natürlich eine Einbahnstraße, aber eine der guten Art. Schickt er schlechte Gedanken hinein, verschwinden sie am Ende der Straße. Schickt er gute Gedanken hinein, bringen sie die Straße zum Leuchten.

Liebes Tagebuch,
heute reiht sich ein Erfolg an den anderen. Und ich hab es
sogar wie ein Mann hingenommen, als mir Beate mangeln-
des Verständnis in Beziehungsdingen unterstellt hat. Klar,
da bin ich eher der Theoretiker. Aber soll sie mich doch
einfach auf die Probe stellen, mich einem Praxistest unter-
ziehen! Ich verspreche dir, mein Tagebuch, ich werde sie
nicht enttäuschen. Sie muss doch spüren, dass ich auch für
andere Frauen interessant bin. Wie Gesine heute morgen
mit mir geflirtet hat, das war schon ziemlich verschärft.
Und Susi hat mich heute ganz anders angesehen als bei
unserem ersten Zusammentreffen. Da hatte ich mich aber
auch benommen wie ein Idiot. Heute nicht. Wahrscheinlich
liegt sie jetzt noch wach und denkt sich: Warum hab ich
dem netten Typen bloß das letzte Mal das Bier auf die Hose
gekippt? Aber ich bin nicht nachtragend. Es ist so wichtig,
sich auf das Positive im Leben zu konzentrieren. Das gilt
auch für die Arbeit. Wir stehen jetzt in unserem Fall kurz
vor dem Durchbruch. Wir werden Meiler vorladen, in die
Zange nehmen, und dann werden wir den Luigi-Fall klären,
und Meiler und vermutlich ein paar weitere Leute wandern
in den Bau. Und anschließend werde ich die Sache mit der
Wasserleiche angehen. Wenn dann all diese Fälle gelöst sind,
nehme ich mir zwei Wochen Urlaub und beginne endlich
mal mit meinem Roman.
Liebes Tagebuch, du merkst ja, wie spannend mein echtes
Leben im Moment ist, warum sollte ich dann über ein

erfundenes Leben nachgrübeln? Ja, ich werde meinen
Roman erst beginnen, wenn ich diese Fälle abgeschlossen
habe. Es wird nicht mehr lange dauern. Ich spüre es, ich bin
ganz nah dran.
Gute Nacht!

Hummel klappt sein Tagebuch zu und fühlt sich trotz der
späten Stunde noch frisch und munter. Er sieht Joes Buch
auf der Kommode. *Der Mann mit der Säge.* Ja, das ist auch
noch ein Thema. Die Zusammenhänge. Vielleicht lese ich
noch ein paar Seiten zum Runterkommen im Bett, denkt er.

ENDLICH FORTSCHRITT

Susi hat ihre Aussage gemacht. Hummel strahlt. Läuft doch.

»Sehr gut, Hummel, sehr gut«, freut sich Mader. »Jetzt
werden wir den Meiler mal fragen, was er zu dieser Uhrzeit
dort zu suchen hatte.«

»Super, echt«, findet auch Dosi und nickt Susi dankbar zu.

Susi findet das offenbar nicht ganz so super. »Das war's
dann aber«, erklärt sie Hummel. »Ich hab Megastress mit
meinem Typen wegen der Aktion hier.«

»Vielleicht ist es dann der falsche Typ«, sagt Hummel trocken.

Sie sieht ihn erstaunt an. Ihr fehlen die Worte. Dann lacht
sie. »Nicht schlecht, wirklich nicht schlecht. Ciao.«

Hummels Ohrläppchen glühen.

Dosi grinst ihn an. »Du kleiner Gigolo, du!«

Zankl ist schlecht gelaunt wegen Hummels Ermittlungs-
erfolgen von gestern Abend. Kaum ist er weg, ermittelt

Hummel alleine weiter und hat auch noch Erfolg. Ist wie Schummeln beim Mensch-ärgere-dich-nicht. Du gehst kurz aufs Klo, und die anderen parken deine Männchen um. Er wendet sich an Hummel. »Warum trägst du eigentlich heute so ein blödes Halstuch?«

»Weil ich mich gestern Abend erkältet hab. Die kühle Nachtluft.«

»Und ich dachte schon, du willst einen Knutschfleck verbergen.«

»Kommt noch, mein Lieber. Wart ab.«

SCHWABING ODER MAXVORSTADT

»Ich helfe gerne, aber ich hab nicht viel Zeit«, sagt Freddi Meiler zur Begrüßung, als er im Büro der Polizisten aufkreuzt.

»Dauert nicht lange«, versichert Mader.

»Wir kennen uns ja schon«, sagt Dosi.

»Geht es immer noch um Haslbeck?«

»Nein, heute nicht.«

»Wir haben hier einen Mordfall, bei dem wir nicht weiterkommen«, erklärt Mader. »Wir suchen Zeugen, die etwas gesehen haben. Wichtig ist für uns die Nacht von Mittwoch auf Donnerstag letzter Woche, zwischen spätem Abend und frühem Morgen. Das Opfer wohnte in der Amalienstraße, Ecke Theresienstraße. Sie waren zu dieser Zeit in der Gegend?«

Freddi überlegt kurz. »Mittwoch. Ja. Ich war abends in Schwabing. Nein, Maxvorstadt.«

»Wo jetzt?«

»Na, wie die Gegend bei der Uni heißt. Alle sagen Schwabing.«

»Ist aber Maxvorstadt. Okay. Wo genau waren Sie?«

»Erst in dieser Studentenkneipe. Im Substanz.«

»Kaum. Strabanz?«

»Kann sein. So ein Wirtshaus für ewige Studenten.«

Dosi lächelt. »Hat Sie dort wer gesehen?«

»Sonst wäre ich vermutlich nicht hier. Schon interessant, dass man mich in Schwabing kennt.«

»Maxvorstadt«, sagt Mader. »Tja, wer so hervorragende Würste macht, ist bekannt in Stadt und Land. Ich kauf auch manchmal bei Ihnen ein.«

»Das ehrt mich. Also, wie kann ich Ihnen helfen?«

»Wie lange waren Sie in der Kneipe?«, fragt Mader.

»Bis eins oder so. Zwei Bierlängen. Dann bin ich heim.«

»Nein. Sie haben draußen noch eine geraucht.«

»Sie sind aber genau. Ja, gegenüber, auf der Straße.«

»Ich zeig Ihnen jetzt mal ein paar Bilder.« Mader schiebt ihm die Tatortfotos von Luigis Überresten hin.

Meiler betrachtet die Bilder genau. Sein Gesicht sagt gar nichts.

»Und, kennen Sie den?«

»Der Typ in der Zeitung«, sagt Meiler. »Hab ich gelesen. Aber war das nicht gerade erst?«

»Ja?«

»Weil Sie mich nach letzter Woche fragen?«

Mader geht nicht darauf ein. »Das ist Luigi vom Centrale.«

»Echt?« Er sieht sich jetzt das Bild genauer an. »Jetzt, wo Sie's sagen. Das Tattoo könnte seins sein.«

»Sie kennen ihn?«

»Die sind Kunden bei uns. Also Paolo vom Centrale und seine Leute.«

»Wer macht so was mit Luigi?«, fragt Dosi.

»Woher soll ich das wissen?«

»Jedenfalls jemand, der sich gut mit Tranchieren auskennt.«

»Dieser Verdacht *erscheint* mir nicht nur sehr dünn, er *ist* sehr dünn.«

»Sie sind Metzger, und Sie waren in der Nähe, als Luigi das letzte Mal lebend gesehen wurde. So dünn ist das nicht.«

»Äh, ich war letzte Woche in Schwabing, der Artikel war doch gerade erst in der Zeitung.«

»Hat halt gedauert, bis man ihn gefunden hat.«

»Welchen Grund sollte ich haben, einen italienischen Kellner zu ermorden? Einen guten Kunden. Und dann noch eine solche Sauerei zu machen?«

»Das wüssten wir auch gerne«, sagt Mader.

»Aha. Und jetzt werden Sie mich fragen, was ich nach meiner Rauchpause gemacht habe. Ich bin nach Hause.«

»Wie?«

»Mit dem Auto.«

»Mit zwei Bier?«

»Da hab ich ja noch mal Glück gehabt.«

»Gehen Sie öfter in einem anderen Viertel aus?«

»Giesing ist nicht der Nabel der Welt. Auch wenn die zugezogenen Hipster so tun, als ob das so wäre.«

»Ich würde von Giesing aus eher nach Haidhausen oder ins Glockenbachviertel«, meint Mader.

»Ich seh Sie eher bei einer Rüscherltime in Neuperlach.«

Mader hebt sorgenvoll die Augenbrauen. »Wissen Sie was? Ich glaube Ihnen nicht, was den Abend betrifft. Wir behalten Sie noch ein bisschen hier. Da sind noch offene Fragen. Jetzt machen wir erst mal Pause.«

»Ich muss zurück in meinen Laden.«

»Am Samstag?«

»Was glauben Sie denn, wer die Buchhaltung macht? Wer sich um den Partyservice kümmert?«

Mader lächelt. »Entspannen Sie sich. Ich mag's nicht, wenn man mich anlügt.«

»Ich werde meinen Anwalt anrufen.«

»Machen Sie das. Und beachten Sie bitte das Rauchverbot. Ach, woher. Für Sie machen wir glatt eine Ausnahme. Rauchen Sie ruhig eine. Wir sind gleich wieder bei Ihnen.«

Hummel und Zankl haben sich das Ganze durch das verspiegelte Fenster vom Nebenraum aus angesehen. Hummel schüttelt den Kopf. »Mader gibt ja ganz schön Gas. Glaubst du, Meiler war's?«

»Keine Ahnung. Das ist ein Typ, der lässt sich nicht in die Karten schauen. Egal, was passiert. Sehr tough.«

Sie gehen in Maders Büro. Niemand da. Auch Bajazzo nicht. Dosi ebenfalls nicht.

Zankl lacht. »Ich verwette meinen Arsch, dass Mader in der Kantine ist und Mittag macht.«

»Und lässt den so lange hier oben schmoren? Im Leben nicht!«

»Wetten? Ein Zehner?«

Sie gehen in die Kantine hinunter. Am Samstag ist die Kantine nur zur Hälfte besetzt. Mader isst gemütlich seine Portion Lammragout. Dosi einen Salat. Bajazzo schleckt irgendwas aus einer Schüssel.

»Hey, Chef, wegen Ihnen hab ich 'nen Zehner verloren«, sagt Hummel. »Ich hab nicht geglaubt, dass Sie einfach Mittag machen und den Typen da oben sitzen lassen.«

»Bauchgefühl. Also Hunger. Setzt euch. Tja, aus dem Typen kriegen wir nix raus. Der ist ziemlich unterkühlt. Vielleicht wird man so, wenn man täglich mit Fleisch und Blut in Kühlhäusern zu tun hat.«

Dosi blickt kurz auf, runzelt die Stirn und widmet sich wieder ihrem Salat.

Mader fährt fort: »Total kontrollierter Typ. Zu dem passt die zerlegte Leiche einfach nicht.«

»Aber warum halten wir ihn dann fest?«

»Weil er zur richtigen Zeit am richtigen Ort war. Weil er in die Gegend einfach nicht reinpasst. Weil er offenbar Patzer kennt. Patzer ist bei ihm Kunde, sein Wagen war bei der Metzgerei. Aber ich interessiere mich noch für was anderes ...«, sagt er vielsagend und widmet sich wieder seinem Lammragout.

Nach der Mittagspause trifft Meilers Anwalt ein. Ein junger schneidiger Typ im Nadelstreifenanzug. »Dr. Ferdinand Schäuble, ich bin der Anwalt von Herrn Meiler«, stellt er sich vor.

Mader gibt ihm die Hand. »Grüß Sie, Herr Schäuble. Hätten Sie denn ein Kärtchen für mich?«

Schäuble zieht eine Visitenkarte aus der Brusttasche und gibt sie Mader.

Mader studiert sie eingehend, gibt sie an Dosi weiter und lächelt dann. »Schön, Dr. Schäuble, dass Sie kommen konnten. Wir ermitteln in einem grausamen Mordfall. Die zerstückelte Leiche bei der Arena. Haben Sie bestimmt in der Zeitung gesehen. Wir haben Herrn Meiler einbestellt, weil er zum mutmaßlichen Tatzeitpunkt in der Nähe der Wohnung des Opfers gesehen wurde.«

»Und was bringt Sie tatsächlich zu der Annahme, dass mein Mandant etwas mit diesem Fall zu tun haben könnte?«

»Da muss ein Missverständnis vorliegen. Herr Meiler ist hier nicht als Verdächtiger vorgeladen, sondern als möglicher Zeuge. Es geht darum, ob er uns Hinweise geben kann, was in dieser Nacht passiert ist.«

»Das hat mir mein Mandant am Telefon anders erzählt. Wenn Sie mir bitte das Gesprächsprotokoll aushändigen?«

»Natürlich. Wir haben es noch nicht schriftlich, aber der Mitschnitt ist hier.« Mader drückt auf die Playtaste des Soundfiles am Bildschirm des Laptops. Der Balken springt nach wenigen Sekunden ohne Sound an den Anfang zurück. »Oh, das ist mir jetzt total peinlich. Ich habe vorhin offenbar vergessen, die Aufnahme richtig zu starten.«

Meiler und Schäuble wechseln Blicke. Schäuble räuspert sich. »Herr Mader, mein Mandant war Ihnen gerne behilflich in dieser Sache, und jetzt gehen wir einfach.«

»Tut mir echt leid. Technik ist nicht meine Stärke. Sie müssen entschuldigen. Ist mir ausgesprochen peinlich. Aber lassen Sie es mich so sagen: Wenn bei Herrn Meiler der Eindruck entstanden ist, dass wir ihn verdächtigen, dann hat er mich falsch verstanden, oder ich habe mich falsch ausgedrückt. Wir sind nur für jeden Hinweis dankbar in diesem Fall. Wir stehen da etwas unter Druck. Sie können sich bestimmt vorstellen, was passiert, wenn die Leute in der Zeitung über Details dieses Falls erfahren, etwa, dass der Penis des Opfers abgetrennt wurde. Auf diesem schrecklichen Foto in der Presse sind ja zum Glück nicht alle Einzelheiten zu erkennen. Bei so was entsteht schnell Unruhe in der Bevölkerung, und wir klammern uns an jeden Strohhalm.«

Der Anwalt nickt ausdruckslos.

»Nichts für ungut«, sagt Mader. »Und wenn Ihnen trotzdem noch was zu dieser Nacht einfällt, Herr Meiler, wären wir Ihnen sehr dankbar. Was haben Sie eigentlich gemacht, nachdem Sie nach Hause gekommen sind? In dieser Nacht?«

»Herr Meiler, Sie müssen darauf nicht antworten«, schreitet Schäuble ein.

Freddi winkt ab. »Ich habe nichts zu verbergen. Was soll ich schon gemacht haben. Ich bin ins Bett gegangen. Allein.«

»Wann fangen Sie denn morgens an?«

»Ich stehe um fünf Uhr auf. Außer sonntags.«

»Natürlich. Vielen Dank. Sie waren sehr hilfsbereit.«

Sie stehen auf. Mader macht noch den Columbo. »Darf ich Sie noch was Letztes fragen, Dr. Schäuble? Hier auf der Karte steht *Steinle & Partner*. Das ist meines Wissens eine ziemlich noble Kanzlei. Wittelsbacher Platz. Gute Adresse. Und dann haben Sie Handwerker wie Herrn Meiler im Kundenstamm? Ich muss manchmal dumm fragen, um Dinge zu verstehen. Auch wenn sie einfach sind. Und erzählen Sie mir jetzt bitte nichts vom Mittelstand als Leistungsträger der Gesellschaft. Das ist liberal-konservatives Politikgefasel, aber nicht die Realität im Mandantenstamm einer großen Anwaltskanzlei.«

Schäuble lächelt unterkühlt. »Es ist doch ein gutes Gefühl, wenn man weiß, dass bei der Polizei jede Person ohne Ansehen des Standes und der Herkunft gleich behandelt wird. Es war uns ein Vergnügen, doch jetzt müssen wir wirklich gehen. Sie entschuldigen.«

Als sie den Raum verlassen haben, pickt Mader mit einem Plastiktütchen den Zigarettenstummel von der Untertasse. Meilers Wasserglas tütet er ebenfalls ein.

EIN ERNSTES WORT

Nachmittag. Steinles Kanzlei. Freddi sitzt angespannt auf dem Besucherstuhl vor Steinles ausladendem Schreibtisch. Steinle ist ziemlich geladen: »Was ist das wieder für eine Scheiße!? Ich hab meinen Golfnachmittag abgebrochen! Ich hab's dir ja gesagt, das mit der zerlegten Leiche ist eine Katastrophe! Ein Bumerang! Und du lässt dich am Tatort blicken!«

»Nicht am Tatort. In der Schellingstraße. Was ich nicht versteh: Woher wissen die, in welcher Nacht wir bei Luigi waren? Wenn sie ihn erst eine Woche später gefunden haben?«

»Ja, und warum haben sie ihn erst eine Woche später gefunden? Und warum war das Foto in der Zeitung? Hat Franz das gemacht? Oder ein Beamter, der sich was dazuverdient? Das sind mir ein paar Fragen zu viel. Hast du Franz unter Kontrolle?«

»Ich hab mit ihm geredet. Ich glaube nicht, dass irgendjemand ihn auf dem Schirm hat.«

»Du glaubst, du glaubst. Und lässt dich bei Luigis Wohnung blicken. Hey, Freddi, früher wäre das nicht passiert. Ich hoffe, du bist da vorhin sauber rausgegangen.«

»Bin ich.«

»Und Schäuble?«

»Guter Mann. Staubtrocken.«

Steinle nickt. »Schön. Du hast ein Auge auf deinen Bruder! Schick ihn in den Urlaub. Aus der Schusslinie. Hm. Die Bullen werden jetzt sicher auch noch Patzer wegen eines Alibis fragen.«

»Warum sollten sie Patzer fragen?«

»Warum wohl, Freddi – weil sie bestimmt schon rausgekriegt haben, dass Luigi der Geliebte von Patzers Frau war. Was mir bis jetzt nicht klar ist – warum wurde Luigi erst eine Woche später gefunden?«

»Müssen wir Franz fragen. Der sollte ihn entsorgen.«

»Ja. Diskret. Was ja ganz wunderbar geklappt hat.«

GESCHÄFTSFREUNDE

»Und, Zankl«, fragt Mader im Büro, »wie sieht es aus mit Patzers Alibi für die neue Tatzeit?«

»Ich hab ihn auf dem Golfplatz erwischt. War an dem Abend geschäftlich unterwegs – mit Abendessen und so. Bis spät! Absolut wasserdicht. Eine Arbeitsgruppe aus der Staatskanzlei. Wegen dem Großprojekt an der Isar – ISA-RIA.«

»Na super. Aber eigentlich egal. Patzer wird ja kaum selbst Hand anlegen bei solchen Sachen.«

Zankl sieht auf die Uhr. »Oh, so spät schon. Sorry, ich muss los, Leute. Ein schönes Wochenende!«

SCHMIDTS KATZE

Zankl hat noch einen Arzttermin. An einem Samstag. Aber private Leistungen halten sich nicht an Wochentage. Jovial begrüßt Dr. Röhrl das Ehepaar Zankl nach angemessener Wartezeit in seiner Praxis: »Das Warten hat ein Ende, das Resultat spricht Bände. Setzen Sie sich.«

Frau Dr. Röhrl betritt den Raum. Heute ganz in Schwarz. Ledermini, Pumps und Leinenbluse. Darüber sehr nachlässig ein weißer Kittel. Zankl starrt sie an. Jasmin nimmt sofort Witterung auf und eröffnet das Fachgespräch: »Frau Dr. Röhrl, ist das Sperma meines Mannes wirklich so schlecht, wie Sie es vermutet haben?«

Frau Röhrl nickt bedauernd. »Durchaus. Ohne Saft und Kraft. Die biochemische Analyse ist ernüchternd. Es ist nicht so sehr die Menge, es ist die Beweglichkeit. Zu langsam. Und ein eklatanter Mangel an Vitaminen. Haben Sie inzwischen Ihre Ernährung umgestellt, Herr Zankl? Fisch, Hülsenfrüchte, Obst?«

Zankl nickt heftig, obwohl es mit seiner Diät nicht allzu weit her ist.

»Und dann müssen Sie mal so richtig entgiften. Haben Sie eigentlich beruflich mit Chemikalien zu tun?«

»Wie meinen Sie das?«

»Scharfe Reinigungsmittel?«

»Nein.«

»Komisch. In Ihrem Sperma waren deutliche Spuren von Bohnerwachs.«

Zankl sieht sie ausdruckslos an, und sie fährt lächelnd fort: »Ich hab einen genauen Diätplan mit unterstützenden Vitamin- und Hormonpräparaten für Sie gemacht.« Sie schiebt ihm einen Stapel Tablettenpackungen über den Couchtisch. Dazu einen Zettel mit einer langen Excel-Tabelle. »Sagen Sie, haben Sie Erektionsprobleme?«

»Also davon wüsste ich nichts«, sagt Jasmin stolz.

Danke, Schatz, denkt Zankl düster.

Frau Röhrl lässt sich nicht beirren: »Diese Präparate stellen Ihren Körper anders ein, und da kann es sein, dass Sie in der ersten Zeit mal Durchhänger haben. Vielleicht auch Durchfall. Das kommt durchaus vor.«

»Aber dann geht Ihr bestes Teil ab wie Schmidts Katze«, schaltet sich Herr Röhrl wieder ein. »Sie kommen die nächsten zwei Monate jede Woche vorbei und machen Ihr Bäuerchen. Dann sehen wir bestimmt bald die Fortschritte.«

Zankl nickt apathisch.

»Schatz, geht's dir besser?«, fragt seine Frau auf der Straße.

»Ja, ich, äh, nein, das war irgendwie ein bisschen viel.«

»Du, wie fandest du eigentlich die Klamotten von der Röhrl?«, fragt sie fünfzig Meter weiter.

»Heiß.«

»Ja? Nicht ein bisschen nuttig?«

Zankl nickt müde.

Jasmin kuschelt sich an seinen Arm. »Und nächste Woche denkst du wieder ganz fest an mich und machst dein Bäuerchen, Schatzi. Dann sind die Werte bestimmt schon viel besser.«

»Ja, bestimmt. Nächste Woche mach ich den Becher voll. Bis zum Rand.«

Jasmin lacht glockenhell.

Er nicht.

LE GRILLFEST

Sommerabend im Villenviertel Grünwald. Bunte Lampions, Grillschwaden und leises Gläserklirren über einem dicht gewebten Teppich aus Stimmen. Grillparty bei den Patzers. Patzer plaudert mit den illustren Gästen aus Business und Nachbarschaft. Katrin kümmert sich um die Getränke, am Grill steht mit rot-blau gestreifter Schürze niemand Geringerer als einer der besten Metzger Münchens: Freddi Meiler.

Gerade trudelt Steinle auf der Grillparty ein. Solo. Patzer begrüßt ihn. »Keine schöne Frau an deiner Seite? Was ist los?«

»Wer weiß, wen ich hier noch kennenlerne.«

»Wenn du das sagst, klingt es fast wie eine Drohung.«

»Ein Angebot, das man nicht ablehnen kann. Grrr!«

Beide lachen.

Steinle sieht von der Terrasse über den Garten. »Ah, Freddi am Grill. Der Beste. Herby, nicht schlecht, so spontan.«

»Nur so kriegt man die Leute, die eh nie Zeit haben. Katrins Idee. Ich weiß auch nicht, was sie geritten hat. Vor allem, wo doch der Herr Papa gerade erst die Biege gemacht hat.«

»Wer steckt schon drinnen in den Frauen? Und dass sie bei Meiler bestellt hat?«

»Tja. Geschmack hatte sie schon immer. Vielleicht hat sie den Tipp von Luigi bekommen.« Patzer lacht. Steinle nicht. »Hey, was ist los, Hubsi? Nicht dein Humor?«

»Luigi entwickelt sich langsam zum Problem. Herby, die Cops fragen sich, wer zur Hölle ihn so zugerichtet hat.«

»Ja, Hubsi, warum macht Freddi so etwas Garstiges?«

»Freddi war's nicht. Sein Bruder Franz hat Luigi übernommen.«

»Mit Franz hatte ich noch nicht das Vergnügen. Was ist das für einer?«

»Franz ist ein wenig, nun ja, unberechenbar. Früher Metzger, heute verkrachter Künstler. Drogentyp. Franz hat den Italo mit seinem Metzgerwerkzeug in die Einzelteile zerlegt. Und Freddi war heute bei den Bullen zum Verhör vorgeladen.«

»Scheiße! Wie kommen die auf Freddi?!«

»Ist in der mutmaßlichen Mordnacht gesehen worden. In der Schellingstraße. Mittwoch letzter Woche.«

»Mich hat dieser Cop heute auf dem Golfplatz gefragt, wo ich letzten Mittwoch war. Tja, in der Staatskanzlei. Meine Präsentation von ISARIA. Absolut wasserdicht. Aber woher wissen die so genau, wann es passiert ist?! Die Leiche wurde doch erst vor ein paar Tagen gefunden?«

»Tja, die modernen Analysemethoden.«

»Sind offenbar doch nicht so blöd.«

»Haben die irgendwas gegen Freddi in der Hand?«

»Nein.«

»Und was ist mit seinem verrückten Bruder?«

»Den hat keiner auf dem Schirm. Bislang. Aber er muss aus dem Weg. Wir spendieren Franz 'nen kleinen Urlaub. Marokko oder irgendwohin, wo er gut an Stoff kommt.«

»Wenn du jetzt noch dafür sorgst, dass er sich dort 'ne Überdosis reinpfeift, bist du der Held. Was für eine Scheiße! Luigi hätte einfach spurlos verschwinden sollen.«

»Wie Olga?«, fragt Steinle.

Patzer sieht Steinle schräg an. »Da ist was in deinem Ton, das mir nicht gefällt. Die Kiste ist doch geklärt zwischen uns. Wer sagt mir, dass nicht *du* hinter dem Gemetzel mit Luigi steckst?«

Steinle sieht ihn kurz erstaunt an, dann grinst er. »Nicht schlecht, Patzer. Muss man erst mal draufkommen.«

»Käme dir doch sehr gelegen, wenn mich die Cops im Verdacht haben.«

»Haben sie sowieso. Verbrechen aus Leidenschaft.«

Patzer lacht. »Das wäre definitiv ein Holzweg. Wie machen wir jetzt weiter? Mit ISARIA? Die Zeit rennt uns davon. Wenn wir den Arabern nicht schnell verbindlich zusagen, ist das Geld weg. Falls die Scheichs das Interesse verlieren, ist unser Projekt im Arsch.«

»Gib nicht zu viel Gas, Herby. Vor allem nicht jetzt, wenn es Ermittlungen wegen Luigi gibt. Die wissen auch, dass Freddi auf Waldeck war, als Edi vom Turm geplumpst ist. Das ist alles ein bisschen zu viel an Zufällen. Und was ist jetzt mit Katrin? Wird sie den Bauplänen zustimmen?«

»Nein. Da ist sie wie ihr Vater. Das ist ein emotionales Problem. Die Natur, die Tradition, das Erbe der von und zu. Vielleicht sollte ich ihr stecken, dass ihr Vater kein Heiliger war. Ich hab da noch den Mitschnitt aus dem Keller. Wie sich die Herren anscheißen, als die Dame die Grätsche gemacht hat.«

»Bist du wahnsinnig?! Das lässt du schön bleiben. Sonst fliegt uns alles um die Ohren. Ich sprech noch mal mit Katrin – als Freund der Familie – und mach ihr ISARIA schmackhaft. Und du pfuschst nicht rein. Okay?«

»Aber lass dir nicht zu viel Zeit. Wenn die Araber aufs Burgfest kommen, müssen wir die Sache im Sack haben. Dann müssen sie unterschreiben.«

SUNDAY, LAZY SUNDAY

Ein Tag Atempause. Reicht ja schon, wenn die Kripo an einem Samstag ermitteln muss. Jetzt ist Sonntag. Und was für einer. Endlich Sommer! Denkt auch Mader und macht einen langen Spaziergang mit Bajazzo an der Isar. Hängt seinen Gedanken nach. Träumt von Catherine. Denkt übers Leben nach. Und über den Tod. Luigi. Da ist immer noch was, was sie so gar nicht auf dem Schirm haben. Warum tut jemand so was? Warum macht der Täter Fotos davon? Um damit vor anderen zu prahlen? Wie es Jugendliche mit ihren Handyvideos machen, die sie ins Internet stellen? Aber das ist kein Jugendlicher. Was will der Täter? Seine Tat dokumentieren? Sie vor dem Vergessen, der Vergänglichkeit bewahren? Vielleicht trifft es das. Der Gedanke arbeitet in Mader. Das Arrangement der Körperteile sah aus wie eine Explosionszeichnung. Technisch? Nein, das hatte eher etwas Rituelles, Künstlerisches. Irgendwie. Mader wirft ein Stöckchen für Bajazzo, der diesem freudejapsend hinterherjagt.

Zankl ist mit seiner Frau beim Baden am Starnberger See. Wunderbares Wetter. Aber leider gemischtes Vergnügen. Für Zankl. Sein Magen grummelt. Schon das Frühstück war suboptimal, weil die Hormonkur, die ihm Frau Dr. Röhrl verschrieben hat, voll auf die Verdauung geht. Und dass dann auf der Liegewiese ausgerechnet Schüler seiner Frau rumlungern müssen! Eine Horde halbstarker Gymnasiasten in ihren Badeshortszelten auf Halbmast, die frech zu ihnen herüberglotzen und diskutieren, welch scharfe Figur die Frau Lehrerin in ihrem knappen Bikini macht und warum der komische Typ an ihrer Seite alle paar Minuten aufs Klo rennt. Die Zankls ziehen schließlich mit ihrer Decke um in den Familienbereich. Schreiende Kleinkinder und hysterische Eltern. Ebenfalls schlimm. Aber Jasmin ist glücklich. Die lieben Kleinen. Sie weiß gar nicht, wohin sie schauen soll.

Dosi schwingt die Hüften in Bad Tölz. Mit Fränki-Boy. Nichts Sexuelles. Sie sind auf einem Tanzwettbewerb. Die beiden haben jetzt eine gemeinsame Ebene gefunden. Vorerst. Ergebnis ihrer Aussprache. Eine professionelle Ebene. Als Tanzpartner. Für Fränki ist das bedeutend besser als nichts. Mit Anfassen. Und Dosi ist Profi genug, um trotzdem Spaß zu haben. Sie sind schon im Halbfinale und werden die Konkurrenten aus dem Oberland in Grund und Boden tanzen. Haben sie sich vorgenommen.

Hummel verlässt die Wohnung nicht. Er hat lang geschlafen und sitzt jetzt mit Kaffee und Zigarette im kühlen Wohnzimmer seiner Erdgeschosswohnung auf dem Sofa. Kontrastprogramm zum Sommer draußen. Es geht doch nichts über ein gutes Buch. Na ja, gut wäre jetzt nicht die korrekte Aussage. Aber literarische Qualität ist ja immer auch Geschmackssache. *Der Mann mit der Säge* ist definitiv kein Mainstream, eher Underground. Ziemlich scharfes Teil. Jetzt kommt es Hummel schon ein bisschen verrückt vor, dass er tatsächlich geglaubt hat, die trashige Geschichte könne etwas mit ihrem Mordfall zu tun haben. Gerade hat er noch mal die Stelle mit dem Moulinex-Messer nachgelesen. Gruselig. Aber der Typ entwickelt sich durchaus weiter, denkt Hummel, als er zu der Stelle im Schlachthof kommt. Nun benutzt der Killer Profiwerkzeug. Sauber. Hummel gefällt vor allem der respektlose Stil. So würde er nie schreiben, aber das hat was, ganz eindeutig.

Der Schlachthof war am Sonntag wie ausgestorben. Draußen der heiße Sommer, drinnen die Kälte der weißen Kacheln. Er hatte ihn im Kofferraum seines Wagens hierhergebracht. Er zuckte noch ein wenig, als er ihn in den Schlachtraum brachte. Er drückte den Lichtschalter, und grelle Neonröhren zappten an. Reinweiß. Er sah die Panikaugen des Mannes und lächelte sanft. Das Kreischen der Säge genügte schon, um ihn ohnmächtig werden zu lassen. Ging rein wie Butter. Tolle Effekte. Fontänen wie aus einem Gardena-Rasensprenger. Sinfonie in Rot. Feiner Nebel, der sich über alles legte und in alle Fugen drang. Lange Nasen an den Kacheln. Wie Regen auf der Windschutzscheibe. Nur dass hier die Schlangenlinien abwärts tanzten.

Die Säge erstarb, und er lachte sein kehliges Lachen. Ein Ausdruck tiefer Zufriedenheit. Sein zweites Opfer. Ein wahres Meisterwerk. Er wischte sich die Finger ab und zog unter der Schürze den Fotoapparat hervor. Diese Bilder würden ihn unsterblich machen im Internet.

Aber das war nur der erste Streich. Er ging in den Nebenraum und knipste auch dort das Licht an. Königlich, ein Mahnmal in Edelstahl: ein HFW E-130 der Thüringer Fleischereimaschinen Arnstadt. Nur noch die Einzelteile in die Wannen, und schon konnte es losgehen. Er schaltete den Fleischwolf an, ein sattes Brummen ertönte.

Hummel fröstelt. Bizarr. Und liest weiter. Irgendwann sieht er auf die Uhr. Wahnsinn, schon sechzehn Uhr. Die Zeit ist wie im Flug vergangen. Genug der grausamen Geschichten. Er legt das Buch beiseite, holt sich ein Bier und setzt sich ans offene Fenster in der Küche. Kinder wuseln durch den Hof, rufen, ein Hund kläfft, immer wieder knallt ein Ball an das Mülltonnenhäuschen. Der Himmel zwischen den Mauern ist dunkelblau. Die Blätter der Buche leuchten in der Sonne. Hummel ist zufrieden. Wenn jetzt das Telefon klingeln und sich Beate melden würde: »Hey, Hummel, hast du Lust auf einen Spaziergang im Englischen Garten?«, dann wäre sein Glück perfekt. Passiert natürlich nicht. Sie hat ja nicht mal seine Telefonnummer. Ich werde heute Abend noch auf ein ruhiges Bier in die Blackbox gehen, nimmt sich Hummel vor. Langsam rausgrooven aus dem Sonntag.

KALTSTART

Langsam reingrooven ist leider nicht angesagt, denn die Woche beginnt mit einem Paukenschlag. Bei der *Süddeutschen* ist Punkt neun Uhr ein neues Tatortbild eingegangen. Die Redaktion hat das Bild umgehend an die Kripo weitergeschickt. Ein neuer Mordfall? Da die Polizisten nicht wissen, wohin das Bild noch versendet wurde, sehen sich Mader und Günther gezwungen, kurzfristig eine Pressekonferenz im Präsidium abzuhalten. Hummel kann's nicht fassen: ein Bild mit einem Fleischwolf! Aus dem ein Bein ragt! Erst gestern hat er darüber gelesen. Ist das nur ein schlechter Scherz?

»Kein Scherz«, sagt ihm Zankl. »Das Bild wurde mit derselben Kamera aufgenommen wie das erste vom Stadion.«

Hummel ist ganz erregt. »Du, Zankl! Der Mord kommt auch in dem Krimi vor. Du weißt schon – *Der Mann mit der Säge*.«

»Hummel, vergiss deine blöden Bücher, das hier ist blutiger Ernst!« Er schiebt Hummel in den kleinen Sitzungssaal. Der ist gut gefüllt. Mader und Günther sitzen bereits auf dem Podium. Der Beamer wirft ein bizarres Bild an die Wand: In einem weißen Kachelambiente ist ein großer Fleischwolf zu sehen. Oben ragt ein Bein heraus. Haarig. Männlich. Surreal.

Günther hat das Wort: »Meine Damen und Herren, wir danken Ihnen, dass Sie so schnell kommen konnten. Den Grund dafür sehen Sie an der Wand. Das Bild ging heute auch an diverse Redaktionen, wie manche von Ihnen schon wissen. Wir danken Ihnen ausdrücklich, dass Sie das Bild nicht einfach veröffentlicht haben. Bevor der verantwortliche Ermittler, Hauptkommissar Karl-Maria Mader, ins Detail geht, möchte ich Sie bitten, diese Informationen vorerst streng vertraulich zu behandeln. Wir haben im Fall von Luigi Volante, als ein ähnliches Bild in der Presse auftauchte, ausgesprochen negative Erfahrungen gemacht. Die Veröffentlichung löste eine Flut irrelevanter Hinweise aus der Bevölkerung aus, was unsere Arbeit nicht gerade vorangebracht hat. Es ist nicht ausgeschlossen, dass es sich bei diesem neuen Fall um eine Nachahmungstat handelt, dass jemand erst durch das Foto von Volante zu dieser schrecklichen Tat animiert wurde.«

Nicht schlecht, denkt Mader, wie Dr. Günther den Presseheinis schon vorab ein schlechtes Gewissen macht. Eigentlich wird andersrum ein Schuh draus. Wäre das Foto von Luigi nicht in der Zeitung gewesen, hätte sich der Wirt vom Centrale kaum so schnell bei uns gemeldet, und wir würden vermutlich noch immer über Luigis Identität rätseln. Aber so halten sich die Journalisten hoffentlich zurück. Dr. Günther ist ein Fuchs. Und ein aufgeblasener Arsch.

Erhaben hallt Dr. Günthers Stimme durch den Raum: »Meine Damen und Herren, wir stehen kurz vor dem Abschluss des Mordfalls am Stadion, aber leider haben wir jetzt diesen neuen Fall. Wir benötigen hierbei unbedingt Ihre Kooperation.« – Salbungsvolle Pause. – »Wenn Sie nun Fragen haben, dann bitte an den ermittelnden Beamten Hauptkommissar Karl-Maria Mader.« Er deutet gönnerhaft auf seinen Kollegen.

Mader gelingt ein gequältes Lächeln. Das sofort mit der ersten Frage der Reporter verpufft: »Stimmt es wirklich, dass die Polizei kurz vor Abschluss des Stadionfalls steht?«

ECHT NICHT

Als Mader eine Stunde später im Büro zu den Kollegen stößt, ist er komplett durchgeschwitzt. Hummel, Zankl und Dosi sehen ihn voller Respekt an. Mader zischt: »Dieser Scheiß-Gü…« Er bricht ab, denn Günther steht in der Tür.

»Mader, das haben Sie gut gemacht, aber jetzt kriegen Sie endlich mal den Arsch hoch und finden Sie raus, wo die

neue Leiche liegt. Und dann schnappen Sie sich den Typen!«
Und rauscht davon.

»Dieser Scheiß-Günther«, nimmt Mader seinen Faden
wieder auf. »Meint, er kann den Druck erhöhen, wenn er den
Journalisten sagt, dass wir den Mörder von Luigi fast haben.«

»Hoffentlich halten sich die Journalisten an die Nachrichtensperre«, sagt Dosi.

Hummel meldet sich wie ein Erstklässler. Mader sieht ihn
erstaunt an. »Ja, Hummel?«

»Ich trau es mich gar nicht zu sagen, aber ich hab gestern
das mit dem Fleischwolf in dem Buch gelesen. *Der Mann mit
der Säge.*«

Mader schüttelt den Kopf. »Echt nicht, Hummel.«

»Ich wollte es nur gesagt haben.«

»Jetzt haben Sie's gesagt. Also, fangen wir mal an. Das Bild
kam per Mail. Absender irgendein Fantasiename mit einer
web.de-Adresse. Das letzte Mal war der Absender verschlüsselt. Warum macht er das nicht noch einmal?«

»Weil es nicht derselbe Absender ist?«, meint Hummel.
»Vielleicht hat er keine Ahnung von solchen technischen
Sachen.«

Mader zuckt die Schultern. »Ist aber dieselbe Kamera.« Er
geht auf das Bild und klickt die rechte Maustaste. Eigenschaften. »Aufgenommen heute, 08:33, Sony RX 100.«

»Schauen wir uns doch das Bild mal in der Vergrößerung
an«, schlägt Dosi vor.

Mader zoomt das Bild auf 200 Prozent. Zeigt die Aus-
schnitte.

»Bei Meiler ist das nicht«, sagt Dosi. »Der hat neuere Ge-
räte. Das ist ein ziemlich altes Teil. Chef, können Sie das mal
größer machen? Da steht irgendwas an der Maschine. Was
ist das? Ein Schild?«

Mader zoomt den Ausschnitt heran. 400 Prozent. Sie starren alle auf die pixelige Schrift auf dem Messingschild. Kaum zu entziffern. Der Herstellername? Nein, der Firmenname der Metzgerei: *Wurstmanufaktur. Max Gruber & Söhne.*

»Findet heraus, wer das ist und wo der Laden ist«, sagt Mader. »Ist eigentlich was bei der DNA-Probe von Meiler rausgekommen?«

»Negativ«, sagt Dosi. »Zumindest waren in Luigis Wohnung keine Spuren von ihm.«

KEINE KUNST

Zankl am Steuer, Mader auf dem Beifahrersitz, Bajazzo zwischen seinen Beinen. Dosi und Hummel hinten. Sie fahren die Wasserburger Landstraße stadtauswärts. Im Wagen gespannte Stille. Sie haben in der *Wurstmanufaktur Gruber* niemanden erreicht und sind gespannt, was sie nun dort erwartet. Tatsächlich der Ort, an dem das Foto mit dem Fleischwolf entstanden ist? Die Leiche? Oder war das Bild ein Fake? Eine Montage?

Zankl schielt misstrauisch rüber, als Mader einen seinen Brühwürfel auspackt. Mader merkt, dass Zankl ein Auge auf ihn hat, und grinst. »Auch?«

»Nein danke. Davon hat mir Hummel schon vorgeschwärmt.«

»Sind Sie eigentlich mit diesem Lispeltypen weitergekommen?«, fragt Mader.

Zankl schüttelt den Kopf. »Nein. Aber vielleicht ist das ja der Typ im Fleischwolf. Er hat den Killer erpresst, und der hat den Stecker gezogen. Das hätte er allerdings nicht so kompliziert machen brauchen.«

»Ach, wenn das sein Stil ist«, meint Mader. »Vielleicht müssen wir tatsächlich mal ganz anders denken. Das Foto war wie ein Stillleben. Da gab es doch mal diesen Österreicher, der mit Blut gemalt hat.«

»Nitsch«, sagt Hummel von hinten. »Aber das war Tierblut.«

»Na, das will ich doch hoffen. Aber was war die Idee dahinter, also bei Nitsch?«

»Tabubruch, Ekstase, was Kultiges, Exhibitionistisches.«

Jetzt sieht Zankl das Schild mit dem Hinweis auf die Metzgerei: hundert Meter. Er ist zu schnell dran, steigt hart in die Eisen und kommt ruckartig zum Stehen.

Mader hebt die Hand. »Bleiben Sie alle noch kurz sitzen.«

»Nicht das Regenspiel!«, sagt Hummel.

»Nein. Kurz. Ich hab einen Gedanken. Sonst ist er weg. Das Exhibitionistische. Hier stellt jemand seine Tat offen aus. Vielleicht ist jemand bestraft worden. Dieser Jakko? Strafe für den Erpresser?«

»Strafe ist öffentlich«, sagt Hummel. »Sonst ist es keine Strafe. Früher hat man die Leute an den Pranger gestellt. Und Hinrichtungen waren öffentlich.«

Mader nickt. »Zur Abschreckung.«

»Nicht nur. Zu Hinrichtungen sind die Leute immer gelaufen. Das Schreckliche zieht die Menschen an, wie das Licht die Fliegen. Die Schaulustigen bei unserer Wasserleiche, das Bild von Luigi in der Zeitung. Jetzt der Fleischwolf. Die Bilder, die Leichen. Vielleicht bringt unser Mörder damit seine Weltsicht zum Ausdruck, sein ästhetisches Empfinden.«

»Du spinnst«, sagt Dosi. »Da wurde jemand grausig ermordet. Seine Überreste liegen vermutlich in dem Laden da. Und wir labern uns den Wolf.«

Mader schmunzelt. »Der läuft uns nicht davon. Interessante Gedanken, Hummel. Wirklich. Aber jetzt mal rein ins pralle Leben. Zeit für Hackfleisch.«

Wurstmanufaktur & Feinkost steht auf dem Firmenschild. Dosi schüttelt den Kopf. »Früher sagte man einfach Metzgerei.«

»Angesichts der ganzen Fabrikware erscheint mir das durchaus legitim«, meint Hummel.

»Ja, es gibt sie noch, die guten Dinge«, sagt Zankl.

Dosi klingelt an der Tür neben dem Ladeneingang. Nichts passiert. Sie können nicht in den Laden sehen, da die Jalousie heruntergelassen ist. Sie gehen um das Haus in den Hinterhof. Die Fenster oberhalb der Laderampe sind stark verschmutzt und geben kaum Einblicke preis.

»Wärst du so gütig, Hummel?«, meint Dosi und deutet auf einen Ziegelstein am Boden. Hummel hebt ihn auf und schlägt die Scheibe ein. Er greift hinein und öffnet das Fenster. Sie klettern hinein. Die Glasscherben knirschen unter ihren Schuhsohlen, als sie den weitgehend leeren Lagerraum inspizieren. Nur ein paar Plastikwannen und Pappkartons.

Sie betreten den Verkaufsraum. Dort ist es peinlich sauber. Schinken hängen von der Decke, die Kühlvitrine ist voller Würste, die Regale sind belegt von Nudeln, Konserven und Weinflaschen. Die Wurstküche befindet sich im Seitentrakt. Dort finden sie in natura, was sie auf dem Foto gesehen haben. Hummel muss heftig schlucken. Zankl sieht mit großen Augen auf das Bein, das im Fleischwolf steckt. Dosi tritt ganz nah heran, als wäre es das Selbstverständlichste der Welt. Mader betrachtet das Ganze aus angemessener Distanz. Unter dem Fleischwolf liegt eine große Wanne mit Würsten. Hummel wird es jetzt doch zu viel. Er rennt raus und kotzt in eine Ecke des Hofs.

Als er bleich in die Wurstküche zurückkehrt, betrachten Zankl und Mader gerade die Wade des Opfers. Diese ziert ein großer Totenkopf. Durchaus filigran tätowiert. War auf dem Foto nicht zu sehen. »Dead will dear us apard«, liest Mader. »Interessant. Fränkisch?«

»Könnte Lasso sein«, sagt Zankl. »der Typ, mit dem Jakko abhängt. Ist stark tätowiert, meinte der Typ vom Imbiss.«

TRÜFFELN

Der Chef der Wurstmanufaktur ist gerade in seinem Laden eingetroffen und wird mit der blutigen Wahrheit konfrontiert. Schon ein Ding. Kaum ist man ein, zwei Stunden außer Haus, passieren furchtbare Dinge, und man muss auch noch Rede und Antwort stehen.

Mader lächelt ihm aufmunternd zu. »Jetzt erzählen Sie mal.«

»Ich war unterwegs, Ware holen. War schon komisch. Um halb acht krieg ich 'nen Anruf, ob ich an Trüffeln interessiert bin. Ein sehr gutes Angebot. Und da bin ich los. Zum Großmarkt.«

»Sie hatten die Trüffeln nicht bestellt?«

»Nein, aber das Angebot war sehr günstig.«

»Kommt das öfters vor, dass Sie solche Anrufe kriegen?«

»Nein. Das war das erste Mal.«

»Wer war der Anrufer?«

»Keine Ahnung. Ein Mann.«

»Sie wissen nicht, wer der Anrufer ist, und fahren einfach hin?!«

»Ja, ich fahr hin, weil es ein sehr günstiges Angebot war. Haben Sie 'ne Ahnung, was das Zeug kostet?! Glauben Sie im Ernst, ich hab was mit der Geschichte hier zu tun? Ich dreh hier in meinem eigenen Laden einen Menschen durch den Wolf und ... Ach, was für eine verdammte Scheiße!«

»Regen Sie sich nicht auf, ich stell nur ein paar Fragen. Also, Sie sind zum Großmarkt?«

»Ja. Da steht aber niemand an der Einfahrt wie vereinbart. Ich hab 'ne Viertelstunde gewartet. Dann bin ich in die Großmarktwirtschaft zum Frühstücken, hab noch ein paar Sachen eingekauft. Und bin rüber zur Agentur, die unseren Webshop betreut. Die sitzen da in dem Bürogebäude. Eigentlich hätte mein Sohn mich hier in meiner Abwesenheit vertreten sollen.«

»Aha, und wo ist er? Hat er etwa ein Tattoo an der Wade?«

Gruber findet das nicht lustig. »Nein, definitiv nicht. Hans ist leider nicht der Zuverlässigste. Was offenbar in diesem Fall nicht die schlechteste Eigenschaft ist.«

Mader klopft mit dem Kugelschreiber genervt auf die Tischplatte. »Herr Gruber, haben Sie irgendeine Idee, wer oder was dahintersteckt?«

»Nein, keine Ahnung. Konkurrenz?«

»Wie meinen Sie das?«

»Wenn irgendjemand erfährt, was hier passiert ist, kann ich doch dichtmachen. Ich wäre jedenfalls froh, wenn Sie keinen Wirbel um die Sache machen.«

»Wir sind so was von diskret. Ich hoffe mal, die Zeitungen auch.«

»Wieso?«

»Ein Foto vom Tatort ist an die Presse geschickt worden.«

»O Gott!«

»Machen Sie sich keinen Kopf. Wir haben eine Nachrichtensperre verhängt.«

»Wann sind Sie hier fertig?«

»Die Spurensicherung muss sich das alles noch anschauen. Aber die sind schnell. Und wir sind gleich weg. Sagen Sie, Sie haben nicht zufällig ein paar Knochen für meinen Hund? Er wartet draußen.«

Gruber geht zur Vitrine und füllt eine große Plastiktüte mit Würsten. »Ich bezweifle, dass ich heute noch viel verkaufen werde.«

Mader lächelt. »Danke, Sie waren sehr hilfsbereit. Wir brauchen Sie dann morgen noch mal im Präsidium für die Aussage. Formell. So mit Unterschrift.«

»Und?«, fragt Zankl, als Mader mit seiner Plastiktüte zu den dreien am Wagen dazustößt.

»Der Typ hat nichts damit zu tun«, sagt Mader. »Aber er hatte einen interessanten Gedanken. Konkurrenz. Vielleicht will ihm jemand nebenbei noch das Geschäft vermasseln.«

»Haben Sie was gesagt wegen Meiler?«, fragt Zankl.

»Ich wollte nicht mit der Tür ins Haus fallen. Zankl, Sie überprüfen Meilers Alibi für gestern Nacht und heute Morgen. Denken Sie sich irgendwas aus, warum Sie ihn fragen. Und Hummel, Sie nehmen morgen die Aussage von Gruber auf. Da fragen Sie ihn dann nach Meiler. Okay?«

»Auch wenn Meiler ein Alibi hat?«

»Auch dann. Ich kenn mich in dieser Szene nicht so aus. Wer da wen nicht riechen kann. Wir müssen zur Sicherheit auch noch Grubers Alibi prüfen. Den Großmarkt und die Wirtschaft dort. Und auch den Besuch in dieser Agentur. Wer von Ihnen bleibt so lange hier, bis die Spusi kommt?«, fragt Mader.

»Dosi, mach du das, du kennst dich doch aus mit Würsten«, sagt Zankl und zwinkert. »Mit armen Würstchen. Ey, Mr. Fränki-Boy …«

Dosi blitzt Hummel an. Der wird krebsrot.

»Ihr seid's solche Volldeppen!«, zischt Dosi.

»Zankl, Sie bleiben hier«, knurrt Mader. Und schickt hinterher: »Scheißkindergarten!«

DER NÄCHSTE AUF DER LISTE

Franz ist ziemlich zufrieden mit sich. Klar, Freddi kriegt die Krise, wenn er das erfährt. Aber es trifft ja den Richtigen. Den blöden Gruber. Er sieht schon die Schlagzeile zu seinem Foto: *Hackfleisch pur in der Wurstmanufaktur.* Wenn rauskommt, was in Grubers Wurstküche passiert ist, kann er den Laden zusperren. »Hast du schon gehört?«, murmelt Franz. »Beim Gruber menschelt's!« Er kichert und sieht sich die neuen Bilder auf seiner Digitalkamera an. Schon erstaunlich, was man mit so einem Fleischwolf alles machen kann. Weiß er ja eigentlich. Aber mal inhaltlich gedacht. Künstlerisch. Wie das Foto zeigt. Interessantes Licht und die rotweißen Kacheln. Unwirklich. Wie eine Vision. Hatte er ja schon bei dem Auftrag von der Lady vorgehabt. Mit ihrem Ehemann. Dann halt anders. Er musste handeln. Meint der Typ tatsächlich, ihn erpressen zu können. Belustigt klickt er die neuen Bilder durch. Ein kleiner Mann, der stückweise in dem großen Fleischwolf verschwindet.

Gut, dass er seine Kamera wiederhat. Hat sich Lasso im Paradise verplappert. Das dumme Aas. Und vor seinem Ableben hat er noch wie ein Wasserfall geredet. Auch über seinen Kumpel. Sehr löblich. So sind sie, die Spezln. Dieser Fettwanst aus dem Paradise. Jakko. Der ist der Nächste auf der Liste. Strafe muss sein. Hoffentlich können die Pressefuzzis oder die Bullen die Mail nicht zurückverfolgen. Und wenn. Ist ja nur ein Fake-Account. Wenn Jakko das Foto in der Zeitung sieht, scheißt er sich bestimmt in die Hose vor Angst. Schlecht fürs Fleisch. Stresshormone machen es zäh. Franz freut sich schon. Wie der Typ in *Der Mann mit der Säge*. Ein hervorragendes Buch. Ganz sein Geschmack. Bei Karlsfeld landet das nächste Opfer in einer Schinken-presse. Fantastisch. Der fette Jakko in handlichen Stücken. Franz hat das Gefühl, dass dieses Buch für ihn persönlich geschrieben wurde. Seine Themen, sein Handwerk und sein künstlerischer Standpunkt. Toll. Visionär. Den Fettsack noch erledigen und dann ab in den Urlaub. Marrakesch. 1001 Nacht.

IN AUFRUHR

Die Presse hält sich an die Vereinbarung mit der Kripo – kein Bild in den Medien, kein Text über diesen neuen Mord-fall. Alles ruhig? Nein, Jakko ist auch ohne neue Fotos in der Zeitung in hellem Aufruhr. Dass Lasso so plötzlich spurlos verschwunden ist, beunruhigt ihn außerordentlich. Nach langem Zögern greift er zum Handy, setzt einen Notruf ab: »Hallo, Dr. Patfer, hier ift Jakko.«

»Jakko, alles klar? Hast du deine Jungs zusammen für das Burgfest?«

»Defwegen ruf ich nicht an. Ich, ich hab waf Dummef gemacht. Ich hab waf mitgenommen, waf mir nicht gehört.«

»Aha?«

»Eine Kamera. Mit Bildern. Von einer Leiche. Die Fache beim Ftadion.«

Patzer ist hellwach. »Und?«

»Laffo und ich. Wir haben die Kamera mitgehen laffen. Im Paradeif. Lag auf dem Trefen. Jetft ist Laffo plötflich weg. Ich glaube, daff …«

»Dass ihm was passiert ist?«

»Ich wollte daf nicht. Wir wollten die Bilder verffeuern. Fonft nichtf.«

»Wo ist die Kamera jetzt?«

»Die hat Laffo. Und der ift weg.«

»Und jetzt hast du Angst. Und du hast auch allen Grund dazu, mein Lieber! Mann, Jakko, was macht ihr denn für Sachen?«

»Waf foll ich jetft tun? Ich glaub, daff Laffo waf paffiert ift!«

»Ich kümmere mich. Halt den Ball flach. Rühr dich nicht von zu Hause weg, bis ich mich melde. Ist das klar?!«

»Chja, ift klar.«

Patzer legt belustigt auf. Wahnsinn, Freddis kleiner Bruder Franz war wieder aktiv. Völlig abgespact. Franz macht Bilder von seinen Metzeleien. Das Bild von Luigi hat nicht irgendein Gaffer geschossen, sondern Franz himself. Und dann lässt er im Suff seine Kamera in der Kneipe liegen. Und Jakko und sein Spezl schieben das Teil ein und wollen die Bilder zu Geld machen. Wie blöd muss man sein? Jakko und Lasso sind ihm wurscht. Trotzdem, Franz muss jetzt endlich verschwinden. Und darf vorher kein weiteres Unheil mehr anrichten.

Patzer wählt Freddis Nummer und erklärt ihm die Sachlage. Freddi ist stinksauer auf seinen Bruder. Ja, er wird sich kümmern. Auch dass Jakko nichts passiert. Würde zu viel Aufmerksamkeit auf sich ziehen.

»Der Flieger ist schon gebucht«, sagt Freddi. »Morgen sitzt er im Flugzeug nach Marokko.«

Patzer legt auf und sucht unter den eingegangenen Anrufen Jakkos Handynummer raus. Drückt auf die Verbindung.

»Chja?«, meldet sich Jakko mit zitternder Stimme.

»Jakko, alles klar. Keine Angst. Es wird nichts passieren.«

»Ficher?«

»Todsicher.«

»–? –«

»Ich mein ›ganz sicher‹, verstehst du?«

»Ja. Danke, Dr. Patfer. Ich, ich tu allef für Fie. Und nächfter Famftag ift gebongt.«

SELTSAMES SPIEL

Ein hektischer Tag geht zu Ende. Die Spurensicherung hat bei Gruber alles auf den Kopf gestellt. Ohne wirkliches Ergebnis. Dr. Fleischer hatte alle Hände voll zu tun. Im wörtlichen Sinne. Diesmal kann Gesine zumindest eins mit Sicherheit sagen: Verlässliche Angaben zur Todesursache wird es nicht geben. Die Überreste sind zu kleinteilig.

Mader liegt auf dem Sofa. Der Tag hat ihn geschlaucht. Vor allem diese Pressekonferenz. Das ist ihm immer ein Gräuel. Wenn er noch lang mit Günther zusammenarbeiten muss, gibt er sich irgendwann die Kugel. Warum kann der Typ nicht einfach wegbefördert werden? Verdient hätte er es. Der neue Fall ist ein Albtraum. Kann nicht mal etwas ganz einfach sein? Freddi Meiler hat jedenfalls ein Alibi für heute Morgen. Er war seit fünf Uhr früh in der Wurstküche. In seiner eigenen. Mehrere Zeugen. Verdammt noch mal! Mader schließt die Augen und lässt durch die offene Balkontür die Neuperlacher Abendstimmung hinein. Hört Bajazzos ruhigen Atem. Der schläft schon.

Jasmin hat ein leichtes Linsen-Daal gekocht – wertvolle Proteine – und die Wohnung mit Teelichtern dekoriert. Sanfte Flammen flackern, und glimmende Stäbchen räuchern vor sich hin. Jasmin trägt einen sehr nachlässig geschnürten Sari mit nichts drunter. Sie sieht fantastisch aus, denkt Zankl, und trotzdem ploppen ihm Schweißperlen auf die Stirn. Ihm ist ganz schwummerig. Auch als er die Pillendose neben seinem Teller auf dem liebevoll gedeckten Tisch sieht.

Dosi sitzt mit Fränki im Kino. Sie sehen sich ein Triple-Feature mit den Minions an. Zwischen ihnen ein riesiger Eimer Popcorn und jeweils ein Monsterbecher mit einem Liter Coca-Cola. Also geschmacklich hat Dosi nichts auszusetzen an Fränki. Wenn er nur nicht so anhänglich wäre. Schon wieder spürt sie seine Hand an ihrer nackten Wade. Was macht er da unten? Sie denkt an das Wadentattoo von dem Fleischwolftypen. Fränki ist auch tätowiert. An ungewöhnlichen Stellen. Elvis' Konterfei befindet sich auf der linken Pobacke. Sie muss grinsen. »Iswasdosimausi?«, haucht Fränki. Sie schüttelt den Kopf. Nein, sie würde sich nicht tätowieren lassen. Am Po schon gar nicht. Sie nimmt sich eine Handvoll Popcorn.

Hummel schreibt auch heute nicht an seinem Roman, obwohl er wieder eine Mail von der Verlegerin bekommen hat, wann er denn endlich mal was zu schicken gedenke. Sie würde sich sehr freuen. Ja, ich mich auch, denkt Hummel. Ist ja langsam peinlich! Aber im Moment hat er nichts, kann eben nicht. Der neue Fall nimmt ihn komplett gefangen. Der Fleischwolf kann kein Zufall sein!, denkt er. Mein erster Verdacht war richtig. Da draußen ist jemand unterwegs, der Leute nach einer literarischen Vorlage umbringt.

Liebes Tagebuch,
ich schreibe dir in einem Zustand großer Erregung. Wir
haben einen neuen Mordfall. Sehr grausam! Da wurde
jemand durch einen Fleischwolf gedreht. Uh! In der Wurst-
manufaktur Gruber. Und stell dir vor, ich hatte genau so
etwas vorher in dem Buch mit dem Sägenmann gelesen!
Der Killer hat jemanden im Schlachthof zerlegt und dann
in den Fleischwolf gesteckt. Und davon Fotos gemacht.
Genauso wie in unserem Fall. Ich weiß nicht, was ich
machen soll. Zankl hat meinen Hinweis an seinen maroden
Hirnwindungen abperlen lassen, Mader sowieso. Vielleicht
sollte ich es mal mit Dosi besprechen?
Leider hat der Metzger, den wir im Visier haben, für die
Tatzeit ein wasserdichtes Alibi. Wäre auch zu schön
gewesen. Aber es könnte doch sein, dass Freddi Meiler einen
seiner Leute mit so was beauftragt. Nein, das geht ja gar
nicht, das sind keine Auftragsmorde! Da ist der Künstler
selbst am Werk. Und ich weiß auch schon, wie es weitergeht.
Vorhin habe ich die Todesopfer in Der Mann mit der Säge
durchgezählt. Der Killer erledigt acht Menschen. Und wir
sind erst bei Nummer zwei. Verdammt noch mal! Man
kann es natürlich auch positiv sehen. Dass ich einen
krisensicheren Job habe. Es würde mich nicht wundern,
wenn bei unserem nächsten Fall eine Schinkenpresse zum
Einsatz kommt. In dem Buch ist das jedenfalls so. Ich habe
mir vorhin im Internet erst mal ansehen müssen, was das
überhaupt ist, eine Schinkenpresse. Interessant, was der

Fleischereibedarf so alles bietet. Das ist eine ganz eigene
Welt aus Edelstahl. Es ist auch kein Trost, dass das nächste
Opfer vermutlich einen Hauch appetitlicher aussehen wird
als der Typ im Fleischwolf.
Was mir aber so gar nicht klar ist: Warum tut jemand so
was? So generell. Das wird auch in dem Buch nicht
deutlich. Erinnerst du dich noch, liebes Tagebuch, an
meinen Romananfang mit den bizarren Serienmorden?
Ich habe noch mal zurückgeblättert: Doch momentan ist
die Münchner Kripo mit einer Mordserie beschäftigt, die
den Rahmen des Gewöhnlichen sprengt. Bizarr verstüm-
melte Leichen. Reine Lust? Schwierig – zumindest als
Motiv. Die üblichen Verdächtigen war man durch. Die
Vorbestraften, Ex-Knackis, Psychopathen. Die Kripobeam-
ten um Hauptkommissar Karl-Maria Mader haben nicht
den geringsten Anhaltspunkt, warum ihr großer Unbe-
kannter seine Opfer mit solcher Grausamkeit zurichtet.
Anrichtet sozusagen.
Puh, das klingt doch fast wie ein Zitat aus Der Mann mit
der Säge. *Macht mir jetzt direkt Angst. Habe ich etwa*
hellseherische Kräfte? Na ja, so viel dazu. So, liebes
Tagebuch. Was mache ich denn nun mit meiner Verlegerin?
Soll ich meine Karten auf den Tisch legen und ihr einfach
sagen, dass im Moment mein Leben so viel spannender ist
als jede Fiktion? Verstehen das diese Büchermenschen? Die
leben ja in ihrer keimfreien Papierwelt. Wenn die gute Frau
wüsste, was hier los ist. Wahrscheinlich würde sie sagen:
»Und da behaupten Sie, Ihr Berufsalltag wäre nichts
Besonderes. Ein Serienmörder. Oh, faszinierend! Erzählen
Sie doch mal! Noch besser: Schreiben Sie es auf!« Ja,
wenn's so einfach wäre. Darf ich natürlich nicht, also
Details aus laufenden Ermittlungen preisgeben. Aber ich

muss ihr jetzt mal langsam Bescheid sagen. Morgen vielleicht.
Wie immer danke ich dir, liebes Tagebuch, dass du ein so geduldiger Zuhörer bist. Gute Nacht!

KONKURRENZ

Hummel zeigt Metzger Gruber im Präsidium das Foto, das jemand gestern an die Zeitung gemailt hat, das aber nicht abgedruckt wurde – noch nicht.

»Und wir haben die Leiche bei Ihnen nur deshalb vor Ihnen entdeckt, weil wir auf der Maschine Ihren Firmennamen lesen konnten«, erklärt Hummel. »Könnte auch jeder etwas schlauere Journalist draufkommen.«

Gruber ist ganz blass angesichts dieser Nachrichten.

»Aber keine Sorge. Es gibt eine Nachrichtensperre. Und die Presse hält sich so lange daran, wie sie glaubt, dass wir sie mit Informationen versorgen. Wir müssen natürlich gewisse Fortschritte vermelden. Zumindest so tun, als ob. Deshalb frage ich ein weiteres Mal: Ist Ihnen vielleicht noch was eingefallen?«

Gruber schüttelt den Kopf.

»Sie sprachen gestern von Konkurrenz. Ist die denn stark in Ihrem Geschäft?«

»Nicht schlimmer als woanders. Denk ich mal. Ein Gerangel um Supermarktlistungen, um die Plätze beim Käfer, beim Dallmayr. Und wenn Sie dann drin sind, müssen Sie schauen, dass Sie drin bleiben. Denn wenn Sie einmal rausfliegen, sind Sie draußen. In der Regel für immer.«

»Wer ist denn Ihre Konkurrenz? Hier in München?«

»Ich möchte niemanden mit so einem schrecklichen Verbrechen in Verbindung bringen.«

»Dann tu ich's. Der Meiler-Metzger in Giesing.«

»Die Meilers? Warum?«

»Zufällig. Weil ich gelegentlich da einkauf. Der Laden läuft jedenfalls super.«

»Nein, Freddi ist zwar ein knallharter Geschäftsmann, aber keine echte Konkurrenz. Wir haben ein anderes Profil. Die produzieren bodenständige Ware, ich mach vor allem Feinkost. Die Meilers …«

»Moment! Gibt's da mehrere? Hat da noch wer außer Freddi Meiler was zu sagen?«

»Nein. Nicht wirklich. Als der alte Meiler aufgehört hat, hat Freddi den Laden mit seinem Bruder übernommen. Aber Franz ist schon lang ausgestiegen. Ich glaub, der hat gesoffen.«

»Hat? Lebt er nicht mehr?«

»Das weiß ich nicht.«

»Kennen Sie ihn?«

»Flüchtig. Aber meines Wissens arbeitet er nicht mehr im Betrieb mit.«

»Sondern?«

»Das weiß ich nicht. Aufbrausender Typ.«

»Aha.« Hummel macht sich eine Notiz. Den Typen muss er sich mal angucken. »Also kein Stress mit Freddi Meiler?«

»Doch, einmal hab ich Freddi einen großen Auftrag weggeschnappt. Da gab's ein bisschen Stress. Die Rathauskantine. Wollte er ebenfalls machen. Aber er hatte kein Bio im Angebot. Jetzt mach ich das. Da war er ziemlich stinkig. Sonst nichts. Aber so ist das: Konkurrenz belebt das Geschäft.«

»Unter ›belebt‹ stell ich mir was anderes vor.«

»Weiß man denn schon, wer der Tote ist?«

»Nein. Noch mal kurz wegen der Tatzeit. Wann waren Sie außer Haus?«

»Ich bin um halb acht aus dem Haus zum Großmarkt. Als ich dann zurückkam, waren Sie schon da.«

Hummel überlegt. Das Bild wurde um acht Uhr dreiunddreißig aufgenommen. Also die ungefähre Tatzeit. Er nickt. »Gut. Vielen Dank. Das war's dann schon, Herr Gruber.«

LA MAMMA

Zankl sitzt an seinem Büroschreibtisch und reibt sich die Augen. Mader hat ihn gerade kaltgestellt. Mader hat ihn nicht zur Lagebesprechung bei Günther mitgenommen. Hummel und Dosi schon. Kann er sogar verstehen. Die Bemerkung gestern über Fränki als armes Würstchen war nicht okay. Nicht die feine Art. Aber so schlimm doch auch wieder nicht. Oder? Hummel hat ihn ebenfalls zusammengestaucht: Wie er jetzt vor Dosi dasteht, als ob er kein Geheimnis für sich behalten kann. Ja, tut ihm leid. Ach, egal – was sich liebt, das neckt sich. Also Hummel und Dosi. Dass er Dosi nicht mag, hat ja einen Grund. Menschenkenntnis. Denn Dosi dreht ihre ganz eigenen Sachen. Da ist er sich nach wie vor sicher. Dass er deswegen hier das Betriebsklima vergiftet, ist allerdings nicht in Ordnung. Er muss mit ihr klarkommen. Irgendwie. Er sollte sich tatsächlich ein bisschen Mühe geben. Wird er. Bestimmt. Ach, momentan ist alles etwas schwierig. Privat. Der ganze Kinderkriegenstress, das ist einfach nicht seins. Muss man denn alles haben? Vielleicht ist ja die blöde Hormontherapie für seine Stimmungsschwankungen verantwortlich? Bestimmt sogar. Das Zeug macht ihn ganz wuschig.

Er sieht aus dem Fenster. Eigentlich ein schöner Sommertag. Sollen sich doch die anderen mit Günther amüsieren. Er muss ja nicht alles wissen. Wird er halt in den Dienst-nach-Vorschrift-Modus schalten.

Zankls Telefon klingelt. Er hebt ab. »Sekretariat Mader?«

»Hey, Zankl, hier ist Wallicek. Deine Frau Mama ist am Empfang.«

»Äh, was will sie?«

»Dich sehen, schätze ich mal.«

»Äh, schick sie hoch.« Zankl legt auf und kratzt sich am Kopf. Was will seine Mutter hier? Jetzt!? Aber klar: Mütter spüren es, wenn es den Kindern nicht gut geht. Früher war sie ab und zu – *huhu!* – ganz spontan vorbeigekommen, wenn sie beim Shopping in der City war. War ihm immer höllisch peinlich vor Mader und Hummel. Obwohl die sehr nett zu ihr waren. Kein Wunder, sie hatte immer Kuchen dabei. Vielleicht hat sie das auch heute. »Na denn«, seufzt er und geht zum Lift, um sie in Empfang zu nehmen.

Die Lifttür öffnet sich. Die Inkarnation von »gutbürgerlich« steht vor ihm. Frau Zankl trägt ein Leinenkostüm in hellem Beige, konservativ mit einem Hauch von Trachtenapplikationen, aber dennoch schick und vor allem offensichtlich teuer. Gehobener Dienst – wenn es diese Bezeichnung für Kleidung gäbe. Zankl nimmt ihr die beiden großen Shoppingtaschen mit den Aufschriften Ludwig Beck und Moschino ab und küsst sie auf die Wange. Vorsichtig, um das perfekte Make-up nicht zu zerstören. »Hallo, Mama, das ist aber eine Überraschung!«

»Hallo, mein Schatz. Ich dachte, ich schau mal vorbei. Du, ich hab Krapfen dabei. Ganz tolle Füllung. Crème de Champagne.« Sie intoniert den Marmeladenersatz wie etwas Verbotenes, Sündiges. Ab achtzehn.

»Komm, wir gehen in mein Büro.«

Etwas enttäuscht bemerkt Frau Zankl, dass die Kollegen ausgeflogen sind. »Dein netter Chef ist gar nicht da?«

»Leider nein.«

»Wer isst dann die ganzen Krapfen?«

»Ich bin mir sicher, dass die drei sich riesig freuen, wenn sie zurück sind.«

»Stimmt, ihr seid ja jetzt zu viert. Und, wie ist sie, die neue Kollegin?«

»Wie die Niederbayern so sind – verschlagen.«

Frau Zankl lacht herzhaft. »Bub, hast du einen Kaffee für mich? Aber bitte nicht so stark wie letztes Mal, ich will noch länger leben.«

Zankl holt Teller und Kaffee. Seine Mutter schaut sich inzwischen um. Sie sieht die Bilder an der Pinnwand und betrachtet sie eingehend.

»Mama, schau da nicht hin, das ist ziemlich grob.«

Seine Mutter reagiert nicht.

»Mama, ist was?«

»Was sind das für Bilder?«, fragt sie. »Die kenn ich.«

»Die waren in der Zeitung. In der *AZ*. Und der *TZ*.«

»Die lese ich nicht.«

Na klar, Mama, denkt Zankl.

»Ich war gestern auf einer Vernissage in der Galerie Zeitgeist. Da hängen solche Bilder. Die Frau sieht anders aus. Nicht so kaputt. Eher Elfe an Flusskies.« Sie trinkt einen Schluck Kaffee und verzieht das Gesicht. »Bub, dein Kaffee ist wirklich scheußlich. Du musst mehr auf dich achten. Zu

298

deinem Geburtstag werde ich dir eine ordentliche Espresso-maschine schenken. Fürs Büro …«

»Mama, stopp! Du hast diese Bilder in einer Galerie gesehen?!«

»Ja, wenn ich es dir sage. Also die Frau und diesen Fleischberg, wo der Arm so komisch rausragt.«

»Wo?!«

»Auf einer Ausstellung. Gestern war Vernissage. Die Galerie Zeitgeist stellt einmal im Jahr neue Künstler aus. Die Bilder hatten schon was Garstiges. Verglichen mit deinen aber ganz hübsch.«

»Mama, das sind Tatortfotos!«

»Ja, und? Hat Warhol schon gemacht. Autounfälle. Elektrischer Stuhl und so. Pop-Art.«

»Mama, wir sprechen nicht von Pop-Art in Amerika, sondern von einem unglaublich brutalen Killer hier in München. Wo kommen die Bilder her?!«

»Woher soll ich das wissen? Da musst du Jean-Pierre fragen, den Galeristen.«

Zankl nimmt seine Jacke. »Mama, jetzt darfst du mal mit mir ermitteln. Wie klingt das?«

»Fantastisch!«

»Aber du hältst dich im Hintergrund!«

»Ja, natürlich, mein Schatz.«

Wäre ja mal ganz was Neues, denkt sich Zankl. Er schreibt den Kollegen eine Notiz und stellt ihnen die Krapfen hin.

FANTASTIQUE!

In Mamas silbernem Mercedes SLK fahren sie nach Schwabing. Zankl beschwert sich nicht einmal, dass er im dichten Straßenverkehr Opernarien aus der eindrucksvollen Stereoanlage des Cabrios erdulden muss. Als wäre es das Normalste der Welt, parkt Mama Zankl den Wagen auf dem breiten Bürgersteig vor den großen Galeriefenstern in der Herzogstraße.

»Also, Sie können doch nicht einfach …«, begrüßt sie ein pomadisierter Rolli-Jüngling.

»Sag Jean-Pierre, dass Luise da ist«, weist ihn Frau Zankl knapp an. »Komm, Frank, ich zeig dir die Bilder.« Zankl folgt seiner Mutter, die zielstrebig durch die großen Galerieräume sticht.

Zwei Bilder. Groß. Zwei mal zwei Meter. Riesig aufgeblasen, gespenstisch, verfremdet. Nicht ohne Reiz. Besonders die Wasserleiche. Noch nicht aufgedunsen oder von Gitter und Geäst verunziert. Der bleiche Frauenkörper auf glatten runden Steinen im flachen Wasser. Die Lichtreflexe, die schwarzen Linien an den Gelenken. Alles überzogen mit einem feinen Grauschleier. Wie ein Vorhang. Gaze. Macht die Konturen nicht weicher. Eher plastischer.

»Nicht schlecht«, murmelt Zankl. Und ist sich sicher: Das ist ihre Wasserleiche. Aber in bedeutend besserem Zustand. Luigi hingegen sieht aus wie Luigi. En détail. In harten Neonfarben. Zankl macht mit dem Handy Fotos von den Bildern.

Ein Glatzenmännchen im gestreiften Polo mit hochgestelltem Kragen schießt über den glatten Estrich. »Luise, oh, was für eine Surprise. Müsst du nicht arbeiten? So eine Freude, dich zu haben hier.« Der Galerist gibt Mama Zankl ein spitzes Küsschen auf die Wange.

»Jean-Pierre, darf ich vorstellen, mein Sohn Frank.«

Jean-Pierre mustert Zankl von oben bis unten und streckt ihm seine Hand entgegen. Zankl erschaudert ob der weichen Hand. »Ganz die Frau Mama«, gluckst Jean-Pierre. »Hallo, Frank, ich bin Jean-Pierre. Willkommen in meine Galerie.«

»Hallo«, sagt Zankl trocken. »Wir sind hier, weil …«

»… ihr Kunst kaufen wollt. Fantastique! Diese Künstler haben noch sehr kleine Preise. Schnäppschen.«

»Woher kommen diese beiden Bilder?«

»Oh, ihr habt Augen für das Besondere. Diese Bilder, sie zeigen Gewalt der kaputten Gesellschaft in eine Kontext der esthétique grotesque. Ein Blick noire auf die Gegenwart. Comme une Polizeifoto. La reportage. L'artist verschwindet hinter der, wie sagt man? Message? Une œuvre de beauté brutale.«

Zankl atmet tief durch.

»Jean-Pierre, besser hätte ich es auch nicht sagen können«, sagt Zankls Mama.

Jean-Pierre überlegt kurz, dann sagt er: »Luise, viertausendfünfhundert Euro, achttausend à deux. Ein Schnäppschen!«

Zankl sieht seiner Mutter an, dass sie schon im Kopf den Wert der Bilder abwägt, und geht dazwischen: »Jean-Pierre. Ich kauf keine Kunst, ich bin Kriminalbeamter. Die Motive sind aus einer aktuellen Mordermittlung. Das sind Tatortfotos. Also, die Bilder basieren auf Tatortfotos. Beziehungsweise auf echten Tatorten.«

»Mais, non!? Das ist très … intéressant.«

»Die Bilder können nur vom Täter sein«, erklärt Zankl.

Jean-Pierre strahlt ihn an. »Fantastique! – Äh … Mon dieu!«

»Wo haben Sie die Bilder her?«

»Von Monsieur Django. Ein Agent d'Art. Er hat immer neue Talente.«

»Bürgerlicher Name, Telefon, Adresse?«

»Ich habe nur Handynummer von Monsieur Django.«

»Aber Sie kennen ihn?«

»Nicht wirklich. Er ist très, wie sagt man? Underground. Er schickt eine Kurier. Und wenn ich verkauft habe, überweise ich Geld auf sein Konto.«

Zankl seufzt. »Geben Sie mir Handy- und Kontonummer. Und die Bilder sind beschlagnahmt.«

»Mais non! Das können Sie nicht tun!«

»Das kann ich sehr wohl.«

Jean-Pierre dampft ab in sein Büro.

»Frank!?«, sagt Mama Zankl spitz. »Du hast einfach kein Feingefühl. Keine Ader für die Kunst.«

»Nein, hab ich nicht. Mein Job umfasst so profane Dinge wie Mord und Totschlag.«

Jean-Pierre ist zurück und reicht Zankl einen Zettel.

»Vielen Dank«, sagt Zankl jetzt versöhnlich. »Ich will hier keinen Ärger machen. Sie können ja nichts dafür, aber die Bilder sind möglicherweise Beweismittel in einem wirklich schwierigen Fall. Wir müssen den Mann stoppen, bevor es noch mehr Motive für solche Bilder gibt. Passen Sie bitte gut auf die Bilder auf, bis meine Kollegen sie abholen. Nichts anfassen. Die Spurensicherung muss die Bilder untersuchen.«

»Sagen Sie, Frank, wenn Sie die Bilder überprüft haben, kommen sie zurück?«

»Ich?«

»Nein, die Bilder.«

»Das kann ich nicht versprechen.«

»Die Bilder können doch nichts dafür«, sagt Frau Zankl.

»Isch bekomme Bilder retour?«

»Ja, wenn der Fall geklärt ist.«

»Jean-Pierre, ich möchte eine Option auf die Bilder!«

»Oh, Mama!«, sagt Zankl.

»Zwölftausend«, sagt Jean-Pierre.

ABFLUG

Als das Flugzeug durch die Wolkendecke stößt und alles stahlblau leuchtet, entspannt sich Franz langsam. Gut, dass er endlich raus ist. Er hat schon verstanden, warum Freddi ihn aus München wegschickt. Letzte Zeit war alles ein bisschen viel. Die Scheißdrogen und die Sauferei. Auch das Kreative hat ihn gestresst. Hoffentlich lohnt es sich. Ob dieser Jean-Pierre seine Bilder verkauft? Endlich hängt er in einer richtig guten Galerie. Diese Bilder sind die besten, die er je gemacht hat. Gleichzeitig belasten sie ihn. Das kommt heraus, wenn man das Nützliche mit dem Angenehmen verbindet. Tja. Wie sein Cousin Vitus vor vielen Jahren gesagt hat. Jetzt freut er sich auf Marokko. Marrakesch. Der Marktplatz mit den Märchenerzählern, den Tonnen mit gegarten Schafsköpfen, den Bergen von Orangen, dazu der intensive Geruch von Pfefferminz und die Palmen vor der Kulisse des Atlasgebirges. Und er wird einen Ausflug machen nach Tafraoute, um die blauen Felsen von Vérame zu sehen. Drogenrausch ohne Drogen.

GOLDRICHTIG

Als Zankl wieder im Büro ist, haben seine drei Kollegen die Krapfen vernichtet, *Mission accomplished*. Mader hat noch den Puderzucker um die Lippen. »Hallo, Zankl. Köstlich. Interessante Füllung. Gibt es einen besonderen Anlass?«

»Ja, meine Frau Mama war hier. Und sie hatte auch noch eine andere Überraschung im Gepäck.« Im Schnelldurchlauf erzählt er den Kollegen, was passiert ist, und zeigt ihnen die Handyfotos, die er in der Galerie gemacht hat. »Das bedeutet: Die Isarlady geht ebenfalls auf sein Konto. Die Fälle hängen zusammen. Die Spusi sichert die Bilder gerade. Diesen Monsieur Django habe ich leider telefonisch noch nicht erreicht«, schließt Zankl seinen Bericht. »Wir haben aber auch eine Kontonummer. Die Anfrage läuft.«

Zankls Telefon klingelt. Er hört zu, und seine Miene wird immer düsterer. »Scheiße! Was für ein Drecksbankgeheimnis?!«, murrt er, als er aufgelegt hat. »Die Staatsanwaltschaft gibt kein grünes Licht. Noch nicht. Bürokratenscheiß. Na ja. Vielleicht haben wir mehr Glück mit Jean-Pierre. Er versucht den Kurier zu erreichen, der für den Transport der Bilder vom Künstler zur Galerie zuständig ist. Der sagt uns hoffentlich, wo er die Ware abholt.«

Mader nickt zufrieden. »Sehr gut, Leute! Langsam kommen wir auf die Zielgerade. Jungs, ihr wartet, was bei dem Kurier rauskommt. Ich bin mit Doris unterwegs.«

BMS

Ein kleiner Laden an einer verkehrsumtosten Kreuzung in Fröttmaning. War Dosis Idee. Der einzige Tattooladen da draußen. In Fraktur kleben drei große Buchstaben auf dem Schaufenster, dessen schwarze Folie den Blick auf das Innenleben verwehrt.

»Wofür steht BMS?«, fragt Mader den tätowierten Glatzkopf mit den drei Hörnchen auf der Stirn.

»Body Modification Shop: Tattoos, Piercing, Branding, Implantate.« Er tippt sich an die Stirn. »Individualität hat immer Saison.«

»Wohl gesprochen«, sagt Mader. »Sagen Sie, wenn Sie so eine Modifikation gemacht haben, erkennen Sie die auch wieder, oder?«

»Natürlich. Ich habe meine Handschrift. Andere auch.«

»Und Sie machen auch ganz normale Tätowierungen?«

»Tätowierungen – ja. Ganz normale – nein.«

»Ist die hier von Ihnen?«, fragt Dosi und hält ihm ein Closeup von der Fleischwolfwade hin. *Dead will dear us apard.*

Mr. Dreihorn sieht sich das Tattoo an. Und lacht. »Das ist gar nicht übel. Aber mein Englisch ist besser.«

»Sie wissen nicht, wer das gemacht hat?«

»Nein.« Er lächelt. »Aber ich kenn den Besitzer des Tattoos.«

»Ach?!«

»Lasso. Ich hab ihn öfters im *Paradise Lost* gesehen. Hat mir seine Tattoos gezeigt. Was ich davon halte. Hatte 'ne ganze Menge. Auf dem Schulterblatt eine Ratte auf 'nem Rennrad. Die war nicht schlecht. Mal was anderes.«

»Adresse?«, fragt Mader.

»Keine Ahnung.«

»Was war er für ein Typ?«, fragt Dosi.

Mr. Dreihorn hat es natürlich richtig verstanden. »Wieso war? Lebt er nicht mehr?«

»Nein«, sagt Mader. »Ist auf tragische Weise verschieden. Kennen Sie jemanden, der uns weiterhilft? Hatte er Freunde?«

»Da gibt's diesen Fetten. Jakko. Tonne von Mann und lispelt wie Sau. So ein fieses Riesenbaby.«

»Er lispelt?«, fragt Mader.

»Aber wie.«

»Dieser Jakko. Auch keine Adresse?«

»Nee. Ist der auch tot?«

»Noch nicht.« Mader lächelt. »Hoffen wir zumindest. Vielen Dank, Sie haben uns sehr geholfen. Wenn Ihnen noch was einfällt, rufen Sie uns bitte an.« Er gibt dem Tätowierer seine Karte und lotst Dosi nach draußen.

»Sorry, Chef, das mit Lassos Tod ist mir so rausgerutscht.«

»Passt schon. Jetzt fahren wir zum Paradise.«

»Warum?«

»Sagt mein Bauch.«

VOLLGAS

Jean-Pierres Kurier sitzt bei Hummel und Zankl im Büro. Beide haben denselben Gedanken: Gut, dass sie hier nicht im Rauschgiftdezernat sind. Denn den Bierthaler Josef umwabert eine Wolke Gras. Trotz seines rustikalen Namens ist Bierthaler kein Trachtensepp, sondern ein Rastafari mit langen Dreadlocks. Ein Biotop für Kleinsttiere, vermutet Zankl.

Eine Selbstgedrehte klemmt hinter Bierthalers rechtem Ohr. Er ist recht wortkarg, zeigt ihnen aber bereitwillig auf dem Stadtplan, wo er die Ware immer abholt.

»Hey, das ist direkt beim Paradise«, sagt Zankl. »Vielen Dank, Herr Bierthaler. Das war's auch schon. Wenn ich Ihnen noch einen Tipp geben darf …«

Bierthaler sieht ihn mit wässrigen Augen an.

»Rauchen Sie das Zeug nicht so öffentlich.« Er tippt sich ans Ohr. »Gibt Leute, die mögen das nicht.«

Bierthaler grinst. »Das ist nur Tabak. Miami. Vom Penny.«

»Dann ist ja alles gut.«

Sie gehen gemeinsam in den Hof runter.

»Scheiße«, sagt Hummel, als sie auf dem Parkplatz stehen. »Der Wagen ist heute in der Werkstatt. Neue Bremsbeläge.«

»Super, dass dir das jetzt einfällt.« Mader dreht sich zu Bierthaler, der gerade in seinen Vito steigt. »Herr Bierthaler …«

Kurz darauf sind sie in dem zugemüllten Transporter unterwegs. Der Rastafari am Steuer, in der Mitte ein Sack mit alten Kleidern, rechts Zankl. Hummel ist hinten im Laderaum. Nicht vorschriftsmäßig. Aber wenigstens riecht es dort nicht so streng und ist nicht so laut wie vorne in der Fahrerkabine, wo aus der Stereoanlage ohrenbetäubender Dancehall scheppert. Die Türverkleidungen vibrieren. Ja, samma denn in Jamaika?, denkt sich Zankl. Bierthalers Fahrstil ist rasant und eckig. Zankl kämpft vorne damit, dass sein Mageninhalt dort bleibt, wo er hingehört. Aber er will den Chauffeur nicht maßregeln. Käme ihm spießig vor. Wenn er sie schon mitnimmt. Hummel versucht im Laderaum irgendwo Halt zu finden und presst sich sitzend in eine Ecke, in der Hoffnung, auch in der nächsten scharfen Kurve dort zu bleiben.

Oskar-von-Miller-Ring, Vollgas nach der Ampel, abtauchen in den Tunnel, wummernde Boxen. Ins Licht. Von-der-Tann, Prinzregenten, rund um den Friedensengel, grüne Phase bei 70 km/h. Scharf runterbremsen am Prinzregententheater. Linksabbieger. Vor dem Gegenverkehr rüber. Hellrot. Mühlbaurstraße, Richard-Strauß-Straße, in den Tunnel, Ring bis Nürnberger Autobahn. Jetzt richtig Vollgas. Erste Abfahrt wieder runter. Gerade so, dass der Wagen in der Schleife nicht umkippt. Schließlich ein Gewirr von Fabrik- und Lagerhallen.

»Da samma«, sagt Bierthaler plötzlich und bremst scharf. Er fährt in den Hinterhof eines aufgelassenen Fabrikgebäudes und hält an.

»Wo isses?«, fragt Zankl leicht benommen.

Bierthaler deutet auf eine Lagerhalle.

»Okay, danke, Herr Bierthaler, das war sehr nett.« Zankl drückt ihm einen Zwanziger in die Hand und steigt aus. Er öffnet die Laderaumtür. Hummel wankt heraus. Kreidebleich. Bierthaler lässt sie in einer Dieselwolke stehen.

»Zurück nehmen wir die U-Bahn«, sagt Hummel.

»Aber ganz sicher.«

Jetzt erkennt Zankl, wo sie gelandet sind. »Hey, Hummel, das ist die Rückseite vom *Paradise Lost*.« Er deutet zu dem Gebäude nebenan.

»Na, das passt doch«, sagt Hummel. »Da schauen wir nachher gleich mal vorbei.«

Zankl probiert die Klinke der Stahltür zur Lagerhalle. Abgeschlossen. »Ich mach's auf deine Art«, sagt er zu Hummel, hebt einen Ziegelstein auf und schlägt eins der Fenster ein. Kurz darauf stehen sie in der Lagerhalle. Alles voller Kunstwerke. Geschweißte Schrottobjekte, Installationen und Bilder. In allen Größen.

»Abgefahrenes Zeug«, sagt Zankl und setzt sich auf einen leeren Bierkasten. »Meine Ma wäre ganz aus dem Häuschen. Sie steht auf diese jungen Wilden.«

»Ob er oder sie jung ist, wissen wir nicht. Das sind jedenfalls unsere Bilder«, sagt Hummel und deutet auf eine Reihe großformatiger Bilder.

»Schon der Hammer«, sagt Zankl. »Die Wasserlady. Die hier ist noch besser als die in der Galerie. Und Luigi haben wir gleich zweimal. Einmal in Schwarz-Weiß und einmal in Farbe. Der Fleischwolf fehlt noch. Na ja, ist vielleicht noch zu frisch.«

Sie betrachten still die Bilder.

»Jetzt brauchen wir noch den Künstler dazu«, meint Hummel. »Oder zumindest die Person, die die Bilder hier deponiert hat.«

»Wir müssen rauskriegen, wem die Halle hier gehört und an wen sie vermietet ist.«

Sie klettern wieder aus dem Fenster nach draußen. Zankl greift zum Handy und ruft Mader an. »Hallo, Chef, hier ist Zankl. Wir sind in Fröttmaning. Eine Lagerhalle direkt hinterm *Paradise Lost*.«

»Warten Sie einen Moment.«

»Mader?«

»Hallo, die Herren, heute kein Straßenverkauf«, begrüßt Dosi sie aus dem Hoffenster des Paradise. Keine zwanzig Meter vom Atelier entfernt.

»Was macht ihr denn hier?«, fragt Hummel.

»Heißer Tipp aus 'nem Tattooladen ums Eck. Kommt rein.«

Kurz darauf stehen sie alle in der Gaststube. Alle Stühle auf den Tischen. »Vögelchen ausgeflogen«, bemerkt Zankl.

»Betriebsferien«, erklärt Dosi.

»Seid ihr eingebrochen?«

»Nein. Die haben nicht richtig abgesperrt.«

Hummel grinst. »Wie in dem Atelier. Und was hat euer Besuch im Tattooladen sonst noch gebracht?«

»Unser Fleischwolftyp heißt tatsächlich Lasso und war Stammgast hier. Jetzt müssen wir nur noch Jakko finden. Der führt uns zu dem Killer.«

»Wenn der Killer Jakko nicht schneller findet«, meint Hummel.

»Oder die Killerin«, sagt Zankl.

Dosi schüttelt den Kopf. »Frauen tun so was nicht.«

Zankl grinst. »Ach …«

»Und was ist mit den Bildern?«, fragt Mader.

»Da drüben ist ein Atelier oder zumindest ein Lager in einer Fabrikhalle«, erzählt Zankl. »Da stehen eine Menge Bilder, die auch unsere ersten beiden Mordopfer zeigen.«

Mader nickt. »Hier läuft alles zusammen. Alles in der Kneipe und in der Halle sicherstellen«, sagt Mader. »Das große Besteck. Jeden Gegenstand auf Fingerabdrücke und DNA untersuchen.«

»Na ja, in der Kneipe wird das ein bisschen unübersichtlich«, sagt Hummel.

»Ist mir egal.«

»Und sonst?«, fragt Zankl.

»Hab ich Durst«, sagt Mader und holt sich eine Flasche Spezi aus der Kühlung.

Hummel hätte gerne ein Bier, entscheidet sich aber für eine Limo, Dosi nimmt eine Cola und Zankl ein stilles Mineralwasser. Das belastet seine von den Hormonen angegriffenen Verdauungsorgane am wenigsten.

GROSS UND KLEIN

Die Spurensicherung untersucht die Lagerhalle und die Kneipe. Ansonsten bleibt es schwierig: von Jakko keine Spur, vom Kneipenwirt auch nicht und von dem potenziellen Täter ebenfalls nicht. So viele neue Erkenntnisse, aber irgendwie keine Ergebnisse. Als würde das alles jetzt irgendwie versanden. Nein, wird es natürlich nicht. Aber nach großen Schritten kommen eben manchmal kleine. So ist der Alltag. Nicht einmal den Kneipenwirt machen sie ausfindig. Wahrscheinlich auf Mallorca oder Ibiza. Aber es besteht auch kein plausibler Grund, ihn international suchen zu lassen. Dass sie Jakko nicht aufspüren, ist allerdings schon beunruhigend, nachdem sein Spezl Lasso so unschön die Erde verlassen hat. Sie finden tatsächlich keine einzige Person außer den Wurstbudenbesitzer, der Jakko in letzter Zeit gesehen hat. Wenn sie Jakkos bürgerlichen Namen hätten, wäre es sicher um einiges leichter. Aber den haben sie nicht. Und vom Täter beziehungsweise Künstler gibt es gar keine Spur. Im Atelier sind keine persönlichen Gegenstände, zumindest keine, anhand derer sich die Identität des Bewohners ableiten ließe. Die Wohnung des Künstlers finden sie nicht. Trotzdem: insgesamt definitiv ein Fortschritt.

Aber Arbeit ist nicht alles. Der Sommer ist in der Stadt. So hat es Mader heute Abend an den Chinesischen Turm verschlagen. Er hatte im Präsidium noch ein merkwürdiges Gespräch mit Dr. Günther und hinterher das dringende Bedürfnis, eine Maß Bier zu trinken. Oder zwei. Jetzt sitzt er im Schatten des mächtigen Chinaturmes und ist froh, dass es heute keine Blasmusik gibt. Etwas verwundert sieht er zu dem Stand mit gebrannten Mandeln hinüber. Passt so gar nicht in die Jahreszeit. Aber riecht gut. Schon eine leise Vorahnung aufs Oktoberfest in ein paar Monaten. Bajazzo liegt zufrieden auf dem warmen Teer. Mader trinkt einen großen Schluck Bier und denkt nach. Was war das jetzt mit Günther? Der bestellt ihn zu sich und fragt, ob es noch irgendwelche Ermittlungen wegen Haslbeck gibt. Und ob sie Patzer noch im Visier haben. Nein, wegen Haslbeck wird nicht ermittelt, aber Patzer haben sie natürlich im Blick. Ganz subtil. Hat er exakt so gesagt. Und dann kam eine glasklare Ansage von Günther: »Bitte halten Sie sich am kommenden Samstag von Burg Waldeck fern. Auf dem Burgfest werden ausgesprochen wichtige Geschäfte verhandelt. Höchste Prominenz aus Politik und Wirtschaft. Zukunftsweisende Entscheidungen für die Stadt München. Ein riesiges Hotelprojekt. Ein Turbo für die heimische Wirtschaft. Eine hochrangige Delegation aus Saudi-Arabien wird auch dort zugegen sein. Höchste Sicherheitsstufe. Nicht dass es zu irgendwelchen Irritationen kommt.«

Irritationen! Wahnsinn!, denkt Mader. Allein die Wortwahl. Als ginge es um einen Hautausschlag. Das Burgfest findet also statt. Ja, Hummel hat es auch schon mal erwähnt. Geht sie das was an, interessiert sie das? Zur Hölle, ja! Und natürlich kann dieses Millionenprojekt ISARIA das Motiv für alles Mögliche sein. Mader denkt an den unverschämten Rat Günthers, einfach mal das Wochenende zu genießen. »Fahren Sie doch mal raus!«, hat er gesagt.

»Das entscheide ich immer noch selbst«, sagt Mader jetzt grimmig zu sich selbst und ist sich bereits sicher, dass er sich irgendwie Zugang zu dem Burgfest verschaffen wird. Er wird die Hallmeier anrufen. Die hilft ihm bestimmt. Die freut sich doch, wenn noch einer ermittelt zum Hinscheiden ihres angebeteten Chefs. Natürlich begibt er sich damit aufs Glatteis und handelt gegen den ausdrücklichen Wunsch seines Vorgesetzten. Wenn der wüsste! Er hat Dr. Günther natürlich nicht im Detail davon unterrichtet, dass sie ISARIA als denkbares Motiv für zwei ihrer Fälle sehen: die Isartote und der Graf. Diese Theorie stammt ja ursprünglich von Doris. Und die Theorie hat einiges für sich. Schlaue Mitarbeiterin. Bisschen überengagiert, aber seit sie da ist, weht tatsächlich ein anderer Wind bei ihnen. Wenn Zankl das jetzt noch auf die Kette kriegt, dass es bei der Polizei auch Frauen gibt, dann sind sie als Team richtig gut aufgestellt.

Auf welcher Seite steht Dr. Günther eigentlich?, überlegt Mader jetzt und denkt an den Rüffel für Doris wegen ihres Besuchs der Trauerfeier des Grafen von Haslbeck. Egal – jetzt ist Feierabend. Mader beißt von seiner Breze ab. Der blaue Himmel mit den roten Wolkenschlieren, das dichte grüne Blätterdach der Kastanien, die glänzenden Glocken am Chinaturm, das sanfte Brummen der Stimmen und der Sound der Glaskrüge. Wunderbar!

Zankl hatte wieder einen Termin im Westend in der Wunschkindklinik. Wegen der Nebenwirkungen der Medikamente. Die sind schon stark. Aber auch dafür hat ihm Frau Röhrl ein geeignetes Rezept aufgeschrieben. Als Zankl der Apothekerin das Rezept vorlegt, hat sie gleich ein paar fürsorgliche Worte für ihn parat: »Oh, das hilft prima bei flüssigem Stuhl.« Er nickt und lächelt grimmig. Echt super. Das ist alles so erniedrigend.

Jasmin bemüht sich redlich, seine Laune aufzuhellen. »Schatz, du musst noch ein bisschen durchhalten. Das klappt bestimmt bald. Dr. Röhrl hat gemeint …«

Zankl hört gar nicht zu. Er ist mit den Nerven völlig runter und marschiert im Stechschritt zur U-Bahn. Seine Frau eilt ihm hinterher, seine Tabletten in einer Plastiktüte. »Schatz, wir könnten noch zum Italiener. Was Schönes essen. Nur du und ich. Ein Glas Wein trinken.«

Er bleibt stehen und sieht seine Frau an. Sie ist wirklich schön. Hat er eigentlich gar nicht verdient. Er lächelt. »Ja, nur du und ich.«

»Bestimmt haben die auch Fisch. Das wäre gut. Du weißt doch – deine Diät: Eiweiß!«

Der letzte Glanz entweicht seinen Augen.

Dosi hat sich einen Stuhl vor das Gitter ihres zwanzig Zentimeter tiefen französischen Balkons gestellt und ihre nackten Beine auf dem Geländer geparkt. Sie trägt nur T-Shirt und Unterhose. Das ist das Gute am fünften Stock, denkt sie. Keiner schaut dir rein, und die Sonne scheint, bis sie untergeht. Neben ihr auf dem Boden steht ein eiskaltes Weißbier. So lässt sich der Sommer aushalten. Sie blättert in einem alten Merian-Heft. *USA – Der Süden*. Bei der Doppelseite über Graceland bleibt sie hängen. Da will sie hin. Der Beat aus dem Ghettoblaster mischt sich mit dem Straßenverkehr. *The Train Kept A-Rollin'* von Johnny Burnette, einem Zeitgenossen von Elvis.

Hummel ist mit seinen Musikspezln im Biergarten. Sie haben heute keine Probe, denn im Übungsraum bereiten sich Eisenterz auf den großen Gig vor. Passt ihnen, denn das Wetter ist fantastisch. Die Stimmung auch. Wenn man so lange immer mit denselben Jungs Musik macht, versteht man sich auf einem ganz eigenen Level. Humor jenseits von Inhalt. Hummel lacht an diesem Biergartenabend so viel und herzhaft wie lange nicht mehr. Seine Ambitionen als Schriftsteller sind weit weg, und die Sehnsucht nach Beate ist in der Tiefgarage seiner Seele geparkt. Letztes Parkdeck, ganz hinten.

OFFIZIELL GEHT DA NIX

Mader hat morgens seine Kollegen von Günthers mahnendem Ansinnen in Kenntnis gesetzt. Dass ihr Oberchef eine strikte Nichteinmischungspolitik verfolgt. Im Interesse der wirtschaftlichen Bedeutung für die Region. Ja, bei dem Millionenprojekt ISARIA geht es nicht nur um viel Geld, sondern auch um viele Arbeitsplätze.

Speziell Dosi ist empört: »Die Großkopferten und ihre Geschäfte! Die scheißen doch auf die Umwelt! Und wir sollen ihm bloß nicht dazwischenfunken.«

»Wenn die unsere Isar verschandeln, schmeckt mir das persönlich nicht«, sagt Hummel. »Und wenn dieses ISARIA das Motiv für Gewaltverbrechen ist, dann müssen wir da weiterermitteln. Ob Günther das will oder nicht.«

»Das sehe ich auch so«, pflichtet Zankl bei. »Erstaunlich genug, dass das Fest ohne den alten Haslbeck stattfindet. Auch dass die Tochter das zulässt.«

»Na ja, da wird ihr Mann dahinterstecken.«

»Also, was machen wir?«

»Offiziell nix«, sagt Mader.

»Und inoffiziell?«

»Ich hab die Haushälterin vom alten Haslbeck angerufen. Die Hallmeier nimmt mich auf das Fest mit, als Begleitung.«

»Hummel, was ist mit der Band?«, wirft Dosi ein. »Da spielen doch deine Freunde.«

»Ja schon. Aber die Jungs von Eisenerz dürfen sicher nicht einfach irgendwelche Leute mitnehmen.«

»Vielleicht als Roadies?«, meint Zankl.

»Ich weiß nicht.«

»Also, damit das klar ist, Leute«, sagt Mader. »Egal, wer es außer mir noch auf das Fest schafft. Absolute Zurückhaltung! Wenn Günther das spitzkriegt, reißt er mir den Kopf ab. Es gibt keinen hinreichenden Tatverdacht, der Ermittlungen vor Ort rechtfertigt.«

»Ist Dr. Günther denn selbst da?«, fragt Dosi. »Also als Gast?«

»Nein, er ist mit seiner Gattin in St. Tropez.«

»O, là, là«, schnurrt Dosi. »Aber unbemerkt werden Sie trotzdem kaum bleiben, Chef. Patzer und seine Frau kennen Sie doch?«

»Ach, das ist doch ein Kostümfest.«

Dosi nickt nachdenklich.

GANZ HARMLOS

Doris sitzt im Stadtcafé und schlürft Milchkaffee. Sie war im Stadtmuseum, weil sie im Internet keinen Grundriss der Burg Waldeck gefunden hat. Klar, die Außenanlagen sind auf Google Maps problemlos zu studieren, aber darum geht es ihr nicht. Also hat sie sich im Museum Stiche mit alten Stadtansichten und historischen Bauwerken angesehen.

Aber Fehlanzeige, einen Grundriss von Burg Waldeck gibt es dort nicht. Also kann sie sich im Vorfeld nicht mit den Örtlichkeiten vertraut machen. Interessant war es trotzdem. Die Bilder und Stiche haben sie nachdenklich gemacht. Das Verschwinden der Dörfer und der schmutzigen Vorstädte. Der Wandel der Behausungen von feuchten Herbergen zu gleichförmigen Reihenhaussärgen – familiengerecht natürlich. Familie. Kein Thema, das ihr zurzeit fernerläge. Auch wenn Fränki das Thema bereits angeschnitten hat. Wahnsinn, jetzt kennen sie sich erst ein paar Tage. Nein, momentan gar kein Thema, sie will erst mal beruflich weiterkommen. Die Ausgangsposition dafür ist nicht schlecht, wie sie findet. Sie sind an einem Riesenfall. Und wer den knackt, der kann groß rauskommen. Schon verlockend. Mit dem gutmütigen Hummel hat sie kein Problem. Aber Zankl hat etwas Verbissenes. Der wird nicht dulden, dass sich da jemand in seinem Revier breitmacht oder an ihm vorbeizieht. Aber irgendwas ist da bei Zankl, eine wunde Stelle. Das spürt sie. Und die Stelle wird sie finden. Da wird sie den Finger reinlegen und ein bisschen drin rumbohren oder rühren, wie jetzt in ihrem Milchkaffee. Sie muss grinsen. Wie blöd Hummel geschaut hat, als sie ihn vorhin gefragt hat, ob sie sich noch im Café treffen. Als hätten sie ein Date.

Hummel betritt das Lokal. Etwas orientierungslos. So ganz ist das hier nicht sein Style. Seine schwarze Phase ist schon wieder vorbei. Heute trägt er wieder wie sonst meistens ein weißes T-Shirt. Und den letzten Roman von Houellebecq hat er sich auch nicht unter den Arm geklemmt. Aber vielleicht sind das alles nur Vorurteile. Bestimmt. Hier gehen nicht nur Intellektuelle hin. Endlich entdeckt er Doris. »Hi. Da bin ich«, begrüßt er sie, als er ihren Tisch erreicht. Der Kellner folgt ihm auf dem Fuße, und Hummel bestellt ein

Bier. Dosi sieht ihn erstaunt an. Er winkt ab. »Keine Panik, ich hab schon Dienstschluss. Ein paar Überstunden abbauen.«

»Was ist jetzt mit deinen Musikspezln?«, geht Dosi gleich in die Vollen.

»So einfach ist das nicht. Das ist *der* Termin des Jahres für sie. Riesengage. Die können nicht einfach andere Leute mitbringen. Ich hab Mike gefragt. Die haben auf der Burg strenge Sicherheitskontrollen. Roadies gibt's auch nicht. Für die Technik gibt es Leute vor Ort. Gerade, dass die Jungs ihre Freundinnen mitnehmen dürfen.«

»Hmm. Kennst du diesen Mike gut?«

»Gut ist relativ. Aber schon ewig. Ganz früher sind wir gegenseitig bei Gigs eingesprungen, wenn der andere mal nicht konnte.«

»Er spielt Trompete wie du?«

»Ja, sonst geht das ja nicht.«

»Na, dann ist ja alles klar. Du sorgst dafür, dass er verhindert ist. Und ersetzt ihn.«

Er sieht sie zweifelnd an.

Dosi strahlt. »Wir schalten deinen Trompetenkumpel aus. Mit Abführmittel. Ganz harmlos. Du gehst mit Mike ein Bier trinken, und ab geht die Post.«

»Du spinnst!? Und warum sollten die automatisch an mich denken, wenn er ausfällt?«

»Vielleicht steckst du ihm das vorher noch. So von wegen: Wenn mal wieder Not am Mann ist. Na komm, ruf ihn an. Auf ein Bierchen heute Abend.«

Hummel lässt sich das durch den Kopf gehen. Ja, das könnte tatsächlich klappen. Er holt sein Handy raus. Eine Minute später hat er eine Verabredung für ein Konzert im Backstage heute.

Dosi grinst. »Und das erste Bier geht natürlich auf dich.«

Hummel sieht sie zweifelnd an. Dann grinst er. Die hat es wirklich faustdick hinter den Ohren. Dosi schreibt ihm das Abführmittel auf. »Laxopront. Gibt's in jeder Apotheke. Ohne Rezept. Ein paar Tropfen nur. Durchschlagende Wirkung. Macht das Rohr frei. Ratzfatz. Ich hatte mal eine ganz entsetzliche …«

»Verschon mich bitte!«

»Und bin dann als deine Freundin dabei.«

»Was ist mit Zankl?«

»Der muss sich selbst kümmern.«

»Hey, Dosi, das ist nicht nett.«

»Der ist auch nicht nett zu mir«, sagt Dosi. »Anders als du. Aber das ist manchmal auch dein Problem: Du bist zu nett.« Sie zwinkert und sieht auf die Uhr. »Du, ich muss los. Bis morgen.«

Hummel ist verwirrt, als er so plötzlich allein mit seinem halben Bier dasitzt. Bei Eisenerz einspringen? Nachdem er Mike ausgeschaltet hat! Mit Abführmittel! Ausgeschaltet! Wie das klingt! Wie in einem Agententhriller. Total beknackt. Aber er will auch auf Burg Waldeck dabei sein. Dosi hat recht: Er kann nicht immer nur nett sein!

Er sieht sich um. Diese Rolli-Typen hier. Dieses Jazzgedudel. Nein. Seins ist das nicht. Genervt trinkt er aus und geht an den Tresen, um zu zahlen. Sein Bier. Und: Penne arrabbiata, einen Kaiserschmarrn, eine Johannisbeerschorle, zwei Cola und einen Milchkaffee. Boh!, denkt er. Dosi! Mit mir kann man's ja machen. Jaja, ich bin zu nett …

UNTER PALMEN

Warum hier, am Arsch der Welt?, fragt sich Dosi, als sie aus der Tram steigt und den Kanal entlanggeht. Obwohl – ganz gute Einstimmung für das Burgfest. So vom Gefühl. Das Festliche, das Barocke. Der Prunk. Schloss Nymphenburg. Sie kann sich erinnern, wie sie als Schülerin mal auf Klassenfahrt hier war. Und sie alle mit den Filzpantoffeln übers Parkett schlitterten. Der Marstall mit seinen Kutschen. Aber sie ist nicht gekommen, um in Jugenderinnerungen zu schwelgen. Sie ist dienstlich unterwegs. Na ja, nicht so ganz offiziell. Ihr Gewissen ist nicht ganz rein, denn mit den Kollegen hat sie sich nicht abgesprochen. Weil die aber auch nicht alles zu Ende denken. Sie hat ein Gedächtnis wie ein Elefant, einen Sinn für Details und lose Enden. Der anonyme Anruf bei Mader, als sie zu dem Metzger in die Edelweißstraße zitiert wurden. Der ist den Jungs nach den dramatischen Ereignissen der letzten Tage irgendwie durchgerutscht. Sie sollte sich ja kümmern, aber keiner hat mehr nachgefragt. Weil der Anruf so kurz war, ließ er sich nicht zurückverfolgen. Sie hat einfach ihr Glück versucht und sich eine Mittagspause in Grünwald gegönnt und überlegt, wie sie es an Katrin Patzers Stelle gemacht hätte. Telefonzelle? Nein, gibt's ja kaum mehr, und dann hätten sie eine Nummer. Die Trambahn war in dem Telefonmitschnitt im Hintergrund deutlich zu hören gewesen. Wie würde sie selbst es machen? Rufnummer im Handy unterdrücken und jemand anders telefonieren lassen. Sie hat die Stimme genau im Kopf. Das Schnoddrige. Passt, dachte sie, als sie den Punk an der Wendeschleife der Trambahn gesehen hat. Einen Zehner später war sie schlauer: Der Punk hat Katrin Patzer eindeutig auf ihrem Handyfoto erkannt. Frau Patzer hat ihn bei der Polizei anrufen lassen. Ich bin echt eine gute Ermittlerin, denkt Dosi, da kann man nicht meckern.

Jetzt aber nicht Grünwald, sondern Nymphenburg. Dosi sieht Katrin gleich, als sie das Café im Palmengarten betritt. Katrin Patzers elegantes weißes Baumwollkleid steht im krassen Kontrast zu ihrer eigenen fadenscheinigen Jeans und dem knitterigen schwarzen T-Shirt. Schon ein wenig schlampig für dieses Ambiente. Ist halt ein anderer finanzieller Hintergrund. Aber innere Werte. Sowieso.

»Hallo, Frau Patzer. Schön, dass es geklappt hat.«

Katrin nickt zurückhaltend.

Dosi setzt sich und bestellt eine Apfelschorle. »Also, ich erklär Ihnen die Spielregeln. Wir treffen uns hier privat. Ich bin nicht als Polizistin hier, zumindest nicht mit Blick auf Sie. Wie gesagt, ich weiß Bescheid über Ihren Anruf wegen der Edelweißstraße. Juristisch heißt das ›Anstiftung zum Mord‹, auch wenn es dann nicht passiert ist. Aber das interessiert mich nicht.«

Dosi erläutert ihr genau, was sie will: den oder die Täter finden, die für die Leiche in der Isar und für den Tod von Luigi verantwortlich sind. Von der Fleischwolfleiche sagt sie nichts.

Katrin erzählt Dosi die Geschichte, wie und wo sie den Auftragskiller für ihren Mann kontaktiert hat. Im *Paradise Lost*. Woher sie den Tipp hatte beziehungsweise wie sie an die Telefonnummer gekommen war, die sie zu dieser Adresse geführt hat. Wie sie den Killer getroffen und ihren Mann in die Metzgerei bestellt hat. Und wie sie den Auftrag kurz vor knapp wieder abgeblasen hat.

»Warum diese Metzgerei?«, fragt Dosi.

»Ich weiß es nicht. War seine Idee.«

»Und dieser Killer? Hat er einen Namen?«

»Ich kenn ihn nicht.«

»Kennen Sie den Chef der Metzgerei?«

»Freddi Meiler? Ja, mein Mann kauft da ein. Herr Meiler war auch bei uns auf dem Gartenfest und stand am Grill. Zu dem, wie sagt man, Auftragskiller kann ich nichts sagen. Außer, dass ich ihn in diesem Lokal in Fröttmaning getroffen habe.«

»Wir müssen ein Phantombild machen lassen. Ich brauche Ihre Hilfe.«

»Wie soll das gehen? Ich muss nicht aussagen, wenn ich mich damit selber belaste.«

»Haben Sie Jura studiert?«

»Nein, Vorabendserien. Und wie wollen Sie Ihren Kollegen erklären, dass das Phantombild von mir kommt? Zu einem Verbrechen, das nicht stattgefunden hat?«

»Gut«, schwenkt Dosi ein, der klar ist, dass Katrin sich nicht selbst in Gefahr bringen will. »Aber Sie wissen schon, dass wir Ihren Mann nur drankriegen, wenn wir denjenigen finden, den er mit dem Mord an Luigi beauftragt hat.«

Katrin nickt langsam. Dann schiebt sie Dosi einen Notizzettel mit einer Telefonnummer rüber. »Das ist die Nummer von dem Killer. Mehr hab ich nicht.«

»Danke«, sagt Dosi. »Das ist doch schon mal was. Ich weiß das sehr zu schätzen.«

Katrin sieht sie ernst an. »Ich weiß nicht, wie Sie weiter vorgehen wollen. Aber wir beide haben uns nie gesprochen. Ich verlass mich auf Sie. Die haben mich in der Hand.«

»Die?«

»Es gibt einen Umschlag mit Geld, mit meiner Handynummer darauf und meinen Fingerabdrücken. Das Geld für den Auftrag.«

»Sie sagen: die?«

»Mehr sage ich nicht dazu.«

Dosi nickt. »Ich werde Sie aus der Geschichte raushalten. Falls dieser Umschlag später eine Rolle spielen sollte, legen Sie sich eine Erklärung zurecht. Ein Darlehen oder ein Honorar für eine Dienstleistung. Bleiben Sie ganz gelassen. Es hat kein Verbrechen stattgefunden. Ihr Mann ist quicklebendig. Im Zweifelsfall steht Aussage gegen Aussage. Haben Sie verstanden?«

Katrin nickt. Sie überlegt kurz, dann sagt sie: »Wir stellen meinem Mann eine Falle.«

»Wie bitte?«

»Ich brauche Sie als Zeugin.«

»Und wie soll das gehen?«

»Übermorgen auf dem Burgfest. Ich kann Sie reinlassen.«

»Brauchen Sie nicht.«

»Warum?«

»Ich werde aller Voraussicht nach da sein.«

»Wie wollen Sie das machen?«

»Das verrate ich nicht. Je weniger Sie wissen, desto besser.«

»Das ist gut. Mein Mann ist ein Kontrollfreak.«

»Was haben Sie vor?«

»Ich muss es mir noch im Detail überlegen. Ich rufe Sie an.«

»Gut. Machen Sie das.«

»Falls ich doch noch Ihre Hilfe brauche, um aufs Fest zu kommen, melde ich mich.«

Was für ein abgefahrenes Gespräch, denkt sich Dosi auf dem Weg zurück zur Trambahn. So ganz sauber ist das nicht, was ich hier mache. Sie kann nicht warten und wählt die

Handynummer auf dem Notizzettel. Es klingelt lange. Nichts. Keine Mailbox. Wäre auch zu schön gewesen. Sie wird die Nummer checken lassen. Sicher eine Prepaidkarte. Aber egal. Sie wird es wieder versuchen. Jetzt weiß sie schon eine Menge mehr, was da im Hintergrund gelaufen ist. Wie soll sie weiter vorgehen? Mit den Kollegen kann sie nicht darüber sprechen. Ihr Versprechen gegenüber Katrin gilt. Dosi überlegt kurz, ob sie sich strafbar macht, wenn sie dieses Wissen für sich behält. Scheiß der Geier! Noch hat sie nicht genug in der Hand. Sie braucht Beweise, dass Patzer den Mord an Luigi tatsächlich in Auftrag gegeben hat. Und die anderen Leichen? Dosi schwirrt der Kopf. Sie sieht auf die Uhr. Schon halb fünf. Sie sieht die Tram und läuft los. Sie muss noch zum Kostümverleih. Mit den anderen ist besprochen, dass sie die Kostüme organisiert für das Burgfest, falls es ihnen tatsächlich gelingen sollte, auf das Fest zu gelangen. Bei Mader sieht es gut aus, denn er hat mit der Haushälterin dort eine Verehrerin. Hummel wird seinen Trompeter schon schachmatt setzen und für ihn einspringen. Und sie ist seine Begleiterin. Und Zankl, tja, der muss halt schauen, wo er bleibt. Ein Kostüm bringt sie ihm natürlich auch mit. Sonst denkt der noch, dass sie ihn nicht dabeihaben wollen.

LOGISCH

»Magst a Bier?«, fragt Hummel Mike im Backstage.

»Ja, logisch«, antwortet Mike.

Hummel erledigt das Geschäftliche gleich und dosiert großzügig. Als er die Plastikbecher durch den vollen Laden bugsiert, hat er bereits ein schlechtes Gewissen. Aber man kann nicht immer nett sein, entschuldigt er sich bei sich selbst. Jetzt steht er vorne am Bühnenrand und sieht sich Locomotive Death an, eine Jethro-Tull-Reinkarnation. Auf Artrock steht Hummel so gar nicht. Aber Mike fährt voll darauf ab. Technisch ist die Band super, aber komplett seelenlos. Hummel plagen nicht nur der gniedelnde Heavyrock und sein schlechtes Gewissen, sondern auch seine Blase und sein Darm. Er überlegt, ob er die Becher vor lauter Hektik im Gedränge verwechselt hat. Hat er selbst aus dem Schierlingsbecher getrunken? Er weiß nicht mehr genau, welchen Becher er in der linken Hand hatte und welchen in der rechten. Das Ziehen im Unterleib ist jedenfalls deutlich zu spüren. Wird gleich ein Taifun durch sein Gedärm wirbeln? Geschähe ihm eigentlich recht! Oder ist das Blubbern nur psychosomatisch?

STREICHELZOO

Als Hummel morgens ins Präsidium kommt, ist Dosi schon da.

»Servus, Hummel. Und, warst du gestern erfolgreich?«

»Ich hab Durchfall.«

»Was?!«

»Nur ein Hauch. Die Nerven. Sonst alles nach Plan. Zum Glück war das Konzert schon fast vorbei, als es losging. Sonst hätte ich ein noch schlechteres Gewissen. Mike ist wie ein Irrer aufs Klo gespurtet.« Er reicht ihr das Fläschchen Laxopront.

Sie hält das Fläschchen prüfend gegen das Licht und steckt es mit einem breiten Grinsen ein. »Sehr gut. Kernig dosiert. Du, ich hab ein ganz schlechtes Gewissen. Ich bin gestern aus dem Café marschiert, ohne zu zahlen. Sorry, ich war mit meinen Gedanken woanders.« Sie zieht ihren Geldbeutel raus.

Hummel winkt ab. »Lass mal. Nächstes Mal zahlst du.«

»Mach ich.«

»Im Centrale.«

Die Tür von Maders Büro geht auf. Auftritt Zankl. Ein sonderbarer Schleier um die Augen. Tränen?

»Alles klar?«, fragt Hummel.

»Ja, danke.« Er deutet mit den Augenbrauen zu Dosi. Klare Botschaft.

Dosi hat verstanden und nimmt ihre Jacke vom Haken. »Ich hab noch was zu erledigen.«

Hummel haut auf den Tisch, als Dosi draußen ist. »Hey, Zankl, du bist so ein Kotzbrocken!«

Zankl schüttelt den Kopf. »Was willst du? Soll jeder wissen, dass ich im August eine dreiwöchige Fertilitätskur mache?«

»Eine was?«

»Eine Kur, die die richtigen Voraussetzungen zum Kinderkriegen schafft, weil offenbar nicht nur ich, sondern auch mein Sperma unter diesem Job, den vielen Überstunden, dem Stress, der schlechten Ernährung leidet. Weil meine Eier im Moment etwas schwach auf der Brust sind und meine Frau unbedingt ein Kind möchte. Ein Wunsch, den ich ihr aktuell nicht erfüllen kann. Weil ich ein Wrack bin wegen dieser Scheißhormonkur, die mich komplett durchräumt. Soll ich das alles meiner lieben Kollegin unter die Nase reiben? Es reicht mir schon, wenn ich bei Mader um drei Wochen Urlaub am Stück betteln muss. Ich könnte mir ein Schild um den Hals hängen mit ›Hilfe, meine Samen lahmen!‹ und damit durch die Kantine marschieren! Soll ich das?! Kruzifix!«

Hummel ist ernsthaft erschüttert. »Sorry, ich hatte keine Ahnung, dass es so schlimm ist.«

»Jetzt hast du eine. Und unser Mimöschen braucht auch nicht immer so zu tun.«

»Wenn Dosi eins nicht ist, dann eine Mimose. Du bist echt grob zu ihr. Oft. Meistens.«

»Tut mir leid.«

»Das musst du *ihr* sagen.«

»Ich weiß. Später. Vielleicht. Irgendwie. Was machen wir denn jetzt wegen des Burgfests? Was ist mit dieser Band, die du kennst? Geht da was?«

»Nicht wirklich. Müssen wir uns nachher besprechen.«

»Mir wär's am liebsten, wir machen das ohne Dosi.«

»Mann, Zankl, langsam hab ich keine Lust mehr. Das geht so nicht! Sie hat die Kostüme organisiert.«

»Toll. Und wir haben noch keinen Plan, wie wir da reinkommen.«

»Ja, vielleicht hast du ja eine tolle Idee.«

»Dosi heckt doch irgendwas aus, oder?«

»Zankl, jetzt ist's langsam aber gut. Wie gesagt – Vorschläge sind herzlich willkommen.«

»Wir könnten als Gaukler auftreten. Oder ich als Zauberer. Du bist der Assistent und Dosi die geteilte Jungfrau.«

»Super. Aber nur, wenn uns nichts Besseres einfällt.«

»Bierausschank wäre auch nicht schlecht.« Zankl grinst und geht an seinen Schreibtisch. Als Dosi wiederauftaucht, quetscht er tatsächlich heraus: »Tut mir leid wegen vorhin. Ging nicht gegen dich. Ich geh im August drei Wochen auf Kur. Was Gesundheitliches.«

»Ist okay, du musst mir nix erklären.« Sie sieht ihm in die Augen. »Waffenstillstand.«

»Waffenstillstand«, bestätigt Zankl.

»Ich geh mal Kaffee holen«, sagt Dosi. »Wer will noch einen?«

»Danke, ich hab schon«, sagt Hummel.

»Du, Zankl?«

»Ich, äh, ja, gerne. Milch und Zucker.«

Als sie draußen ist, lächelt Hummel ihm aufmunternd zu. »Geht doch.«

Zankl nickt und murmelt: »Willkommen im Streichelzoo.«

»So, hier kommt der Kaffee«, verkündet Dosi. »Wohl bekomm's!«

»Danke«, murmelt Zankl und trinkt. Er wundert sich: Wohl bekomm's? Sagt man doch eigentlich nur bei Hochprozentigem. Liegt darin irgendeine Botschaft verborgen? Als ob man jemandem einen guten Herzinfarkt wünscht. Ja, stark ist er, der Kaffee. Aber nicht schlecht.

Jeder arbeitet still vor sich hin. Plötzlich springt Zankl auf.

»Hey, Zankl«, fragt Hummel. »Alles klar?«

Zankl stürmt zur Tür raus.

Hummel starrt Dosi an. Dann die Kaffeetasse.

Sie sieht fragend zurück. »Is was?!«

Er schüttelt den Kopf. Kurz darauf ist Zankl wieder da. Blass und nassgeschwitzt. »Ich meld mich ab. Durchfall. Hummel, sagst du Mader Bescheid?« Und weg ist er.

»Na, dann hat sich ja zumindest die Frage erledigt, wie Zankl auf das Fest kommt. Also, ob«, konstatiert Dosi.

»Was dich natürlich zutiefst betrübt. Du bist so ein Aas.«

»Sorry, Hummel, wie man in den Wald reinruft, so hallt's eben heraus. Was ist jetzt mit deinem Bandkumpel?«

»Hat dasselbe wie Zankl. Liegt mit Scheißerei im Bett. Wahrscheinlich aus demselben Grund. Vielleicht wird er ja wieder.«

»Glaub ich nicht. Das Zeug wirkt Wunder.«

»Ich weiß echt nicht, ob ich das gut finden soll.«

Hummels Handy vibriert. Eine SMS. Er liest und murmelt: »Mike. Ob ich den Job machen will.«

»Cool. Sag zu. Dann sprechen wir mit Mader.«

NICHT VERDIENT

Zankl schafft es gerade noch in die Wohnung. Letzter Drücker. Vorbei an einer erschrockenen Jasmin, die freitags unterrichtsfrei hat und sich bereits jetzt mit den Vorbereitungen eines raffinierten Liebesmenüs zum Arbeitswochenausklang beschäftigt. Im Klo explodiert Zankl.

Als er wenig später in der Küche auf einem Stuhl zusammensinkt, presst er heraus: »Diese Scheißhormontherapie! Diese beschissenen Tabletten!«

Liebevoll nimmt ihn seine Frau in die Arme. »Ist es so schlimm, Schatz?«

»Es ist die Hölle. Ein Fukushima.«

»Mein Armer. Ich mach dir einen Kamillentee, dann bist du morgen wieder fit. Komm, leg dich ins Bett.«

»Aber dein Essen heute Abend?«

»Morgen ist auch noch ein Tag, mein Schatz. Das Wochenende gehört nur uns.«

KUSCHELN

Zankl schläft wie ein Baby in den weichen Armen seiner Frau. Die grübelt, ob ihr Mann eigentlich mal ein guter Papa sein wird. Sie ist sich nicht ganz sicher.

Dosi ist sich auch nicht sicher. Ob sie es so eng mag. Ganz konkret und generell. Fränki findet's top und kuschelt sich an seine runde Dosi. Aber Dosi wird gleich aufstehen und zu sich nach Hause gehen. Sobald Fränki schläft. Sie muss morgen früh los. Sie hat ihre Sachen zu Hause schon auf dem Wohnzimmersessel bereitgelegt. Im Kopf geht sie durch, ob sie an alles gedacht hat. Sie darf die Schlüssel von Haslbeck nicht vergessen, die sie nach der Tatortbegehung am Burgturm hat nachmachen lassen.

Mader steht vor dem Flurspiegel und begutachtet seine Verkleidung. Hat Doris toll ausgesucht. Ganz sein Geschmack. Er sieht aus wie ein französischer Landedelmann. Jedenfalls stellt er sich den so vor. Der elegante braunrote Samt, die weiche Mütze mit der langen weißen Feder. Wahrscheinlich hätte er auch im 18. Jahrhundert eine gute Figur gemacht. Und er hätte mit einem spitzen Federkiel Liebesbriefe an Catherine Deneuve geschrieben. Wenn die damals schon gelebt hätte. Doch, die war immer schon da. Als Prototyp, als Idee, als Blaupause für alle Frauen. Schön, stark und unabhängig. Jedenfalls wäre er ihr mit einem Lächeln im Ballsaal entgegengetreten und hätte gesagt: »Voulez-vous danser avec moi?« Und sie hätte ihm mit einem Lächeln die Hände gereicht.

Patzer und Steinle sind im Bayerischen Hof, wo sie den frisch eingetroffenen Arabern zusammen mit einer Delegation aus Wirtschaft und Politik einen würdevollen Empfang bereiten. Im Hotel und auf dem Promenadeplatz wimmelt es von Personenschützern, Polizeibeamten und Zivilfahndern.

Katrin ist zu Hause in Grünwald und leert ihr Rotweinglas. Nicht das erste. Eigentlich wollte sie heute wie früher die Aufbauarbeiten für das Fest auf der Burg beaufsichtigen, aber ihr Mann hat ja für alles seine Leute. Sollen die doch machen, was sie wollen, denkt sie. Ohne Papa ist es eh nicht dasselbe. Sie hat schon gut einen im Tee und schenkt sich nach.

Hummel hat ein schlechtes Gewissen wegen Zankl und spricht ihm spät noch auf die Mailbox. Er ist ein bisschen nervös wegen morgen. So insgesamt. Eigentlich will er noch ein bisschen lesen, aber es mangelt ihm an Konzentration. Zu viele wirre Gedanken. Die muss er ordnen.

Liebes Tagebuch,
heute schreibe ich dir nur ein paar Zeilen. Ich bin hunde-
müde. Der morgige Tag wird anstrengend. Ich muss früh
raus. Ich habe einen Auftritt. Nicht mit meiner Band. Ich
springe für einen Freund ein, den eine geheimnisvolle
Durchfallkrankheit plagt. Ich war vorhin noch bei meiner
ersten und wahrscheinlich auch letzten Bandprobe mit
Eisenerz. Das ist schon speziell. Was für Typen! Muss ich
dir mal ausführlicher erzählen. Die Probe hat ganz gut
geklappt. Zum Glück spiele ich ja nur Trompete und muss
mir keine Textzeilen merken. Ich habe mir extra noch bei

Hieber-Lindbergh ein Poliermittel für die Trompete gekauft, um angemessen zu glänzen. Jetzt bin ich sehr gespannt, wie das morgen wird. Also weniger die Musik, so generell. So richtig einen Plan haben wir nicht für das Burgfest. Was wir da eigentlich ermitteln wollen. Weißt du, Tagebuch, manchmal hab ich das Gefühl, dass ich generell keinen rechten Plan habe. Also fürs Leben. Ich komm mir vor wie in so einem Kornfeldlabyrinth. Ich latsche rum, komm immer wieder an dieselben Abzweigungen und denke: War ich hier schon mal? Ja. Oder? Nein, vielleicht doch die Nächste rechts? Oder doch lieber links? Und dann komme ich wieder an dieselbe Stelle. Weißt du, was ich meine? Ich bewundere Menschen, die genau wissen, was sie wollen. Die einfach losziehen und nicht zögern. Da kann ich von Dosi noch was lernen. Sie ist ein Bulldozer. Wenn die Fahrtrichtung einmal klar ist, rollt sie los. Ohne groß Rücksicht zu nehmen, was links und rechts ist oder was und wer sich ihr in den Weg stellt. Zum Beispiel Zankl. Würde sie bei mir auch so kaltschnäuzig sein? Nein, bestimmt nicht.

Ja, liebes Tagebuch, ich muss mehr Linie reinkriegen in mein Leben – für meinen Job, für Beate und meinen Roman. Da muss sich endlich was bewegen. Na gut, im Job kann ich ja mal die Ellbogen ausfahren. Ein bisschen zumindest. Das krieg ich hin. Und Beate muss ich jetzt endlich mal einen deutlichen Hinweis darauf geben, wie viel sie mir bedeutet. Aber was ist, wenn sie das längst weiß und mich gerade deswegen so standhaft ignoriert? Vielleicht muss ich einfach mal eine Abfuhr bekommen. Dann wüsste ich wenigstens Bescheid und würde nicht so viel grübeln. Es gibt noch andere Frauen. Also statistisch gesehen. Aber vielleicht

steht Beate ja auf mich und wartet die ganze Zeit nur auf ein Zeichen von mir. Sicher mag sie aktive Männer, die nicht um den heißen Brei herumreden. Ja, ich werde mir was überlegen. Also, wenn sich endlich mal eine Gelegenheit dazu ergibt. Und dann ist da noch mein Roman. So kann das nicht weitergehen. Ich muss mich dringend mit der Verlegerin treffen, mit ihr reden, ihr sagen, was mein Problem ist. Nein, ich sollte nicht von Problemen sprechen, sondern von Möglichkeiten. Zum Beispiel, wie sich die schrecklichen Mordfälle, mit denen ich mich momentan beruflich befassen muss, in die Fiktion übertragen lassen. Ach, und jetzt fällt mir noch ein loses Ende ein, mein liebes Tagebuch: Der Mann mit der Säge. Diese Spur muss ich auch noch verfolgen. Solche Übereinstimmungen können doch kein Zufall sein! Spätestens seit dem Fleischwolf ist das klar. All diese Sachen werde ich nächste Woche angehen. Bestimmt. Morgen noch das Burgfest, am Sonntag dann mal gar nichts machen, und am Montag fange ich endlich an, für ein bisschen mehr Ordnung in meinem Leben zu sorgen. Mein liebes Tagebuch, ich bin sehr happy, dass ich dir das alles anvertrauen kann. Bei dir darf ich schwach sein. Danke.
Gute Nacht!

ÜBER MÜNCHEN

Sieh den Baum, der durch das Weiß des Nebels dringt,
hör das Vögelchen, das darin sein Liedlein singt,
spür den kühlen Hauch, der noch über Wiesen schwingt,
bis die Sonne ihn verdrängt.

Ein kleiner Vogel fliegt hinauf ins Blau des anbrechenden Sommertages.

Über den Englischen Garten, Münchens grüne Lunge. Kalte Adern Isar.

Die Blocks von Freimann – Legoriesen, die den Park im Norden besiegeln.

In den Süden. Rechts Schwabing. Münchner Freiheit. Welch Versprechen!

Links oben Bogenhausen. Der Range Rover unter den Stadtvierteln.

Tivolibrücke bereits verstopft. Autos aufgeperlt. Nicht schlecht für Samstagmorgen.

Friedensengel glänzt. Ockergold des Landtags noch unschuldig.

Eine Tram kreischt das Schienenrund hinab zur Maximilianstraße.

Auf der Kiesbank unterm Müller'schen Volksbad verrichtet ein Rottweiler dampfend sein Geschäft. Von Herrchen keine Spur.

Am Kiosk der Reichenbachbrücke zwei Surfer in Neopren mit ihren Brettern. *I love Munich*. Steht auf ihren Kaffeebechern.

Brudermühlbrücke. Kalter Gürtel aus Beton und Blech um den Bauch der Innenstadt. Endlich Flaucherkies. Paradies der Essensreste. Weiß der Vogel und setzt an zur Zwischenlandung. Brotzeit.

Die Schwäne, die Steine, das Wasser. Und ein Faden scharfer Duft. Streichelzooziegen.

Wieder hinauf, Thermik folgen. Jetzt das Isartal, ganze Schönheit. Eine Modelleisenbahn auf der Großhesseloher Brücke. Eine Spielzeugtram rumpelt die Südliche Münchner Straße hinaus – wo doch hier jeder Porsche fährt.

Fast. Ein alter Ford Transit wendet gerade mit pfeifenden Reifen. Trotz Gegenverkehr.

»Duke, du Arsch!«, brüllt der Beifahrer gegen die dröhnend lauten Dubliners.

»Schnauze, Max«, lautet die knochentrockene Antwort.

»Wenn uns der erwischt hätte?!«

»Kann dir doch wurscht sein, ist meine Karre.«

»Na klar, Duke. Als ob es darum geht.«

Der Transit biegt auf den Parkplatz des McDonald's ein. Die Dubliners verenden.

Max dreht sich nach hinten zu den restlichen Fahrgästen. »Also, haut's euch die Scheißburger rein, aber nicht mehr als zwanzig Minuten. Ist das klar?!«

»Geht doch, Max, geht doch«, sagt ein Dicker und schält sich aus dem Fond. Er trägt einen fleckigen braunen Wildledermantel. Fadenscheinig. Wie Fenstertücher, dreißig Jahre in Betrieb. Manches schon gesehen.

Zwei weitere Herrschaften steigen aus. Dunkelrote Strumpfhosen, die in flachen Wildlederboots enden. Stiefelspitzen wie Fragezeichen in den Himmel.

Was trieb euch von zu Hause fort,
ihr Spielmannsleut zur frühen Stund,
an diesen garstig Ort?

Frühsport vielleicht? Der Dicke lässt breitbeinig die Hüfte kreisen, das Ledercape knattert im Wind, um dann den ganzen Schwung hineinzugeben in einen gewaltigen Furz, der verwegen über den Parkplatz hallt.

»Hey, Erik, du bist echt 'ne Sau«, sagt Max, der jetzt auch ausgestiegen ist. Der Hüne Max trägt Lederschnürjeans und ein grobes Leinenhemd. Mit Stickerei: *Ludwig II.*

Geht nicht mal in 'ner Landdisco, denkt Hummel, der das alles leicht benommen von der hinteren Sitzbank beobachtet. Er wischt sich den Schweiß von der Stirn.

»Was ist, Hummel, kommst du auch?«

»Klar, Max, klar, komm ich. Gleich.«

Der Fahrer dreht sich nach hinten um und grinst Hummel an. »Los, Digga, aussteigen, happahappa.«

»Jawohl, Duke.«

Duke. Bandleader von Eisenerz, Münchens lautester Mittelalter-Band. Duke ist groß und dünn, sehr dünn, Hautfarbe wie Lenins Leiche. Er steigt aus und schlüpft in einen bodenlangen schwarzen Samtmantel, der verwegen schillert. Er setzt auch einen großen braunen Schlapphut mit roter Feder auf. »Hey, Jungs, was ein geiler Tag! Ich sterb für 'ne Apfeltasche«, zwitschert er.

Jetzt hoppelt ein rostiger VW-Bus auf den Parkplatz. Verboten laut. Scheiben beschlagen. Als der Motor erstirbt, registriert Hummel, dass nicht nur der Auspuff für den Lärm verantwortlich ist, sondern auch die Metalband Slayer. Hundertdreißig Dezibel. Mindestens.

Als Slayer schlagartig verstummen, ist es, als hätte jemand den Stecker aus dem Sommermorgen gezogen.

Hummel atmet auf und widmet seine Aufmerksamkeit den Gestalten, die aus dem VW-Bus steigen: Mädels. Nicht mehr taufrisch, ein Hauch aus der Form. Aber so aufreizend in Landhausdirndl gepresst, dass es Hummel durchaus verwirrt. Mit Aussicht. Auch Dosi. Mit hochhackigen Stiefeln und Dekolleté wie Hubschrauberlandeplatz hat sie komplett ihre Proportionen verschoben.

»Was schaust'n so, Hummel, warst no nie auf der Wiesn?!«, blafft Dosi ihn an.

»Ich äh …«

»Um'zong bist a no ned!«

Die Ladys lachen wiehernd und verschwinden mit den Burschen im Mäckie. Hummel ist noch ein bisschen unschlüssig. Aber wenn's denn sein muss. Er zieht die Tasche mit dem Kostüm unter dem Sitz hervor. Seine Hand tastet Leder und Samt. Wie toter Maulwurf. So gar nicht seins.

Fünf Minuten später steckt auch er in Strumpfhosen und Lederpuschen. Gegen die noch kühle Luft bindet er sich ein Halstuch um. Er ist immer noch erkältet. Und hat gestern zu lange am offenen Fenster gesessen und gegrübelt. Als er zum Mäckie trabt, fällt ihm ein, dass er sich doch auch nach dem Frühstück hätte umziehen können. Wär nicht so peinlich. Ach, mit den anderen zusammen wird er schon nicht groß auffallen.

Tut er natürlich, denn als er den Mäckie betritt, ist er der Einzige in Kostüm. Die wenigen Grünwalder Gäste starren ihn an. Er blickt sich hektisch um. Wo sind denn die anderen, zur Hölle?!

»Was darf's denn sein, edler Knappe?«, fragt die nette Servicekraft.

»Ich äh, ich dachte …«

»Deine Faschingskumpels sind hinten auf der Terrasse.«

»Ah, sehr gut. Okay. Einen Kaffee, zwei Hamburger und kleine Pommes.«

Augenblicke später steht das Tablett vor ihm. »Acht neunzig«, sagt die Frau.

Hummel greift in die Tasche seiner … Strumpfhose. Die natürlich keine Tasche hat. Sein Geld ist im Transit. Und die Türen sind zu. Er könnte heulen.

»Hey, is was?«, fragt der Duke, der plötzlich neben ihm steht.

»Meine Kohle ist im Auto. Und das ist abgesperrt.«

»Nicht weinen. Ich zahl. Wir sitzen draußen.«

»Danke, das ist nett. Ich geb's dir nachher.«

»Geschenkt. Chefin, noch mal vier Apfeltaschen. Und zwei Ketchup, zwei Mayo.«

Wo frisst du das alles hin, dünner weißer Duke?, fragt sich Hummel und geht nach draußen, wo die anderen rauchend und lachend inmitten von Bergen Einpackpapier und Pappbechern sitzen. Dosi winkt ihn zu sich.

»Ois roger, Schatzi?«

»Übertreib's nicht!«, zischt Hummel leise und setzt sich.

»Na komm. Offiziell sind wir ein Paar.«

Hummel nickt kühl und beißt in seinen Burger. Dass ihm die Gurke aus der Bun auf seine Strumpfhose flutscht, ist ihm wurscht. Heute wird ihm noch so manches entgleiten. Vermutlich. Er staunt über Dosi. Wie einfach sie in diese Rolle schlüpft. Er selbst wird nur so weit gehen, wie es wirklich nötig ist, einen Hauch Haltung bewahren, mögen die Klamotten auch noch so lächerlich sein. Er sieht nach unten auf seinen rechten Stiefel. Ketchup? Majo? Nein. Vogelkacke. Er schaut nach oben. Das Vögelchen auf der Markise. Er muss lachen. Und zwinkert dem Vogel zu.

NICHT MEHR LANGE (09:30)

Vor Burg Waldeck ist ein riesiger Parkplatz abgesperrt. Mit Bierzelt. Darin reihenweise Metallspinde. Wer noch nicht verkleidet ist, zieht sich hier um. Für Security ist auch gesorgt. Zahlreiche Bomberjacken lungern am Parkplatz herum, beim Zelt und am Eingang zum Burghof. Müssen sich ebenfalls noch verkleiden. Die letzten Lieferanten verlassen gerade das Gelände.

Patzer – noch in Nadelstreifenzivil – steht auf der Burgmauer und lässt den Blick schweifen. »Unberührte Landschaft«, murmelt er. »Aber nicht mehr lange.« Heute wird er sie knacken, die letzten Widerständigen, die die wahre Größe seines Projekts noch nicht erkannt haben. Und die Scheichs werden unterschreiben.

ISARIA – Heimstatt der Wildnis.

Eine Taube fixiert ihn mit kalten Augen. Patzer zischt, aber sie verlässt ihren Platz auf dem Mauersims nicht. »Scheißvieh«, flüstert Patzer und geht nach unten. »Heute ist *mein* Tag!«

BRATARSCH (09:40)

Superjob, denkt Jakko. Unter ihm ächzt ein alter Campingstuhl. Er sitzt an der Einfahrt zum Parkplatz vor der Burg. Hat noch nichts zu tun. Patzer hat ihm und seinen Kumpels vom Paradise den Job verschafft. Parkplatzdienst. Und was so anfällt. Richtig *Security* hätte ihm besser gefallen. Aber klar, dafür hat Patzer Profis. Und dreihundert Euro sind sehr okay für einen Tag Rumstehen oder -sitzen. Nur die Klamotten sind grenzwertig. Die im Kostümverleih hatten Probleme, für ihn was Passendes zu finden. Wegen seines Bauchs. Deppen. Wenn das Kleidungsstück schon Wams heißt! Jakko ist froh, dass er endlich mal wieder unter Menschen ist. Das Versteckspiel in den letzten Tagen war anstrengend. Er hatte sich nach dem plötzlichen Verschwinden von Lasso zurückgezogen, war untergetaucht in einer kleinen Pension in Freising. Patzer hat das organisiert und auch bezahlt. Guter Mann.

Jakko wirft den Rest seiner Zigarette weg und gähnt herzhaft. Dann macht sich sein rechter kleiner Finger auf Erkundung ins linke Nasenloch. Wären seine Nägel nur länger. Nach intensiver Suche fördert er einen großen, langen Popel zutage. Farbe schon besonders, findet er: Grün, Beige, Oliv. Grimmig schnippt er den Popel weg. Wenn er sich denn schnippen ließe. Jakko sieht interessiert die Kuppe seines kleinen Fingers an. Hurtig verschwindet sie in seinem Mund.

»Na, Jakko, alles klar?«, sagt eine Stimme hinter ihm.

Jakko dreht sich um. Patzer! Jakko erhebt sich eiligst aus dem Campingstuhl. Der geht mit seinem Bratarsch zusammen in die Höhe. Jakko streift das lästige Alugestell von den Backen. »Doktor Patfer!« Er streckt ihm die Hand hin. »Noch mal vielen Dank.«

Patzer winkt ab. »Kein Stress, Jakko. Du hast nachher ein Auge auf die Autos? Sind teure Karren dabei!«

»Klar, Feff.«

»Und bei den Umkleiden aufpassen, dass nix wegkommt.«

Jakko deutet zum Zelt rüber, wo eine Gruppe untersetzter Kraftprotze steht. »Die Jungf forgen dafür, daff allef pafft.«

»Super, so stell ich mir das vor.«

Jakko nickt glücklich.

»Gut. Solange nix los ist, geh ruhig ins Kantinenzelt. Es gibt Wiener und Kartoffelsalat.«

Jakko strahlt übers ganze Gesicht.

GOOD DAY, SUNSHINE (09:56)

Mader ist schon länger auf. Er sitzt auf seinem Ostbalkon und genießt die Morgensonne. Bajazzo liegt zu seinen Füßen. Über die Zeitung hinweg beobachtet Mader auf der Betonbrüstung einen Spatz, der sich nicht recht entscheiden kann, ob er näher kommen soll oder nicht. Er hat einen großen Brotkrümel auf dem Tisch im Visier. »Na komm, Kleiner, trau dich!«, murmelt Mader.

PLATONISCH (10:12)

Die Sonne kitzelt Zankl in der Nase. Er kuschelt sich in die Bettdecke. Frisch bezogen nach einem kleinen Malheur gestern Nacht. Er fühlt sich gut. Ausgeschlafen. In der Küche klappert Geschirr. Seine schöne Frau macht Frühstück. Wie er sie liebt. Leider nur platonisch im Moment. Dieses Hormonzeugs hat seine Verdauung komplett ruiniert. Von wegen Schmidts Katze. Eher natürliche Verhütung. Schon ein simpler Furz kann eine Katastrophe auslösen. Aber was tut man nicht alles für die Liebe! Er hört das Röcheln der Kaffeemaschine und atmet den Duft der frisch gemahlenen Bohnen ein. Ah! Wie gut das riecht! Nein! Seine Eingeweide ziehen sich zusammen, und er springt wie von der Tarantel gestochen aus dem Bett und spurtet aufs Klo. Als gäbe es kein Morgen, sprudelt es aus ihm heraus. *Ojeojeoléolé!* Anschließend schleppt er sich unter die Dusche. Fühlt sich wie ein alter Mann.

Nach der Dusche ist es etwas besser. Ihm treten die Tränen in die Augen, als er sieht, wie wunderbar seine Frau den Tisch gedeckt hat. Heute das gute weiße Geschirr, nicht die Brettchen und die groben bunten Kaffeehaferl, die sie sonst benutzen. Eine karierte Tischdecke, ein Strauß Sommerblumen. Erlesene Köstlichkeiten: Wurst und Käse, Müsli, Obst, Joghurt, frisch gepresster Orangensaft. Brezen, Semmeln.

»Ist von dem Zwieback noch was da?«, fragt er schwach.

»Natürlich, mein Schatz«, sagt Jasmin fürsorglich und drückt ihm einen Kuss auf die Wange.

Zankl nagt an seinem Zwieback, während seine Frau sich das komplette Programm reinzieht.

Zankl ist deprimiert. Wie soll er das Wochenende in diesem Zustand durchstehen?! Er hat seiner Frau versprochen, dass sie an den Starnberger See fahren. Baden, Biergarten, Nichtstun. Schöner Plan, aber nicht optimal für jemanden in seiner Verfassung. Und später vielleicht dann noch auf das Burgfest. Irgendwie. Wenn es seine Verdauung zulässt.

»Magst du die Semmeln fürs Picknick belegt oder lieber trocken?«, fragt seine Frau.

»Trocken wie beim Sekt«, antwortet Zankl.

Sie grinst und holt aus dem Kühlschrank eine kleine Flasche Champagner. »Hab ich gestern im Supermarkt gesehen. Süß, gell?«

»Jetzt bitte nicht!«, sagt Zankl mit zitternder Stimme, denn in seinem Gedärm rumort es schon wieder gefährlich.

»Nein, zum Mitnehmen. Solange ich noch Alkohol trinken darf. Ha!« Bestens gelaunt räumt Jasmin die Picknicksachen in einen Korb.

Zankl geht sich anziehen und schaltet sein Handy ein. Mailbox piept. Gestern. 23:14. Er hört den Anruf ab: »Hallo, Zankl, hier ist Hummel. Wir wollen doch auf das Burgfest und hatten keine Idee, wie wir das hinkriegen. Der Mader geht ja mit der Hallmeier hin. Du, ich hab jetzt auch eine Möglichkeit gefunden. Ein Spezl von mir ist krank geworden, und ich spring ein. Also bei der Band, die da auf dem Fest spielt. Ich kann sogar eine Begleitung mitnehmen, also Dosi. Weil mit dir geht das ja schlecht, haha. Wir, also du und ich, wir sind ja kein Paar. Also Dosi und ich auch nicht, aber da fällt das ja nicht auf. Außerdem bist du ja momentan leider eh außer Gefecht. Hoffentlich geht es dir schon besser. Vielleicht wäre es gut, wenn du dein Handy an hast, also wenn irgendwas sein sollte. Und falls wir dich auch noch da reinschleusen können, melde ich mich. Ach, genau: Du hast dein Kostüm gestern nicht mehr mitgenommen. Das liegt im Büro. Ja, äh, also … Servus.«

Zankl vergisst seinen labilen Zustand sofort. Er ist stinksauer. Und platzt vor Neugier. *Doch noch geklappt! Ganz zufällig, was?! Dass ich nicht lache! Das haben die doch gestern schon gewusst! Und sagen mir nichts! Geht's denn noch?* Er ruft Hummel sofort an. Erreicht aber nur die Mailbox. Seine Message ist glasklar: »Hummel, du bist ein blödes Arschloch, ein echtes Kollegenschwein! Ihr dreht da was alleine, und ich weiß von nix. Find ich so was von scheiße! Ich bin echt sauer. Ruf gefälligst zurück!« Er legt auf und wählt Dosis Nummer. Auch bei ihr nur die Mailbox. Er will einen weiteren unflätigen Spruch hinterlassen, als er seine Frau in der Tür bemerkt. Er legt auf.

»Ärger, Schatz?«, fragt Jasmin.

»Ich muss noch mal weg!«, sagt er grimmig.

»Das ist jetzt nicht dein Ernst?!«

»Doch. Nur kurz. Ins Büro. Was holen.«

»Wir machen einen Ausflug. Zum Starnberger See. Heute!«, sagt sie langsam und drohend.

»Ja. Wenn ich zurück bin. Dauert nicht lange. Es ist wichtig.«

Sie nickt langsam, und ihre schönen Augen werden zu schmalen Schlitzen. Die Schlafzimmertür schließt sich mit einem bedrohlichen Klicken. Kurz darauf fällt die Haustür ins Schloss.

Zankl flucht und zieht die Schuhe an. Kurz überlegt er, Mader anzurufen, um ihm Bescheid zu geben. Worüber? Er wird es wissen. Ist ja selber auf der Burg. Alle sind da! Nur er nicht. Alle sind gegen ihn! Er wird nirgends anrufen.

GANZE ARBEIT (10:40)

Katrin sieht sich auf dem Burghof um. Respekt, ihr Mann hat ganze Arbeit geleistet. Als hätte er das schon immer gemacht. Nichts erinnert mehr ans 21. Jahrhundert. Kein Auto, keine Mülltonne. Sogar die Satellitenschüssel am Wirtschaftsgebäude wurde abgeschraubt. Na ja, die Showbühne mit ihren Boxentürmen und der Lightshow sind definitiv aus der Jetztzeit. Zugeständnis ans Publikum. Je später der Abend, desto lauter und tanzwütiger die Leute. Ansonsten Budenzauber à la rusticana: Lange Holztresen, an denen aus Holzfässern Bier gezapft und in Steinkrügen unters Volk gebracht wird, und auf dem riesigen Grill dreht sich bereits ein Ochse. Im Steinofen daneben werden später Fladenbrote gebacken. Katrin denkt an ihren Vater. Für ihn waren es immer die Höhepunkte des Jahres – die zwei Feste im Winter und im Sommer. Die Freunde, die High Society, die Kostüme, die Ausgelassenheit. Auch sie hat es geliebt. Jetzt hat ihr Mann das Ruder übernommen.

Katrin sieht zu dem Turmfenster hinauf, aus dem ihr Vater in den Tod gestürzt ist. Ihre Gedanken sind ganz klar. Sie wird die Umbaupläne ihres Mannes nicht zulassen. Sie ist die Erbin, und ihr Mann ist für den Tod ihres Vaters mitverantwortlich, indirekt zumindest. Und für Luigis Tod definitiv! Ihr Mann und seine schmutzigen Geschäfte. Immer kommt er damit durch. Bis heute. Aber er wird stolpern. Wenn ihr Plan funktioniert.

APOCALYPSO (10:42)

Zankl tritt vor die Tür. Ein wunderbarer Sommertag. Kann man eigentlich keine schlechte Laune haben. Es geht ihm sofort viel besser. Er wird sich an Hummel und Dosi rächen. Irgendwann, irgendwie. Er holt jetzt schnell das Kostüm aus dem Büro – für alle Fälle. Vielleicht ist er abends soweit wiederhergestellt, dass er auch noch nach Waldeck kann. Irgendwie wird er da schon reinkommen. Wenn die Gäste angetrunken sind, nimmt man das vielleicht nicht mehr so genau. Seine Frau muss er allerdings zuerst mit dem Badeausflug zufriedenstellen. Sonst Holland in Not. Er wird ihr auf dem Rückweg vom Büro einen schönen Strauß Blumen kaufen. Oder was anderes. Einen Liebesbeweis.

Als er die Stufen zur U-Bahn Theresienwiese hinuntergeht, spürt er wieder das fiese Ziehen im Unterleib. Verdammt, so empfindlich. Nein, nicht die U-Bahn. Wenn es da passiert, sitzt er in der Falle. Er geht zur Schwanthaler Straße. Sind eh nur zehn Minuten zu Fuß zum Stachus. Bei dem Wetter pures Vergnügen. Tatsache. Sein Magen beruhigt sich, sein nervöser Schließmuskel auch. Sein Gehirn auf Hochtouren. Was haben die vor? Wie hat Hummel das eingefädelt mit der Band? Hat er das schon die ganze Zeit gewusst? Aber warum hat Hummel ihn dann doch noch angerufen? Na klar, der Warmduscher hat ein schlechtes Gewissen. Zu Recht! Und er ist dann der Notnagel, wenn auf dem Burgfest was aus dem Ruder läuft. Zankl schüttelt den Kopf. Hummel und Dosi – ein echtes Dream-Team. Das muss Liebe sein. Er lacht. Und ärgert sich. So ausgebremst zu werden.

Bis zum Stachus geht alles gut. Dann macht Zankl einen verhängnisvollen Fehler. Statt weiterhin das schöne Wetter und den rauschenden Verkehr zu genießen, wählt er den kürzeren Weg durchs Untergeschoss. Der Duft der Unterwelt trifft ihn voll in die Magengrube. Asia-Snack, Aufbackbrezn, verdörrte Schweinshaxn unter Rotlicht, Chilileberkäse. Kein Erbarmen. In ihm brodelt es. Die grellorange Schrift auf den Schaufenstern eines Schuhgeschäfts spricht eine deutliche Sprache: ALLES MUSS RAUS!

Apocalypso – eine außerparlamentarische Rumbakugel rast unkontrolliert durch sein Gedärm in Richtung Notausgang. Blitzschnelle Prozesse zwischen unten und oben. Errechnen die Wahrscheinlichkeit, die Ettstraße noch rechtzeitig zu erreichen. Gegen null. Zankl sieht sich um. Boutiquen, Fressbuden, keine Klos. Nach oben! Er hastet die Rolltreppe hoch, fühlt sich wie eine Zeitbombe. Die letzten sechzig Sekunden ticken. Mäcki? Der Fettgeruch würde ihm den Rest geben. Fünfzig Sekunden. Oberpollinger? Klos oben beim Restaurant. Vierzig Sekunden. Never. Wohin?! Er sieht das Taschengeschäft. Oldschool Einzelhandel. Gibt's tatsächlich noch in der Fußgängerzone. Die haben bestimmt ... Dreißig Sekunden.

»Was kann ich für Sie tun?«, fragt die nette ältere Dame.

Zankls Blick flattert. »Die schwarze Handtasche da oben«, presst er heraus.

Zwanzig Sekunden.

»Warten Sie, ich hole eine …«

»Haben Sie ein Klo?«

»Äh, ja, da hinten.«

Zehn Sekunden.

Endspurt. Tür auf. Licht an. Tür zu. Hose runter. Setzen. 3, 2, 1, GO!

Zankl weint vor Glück. Das war knapp. So knapp. So fühlt sich Erlösung an.

Kurz darauf betritt er wieder den Verkaufsraum. Fühlt sich großartig. Der Brandgeruch in seinen Klamotten beunruhigt ihn nicht die Bohne. Die Verkäuferin hält ihm die schwarze Handtasche entgegen. Er strahlt sie an und befühlt das Leder. »Sehr fein.« Zankl staunt über sich selbst. Zielsicher hat er die schönste Tasche im ganzen Laden ausgewählt. Besser als Blumen. Das wird seine Frau versöhnlich stimmen. Garantiert.

»Vierhundertachtzig«, sagt die Verkäuferin.

Er schluckt. »Äh, das ist, äh, viel Geld.«

»Die *See by Chloé Daytripper* ist was fürs Leben. Ein echter Klassiker, ein Must-have. Das ist schon ein ausgesprochen günstiger Preis. Unser letztes Modell der limitierten Edition. Aber wir haben noch andere Taschen.«

Er nickt und sieht zur Taschenarmee an der Wand.

»Ich gebe Sie Ihnen für vierhundertvierzig«, schlägt die Dame vor. »Sehr schöne Qualität.«

Als Zankl im Präsidium eintrifft, ist seine Wut wieder da. Warum ist er nicht dabei? Auf dem Flur im Erdgeschoss kommt ihm Dr. Fleischer entgegen. »Hallo, Zankl«, trällert sie. »Auch Überstunden?«

»Sieht so aus. Ist das der neue Dienstlook?«, fragt er und

deutet auf das verwaschene Stones-Shirt, das sie über Leder-rock und Cowboystiefeln trägt.

»Von meiner Mutter. Original 1982. Also das Shirt, nicht meine Mutter.«

»Sehr cool.«

»Und das Tascherl ist auch sehr lässig. Könnte ein Trend werden, Zankl. O, là, là!«

»Das ist …«

»Eine *Daytripper*. Ich weiß. Scharfes Teil. Macht offenbar nicht nur Frauen wild.« Sie faucht und ist fort.

Im vierten Stock betritt Zankl ihr gemeinsames Büro und geht an den großen Schrank. Verdammt! Der Karton mit den Kostümen ist nicht da! Das Blut pocht in seinen Schlä-fen. Bei Mader findet er schließlich die Kiste. Für ihn gibt es eine grüne Strumpfhose, ein braunes Flanellhemd, Stiefel und einen Gehrock aus grobem Leinen. Scheußliche Sa-chen! Er wird darin aussehen wie ein Dorftrottel. Egal. Bis auf die Stiefel stopft er alles in die Handtasche. Kurz über-legt er, Hummels Mails zu checken, um Beweise für den Verrat zu suchen. Für die Intrige gegen ihn. Denn genau das ist es: eine Intrige! Von langer Hand geplant. Vielleicht ist auch sein Durchfall kein Zufall? Denn so schlimm war es mit den Hormonpräparaten noch nie! Hummels Passwörter kennt er ja. Hat insgesamt vier. Wenn ihn das System zum Ändern auffordert, fängt er wieder von vorne an. *Superfly, Otis, Atlantic, Stax*. Er fährt den Computer hoch. Heute ist es *Otis*. Er will schon Outlook öffnen, da wird ihm klar, was er tut. Hummel ist sein Freund! Geht gar nicht! Er schämt sich und fährt den Rechner wieder runter.

Er sieht auf die Uhr. Gleich halb zwölf. Schnell heim, mit Jasmin versöhnen. Die *Daytripper* wird dabei helfen. Schar-fes Teil. Wenn die Fleischer das sagt!

HOTHOTHOT (12:00 BIS 15:00)

Die brüllende Mittagssonne bringt den Asphalt in München zum Kochen. Ein Teppich aus flirrender Luft wabert über der Straße. Der Stachus-Brunnen bläst seine Wasserfontänen in den grellen Himmel. Kinder rennen durch den sprühenden Regenbogen. Autofahrer hupen wild, Ozon raubt ihnen den Verstand. Aus der S- und U-Bahn-Station quellen schwitzende Menschen. Obststände werben mit »Deutsche Erdbeeren!«. Nationale Frage. Aus Polen hingegen die Pfifferlinge. Steht klein auf den Preisschildern. Kaufingerstraße voll wie Budengassen auf dem Oktoberfest.

Wer schlau ist, fährt zum Baden, wie Zankl, der seine Frau tatsächlich glücklich gemacht hat mit der Handtasche und jetzt um halb zwei vor der Autobahnausfahrt Starnberg im Stau steht. Geschätzte vierzig Grad. Jasmins Hand liegt auf Zankls nacktem Oberschenkel. Alles ist gut.

Mader packt um zwei seine Sachen zusammen, um nach Waldeck aufzubrechen. Er nimmt die Trambahn nach Grünwald. Die Hallmeier wird ihn an der Endhaltestelle abholen. Als er ihr gestern gesagt hatte, warum er bei dem Fest dabei sein will, war sie sehr angetan. Hat er richtig eingeschätzt. Die Bürger lieben es, wenn sich die Polizei für ihre Interessen einsetzt. Die Hallmeier will immer noch nicht glauben, dass ihr verblichener Chef Selbstmord begangen hat, und hegt großes Misstrauen gegenüber Patzers feindlicher Übernahme selbst der heiligsten Familientraditionen wie des halbjährlichen Burgfestes. Mader kommt sich ein bisschen wie ein Betrüger vor, denn er hat ihr natürlich nicht gesagt, dass Haslbecks Tod für ihn eindeutig in die Kategorie Selbstmord fällt und dass er vielmehr an Patzer und seinen Geschäften interessiert ist. Zumindest haben sie ein gemeinsames Feindbild, und irgendwie hängt das ja alles zusammen.

Hummel hat um halb drei erfolgreich den Soundcheck absolviert und sitzt jetzt mit den anderen Musikern am Bühnenrand. Er trinkt Wasser, um einen klaren Kopf zu behalten. Wobei ein eiskaltes Bier jetzt eigentlich die richtige Belohnung wäre für die schweißtreibende Aufbauarbeit. Aber er muss einen klaren Kopf behalten, er ist ja nicht zum Vergnügen hier.

Dosi hat sich während des Soundchecks schon ein bisschen mit den Örtlichkeiten vertraut gemacht. Sie hat sich von Hummel das Halstuch ausgeliehen und es zum Kopftuch umfunktioniert. Denn ihre roten Haare sind doch ein bisschen auffällig. Hatte sie vorher nicht bedacht. Nicht dass sich Patzer an sie erinnert. Allerdings ist von dem momentan weit und breit nichts zu sehen. Aber sie muss auf der Hut sein. Zumindest, solange hier nur so wenige Personen im Burghof sind.

Katrin liegt auf ihrem Bett und starrt den Stoffhimmel an. Ist in Gedanken versunken. Das Fest. Da muss sie jetzt durch. All die Erinnerungen an ihren Vater lasten bleischwer auf ihr. Ihr prächtiges moosgrünes Kostüm liegt auf der Chaiselongue.

Patzer und Steinle sind in der City und bestens gelaunt. Die Gespräche mit den Scheichs in dem eiskalt temperierten Be-

sprechungsraum im Bayerischen Hof sind hervorragend gelaufen. Sie treten gerade hinaus auf den brütend heißen Promenadeplatz. Der Aston Martin steht bereit. Sie steigen ein,
Patzer lässt den Motor aufheulen.

PETER UND LEONID (15:46)

Eine Seitenstraße am Isarhochufer in Grünwald. Peter und
Leonid sitzen in ihrem mattschwarzen Audi A6 und haben
den Parkplatz vor Burg Waldeck im Auge.

»Heute große Party«, sagt Leonid und schlägt mit der
Rechten aufs Armaturenbrett.

»He, die Karre ist brandneu«, schimpft Peter. »Sei ein bisschen vorsichtig!«

Leonid dreht die Handfläche und zeigt Peter die zerquetschte Fliege.

Peter nickt leicht genervt.

Leonid zieht seine Waffe raus. »Ist auch brandneu.« Seelenruhig schraubt er einen dicken Schalldämpfer auf den
Lauf seiner Pistole. Er lässt die Scheibe runter und schießt in
die Krone der stolzen Kastanie am Straßenrand. Laub und
Federn stieben aus der Krone, und mit etwas Verzögerung
purzelt ein toter Vogel aus dem Baum. Beide grinsen wie
kleine Kinder.

»Aber nachher drehst du nicht wieder durch, Leo.«

»Ich dreh nix durch, ich bin Ruhe selbst.«

»Ja, genau, wie bei dem Burgherrn.«

»Das war ein Unfall.«

»Dass ich nicht lache. Elena hätte mir fast den Kopf abgerissen.«

»Danke.«

»Wofür?«

»Dass du nix gesagt. Du bist echte Kumpel.«

Bin ich das?, überlegt Peter, ein echter Kumpel? Er sieht zu Leonid, der wieder an seinem Schalldämpfer herumschraubt und sich über seine Waffe freut wie ein kleines Kind. Für Leonid ist das alles ein einziger großer Abenteuerspielplatz. Er denkt noch mal an die Geschichte mit dem Turm. Schon schräg. Sie wollten mit dem Typen doch nur sprechen, mit ihm verhandeln. Ganz vernünftig. Also ein bisschen Druck ausüben. Und der lässt sie einfach abblitzen. Macht auch noch einen Witz über Olga und ihren Beruf. Und schon tickt Leonid aus. Schubst ihn aus dem Fenster. Mann! Aber der Rest war schon lustig, irgendwie cool. Wie er dem toten Grafen in dem Blumenbeet auf der Rückseite des Turms die Schlüssel aus der Tasche genommen hat, um vorne abzusperren. Von außen. Um dem Toten dann wieder den Schlüssel in die Tasche zu stecken. Hätte dann so ausgesehen, als hätte er sich eingesperrt, um ungestört zu springen. Aber dann kam jemand zum Turm, und er musste schnell nach drinnen verschwinden und absperren. Er stand hinter der Tür und draußen rüttelte jemand daran. Und er fragte sich, wo Leonid war. Einfach wie vom Erdboden verschluckt. Er sollte doch unten warten? Er wollte sich schon tierisch aufregen, weil – da tauchte er wieder auf. Leo hatte einen Luftschutzgang gefunden, der ins Nachbargebäude führte. Also blieb der Schlüssel stecken, wo er war, und sie machten den Abgang und hinter sich die Schotten dicht. Somit sah es tatsächlich so aus, als hätte der Hausherr sich eingesperrt und wäre gesprungen. Das perfekte Verbrechen.

»Warum so viel Leute?«, fragt Leonid plötzlich. »Warum so große Party?«

»Elena hat gesagt, da geht's nicht nur um Party, sondern vor allem ums Geschäft. Dieses Hotelprojekt. Da kommen mächtige Leute.«

»Olga auch Geschäft. Schweinehunde. Mach ich alle kalt.«

»Du hältst dich zurück. Ich regle das Geschäftliche. Du passt auf, dass sie keine faulen Tricks machen. Aber keine Gewalt! Falls wirklich nötig, wirst du sie nur ein bisschen einschüchtern.«

»Bin nicht schüchtern.«

»Leider nein. Elena hat gesagt: freundlich bleiben und die Hunderttausend für Olga mitbringen!«

»Olga mit Geld nicht lebendig. Olga wie Schwester.«

»Wie Schwester? Hör mir auf, Leo. Olga war eine Prostituierte.«

»Trotzdem Schwester. Aus Moskau wie ich.«

»Und ein paar Millionen andere auch. Deine Heimatromantik ist echt fürn Arsch, Leo. Lass deine Emotionen da raus! Wir sind Geschäftsleute, wir nehmen keine Rücksicht auf so Gefühlszeug. Heute bringst du niemanden um. Leo, ist das klar?! Überlass mir das Reden, und wenn's nötig ist, machst du ihnen ein bisschen Angst. Mehr nicht. Und jetzt ruh dich noch ein bisschen aus. Das Fest beginnt um vier.«

Leonid dreht die Rückenlehne nach hinten. Schließt die Augen.

Peter sieht durch die getönte Windschutzscheibe in den Himmel. Ja, der Plan ist ein bisschen riskant, aber Elena hat schon recht. Wenn alle auf einem Haufen sind, dann will der neue Hausherr keinen Ärger haben. Und wenn es bei diesen Immobiliengeschäften wirklich um so große Summen geht, wie Elena gesagt hat, dann sind hunderttausend eh nur Peanuts. Trotzdem: heiße Kiste. Aufregend. Was für ein Aufstieg! Jetzt ist er seit zwei Jahren dabei. In einem früheren Leben war er Klempner. Bis zu seinem ersten krummen Ding. Wegen dem er gleich in den Bau eingefahren ist. Zu Mondo 6 ist er wegen Leonid gekommen. Sie teilten sich in Stadelheim die Zelle. Offiziell machen sie Sicherheitsdienst für Elenas Unternehmen. Sie verdienen da gutes Geld. In der Regel sind es einfache Jobs. Mal mehr, mal weniger brutal. Die Mädels beschützen, Geld eintreiben. Mit Drogen haben sie nur selten zu tun. Gut so, weil Drogen sind scheiße. Bei diesem Job heute hat er ein komisches Gefühl, denn normalerweise arbeiten sie nachts und an einsamen Orten, wo sie niemand stört. Das hier ist am helllichten Tag, und sie sind hier wie auf dem Präsentierteller. Elena hat ihm eingeschärft: »Dass keiner geht kaputt!« Ob sie ahnt, dass Leonid für das Ableben des Burgherrn verantwortlich ist? Vermutlich. Sie ist ja nicht blöd. Der Job heute muss gut laufen.

Mit leichter Sorge sieht Peter zu seinem schnarchenden Kollegen hinüber. Leo ist ein echter Bulldozer. Zwei Meter, drei Zentner Lebendgewicht. Massiv. Haut kalkweiß, wodkaimprägniert. Unikat. Kann man schon Angst kriegen. Peter holt sein Handy raus und surft ein bisschen.

FESTLICH (16:49)

Das Fest ist in vollem Gange, Luft erfüllt mit dem Duft von Gegrilltem, dem Klackern der Steinkrüge und einem rauschenden Stimmengewirr. Gaukler zeigen ihre Kunststücke, ein Feuerschlucker jagt Flammen in den Himmel. Die Band hat gerade ihre erste Pause. Irgendwo leiert ein Leierkasten. Vor zehn Minuten ist die arabische Delegation eingetroffen. Patzer hat sie über den Hof zur Turnierwiese geführt, wo sie in einem großen Zelt ein gewaltiges Buffet erwartet. Steinle ist in einem langen Mantel ganz in schwarzem Samt erschienen, Patzer trägt eine schwere weiße Robe mit Hermelinkragen. Stilecht, wenn auch ein bisschen warm für die sommerlichen Temperaturen.

WURSTPELLE (17:22)

Peter lenkt den Wagen auf den Parkplatz vor der Burg. Inzwischen sind beide verkleidet.

Leonid ist nicht glücklich. »Hose sehr knapp«, jammert er. »Wie Pelle von Wurst.«

Peter sieht auf die überquellenden Oberschenkel von Leonid und muss lachen. »Das Stündchen wirst du schon aushalten.« Er parkt den Wagen, öffnet das Handschuhfach und nimmt einen Umschlag heraus. »Wir sind ganz offiziell eingeladen. Elena hat hier vier Mädels am Start.«

»Mondo 6 überall«, sagt Leonid.

»Nein. Diesmal Hot Ladys. Partnerfirma. Mondo 6 ist hier nicht so angesagt nach der Sache mit Olga.«

Leonid wurschtelt seine große Waffe in den engen Hosenbund.

»Lass das Ding da«, sagt Peter. »Zu auffällig.«

»Ohne Bummbumm? Njet!«

»Ich steck die kleine Lady ein. Zur Sicherheit.« Peter holt aus dem Handschuhfach eine zierliche Pistole. »Die macht auch Löcher. Für alle Fälle. Elena hat gesagt, es soll niemand zu Schaden kommen. Außerdem kontrollieren die streng.«

Genervt schiebt Leonid seine Pistole unter den Sitz. Peter bugsiert die kleine Pistole vorsichtig in den Schritt seiner engen Hose. Er hält inne und zieht sie noch mal raus, um noch mal zu prüfen, ob sie wirklich gesichert ist. Macht auch Löcher, denkt er.

»Die tfwei fehen komiff auf«, sagt Jakko zu sich selbst, als er Peter und Leonid aus dem Wagen steigen sieht. Checkt er mal lieber. »Einladung!?«, fragt er.

»Willst du Ärger?!«, fragt Leonid scharf.

Jakko sieht ihn hart an. Von dem lässt er sich keine Angst einjagen. Obwohl das sicher vernünftiger wäre. Peter beschwichtigt. »'tschuldigung, mein Partner, äh, er ist ein bisschen hitzköpfig.« Er reicht Jakko die Einladungen. Der studiert sie und nickt schließlich. Leonid schiebt sich an Jakko vorbei. Peter zwinkert Jakko zu. »Hat gestern schlecht geschlafen. Sonst ist er allerliebst.«

»Allerliebft«, murmelt Jakko und sieht ihnen nachdenklich hinterher. *Partner? Sagt man das so? Wie Geschäftsleute sehen die nicht aus. Wie auch? Mit den Klamotten. Vielleicht sind die ein Paar?* Er beobachtet, wie die beiden von der Security gefilzt werden. Nichts Auffälliges. Schon sind sie drin. Falls er heute auch noch drinnen zum Einsatz kommt, wird er ein Auge auf die beiden haben. »Und wenn die tfehnmal 'ne Einladung haben.«

SWINGERCLUB (17:30)

»Durst«, sagt Leonid, als er den Ausschank im Hof sieht.

»Nur Bier und nur eins«, ordnet Peter an. »Bleib in der Nähe, ich schau mich mal um.« Er verschwindet zwischen den kostümierten Menschen.

Leonid steuert auf den Ausschank zu. Als er einen Krug Bier

ergattert hat, stellt er sich am Ochsengrill an. Er ist der Größte in der Reihe. Von oben plumpst sein Blick direkt in das Dekolleté der Frau vor ihm. Ihm läuft das Wasser im Mund zusammen. »Geht's noch!?«, fragt die Frau scharf und schaut zu ihm hoch. Leonid ist sofort entflammt. Diese Frau, dieser Ausschnitt. Er mag resolute Frauen. Besonders kleine Frauen, die ein paar Pfunde mehr auf den Rippen haben. Er grinst sie an.

»Schleich dich!«, zischt Dosi und dreht sich weg.

Als Dosi ihre Ochsensemmel in den Händen hält, eilt sie von dannen. Die sind nicht ganz knusper hier. Alle. Über dem Ganzen liegt eine, eine – sie weiß auch nicht –, so eine sexuelle Anspannung. So stellt sie sich das vor, wenn man in einen Swingerclub geht. Tür zu, Masken auf, Hosen runter, Vollgas. Vielleicht gibt es hier später noch eine Massenekstase. Da ist sie definitiv nicht dabei! Ihr fällt die Wasserleiche ein. So will sie nicht enden. Bloß nüchtern bleiben, Kontrolle behalten! Sie sieht zur Band hinüber. Hummel trompetet sich die Seele aus dem Leib. Macht er gut. Sie bemerkt mit Schrecken, wie der Riese nach ihr Ausschau hält, und drängt sich durch die Ritter, Knappen und Hofdamen zur anderen Hofseite. Ausnahmsweise ist sie mal dankbar für ihre geringe Körpergröße.

ALLE WASSER (18:35)

»Mann, Dosi, das ist ein Knochenjob«, sagt Hummel zu Dosi in einer Spielpause.

»Nicht nur auf der Bühne, mein Lieber. Hier gibt's Gäste, die willst du nicht wirklich treffen. Komm, wir sehen uns jetzt mal um. Mich interessiert das Arbeitszimmer vom alten Haslbeck.«

»Willst du einbrechen?«, fragt Hummel.

»Natürlich nicht. Ich hab einen Schlüssel. Frag mich nicht, woher, okay?«

»Woher?«

»Klappe!«

Hummel nickt langsam. Die ist wirklich mit allen Wassern gewaschen, denkt er.

Der Wohntrakt ist ein bisschen abgelegen. Hier sind keine Gäste. Hummel und Dosi sehen sich kurz um, dann sperrt Dosi die Eingangstür auf, und sie verschwinden in dem zweistöckigen Gebäude.

»Ich hab zehn Minuten«, sagt Hummel, »dann muss ich wieder auf die Bühne.«

Sie gehen durch die Zimmer, die erstaunlich zurückhaltend eingerichtet sind. Kein Prunk, sondern sehr bodenständig, fast wie in einem Bauernhaus. Helles Holz, Eichendielen und gekalkte Wände. Im Luxus lebte der Graf ganz offensichtlich nicht. Sie betreten das Arbeitszimmer. Auch hier alles wohl aufgeräumt. Dosi setzt sich an den Schreibtisch und zieht die Schublade auf. Hummel checkt währenddessen die Regale mit den Leitzordnern. »Die Finanzen könnten interessant sein«, murmelt er. Dosi findet ein paar Briefe, Rechnungen, ein Etui mit einem schönen Füller, einem Siegelring und Siegellack. Und ein Notizbuch. Sie blättert darin. Telefonnummern. Nur Vornamen. Vielleicht interessant. Dosi steckt es in die Schürze.

»Und, hast du was?«, fragt Hummel.

»Nein, ich glaub, hier finden wir nichts.«

»Ich muss zurück. Komm, wir gehen.«

Dosi sucht sich ein stilles Plätzchen und studiert das Notizbuch. Sie wird bei Gelegenheit die Telefonnummern durch-
probieren und hören, wen der alte Haslbeck so alles kannte.
Ein Namenskürzel verwundert sie: EVH. Eduard von Haslbeck? Daneben mehrere Nummern und ein Name: Katrin-
Amalie07. Heißt seine Tochter Amalie mit zweitem Namen?
Dosi überlegt: Ein Passwort? Wäre möglich. Sie sieht auf die
Uhr. Das muss sie noch überprüfen. Aber jetzt hat sie gleich
ihr Date mit Katrin. Eine ziemlich heikle Aktion, die sie da
vereinbart haben. Katrin will ihrem Mann eine Falle stellen,
und Dosi soll sie dabei belauschen. Um halb acht soll im
Herrenhaus im Kaminzimmer ein intimer Empfang für
wichtige Gäste stattfinden. Die Vorbereitungen werden Katrin und ihr Mann treffen. Gelegenheit für ein Gespräch
unter vier Augen und sechs Ohren.

Dosi sieht zur Bühne. Hummel ist wieder im Einsatz.
Hätte sie ihn informieren sollen? Nein. Er muss ja nicht alles
wissen. Oder sicherheitshalber doch? Falls was schiefgeht?
Doch was soll schon groß passieren, wenn es hier nur so vor
Menschen wimmelt? Sie geht hinüber zum Herrenhaus und
huscht unauffällig hinein. Katrin hätte diese Tür nicht offen
lassen müssen, denkt sie jetzt. Ich hab ja 'nen Schlüssel. Aber
das muss sie ja nicht wissen.

Im Kaminzimmer sieht es aus, wie Dosi sich das bei einer
Burg vorstellt. Schwere Teppiche, dunkles Holz, Rüstungen
und Ölschinken an der Wand. Ausladende Sofas und eine
große Anrichte mit zahlreichen Spirituosen. Dosi schaut

sich um. Katrin Patzer sagte etwas von einer spanischen Tür auf der rechten Seite. Jetzt sieht sie die Tür. Katrin hat sie für sie einen Spalt offen stehen gelassen. Wäre sonst kaum zu erkennen in der mit Seide bespannten Wand. Als Dosi die Tür öffnet und die Nische dahinter sieht, schüttelt sie den Kopf. Beim besten Willen, wie soll sie da reinkommen? Die Nische ist nicht für ihren Körperbau gemacht. Sie sieht sich um. Ein anderes Versteck gibt es nicht. Gleich werden Katrin und ihr Mann hier eintreffen. Also zwängt sich Dosi hinein und zieht die Tür von innen zu. Das Schloss schnappt ein. Es ist eng, sehr eng. Wie in einem Sarg. Hochkant. Dosi atmet flach. Hört ihren Atem und spürt ihr Herz pochen. Wird sie überhaupt etwas verstehen, wenn sich im Zimmer Leute unterhalten? Ja, wird sie, denn jetzt hört sie bereits Stimmen.

»Katrin, wo soll ich den Kübel mit dem Eis hinstellen?«

»Auf die Bar. Möchtest du, dass ich den Glen Morgain hole?«

»Nein, Katrin. Das wäre zu viel der Ehre. Die Jungs bekommen einen guten Scotch. Das muss reichen. Ich bin nicht die Caritas.«

Dosi hört Gläser klirren und wie Eis gestoßen wird.

»Heribert, was ich dir noch sagen wollte. Gestern war diese Polizistin noch mal bei mir.«

»Und was wollte sie?«

»Die Polizei glaubt immer noch, dass du hinter dem Mord an Luigi steckst.«

»Ach, Schatz, das haben wir doch besprochen. Natürlich schätze ich es nicht, wenn du einen Geliebten hast, aber deswegen bringe ich ihn doch nicht um, den kleinen Stecher.«

»Luigi wurde brutal umgebracht«, sagt Katrin in deutlich erhöhter Tonlage, »und du hast da deine Finger im Spiel gehabt.«

»Wir kommst du auf eine so garstige Idee?«

»Die Polizistin sagt, du hättest den Killer angeheuert. Im *Paradise Lost*.«

Keine Antwort.

»Hast du gehört?«

»Paradise-was?«

»*Paradise Lost*. Da staunst du, was?!«

»*Paradise Lost*. John Milton. Ich glaube, da haben wir eine schöne Erstausgabe in der Bibliothek. Dein seliger Vater zumindest. Ich les den alten Scheiß ja nicht.«

»Das *Paradise Lost* ist eine Kneipe in Fröttmaning. Ein übler Schuppen. Ich war da!«

»Schatz, was soll das?! Treibst du dich jetzt rum? Suchst du einen neuen Lover? Wenn das so ist, dann sollten wir klare Regeln aufstellen. Du bist erwachsen und kannst machen, was du willst. Aber wehe, einer von den Heinis betritt unser Haus! No way! Ist das klar!?«

Dosi hört, wie Katrin in Tränen ausbricht. Am liebsten würde sie jetzt rausstürmen und Patzer eine schmieren. Aber das wäre keine gute Idee. Diese Aktion ist jedenfalls für den Arsch. Der Typ ist einfach zu cool. Den kann man nicht provozieren. Mist, jetzt muss sie hier noch mindestens eine halbe Stunde in diesem Sarkophag verharren. Oder wie lange die edlen Herren gedenken, bei einem Glas Whisky Konversation zu betreiben. Aber vielleicht sind die Gespräche unter den Geschäftsfreunden ja auch interessant. Puh, die Luft ist knapp im Wandschrank, durch die Ritzen dringt nur sehr wenig Sauerstoff. Dosi lehnt sich an die Wand und schließt für einen Moment die Augen.

ABGROOVEN (20:35)

Hummel stellt die Trompete in den Ständer und wischt sich den Schweiß von der Stirn. Ja, das ist ein Knochenjob! Ein einzelnes Set bei Eisenterz ist wie ein ganzes Konzert mit seiner Band. Mit der Rechten greift er nach dem Bierkrug und zieht das warm gewordene Bier mit einem großen Schluck runter. *Wahnsinn!* Das ist nix für schwache Nerven. Die anderen Musiker haben schon gut einen im Tee und klatschen sich gegenseitig ab. Riesenparty! Wie die Mittelalterfans zu ihrem Sound abgrooven, ist schon erstaunlich. Hummel versteht langsam, was seine Übungsraumkollegen so treiben. Zwar Scheißmusik, aber die Haltung dahinter gefällt ihm. *Party! Alarm!* Am liebsten würde er jetzt losgehen und sich ein weiteres Bier holen, um sich für das nächste Set in Stimmung zu bringen. Aber er ist ja nicht zum Spaß hier. Er will rauskriegen, was hinter den Kulissen läuft. Und hier läuft was. Um das zu spüren, muss man kein Ermittler sein. Es gibt zwei Sorten von Gästen: die einen, die sich treiben lassen, und die anderen, die sich Brot und Spiele nur ein bisschen angucken und in kleinen Grüppchen beieinanderstehen und Geschäftliches besprechen. Eine Gruppe von Männern ist gerade im Herrenhaus verschwunden. Mit Patzer. Wo ist eigentlich Dosi? Es war ausgemacht, dass sie in seiner Nähe bleibt. Kann er sich doch nicht auf sie verlassen? Er wählt ihre Handynummer. Nichts. Keine Mailbox. Sehr merkwürdig.

RAUCHPAUSE (20:47)

Hummel holt sich eine Ochsensemmel und schlendert auf das Herrenhaus zu. Am Eingang steht ein ziemlich unangenehmer Typ. Es ist Jakko, der am Parkplatz im Moment nicht gebraucht wird. Hummel beobachtet ihn, wie er gedankenverloren in der Nase popelt und das zutage Geförderte genau studiert. Für den menschlichen Verzehr nicht geeignet. Doch! Hummel läuft ein Schauer über den Rücken. Jakko blickt auf und sieht Hummel. Der zuckt zusammen. Doch Jakko grinst ihn breit an. Nickt ihm zu.

»Hi. Ftarke Mufik, die ihr macht, ehrlich.«

Hummel erstarrt. Das Lispeln! Der Fette! Von dem Zankl erzählt hat. Der Kumpel von Lasso, dem Typen im Fleischwolf. Jakko!

»He, if waf?«, fragt der.

»Nein, sorry, hab mich verschluckt.«

»Ich fteh fonst nur auf Hardrock, aber daf ift fhon fuper.«

»Danke. Ich vertret eigentlich nur 'nen Freund an der Trompete. Bin das erste Mal hier. Geiles Fest!«

»Ich bin der Ftakko. Ich bin auch das erfte Mal hier. Ich mach Fecurity. Damit die hohen Herren unter fich find.« Er deutet mit dem Daumen hinter sich.

»Ich denk, die Scheichs sind auf der grünen Wiese?«

»Ja, daf hier ift privat. Befprechung.«

»Aha. Und du passt auf, dass nix passiert. Fad, oder?«

»Kannftu laut fagen. Aber die Kohle if gut. Wenn man jetft noch rauchen könnte. Will der Ffeff nich, Figaretten gabf im Mittelalter nich.«

»Es wird doch irgendwo eine Raucherecke geben, wo dich keiner sieht? Ich lös dich 'nen Moment ab. Na komm, zisch los.«

»Ich weiff nicht.«

»Geh schon. Ich pass auf. Ich gehör ja auch zur Veranstaltung. Ich muss eh die Zeit bis zum nächsten Set totschlagen.«

»Efft? Okay. Darf einfaff keiner rein.«

»Alles klar, lass dir ruhig Zeit. Um neun muss ich wieder auf die Bühne.«

»Okay, Kumpel. Fuper.« Jakko fummelt aus seinem Wams den Tabakbeutel heraus und zieht Leine.

Das war fast zu einfach, denkt Hummel und platziert sich vor der Tür. Eine Minute steht er da und beobachtet das Treiben im Hof. Niemand nimmt Notiz von ihm. Wäre gut, wenn Dosi jetzt auftaucht. Er probiert noch mal ihre Handynummer. Ohne Erfolg. Soll nicht sein. Okay. Er wirft den Rest der Semmel weg und öffnet die schwere Holztür.

Als sie hinter ihm ins Schloss fällt, wird ihm etwas mulmig. So still plötzlich. Der Gang ist nur schwach beleuchtet. Halogen hinter Butzenglas. Wie Kerzenschein. Hummel schleicht den Gang entlang bis zu einer großen Flügeltüre. Lauscht. Nichts. Öffnet sie. Ein Ächzen, als würde das Gebäude gleich einstürzen. Aber nur gefühlt. Er betritt das Kaminzimmer. Wow!, denkt sich Hummel. So stellt er sich das vor auf einer Burg. Edel und rustikal. Die Gemälde und Rüstungen. Er sieht die vielen Gläser. Es riecht nach Zigarren und Whisky. Aber wo sind die Leute? Plötzlich hört er ein Geräusch. Ihm bleibt das Herz fast stehen. Er stützt sich an der Bar auf und bringt dabei ein Schälchen mit Erdnüssen zu Fall. Mit einem lauten Klirren zerplatzt es auf dem Steinboden. Hummel erstarrt. Er führt sich auf wie ein Elefant im Porzellanladen.

SCHNAPSIDEE (20:51)

Dosi hält den Atem an. Was ist das? Sie ist von dem Geräusch aufgewacht. Was war das?! Alle Glieder schmerzen. Erst weiß sie nicht, wo zur Hölle sie ist. Dann fällt es ihr ein. In dem verdammten Wandschrank. Wäre die Situation nicht so unangenehm, würde sie lachen. Was für eine Schnapsidee! Aber einen Versuch war es wert gewesen. Respekt, Katrin Patzer hat gute Nerven. Ihren Mann so anzugehen. Trotzdem Fehlschlag. Und jetzt steckt sie fest. Sozusagen. Solange sich da draußen jemand rumtreibt. Sie atmet flach, der Schweiß läuft ihr an der Stirn hinab, sie muss aufs Klo. Was für ein verdammter Mist!

Jetzt hört sie das Quietschen der schweren Holztür des Kaminzimmers, das Schnappen des Schlosses. Dann Stille. Offenbar ist keiner mehr im Raum. Höchste Zeit, hier rauszukommen! Sie drückt gegen die spanische Tür. Erlebt eine böse Überraschung. Die Tür klemmt! Sie drückt fest. Die Tür ist erstaunlich stabil. Eine Panikwelle durchläuft ihren Körper. Sie riecht ihren Schweiß. Scharf. Drückt mit aller Kraft. Aber die Tür gibt nicht nach! Tränen schießen Dosi in die Augen. Sie holt ihr Handy aus der Schürze. Sie muss Hummel zu Hilfe holen. Sie starrt auf das Display. Kein Empfang. Klar. Sie stöhnt auf. Cool bleiben, Dosi!, sagt sie sich. Sie macht die Handylampe an. Im weißen Licht sieht sie den Schnappverschluss. Jetzt versteht sie. Mit Druck geht die Tür nicht auf. Sie zieht den Bauch ein und den Türrahmen zu sich heran und lässt ihn zurückschnalzen. Ohne Widerstand schwingt die Tür auf. Dosi verliert das Gleichgewicht und stolpert nach vorn ins Kaminzimmer und bleibt einen Moment benommen auf dem dicken Teppich liegen. Dann schleppt sie sich zu einem der ledernen Clubsessel und setzt sich. So ganz rund läuft das nicht. Sie geht zur Bar und gießt sich einen Whisky ein.

UNTER KUTTEN (20:53)

Hummel ist gar nicht weit weg. Nur ein paar Räume weiter. Der große Burgsaal ist leer. Er geht in die Mitte des Raums. Durch die schmalen hohen Fenster fällt nur wenig Licht. Wo sind die alle hin? Er hat sie doch vorhin ins Gebäude reingehen sehen. Er konzentriert sich. Der Lärm draußen ist nur eine leise Ahnung. Aber da ist noch was. Stimmen? Wo? Er schließt die Augen, dreht sich, bis er sich sicher ist, und horcht. Ja, da sind Stimmen. Die schmale Tür. Er horcht am Türblatt. Überlegt. Sieht auf die Uhr. Er könnte jetzt einfach wieder nach draußen gehen, an Jakko übergeben, sobald er von seiner Rauchpause kommt. Sache gut sein lassen. Wäre die bessere Idee. Nein. Die Tür lässt sich geräuschlos öffnen.

Stufen. Hinab in ein Gewölbe. Krypta? Weinkeller? Nein, dafür ist es hier deutlich zu warm. Hummel steigt die steilen Stufen hinab und sieht unten im Kellergewölbe einen großen runden Tisch. Zehn Personen sitzen um ihn herum. Verhüllt von schwarzen Kutten mit spitzen Kapuzen mit Augenschlitzen. Ein Geheimbund? Ku-Klux-Klan? Fasziniert sieht Hummel hinunter. Er ist keine fünf Meter Luftlinie vom Tisch entfernt, zwei Meter über dem Boden auf einem Treppenabsatz. Er drückt sich in die Wandnische. Punktstrahler beleuchten die Tischplatte.

Eine der Kutten hat das Wort. »Meine lieben Freunde. Nach unserem kleinen Aperitif freue ich mich, dass wir die von Graf von Haslbeck initiierte Tradition der *Großen Zehn* weiterpflegen. Ich werde von nun an den Vorsitz übernehmen und darf euch versprechen, dass die grundlegenden Absprachen weiterhin Bestand haben. Ich komme damit zum ersten und wichtigsten Tagesordnungspunkt: ISARIA. Die Finanzierung steht, aber die Araber wollen noch heute eine definitive Entscheidung, sonst ziehen sie ihr Angebot zurück. Sie sitzen draußen im klimatisierten Beduinenzelt, hauen sich die Wampen voll und warten auf unsere Ansage. Wenn ihr das Go gebt, unterschreiben sie.«

»Ich kann keine definitive Zusage geben«, bemerkt einer der Angesprochenen. »Sobald das öffentlich wird, mobilisiert der Bund Naturschutz alles, was er hat, um das Projekt zu verhindern. Und dann wird sich der Umweltminister genau überlegen, was er tut. Er will ja im Herbst wiedergewählt werden.«

»Na ja, es gibt folgende Möglichkeit: Wir finanzieren im Gegenzug ein Umweltschutzprojekt woanders im Landkreis München. Im Perlacher Forst gibt es ein Waldstück, wo früher eine Farbenfabrik ihr Lager hatte. Absolut katastrophale Verhältnisse. Total verseucht. Das könnten wir sanieren.«

»Weiß die Öffentlichkeit von dem verseuchten Waldstück?«

»Nein. Noch nicht.«

»Sobald das raus ist, wird man sowieso sagen, dass das unser Job ist. Oder fragen, warum das nicht schon längst gemacht wurde.«

»Tja, mein Lieber, das kriegst du aber leider nicht so einfach gebacken. Weil das Umweltressort kein Geld hat und ihr auf private Investoren mit Umweltgewissen angewiesen seid.«

»Dass ich nicht lache. Der dümmste Bauer wird sehen, dass das ein Kuhhandel ist. Wie Emissionshandel.«

»Die Welt ist ungerecht. Ihr habt doch sicher eine gute PR-Abteilung, die das angemessen in Szene setzt. Stellt euch nicht so an! Das Wirtschaftsressort sieht das Ganze viel pragmatischer.«

»Ach, hör doch auf! Wenn das alles so kurz nach Edis Tod passiert, fängt irgendwer noch an, da einen Zusammenhang zu konstruieren. Jeder weiß, dass der Alte beim Bund Naturschutz aktiv war.«

»Ja und? Vielleicht sieht seine Tochter das mit dem Naturschutz etwas anders, zukunftsorientierter. Lass das mal meine Sorge sein.«

»Können wir das ganze Projekt nicht etwas schieben? Bis Gras über die Sache gewachsen ist. Sonst sieht es so aus, als hätten wir nur drauf gewartet, dass Eduard abnippelt.«

»Haben wir ja auch. Leute, wir können nicht warten, bis die nächsten Wahlen stattgefunden haben. Das Geld liegt jetzt bereit. Nur jetzt. Die Geldgeber sitzen da draußen. Und ich werde das durchziehen.«

WO BIST DU? (20:56)

Dosi stolpert in den Burghof hinaus. In die kühle Abendluft. Sie atmet tief durch. Das hat nichts gebracht. Definitiv. Der Sound der Band donnert durch den Burghof. Sie sieht zur Bühne. Hummel ist nicht dabei? Verdammt! Sie drängt sich durch die Menschenmassen an den Bühnenrand. Zwischen zwei Nummern winkt sie Duke.

Der sieht sie und kriegt sofort schlechte Laune. Er ist schon ziemlich besoffen. »Sag deinem Scheißfreund, er soll seinen Arsch herbewegen!«, lallt er. »Es gibt hier einen Job zu erledigen!«

Dosi nickt, kämpft sich den Weg frei durch die Leute, weg von der sich aufbäumenden Musik. Sie sucht den gesamten Burghof ab, entdeckt Hummel aber nirgends. Sie zieht sich in eine Ecke zurück und holt ihr Handy heraus. Sieht jetzt, dass Hummel es mehrfach probiert hat. Sie wählt seine Nummer. Nichts. Dann wählt sie Maders Nummer. Geht auch nicht dran. »Verdammt, da muss was passiert sein!«, zischt sie. Er muss doch auch hier sein. »Mader, hier ist Dosi!«, sagt sie auf die Mailbox. »Ich finde Hummel nicht! Bitte sofort Rückruf!«

GROB BEDIENT (21:01)

Hummel gehen die Ohren über. Ist das Patzer? Er kann sich an seine Stimme von der Befragung im Präsidium nicht wirklich erinnern. Und wenn, hier hätte er keine Chance. Durch die Kutten und Kapuzen klingt alles sehr dumpf. Hummels Nerven vibrieren. Er ist ganz nah dran. Jemand anders allerdings auch. Hummel bleibt fast das Herz stehen, als er hinter sich Bewegungen wahrnimmt. Da ist jemand, oben auf der Treppe. Über ihm. Fast lautlos. Aber nur fast. Jemand drückt sich etwas oberhalb in eine Wandnische. Er hört das Rascheln von Stoff, leises Atmen, das Kratzen von Schuhsohlen auf den Steinstufen. Hummel presst sich noch fester an die Wand.

Unten läuft das Gespräch weiter: »Und wenn ihr alles so kompliziert macht, dann hab ich immer noch das Video aus der Überwachungskamera im Fitnessraum. Oder wie ihr euer Spielzimmer mit der Streckbank nennt. Ich hab das Video mit der Russin. Ich kann euch genau sagen, wer von euch hier am Tisch dabei war. Was meint ihr, was passiert, wenn das auf YouTube läuft?!«

»Du fieses Arschloch.«

»Das sagst du? Du feige Nuss! Verdammt noch mal! Wer es grob mag, wird auch grob bedient!«

»Haslbeck hatte recht. Du bist ein Riesenarschloch!«

»Na und? Und was seid ihr? Weicheier! Entweder wir ziehen das jetzt gemeinsam durch, oder wir gehen gemeinsam unter.«

Ein Hüsteln.

»Verdammt, was war das?!«

Hummel macht sich vor Aufregung fast in die Hose. Sein Schatten hat gehustet. Was jetzt?! Seine Hand geht automatisch zum Schulterholster. Ins Leere. Die Dienstwaffe hat er natürlich nicht mitgenommen. Die Sicherheitsleute haben sogar die Band gefilzt. Hummel dreht sich vorsichtig um und starrt ins Dunkle. *Überraschung!* Einer der Kuttenmenschen fliegt die zehn Stufen hoch, packt ihn am Kragen und zerrt ihn nach unten. Hummels Hinterkopf knallt auf die Tischplatte. Er sieht in das gleißende Licht eines Punktstrahlers.

»Kennt ihr den?«, fragt sein Widersacher.

Keine Antwort.

»Freundchen, was machst du hier?! Wer schickt dich?!«

Hummel gibt keine Antwort. Die Typen sind unberechenbar. Die würden sogar einen Polizisten umbringen.

»Bist von der Russenmafia, du Arschloch?!«

Hummel ächzt nur. Sagen könnte er eh nichts, so fest wird ihm der Kehlkopf zugedrückt.

»Russenmafia?«, fragt jemand. »Was soll das?!«

»Stellt euch nicht blöd. Meint ihr, die Russentante von der Agentur lässt zu, dass eine ihrer Hostessen einfach so verschwindet? Und dann zahlt niemand den Schaden, hä?!« Er wendet sich wieder Hummel zu. »Willst du Geld?«

Hummel weiß gar nicht, was er will. Doch. Dass der Arsch aufhört, seinen Hals zuzudrücken. Er spürt, wie ihm alles entgleitet. Er wird ohnmächtig und sinkt zu Boden.

»Na super. Was machen wir jetzt?«, fragt eine Kutte.

»Wir stellen ihn kalt.«

»Du wirst doch nicht …«

»Nein. Das werde ich nicht. Das sorgt nur für noch mehr Stress. Ich mach euch jetzt einen Vorschlag: Wir ziehen das Ding mit ISARIA endlich durch. Ich kümmere mich um den hier. Wenn er wieder munter ist, handle ich einen vernünftigen Preis für die Russentante aus. Das ist Portokasse. Im Vergleich zu dem, was bei ISARIA drin ist.«

»Du inszenierst hier eine Schmierenkomödie«, sagt eine der Kutten. »Mit deinem kleinen Russen.«

Eine andere Kutte schüttelt den Kopf. »Alles nur wegen dieser verfickten Nutte!«

Es dauert eine lange Sekunde, bis die Garstigkeit dieser Worte ihren Weg in Leonids spärliche Gehirnwindungen gefunden hat. Peter ahnt schon, dass etwas passieren wird, und hält Leonid fest. Vergeblich. Als die Botschaft in Leonids Kleinhirn angekommen ist, explodiert er und stürzt die Treppe hinab auf den Kuttenträger zu, der es gewagt hat, so schlecht über seine geliebte Olga zu sprechen. Peter zieht die Waffe. *Peng!* Lauter Knall aus der Ladygun. Daneben.

Poffpoffpoff. Aus Patzers Schalldämpferwaffe. Peter fällt die Treppe runter wie ein Sack Getreide. Fast beiläufig erledigt Patzer Leonid, der den Urheber der garstigen Worte würgt.

Aufgesetzter Schuss. *Poffpoffpoff.* Dreimal. Weil der Sound so gut ist. Wie eine Boxerfaust in einen Boxsack. Leonid sinkt zu Boden. Stille. Völlige Stille. Alle Augen auf die beiden Toten. Blutlachen breiten sich aus. Hummel kriegt von alldem nichts mit. Er ist im Nirwana. Temporär zumindest.

»Patzer, du bist wahnsinnig!«, sagt einer der Kuttenträger. »Jetzt haben wir die Scheiße richtig am Dampfen!«

»Wo gehobelt wird, fallen Späne. Notwehr.«

»Was, was machen wir jetzt?!«, fragt eine Kutte ängstlich.

»Die Agentur wird nicht erfreut sein. Aber ruhig Blut. Wir erhöhen das Kopfgeld. Die sind im Bedarfsfall ganz pragmatisch. Wir haben hier ja noch einen, der die Verhandlungen führen kann. Er hat bestimmt ein lebhaftes Interesse, das noch gut hinzukriegen, oder?« Er tritt Hummel in die Seite. Hummel zuckt. Nur ein Reflex.

»Patzer, du bist komplett wahnsinnig«, sagt eine der Kutten.

»Nein, ich bin Geschäftsmann. Und ihr seid verdammte Weicheier. Das hier ist nicht allein mein Ding. Ihr hängt da alle mit drin. Die tote Nutte geht auf euer Konto. Ohne sie hätten wir diese Typen hier nicht auf dem Hals. Also kriegt euch ein. Ich helf euch zum zweiten Mal aus der Scheiße und möchte endlich eine Gegenleistung sehen. Ist das klar?!«

»Aber was machen wir jetzt mit dem?« Die Kutte deutet auf Hummel.

»Der kriegt 'nen Koffer voller Geld. Ein Teil ist Schweigegeld für ihn. Er hat dafür keine Ahnung, wo seine Kumpels abgeblieben sind. Den Rest gibt er seiner Chefin. Und jetzt mein letzter Aufruf: Wer ist dabei bei ISARIA?!«

Zögerlich hebt einer nach dem anderen die Hand.

»Geht doch!«, sagt Patzer zufrieden. »Und jetzt macht euch auf den Weg nach oben und feiert!«

»Du willst das Fest weiterlaufen lassen?«

»Natürlich. Soll ich hochgehen und sagen: ›Hey, Leute, hier sind uns zwei Typen abgenippelt. Genug gefeiert! Geht nach Hause!‹, das klingt doch komisch. Na los! Party! Feiert mit unseren Arabern!«

Niemand sagt was. Patzer ist in seinem Element. Geborener Krisenmanager.

AUFS ÄUSSERSTE (21:36)

Dosi ist ratlos. Passiert ihr eigentlich nie. Von Hummel keine Spur, von Mader auch nicht. Sie hat es auch bei der Hallmeier probiert. Ihre kleine Einliegerwohnung ist abgeschlossen. Verdammt, wenn das mal nicht alles im Chaos endet!, denkt sie. Nein, beruhigt sie sich selbst. Die sind alle erwachsen. Und sie sind Polizisten. Was soll da schon groß passieren? Unter den Augen so vieler Leute. Sie wird jetzt ihren Job weitermachen. Es gibt ja noch was zu erledigen. Sie greift in ihre Schürze. Das Notizbuch und der Schlüsselbund. Sie geht zum Wohngebäude hinüber. Kommt sich ein bisschen vor wie in einer Zeitschleife. Vorhin war sie hier mit Hummel. Déjà-vu. Und trotzdem hat sie das Gefühl, als wäre es Jahre her.

Zielstrebig geht sie ins Arbeitszimmer und fährt den Computer hoch. Als das System nach dem Kennwort fragt, gibt sie *katrin-amalie07* ein. Falsches Kennwort. Dosi schlägt mit der Faust auf den Schreibtisch. Nein, ruhig bleiben. Sie probiert es noch mal. Jetzt schreibt sie die ersten Buchstaben groß. *Bing!* Angemeldet. »So geht das!«, sagt sie zu sich selbst und schaut sich die Dateibäume an. Sie ist ungeduldig.

Lässt sich den belegten Speicher zeigen. Knapp vier Giga-byte. Gleich alles! Sie öffnet den Bürocontainer und findet dort leider keinen USB-Stick. Aber eine Spindel mit DVDs. Klar, der Graf war noch ganz oldschool unterwegs. Sie schiebt eine DVD ins Laufwerk und zieht den Dokument-ordner in das Fenster des Brennprogramms. Sechs Minuten dreiundzwanzig. Nervös beobachtet sie, wie sich der Balken auf dem Bildschirm langsam füllt. Als endlich das erlösende *Pling* ertönt, sind ihre Nerven aufs Äußerste gespannt. Sie zieht die noch warme DVD aus dem Laufwerk und steckt sie in die Schürze. Fährt den Computer runter und verlässt das Wohngebäude.

ERKENNTNIS (21:48)

Hummel kommt wieder zu Bewusstsein. Er wagt es nicht, die Augen zu öffnen. Stellt sich bewusstlos. Spürt die Leder-gurte an Hand- und Fußgelenken, einen ziehenden Schmerz im Körper. Erkenntnis: Das ist eine Streckbank! Und: Hier ist die Isarlady ums Leben gekommen! Hummel konzen-triert sich ganz auf sein Innerstes und sieht sich als Märtyrer sterben. Aber er wird die Informationen nicht preisgeben, die die Inquisition von ihm will. Soll der große Schmerz doch kommen! Er wird ihn mit einem Lächeln begrüßen. Er kann noch viel mehr Schmerzen ertragen! Kann er das? Nicht wirklich. Vorsichtig öffnet er die Augen. Alles schwarz. Was ist passiert? Er hat in dem Kellergewölbe keine Ge-sichter gesehen. Nur das gleißende Licht, als sein Kopf auf die Tischplatte knallte. Mit den Fingerspitzen tastet er nach den Ledergurten um seine Handgelenke. Kann sie nicht berühren. Das Leder schneidet tief ins Fleisch. Scheiße, denkt Hummel, ich liege auf einer verdammten Streckbank, und niemand weiß, wo ich bin.

PLÖTFLIFF (21:53)

Patzer nimmt sich gerade Jakko zur Brust, den er ausgeknockt neben dem Eingang zum Burgsaal gefunden hat. »Jakko, ich dachte, ich kann mich auf dich verlassen!?«

Jakko hält sich den Hinterkopf. »Tut mir leid, FFeff, ef kam fo plötfliff!«

»Wer war das?«

»Keine Ahnung. Ich habf nicht kommen fehen.«

»Okay, Jakko. Du hast ja jetzt am eigenen Leib erfahren, dass ich nicht nur Freunde hab.«

»Ich bin Ihr Freund.«

»Das weiß ich, Jakko. Und das schätze ich. Jetzt pass auf, du holst dir einen Eimer mit Wasser und einen Wischmopp und kommst mit mir da runter. Und dann hilfst du mir noch bei einer anderen Sache.«

KOMISCHES GEFÜHL (22:02)

Dosis weitere Suche nach Hummel ist nicht von Erfolg gekrönt. Mader erreicht sie immer noch nicht auf dem Handy. Fanfarenklang lockt sie auf die Wiese hinter der Burg. Dort wird bei Fackelschein ein Turnier ausgetragen. Sie erkennt Steinle und Katrin Patzer auf der Tribüne, daneben eine

Reihe von Menschen, denen man ansieht, dass sie wichtig sind. Einen kennt sie. Wirtschaftsminister Huber. Und eine ganze Reihe Araber in wallenden Gewändern. Zwei Ritter in voller Rüstung donnern auf Pferden aufeinander zu. Die Lanze des einen Ritters zersplittert am Brustpanzer des anderen. Abgang in hohem Bogen mit dreistem Scheppern. Lauter Applaus.

»Harte Jungs, Doris, nicht?«

Erschrocken sieht sie Mader ins Gesicht. Mit der weiten Samtmütze und der weißen Feder hätte sie ihn nicht ohne Weiteres erkannt. »Mader, gut, dass Sie da sind! Ich hab Sie schon überall gesucht. Warum gehen Sie nicht ans Handy?«

»Wär zu auffällig. Ist ja ein Mittelalterfest. Ich dachte, ich behalte mal Patzer und seine Freunde im Auge. Vorhin hab ich sie eine ganze Weile aus den Augen verloren. Wo ist Hummel?«

»Das frage ich mich auch. Bei der Band ist er nicht. Er ist wie vom Erdboden verschluckt. Ich hab ein ganz komisches Gefühl.«

SUPERHELD (22:20)

Hummel hätte jetzt gerne seine sonst so lebhafte Fantasie zur Verfügung. Dann würde ihm bestimmt ein genialer Ausweg aus dieser aussichtslosen Lage einfallen. Aber so was geht nicht auf Knopfdruck. Dazu muss er entspannt sein. Ist er nicht. Er verspürt nichts als Angst. Warum eigentlich? Ist doch genau die Lage, in die er sich immer hineinimaginiert: einsamer Cop in aussichtsloser Lage. Aus der er sich mit einem grandiosen Trick befreit. Wie ein Superheld. In der

Armbanduhr eine Kapsel mit Säure, die das Leder seiner Riemen verätzt. Nein. Jetzt mal ganz realistisch: Er ist kein Held, und seine Situation ist aussichtslos. Schlechte Kombi. Oder doppelt blöd.

Er sieht es genau vor sich. Hier ist die Frau zu Tode gekommen, die sie aus der Isar gefischt haben. Hier wurde vielleicht auch der italienische Kellner gefoltert, den sie dann zerstückelt am Stadion gefunden haben. Und Lasso? Ist der auch hier gewesen? Kripokommissar Hummel wird das Gesetz der Serie leider nicht durchbrechen. Was ist sein Schicksal? Die Schinkenpresse? Ist das seine Bestimmung? Verdammt! Er will noch länger leben. Er überlegt, was er eigentlich gesehen und gehört hat. Nichts Handfestes. Eine Gruppe Kuttenträger, die ein paar Andeutungen über dubiose Geschäfte gemacht haben. Dann ging alles ganz schnell. War Patzer dabei? Vermutlich. Es sind keine Namen gefallen. Es waren nur Muffelstimmen zu hören. Alles verschwimmt in seinen Gehirnwindungen. Am schlimmsten ist, dass niemand weiß, wo er steckt! Wo ist Dosi, verdammt noch mal?! Warum ist seine Strumpfhose eigentlich feucht und klebrig? Hat er eingenässt? Ist das Blut? Hat er sich verletzt? Ja, es riecht nach Blut. Aber er spürt dort keinen Schmerz. Er hat das schon öfters gehört: Bei extremen Verletzungen spürt man keinen Schmerz wegen des Adrenalins, das durch den Körper rauscht. Er lacht hysterisch auf und lässt den Kopf zurücksinken. Um ihn gleich wieder zu heben. Ein Lichtspalt? Ja. Da muss eine Tür sein. Er hört Geräusche. Jemand ist da draußen. Das hört er deutlich. Ein Blecheimer schrappt über den Boden. Das klatschende Geräusch eines Wischmopps.

»Halllo!«, krächzt er mit matter Stimme. »Hallloh! Halllhohh! Hallo!«

Jetzt ist es still draußen. Die Tür öffnet sich. Ein Mann im Gegenlicht. Nur ein Schattenriss. *Ratsch!?* Was ist das? Todesangst durchflutet Hummel. Jetzt wird ihm Klebeband auf die Augen gedrückt. Er hört eine Stimme: »Fo. Rauffpaufe vorbei. Forry, hat ein bifffen gedauert.«

»Ich, ich, es, es tut …«

»Fdnautfe!«

Jetzt landet Klebeband auf Hummels Lippen. Jakko beginnt, die Fußfesseln zu lösen. »Wenn du Feiffe bauft, bift du alle.« Jakko löst die Handfesseln. »Hinfetfen!«

Hummel setzt sich. Jakko fesselt ihm die Hände mit Klebeband auf den Rücken. »Komm!«

Jakko zieht ihn von der Bank und hinter sich her, die Treppen hoch. Hummel ist glücklich, weil sein vermeintlich schwer verletztes Bein tadellos funktioniert. Aber wo kommt dann das Blut her?

Irgendwann sind sie draußen. Hummel hört das Fest, die Stimmen, die Musik, riecht das würzige Grillfleisch, das Bier. Er könnte heulen vor Glück. So klar und frisch schmeckt das Leben.

Jakko schiebt ihn vor sich her zum Parkplatz. Er hat einem der beiden toten Jungs den Autoschlüssel abgenommen und drückt den Sender auf dem großen Parkplatz. Die Blinker eines schwarzen Audis gehen an. Jakko bugsiert Hummel auf den Beifahrersitz.

Wo bringt er mich hin?, denkt Hummel. In ein Waldstück, wo mich niemand sieht und hört? Hummels Hoffnungen, aus dieser Sache lebend rauszukommen, schwinden akut. Bestimmt wird Jakko ihm an einem einsamen Ort das Hirn rauspusten.

Jakko schießt aus dem Parkplatz. Hinter ihnen röhrt Patzers Aston Martin.

TONNENSCHWER (22:57)

Dosi und Mader suchen immer noch nach Hummel. Erfolglos. Dosis schlechtes Gewissen wiegt Tonnen. Sie hat Hummel zu der ganzen Aktion hier überredet.

Mader ist ganz ruhig. Äußerlich. Innerlich bebt er. Sein Bauch sagt ihm, dass etwas passiert ist. »Ich bin kurz davor, hier eine Hundertschaft anrücken zu lassen, Doris. Ich dachte, Sie beide machen das hier gemeinsam?«

»Ja, ich weiß. Ich mach mir ja selbst Vorwürfe.«

Er sieht sie ernst an. »Das Kopftuch, das kenn ich …?«

»Das ist Hummels Halstuch. Er hat es mir geliehen. Ich wollte nicht, dass Patzer mich erkennt. Meine roten Haare sind ein bisschen auffällig.«

»Geben Sie mir das Tuch. Ich hab eine Idee.«

Sie öffnet den Knoten und gibt ihm das Tuch. Mader nimmt es und geht zum Wirtschaftsgebäude hinüber. Sie folgt ihm, ohne Fragen zu stellen. Die Haushälterin öffnet. Bajazzo schwenzelt um ihre Beine herum. Mader lächelt und geht in die Knie. »Bajazzo, du bist doch ein Polizeihund?« Bajazzo sieht sein Herrchen ernst an. »Bajazzo, pass auf, du kennst doch Hummel, oder?« Bajazzo sieht sein Herrchen ernst an. »Also, wir suchen Hummel. Das hier ist sein Halstuch. Schnupper mal.« Bajazzo sieht sein Herrchen ernst an. »Jetzt komm schon, schnupper!« Bajazzo schnuppert und blickt direkt zu Dosi. »Nein, Bajazzo, sie hat es nur ausgeliehen. Schnupper noch mal. Hummel!« Bajazzo schnuppert noch mal und sieht sein Herrchen ernst an. »Okay, geht's los?«, fragt Mader.

Bajazzo trabt auf den Burghof hinaus. Mader und Dosi haben Mühe, ihm durch die Menschenmassen zu folgen. Bajazzo läuft planlos umher. Wenn sein Herrchen sich einbildet, dass er in diesem Geruchsorkan irgendwas finden kann, dann wird er es versuchen. Am Eingang zum Burgsaal erschnüffelt er tatsächlich etwas. Einen Rest Ochsensemmel, den er *schwupps* verschwinden lässt. Er kratzt an der schweren Holztür. Mader und Dosi sind zur Stelle.

Mader drückt die Klinke. Abgeschlossen. »Moment. Warten Sie hier«, sagt er.

Dosi hätte einen Schlüssel. Aber das sagt sie Mader lieber nicht.

MONEY, MONEY (23:01)

Hummel wacht auf. Alles tut weh. Zu seinem Erstaunen sind seine Hände frei. Mit einem Ruck reißt er sich das Klebeband von den Augen. Eine lange Sekunde, bis der Schmerz nachlässt. Wahrscheinlich hat er gerade seine Brauen epiliert. Sein Kopf! Jakko hat ihm eins über die Rübe gegeben. Aber er ist am Leben! Er sieht die Ringe auf dem Lenkrad. Ein Audi. Kein Zündschlüssel. Eine Parkbucht irgendwo an einer gottverlassenen Landstraße. Er greift in den Strumpfhosenbund nach seinem Handy. Nichts. Ist weg. Er betastet sein Bein. Die Strumpfhose ist verkrustet. Sein Blut kann es nicht sein, denn sein Bein fühlt sich okay an. Ein bisschen taub vielleicht, sonst nichts. Merkwürdig. Jetzt sieht er den Aktenkoffer auf dem Fahrersitz. Er öffnet ihn. Im Mondlicht kann er es deutlich sehen: Der Koffer ist voller Bündel mit 50-Euro-Scheinen. Erschrocken klappt er den Koffer wieder

zu. Schweigegeld? Mit fahrigen Fingern öffnet er den Koffer
noch mal. Fünfziger. Bündelweise. Er wiegt ein Bündel in
der Hand und überschlägt den Gesamtbetrag. Das sind um
die zweihunderttausend Euro! Was hat er schon gesehen?
Männer in Kutten. Sonst nichts. *Take the money and run!*
Quatsch! Er ist Polizist! Wenn er die Scheißkarre kurzschlie-
ßen könnte. Nicht mal das kann er. Sieht man doch in der
blödesten Vorabendserie. Diese TV-Filme haben allerdings
nicht viel mit der schnöden Realität zu tun. Und irgendwas ist faul hier. Die Stille. Was soll er in der Pampa mit
einem Auto, das nicht fährt, und einem Koffer voll Geld?
Wie ist Jakko wieder weggekommen? Klar, er hat Kompli-
zen. Scheiße, die stellen ihn hier doch nicht einfach so ab!
Da passiert doch noch was? Er wird bestimmt nicht lange
allein bleiben. Hummels Polizeiinstinkte funktionieren noch,
denn als er die Scheinwerfer sieht, steigt er schnell aus. Er
schlägt sich ins Gebüsch und beobachtet den Parkplatz. Wo
ist das Auto? Scheinwerfer sind jetzt aus. Der Mercedes hält
hundert Meter hinter dem Audi.

ANGSTSCHWEISS (23:02)

Mader kommt mit einem Schlüsselbund von Frau Hallmeier
zurück. Er probiert die Schlüssel durch und sperrt auf. Hier
ist der Job für Bajazzo einfach. Nicht tausend Gerüche, die
sich überlagern. Er hat Hummel genau in der Nase. Den
feinen, scharfen Angstschweiß, der aus dem Kellergewölbe
strömt. Auch andere Gerüche. Es riecht nach Blut. Kann er
leider nicht mitteilen. Oder zum Glück. Mader und Dosi
steigen die Treppe runter. Mader sucht den Lichtschalter

und findet ihn. Der große Besprechungstisch wird erleuchtet.

»Wie in einem James-Bond-Film«, sagt Dosi leise.

»Fehlt nur noch Blofeld«, meint Mader.

Der Raum ist picobello sauber. Muss man Jakko lassen. Hat er gut hingekriegt. Zumindest oberflächlich. Hummels Handy hat er allerdings nicht gesehen. Das findet Bajazzo nämlich unter dem Tisch. Mader und Dosi sehen sich betreten an. Bajazzo kratzt an einer eisenbewehrten Holztür. Mader zieht den schweren Riegel beiseite und lässt die Tür aufschwingen. Das Ächzen der Scharniere geht ihnen durch Mark und Bein. Das Licht aus dem Gewölbe fällt auf die Streckbank. Mader und Dosi denken das Gleiche. Jetzt sehen sie die Flecken auf der Streckbank. Ist das Blut?

BUMMBUMM (23:04)

Zwei Männer. Schränke. Waffenstahl glänzt matt im Mondlicht. Hummel drückt sich hinter den großen Mülleimer des Parkplatzes. Stechender Gestank. Er atmet flach. Sein Herz macht *Bummbummbumm*. Die Männer bewegen sich lautlos auf den Audi zu. Ballett. Gehen in die Hocke, Tür links, rechts, auf, Waffen rein.

»Nix«, sagt einer.

»Scheiße«, der andere.

Sie durchsuchen den Wagen, den Kofferraum.

»Nix«, sagt der eine.

»Scheiße«, der andere.

»Hat gesagt, Kollege gibt uns Kohle. Viertelmillion. Dann quitt.«

»Welche Kollege? Wo?«

Der Plastikgriff des Koffers ist schweißnass. Verrecktes Geld! Hummel könnte sich ohrfeigen. Warum hat er das gemacht?! Reflex. Gier? Nicht gut jedenfalls. Er könnte jetzt bereits aus dem Spiel sein. Die Typen würden den Koffer nehmen und auf Nimmerwiedersehen verschwinden.

Die beiden Sprachverhunzer stehen unschlüssig beim Audi. Hummel wird ganz cool und lässt bündelweise das Geld im Mülleimer verschwinden. Dann verschließt er die Zahlenschlösser des Koffers und schleudert ihn ins Gebüsch auf die andere Straßenseite. Die Männer fahren herum. Mit gezückten Waffen gleiten sie lautlos über die Straße, hinab in den Straßengraben und ins Gebüsch. Hummel kriecht los. Zu dem Mercedes. Er betet, dass der Zündschlüssel steckt.

Kurz darauf sind die beiden Männer mit dem Koffer wieder beim Audi.

In diesem Moment heult der Motor ihres Wagens auf. Hummel gibt einfach Gas. Eine Kugel durchschlägt den rechten Seitenspiegel. Hummels Herz rast. Das Auto schießt durch die Mondnacht.

LIEBESPAAR (23:06)

Blofelds Zentrale. Ein Geräusch von oben. »Bajazzo, du bleibst hier drin! Leise!«, flüstert Mader und zieht die Tür zur Folterkammer zu. Er greift Dosi an der Hüfte und wirft sie auf den Konferenztisch. »Wir sind ein Liebespaar!«, zischt er sie an.

»Waf ift da loff?!«, ruft jemand von oben.

Mader schaltet sofort. Das Lispeln. Das ist der Typ, mit dem er wegen der Fotos telefoniert hat!

Auf dem Treppenabsatz steht Jakko. Frisch zurück von seinem Kurztrip ins Voralpenland. Und er sieht richtig böse aus. »Waf macht ihr da?!«

»Wonach sieht's denn aus, Bruder?«

Dosi zittert. Zugleich bewundert sie Mader, wie überzeugend er den aufsässig-betrunkenen Klang in seine Stimme legt.

»Verdammt, daf ift privat hier! Rauff!«

»Lass mich die Braut noch klarmachen, dann sind wir weg.«

Jakko lässt sich den Gedanken durch den Kopf gehen, dann schüttelt er den Kopf und kommt die Treppe hinunter. Er packt Mader am Arm. Bajazzo winselt und kratzt an der Innenseite der Tür der Folterkammer. Jetzt sieht Jakko Mader richtig bös an und greift nach hinten in seinen Hosenbund. In diesem Moment schnellt Dosis Knie hoch. *Rührei!* Jakko schreit auf und geht zu Boden. Jakkos Pistole klackert auf den Steinen. Mader schnappt sich die Waffe und entsichert sie. »So, jetzt reden wir mal Klartext. Was passiert hier?«

Jakko hält sich mit beiden Händen das Genital und sieht Mader schmerzverzerrt an.

»Wo ist Hummel?!«, zischt Mader.

Jakko sagt zwar nix, aber sein Gesicht spricht Bände. Mit dem Namen kann er nichts anfangen.

»Der Typ, den ihr hopsgenommen habt?«, versucht es Mader.

Jetzt kapiert Jakko. Ein Grinsen huscht über sein Gesicht.

Mader ist kurz davor zu explodieren, hat sich aber im Griff. Fast. »Was immer ihr mit ihm gemacht habt, wir machen dasselbe mit dir. Verstehst du das?«

Jakko grinst immer noch.

»Na, los, komm, Brüderchen«, sagt er zu Jakko und deutet mit der Waffe zur Folterkammer. »Du machst dich da drüben ein bisschen lang.«

Dosi sieht Mader entsetzt an.

»Na, wird's bald?!«, schreit Mader Jakko an.

In Jakkos Augen blanke Panik.

»Leg dich da hin! Aber schnell!«

Jakko wälzt sich auf die Bank. Mader gibt Dosi die Waffe und schließt die Lederriemen um Jakkos Hand- und Fußgelenke. Dosi hat inzwischen die Waffe heruntergenommen und beobachtet fassungslos, wie eiskalt Mader mit Jakko umspringt. Sie sieht ihn verständnislos an. »Sie werden ihn doch nicht …?!«

»Was? Foltern? Wofür halten Sie mich? Ich bin Polizist. Wir sind die Guten.«

LÄNGER LEBEN (23:23)

Hummel rast durch die mondhelle Nacht. Auch seine Gedanken rasen. Zeigen sein Leben im Zeitraffer. Da geht doch noch so viel! Hoffentlich. Er möchte noch nicht sterben. Hastiger Blick in den Rückspiegel. Nichts. Kein Wagen. Er nimmt den Fuß vom Gas. Ein bisschen. Warum sind hier keine Autos unterwegs? Wenn er nur sein Handy noch hätte. Und irgendwo muss es doch Häuser geben, in denen Menschen wohnen, die ihm helfen, wo er telefonieren kann. Aber nur Felder. Kann das sein? Keine Ansiedlungen? Das ist doch Bayern und nicht die mongolische Steppe? Hoffnungslosigkeit und Leere machen sich in ihm breit. Seine Lebensgeister erwachen erst wieder, als er endlich die Scheinwerfer eines anderen Autos im Rückspiegel sieht. Gerettet! Die haben bestimmt ein Handy, mit dem ich Hilfe holen kann, denkt Hummel und reduziert das Tempo noch mehr.

Ja, ein Handy haben die ganz sicher, denkt er panisch, als die Scheinwerfer aufblenden und das Auto aufschließt. Er erkennt den schwarzen Audi. Er tritt das Gas durch. Wie ist das möglich? Warum fährt die Karre? Na ja, wenn *er* nicht weiß, wie man ein Auto kurzschließt, heißt das noch gar nichts. Er muss lachen und schüttelt den Kopf. Sein Überlebenswillen ist geweckt. Der Mercedes fliegt durch die Nacht. Der Audi ist eng an ihm dran. Und endlich sieht er Höfe, Häuser, Straßenlaternen, Lichter. Nur dass er jetzt nicht mehr anhalten kann. Holzkirchen. Er donnert am Ortsschild vorbei. Mit röhrendem Motor schießt er durch den Ort und weiter in Richtung Salzburger Autobahn. Wenn er das schafft, kommt er auch bis München. Die Auffahrt zur Autobahn nimmt er mit so viel Schwung, dass er mit dem Heck die Leitplanke touchiert. Mit einem Auge sieht er nach vorne, mit dem anderen in den Rückspiegel. Die Lichter der Verfolger bleiben dran. Auf dem Seitenstreifen flammt ein Blaulicht auf. »YES!«, schreit Hummel. Aber noch geht er nicht vom Gas.

SCHEISSE BAUEN (23:26)

»Mann, Jakko, kaum dreht man sich um, baust du schon wieder Scheiße!«, schimpft Patzer, als er Jakko in der Folterkammer entdeckt. Er ist richtig sauer. »Ich hätte es wissen müssen, dass ich mit so 'nem Holzkopf wie dir ein Sicherheitsrisiko eingehe! Du bist einfach ein fettes, dummes

Bummerl«, sagt er, während er ihn losmacht. »Dumm geboren, dumm geblieben.«

Jakko reibt sich die Handgelenke und sieht Patzer hart an. Dann langt er zu. *Bong!*

Patzer geht sofort zu Boden.

»Felber Holtfkopf!«, schnauft Jakko und zieht Patzer die Waffe aus dem Schulterholster. Er packt Patzer auf die Streckbank und schnallt ihn fest. Soll der mal sehen, wie das ist. Der Depp! Und die zwei Typen von eben wird er sich auch noch schnappen. Den Mann hat er heute schon mal mit der Hallmeier gesehen.

'NE MENGE ÄRGER (23:35)

Mader und Dosi sitzen erschöpft bei Frau Hallmeier auf der Küchenbank. Sie haben mit Hilfe von Frau Hallmeier die ganze Burg noch mal auf den Kopf gestellt, aber Hummel nicht gefunden. »Ich geb auf«, sagt Mader resigniert. »Ich rufe jetzt Günther an und lass hier ein SEK antanzen. Das Blöde ist nur – wir haben überhaupt nichts Konkretes. Außer dem aufgeschreckten Fettwanst, den wir festgesetzt haben. Wenn sich Hummel nur mit einem Burgfräulein vergnügt oder irgendwo besoffen rumliegt, dann haben wir ein Problem.«

»Wir haben die Folterkammer als Anhaltspunkt«, meint Dosi und sieht dabei zu Frau Hallmeier. »Die es hier ja angeblich nicht gibt …«

»Ach, was heißt das schon«, sagt Mader.

Dosi nickt. Ja, was heißt das schon. Es gibt keine hinreichenden Verdachtsmomente, mit denen sie den Staatsanwalt von der Notwendigkeit einer kriminaltechnischen Untersuchung überzeugen könnten. Aber die Flecken auf der Bank. Alte und neue. Wenn das Blut ist? Von der späteren Wasserleiche? Und dann noch Hummels Blut? Sie sieht Mader an. »Ja, rufen Sie Günther an.«

In diesem Moment klingelt Maders Handy in der Garderobe.

»Es hat vorhin schon die ganze Zeit geklingelt«, sagt die Haushälterin.

Mader geht zu seiner Jacke.

Jetzt splittert die Haustür aus den Angeln. Jakko steht vor ihnen. Frau Hallmeier kreischt schrill auf.

»Klappe!«, befiehlt Jakko.

Sie sinkt auf einen Küchenstuhl. Maders Handy verstummt. Bajazzo kläfft aufgeregt. Mader und Dosi bewegen sich nicht.

»Bib meine Piftole her!«

»Ganz ruhig«, sagt Mader, zieht die Pistole aus dem Hosenbund und reicht sie ihm. »Ich bring den Hund nach nebenan, und dann unterhalten wir uns.« Er schiebt den aufgeregten Bajazzo in Hallmeiers Schlafzimmer und schließt die Tür. »Jetzt können wir reden.«

»Kein Bock. Und jetft rauf! Und keine Fakfen! Hände hoch. Einer nach dem andern.«

FASCHING (23:38)

Als die Autobahnpolizei Hummel bei Brunnthal endlich auf den Seitenstreifen drängt, weint Hummel fast vor Glück.

»So, dann steigen wir mal aus«, meint der eine Polizist, der mit gezogener Waffe an die Fahrertür getreten ist.

»Danke, dass ihr gekommen seid«, sagt Hummel.

»Sie. Heißt des.«

»Entschuldigung.«

Der Polizist steckt seine Waffe ins Holster. »Wo kommstn her? Is leicht scho Fasching?«

Hummel wird jetzt erst bewusst, dass er immer noch in seinem Mittelalterkostüm steckt. Schlagartig wird ihm auch klar, dass er weder Führerschein noch Fahrzeugpapiere vorweisen kann. »Äh, ich komm von einem Kostümfest.«

»So schaust aus. Wie viel Bier?«

»Gar keins.«

»Des hamma gleich. Aussteigen. Papiere. Blasen.«

Hummel steigt aus. Er ist ein wenig ratlos. Die beiden sehen nicht wirklich nett aus. Sie mustern ihn von oben bis unten. Ihre Augen bleiben an dem blutverkrusteten Strumpfhosenbein hängen. »Was ist da passiert?«, fragt der Kleine.

»Ich weiß es nicht«, sagt Hummel wahrheitsgetreu.

Die beiden schütteln die Köpfe.

»Ich bin Polizist«, versucht Hummel es.

Der Große der beiden lacht dröhnend. »Und ich bin E.T.«

»Optisch kommt das hin«, rutscht es Hummel raus.

Der Große packt ihn sofort am Kragen. »Dir reiß ich die …!«

»Lass ihn!«, geht der andere dazwischen. »Also?«

»Ich bin von der Kripo. Ich hab ermittelt«, versucht es Hummel noch mal.

»Und hast mit hundertzwanzig unsere Leitplanke ruiniert.«

»Ich wurde verfolgt.«

Der Kleinere der beiden dreht sich um. Er sieht ganz langsam nach links, dann nach rechts. Der Große macht es ihm nach. In diesem Moment fährt ein schwarzer Audi an ihnen vorbei. Hummel geht in Deckung.

»Der spinnt. Der ist auf Drogen«, sagt der Große.

»Na, was is jetzt? Papiere?«, fragt der Kleine.

»Hab ich nicht.«

»Wem gehört des Auto?«

»Weiß ich nicht.«

»Aha, weiß der Herr nicht. Super. Dann sag ich: Keine falsche Bewegung!«

Die beiden Autobahncops legen Hummel Handschellen an und bugsieren ihn in ihr Auto.

DER FETTE (23:45)

Polonaise: Dosi, Mader, Hallmeier. Und ganz hinten Jakko, die Waffe im Anschlag, einen Mantel darübergeworfen. Falls wer guckt. Im Burghof ist immer noch viel los. Sie gehen zum Burgsaal hinüber. Sie fallen nicht weiter auf. Mader bleibt kurz stehen, hat die Augen halb geschlossen, konzentriert sich.

»Waf wird daf?«, zischt Jakko.

»Moment!«, murmelt Mader und sieht nach oben.

»Lof, da rein, ihr FFeiffer!«, zischt Jakko und schiebt sie in das Gebäude.

Zankl gehen die Augen und Ohren über, als er das sieht und hört. Der fette Lispler! Er hatte sich mit viel Mühe auf die Mauer hochgekämpft, um die Lage zu checken. Und gleich das! Alarmstufe Rot. Was war das gerade mit Mader? Er hatte so einen irren Zug um die Augen. Als ob er was im Schilde führt. Da war eine komische Anspannung, wie Elektrizität. Er hat es genau gespürt. Er spürt es immer noch. Oder ist es nur das Wetter? Jetzt bemerkt Zankl ein erstaunliches Gefühl nach all dem Ärger über Dosis und Hummels Alleingang: Zufriedenheit. Etwas unpassend, aber ein ziemlich gutes Gefühl. Er ist hier. Genau zur richtigen Zeit. Hat sich sogar das dumme Kostüm angezogen. Und ist spätabends los. Ohne genauen Plan. Das hat er noch nie gemacht – nur auf seinen Bauch gehört. Wäre in letzter Zeit auch nicht ganz optimal gewesen. Aber er hat ins Schwarze getroffen. Er klettert an der Mauer aus groben Steinen in den Burghof hinunter und drückt sich hinter einen Mauervorsprung. Was tun?

Donner grollt. Es ist sehr schwül. Gerade als sich Zankl entschlossen hat, ihnen ins Gebäude zu folgen, taucht Jakko wieder im Burghof auf. Er wischt sich den Schweiß von der Stirn und sieht sich hektisch um. Plötzlich gibt es einen gewaltigen Schlag. Ein riesiger Blitz zerreißt das schwarze Himmelszelt. Wie eine Sintflut stürzt Wasser herab. Jakko verschwindet wieder in dem Gebäude. Zankl drückt sich in seine Mauerritze. Blitze zucken am Himmel, dichter Regenflor nimmt ihm die Sicht. Laute Rufe, spitze Schreie im Burghof, Menschen laufen durcheinander. Es gießt, als würde die Welt untergehen.

Dosi, Mader und Frau Hallmeier sitzen im Verlies und schauen zu dem kleinen vergitterten Fenster hoch, hören das Rauschen des Regens. Mader lächelt still in sich hinein.

GROSSES PROBLEM (00:07)

Als der Regen endlich schwächer wird, ist der Burghof menschenleer. In der Taverne stapeln sich die Gäste. Viele haben auch überstürzt den Heimweg angetreten. Auf dem Parkplatz vor der Burg heulen Motoren auf, Scheinwerfer und Rücklichter schlängeln sich durch die Nacht. Jetzt muss

Zankl Dosi und Mader helfen. Warum war Hummel nicht dabei?! Und wer war die Frau? Jakko erscheint jetzt in der Tür, geht über den Burghof. Ein schwarzer Audi schießt in den Hof und legt eine Vollbremsung hin. Die Scheinwerfer blenden Jakko. Jakko zieht die Waffe. Eine gezückte Waffe aus dem Seitenfenster. *Poffpoffpoff!* Kaum zu hören. Schalldämpfer. Macht trotzdem Löcher. Jakko geht zu Boden. Zankl starrt auf Jakko, dann schaltet er. Er selbst steht im Scheinwerferlicht. Er sprintet zum Herrenhaus. Stürzt in die Tür und den dunklen Gang entlang. Er stolpert, bleibt kurz benommen liegen. Draußen ist es jetzt laut. Fahrzeuge bremsen scharf auf dem Kies. Zankl horcht. Die Tür fliegt auf. Zwei Männer stürzen herein. Sehen sie ihn? Zankl wagt es kaum zu atmen. Plötzlich spürt er kaltes Metall in seinem Nacken. »Du großes Problem«, sagt eine Stimme grammatikalisch nicht ganz korrekt.

»Jungs, das hat doch keinen Sinn. Ich bin von der Polizei.«

Jetzt Festbeleuchtung im Hof. Weißes Licht strahlt durch Fenster und Türritzen. Zankl sieht in zwei wodkablasse Gesichter, riecht den Schweiß.

»Kommen Sie mit erhobenen Händen aus dem Gebäude«, schallt es von draußen. »Sie sind umstellt.«

Die zwei Männer gehen zu einem der Fenster und spähen nach draußen.

»Scheißendreck«, stellt der eine fest.

»Tun doch Kollege nix«, sagt der andere und dreht sich zu Zankl um.

Doch Zankl ist weg.

Zankl hat die Biege gemacht. Runter in den Keller. Er betet, dass die zwei Typen ihn oben suchen. Wenn sie ihn finden, ist er am Arsch. Er tastet sich im Dunkeln voran. Stahltür. Knirscht. Jedes Geräusch öffnet die Poren seiner Haut.

Schweißbäche laufen ihm über Gesicht und Rücken. An seinen Magen wagt er gar nicht zu denken. Doch der hält sich wacker. Erstaunlich. Leise öffnet er die Tür einen Spalt und huscht hinein. Der rostige Riegel der Luftschutztür lässt sich nicht schließen. Komplette Finsternis hüllt ihn ein. Stille. Er tastet sich an der Wand vorwärts, stürzt scheppernd über einen Haufen Unrat. Reißt sich die Wange auf. Er kriecht in eine Ecke und kauert sich an die Wand. Leise Schritte.

Ein Feuerzeug flammt auf. »Wo geht hin?«

»Woher ich weiß?«

»Machst du zu hinter dir, klar?«

Zankl hört, wie sich jemand mit dem Riegel müht, der sich schließend tatsächlich knirschend bewegt. Jetzt ist er mit den beiden Typen eingesperrt. Na super. Dann scheppert es. Einer der beiden ist über denselben Haufen gestolpert wie er. Nur ein paar Meter noch. Zankls Gedärm blubbert aufgeregt. Jetzt nicht, bitte!, betet er.

»Kommst du?«, fragt der andere nicht ihn und leuchtet mit dem Handy.

Zankl verschmilzt mit der Wand. Oben wird es laut. Schwere Stiefel. Das SEK stürmt das Gebäude. »Kommst du!«, zischt der eine nochmals. Der andere rappelt sich auf, und sie verschwinden in dem Gang. Zankl atmet tief durch. Sofort ist er wieder da – der Polizeiinstinkt. Sie dürfen nicht entkommen! Er späht um den Mauervorsprung. Sieht noch den Lichtschein ihrer Handys. Folgt ihnen. Gerade öffnen die beiden eine weitere Luftschutztür. Zankl tastet sich weiter. Schlüpft ebenfalls durch die Tür.

»Bistu brav«, haucht eine Stimme.

Scheiße! Zankl rutscht das Herz in die Hose. Er nickt apathisch.

»Bistu brav! Kommstu mit!«, heißt die Anweisung für ihn.

Sie schieben Zankl durchs dunkle Kellergewölbe, dann durch einen schmalen Gang. Der Lauf der Waffe sticht hart in seine Hüfte. Sie erreichen eine verriegelte Stahltür, öffnen sie und steigen eine Wendeltreppe hoch. Runde Mauern. Ist das der Burgturm?, überlegt Zankl. Aus einem schmalen Fenster sehen sie über den Hof. Das SEK. Keine fünfzig Meter entfernt. Im gegenüberliegenden Gebäude tanzen die Lichtkegel der Taschenlampen. Falsche Baustelle. Die beiden grinsen sich an. Sie öffnen ein Fenster an der rückwärtigen Seite des Turms. Der Erste lässt sich an den groben Steinen der Außenmauer herunter. Die Steine sind vom Regen glitschig. Mit Mühe kommt er heil nach unten. Jetzt Zankl. Er hält sich am Fenstersims fest und sucht Halt mit den Füßen. Gut fünf Meter bis zum Boden. Kann man sich problemlos den Hals brechen. »Ich schaff's nicht«, zischt er nach unten.

»Kommstu, Mann!«, sagt der untere, steckt seine Waffe in den Hosenbund und streckt Zankl die Arme entgegen. Zankl lässt sich fallen. Auf die Zwölf! Sie ringen. Der oben am Fenster fuchtelt hilflos mit der Waffe, während die beiden sich über den matschigen Waldboden wälzen. Zankl tritt sein Gegenüber unter die Gürtellinie, macht sich los und rennt in den Wald. Kugeln aus Schalldämpferwaffen zischen ihm um die Ohren, zerfetzen Rinde und Moos. Zankl rennt, rennt, rennt. Der Mond beleuchtet den Wald gespenstisch: Baummonster, Spinnenbeine, Zyklopen, Waldgeister. Zankls Füße fliegen über den moosigen Boden. Blut rauscht in seinen Ohren. Irgendwann kann er nicht mehr, drückt sich an die schroffe Rinde eines breiten Baumriesen. Weißer Atem. Schwarze Nachtluft. Schweißnass. Gesicht zerschunden. Äste knacken. Zankl drückt sich ganz eng an den Baum.

Lichtreflexe. Waffen glänzen im Mondschein. BITTE!, fleht er lautlos.

Zankls Handy klingelt. Nein, es vibriert nur. Gott sei Dank! Hätte … Die Verfolger hasten weiter das Hochufer runter. Als sie außer Sichtweite sind, sinkt Zankl zusammen. Weint vor Erschöpfung. Sieht auf sein Handy: Hummel.

GOTT SEI DANK (01:56)

»Jetzt erzählen Sie mal, Zankl«, sagt Mader, nachdem sie ihn mit einer Tasse Kaffee in der Küche der Haushälterin versorgt haben. Hummel und Dosi sehen ihn gespannt an.

»Wem haben wir das SEK zu verdanken?«, fragt Zankl.

»Unserem lieben Dr. Günther. Hummel hat es bei ihm bestellt.«

»Was hätte ich sonst machen sollen?«, sagt Hummel. »Die Typen bei Brunnthal haben mich nicht ernst genommen. Ihr Chef auf der Wache auch nicht. Dr. Günther ist in Urlaub. Ich hab ihn dann aber doch auf dem Handy erreicht, in St. Tropez. Und er hat sich gekümmert. Bei Günther waren sie dann plötzlich ganz zahm.«

»Tja, die gewissen Kreise. Die Typen mit der schwarzen Karre sind leider weg«, sagt Zankl. »Was ist mit dem Fetten?«

»Drei Einschüsse. Aber lebt noch. Erstaunlich«, findet Mader. »Offenbar bestens gepolstert. Der gute Jakko. Der wird noch singen. Hat die Hosen gestrichen voll. Jetzt erzählen Sie mal, Zankl. Wann sind Sie hier eingetroffen? Warum sind Sie noch gekommen?«

»Na ja, ich hatte gestern eine Nachricht von Hummel auf dem Handy wegen des Fests. Ich hab den ganzen Tag keinen erreicht und hatte ein ungutes Gefühl. Dann bin ich her. Das Erste, was ich seh, als ich über die Mauer schau, ist, wie der Fette euch abführt. Und dann kamen die Typen mit dem schwarzen Audi. Die haben mich gesehen, und ich bin blöderweise in das Gebäude geflüchtet.«

»Sie waren da drin? Das SEK hat den Laden gestürmt und uns und Patzer rausgeholt.«

»Patzer?«

»Den hatte Jakko in der Folterkammer kaltgestellt.«

»Folterkammer?! Also doch? Die Wasserleiche und Luigi! Ist Jakko der Drahtzieher von den Morden? Dieser Vollhonk?«

»Nein. Das wäre etliche Schuhnummern zu groß für sein Spatzenhirn.«

»Kriegen wir Patzer dran?«

»Sieht schlecht aus. Leider. Aber jetzt erzählen Sie doch – wie sind Sie aus dem Gebäude rausgekommen?«

»Im Keller gibt's 'nen Gang. Der führt unter dem Hof zum Turm rüber.«

»Und den hat das SEK nicht gefunden?«

»Anscheinend nicht. Außerdem lässt sich die Stahltür von innen verriegeln. Der ganze Hof ist unterkellert. Und im Krieg wurden die Gänge offenbar als Luftschutzkeller genutzt. Die Tür zum Turm war von innen verriegelt. Vermutlich hat sich deswegen auch keiner näher damit befasst, als sich die Kollegen bei Haslbecks Tod umgesehen haben.«

»Interessant. Weiter.«

»Die Typen haben mich jedenfalls in dem Gang zwischen den Gebäuden erwischt und sind mit mir zum Turm rüber. An der Rückseite vom Turm sind sie durch ein Fenster mit mir rausgestiegen, runter in den Wald. Es gab ein Handgemenge, und ich bin einfach losgelaufen. Sie haben geschossen, aber irgendwie konnte ich sie abhängen.«

»Ein Gang zum Turm …«, sagt Dosi nachdenklich. »Wisst ihr, was das heißt? Der von innen verschlossene Eingang vom Turm ist keinen Pfifferling wert!«

»Wer kommt da infrage? Wer weiß von dem Gang?«, fragt Mader.

»Katrin Patzer, schätz ich mal. Aber die Tochter wird ja kaum den Vater ins Jenseits befördern. Vielleicht weiß Patzer ebenfalls von dem Gang. Er hätte jedenfalls ein starkes Motiv.«

BORNIERTES GSCHWERL (02:07)

Im Hof kommt ihnen eine aufgeregte Katrin Patzer in Begleitung des Familienanwalts Dr. Steinle entgegen. Sie hatte sich nach dem missglückten Tête-à-Tête mit ihrem Mann in ihr ehemaliges Jugendzimmer zurückgezogen und sich mit zwei Schlaftabletten und einer Flasche Rotwein weggebeamt. Jetzt ist sie in Aufruhr: »Dr. Steinle sagte, dass geschossen wurde! Was ist passiert?!«

»Alles schon vorbei«, sagt Mader. »Kein Grund zur Sorge. Nur ein paar böse Jungs. Wissen Sie eigentlich, dass es einen unterirdischen Gang zum Turm gibt?«

»Es gibt hier überall unterirdische Gänge, Kellergewölbe.« Katrin überlegt, dann sieht sie Mader erstaunt an. »Wollen Sie damit sagen …?«

»Ich sag gar nichts. Weiß Ihr Mann davon?«

»Ich weiß nicht.«

»Es würde uns auch nicht viel helfen«, meint Dosi. »Denn Sie geben Ihrem Mann ja ein Alibi für die betreffende Nacht.«

»Nur bis Mitternacht. Wir schlafen getrennt.«

»Dann könnten auch Sie es gewesen sein«, sagt Mader.

Katrin schießen die Tränen in die Augen.

Mader dreht sich weg und geht.

Hummel folgt ihm. »Musste das sein?«

»Ja, das musste sein. Dieses borniertes Gschwerl, das sich über das Gesetz stellt. Wir werden es ja eh nicht nachweisen können, ob jemand beim feinen Herrn Papa Graf von und zu Haslbeck nachgeholfen hat. Und wenn, dann hätte das der Schwiegersohn wohl kaum selbst gemacht.«

»Aber Meiler käme doch jetzt auch wieder infrage. Der wurde ja hier gesehen. Die zugesperrte Tür ist ja nichts mehr wert.«

»Ich weiß nicht«, sagt Mader mit resigniertem Unterton.

»Aber mit dem feinen Herrn von und zu haben Sie recht«, meint Hummel. »Die Wasserleiche ist hier auf der Streckbank zu Tode gekommen. Ich hab die Typen belauscht.«

»Haben Sie was Handfestes, Hummel?«

»Nein. Die waren alle vermummt. Und sie haben sich nicht mit Namen angeredet.«

»Na, super. Die Spusi soll hier alles auf den Kopf stellen. Die Folterkammer, den Turm, den unterirdischen Gang, das Treppenhaus. DNA-Spuren, das komplette Programm. Vielleicht war Meiler doch nicht so vorsichtig und hat irgendwas angefasst. Oder Patzer. Patzer kriegen wir jedenfalls dran. Wegen irgendwas! Sobald wir Jakko vernehmen können, haben wir ihn am Arsch. Behaupte ich jetzt mal.«

ICH HAB NOCH EINEN KOFFER

Sonntagnachmittag. Zankl und Hummel machen eine Land-partie.

»Verdammt, irgendwo hier war's«, sagt Hummel.

Zankl schaltet runter. »Das sagst du schon die ganze Zeit, seit wir durch Holzkirchen sind.«

»Es war stockfinster, ich war auf der Flucht. Wie soll ich mir da Einzelheiten merken?«

»Und warum hast du das überhaupt gemacht? Also, den Koffer mitgenommen?«

»Kurzschlussreaktion. Vermutlich wollte ich einfach nicht, dass die Typen die Kohle kriegen. He, halt mal da vorne, das könnte es sein.«

Zankl biegt ab, und der Opel rollt auf dem Parkplatz aus. »Sieht genauso aus wie die letzten Parkplätze«, mosert Zankl.

Hummel schaut sich um. Da blinkt was in der Sonne. Er hebt es auf. Eine Patronenhülse. »He, Zankl! Hier war's.« Er deutet zu dem Mülleimer. »Da drin. Eine Viertelmillion.«

Zankls Augen leuchten. »Und niemand vermisst sie. Was machen wir damit?«

»Auf den Kopf hauen«, sagt Hummel und lacht.

Zankl sieht ihn zweifelnd an.

»Hey, Zankl, nur Spaß! Was werden wir damit schon ma-chen? Beweise sichern. Das Geld brav abliefern.« Er zieht sich Latexhandschuhe an. »Vielleicht sind ja Fingerabdrücke drauf. Von Patzer. Dann ist er dran.« Hummel senkt seinen rechten Arm in den Mülleimer. Tastet. »Scheiße! Das Ding ist leer!«

Zankl googelt die Nummer der Straßenmeisterei und ruft an. Der freundliche Herr dort kann ihnen durchaus weiterhelfen: Ja, die Mülleimer an der Bundesstraße wurden alle geleert. Heute Morgen. Die zugehörigen Müllfahrzeuge auch schon. Zu spät. Alle Abfälle sind ordnungsgemäß und termingerecht in der Müllverbrennung gelandet.

»Ist ja nicht unser Geld«, meint Zankl trocken.

Hummel ist maßlos enttäuscht.

»Komm, Hummel, ich kenn ein gutes Wirtshaus in Holzkirchen. Ich lad dich ein. Jetzt, wo mein Magen wieder Ruhe gibt, hab ich tierisch Hunger.«

TUTTO COMPLETTO

Das war's. Sozusagen. Tutto completto. Von wegen. Bleiben viele Sachen offen. So ist das Leben nun mal. Lose Fäden. Aber manchmal gibt es noch Überraschungen. Ganz am Ende. Sogar beim Einkaufen. Mader gönnt sich und Bajazzo mal wieder was Besonderes und stattet der Metzgerei Meiler in Giesing einen Besuch ab. Rein privat. Im Zeichen gesunder Ernährung. Mader hat keine Vorurteile. Auch wenn das ein Lackaffe von Anwalt kürzlich mal behauptet hat. Die kriminaltechnische Untersuchung des unterirdischen Gangs auf Waldeck hat leider nichts ergeben. Keine Fingerabdrücke von Meiler. Auch sonst keine verwertbaren Spuren. Schade eigentlich. Im Zweifel für den Angeklagten. So hält das auch Mader. Als er mit seiner Tüte voll Schinken, Salami und Frischwurst vor den Laden tritt, wo Bajazzo auf ihn wartet, kommt ihm der Metzgermeister entgegen. »Na, alles klar, Herr Kommissar, immer schön am Schnüffeln?«

»Ach, ich kauf heute nur ein. Das Schnüffeln übernimmt mein Hund.«

Bajazzo bellt bestätigend.

»Das freut mich«, sagt Freddi.

»Was haben Sie da Schönes?«, fragt Mader und deutet auf die Plastikwanne, die Meiler trägt.

»Blutwurst.«

Mader nickt. »Mit Fenchel.«

Meiler sieht ihn erstaunt an und lacht. »Sie sind ja doch ein Schnüffler. Kommen Sie her.« Er nimmt ein paar Würste aus der Wanne und reicht sie Mader. »Altes Familienrezept. Was Besonderes.«

»Herzlichen Dank«, sagt Mader und meint es ernst. Denn von Würsten haben die hier echt Ahnung. Er macht sich mit Bajazzo auf den Weg zur Trambahn Richtung Max-Weber-Platz zur U5. Aber da ist was. Mit den Würsten. Maders Gehirn läuft auf Hochtouren. Er geht rüber zur Tramhaltestelle in Richtung Stachus. Ins Büro. Die Blutwürste. »Familienrezept.« Was sagte der Lehrjunge in der Wurstküche? Mader hat ein Gedächtnis wie ein Elefant. Auch wenn er manchmal ein bisschen lange braucht. Auf seine Frage, wer denn die Blutwurst macht: »Die Chefs. Familienrezept. Weniger Eis als normal und andere Kräuter. Fenchelsamen.« Die Chefs! Mader könnte sich ohrfeigen. Er hätte sofort schalten müssen. Es gibt nicht nur einen Meiler. Jetzt fällt es ihm wie Schuppen von den Augen. Hummels Protokoll mit Gruber. Muss er noch mal lesen. Ein Bruder, der säuft. Mader seufzt. So viele Fehler! Haben sie denn das familiäre Umfeld von Meiler nicht geprüft?! Verdammt noch mal! Wenn es da noch einen gibt, der sich mit Fleisch auskennt. Hätte Hummel das prüfen müssen? Aber die Tage waren auch wirklich chaotisch.

Zankl sieht Mader erstaunt an, als er ihn im Büro antrifft. »Chef, ich dachte, Sie haben frei.«

»Ich auch«, antwortet Mader. »Wir haben da was übersehen. Bei diesem Meiler. Habt ihr den ordentlich gecheckt?«

»Äh, ich denke, ja ...?«

»Sie denken? Checken Sie das ganz schnell. Hat der Typ einen Bruder?« Er sucht hektisch auf seinem Schreibtisch nach dem Protokoll von Hummels Gespräch mit Gruber.

Dosi kommt ins Büro. »Chef, ich dachte ...«

»Denken Sie weiter«, sagt Mader, »ich kann grad nicht.« Er studiert das Protokoll und schnauft auf. Dosi legt ihm eine Klarsichthülle hin.

»Was ist das?!«, fragt Mader gereizt.

»Lesen Sie's.«

Mader liest. Eine ausgedruckte Mail. Eine Buchungsbestätigung von Mondo 6. »Burg Waldeck, 13. bis 14. März, all-inclusive 2456,– Euro.«

»Der 13. ist auch der Termin von dem Steckerlfisch-Lieferanten«, bemerkt Dosi.

»Sauber! Woher kommt die Mail?«

»Ähem, das ist jetzt ein bisschen pikant«, windet sich Dosi. »Sagen wir mal ganz neutral: Ich hab mir Zugang zu Haslbecks Computer verschafft.«

Mader schüttelt den Kopf. »Doris, Sie haben kriminelle Energien. Ich werde Sie an den BND weiterempfehlen. Was ist sonst noch auf der Kiste?«

»Ich hab noch nicht alles gecheckt. Ich hab eine DVD mit über 4 Gigabyte. Haslbeck war ein ordentlicher Mensch und hat auch seinen Mailverkehr archiviert. Sagen Sie bitte Dr. Günther nichts davon, das war nicht ganz legal. Sonst kriegt der die Krise.« Sie gibt ihm die DVD.

Mader legt sie ins Laufwerk und macht einen Doppelklick

auf das Volume-Icon. »Tja, die Dateiinfo ist verräterisch. Erstelldatum: letzter Samstag um 21 Uhr 36. Der Graf hat diese Daten jedenfalls nicht selbst gesichert. Denn zu diesem Zeitpunkt war der Graf schon lange tot. Wie haben Sie das gemacht?«

»Ich hatte das Kennwort.«

»Aha. Woher?«

»Das hatte er sich aufnotiert. Auf ein Post-it.«

»Aha.«

»Soll man ja nicht machen. Also Kennwörter aufschreiben. Krieg ich da jetzt Probleme?«

»Wir ziehen die Daten auf den Server und entsorgen die DVD. Und wenn solche expliziten Mails auf dem Computer sind, seh ich da kein großes Problem. Wir haben halt auch unsere Quellen. Sehr gut. Schade, dass der Graf schon tot ist. Hätte ich ihm gerne unter die Nase gehalten. ›All-inclusive!‹ Aber andere leben ja noch.« Er wendet sich an Dosi. »Bestimmt gibt es Gästelisten von diesen Burgfesten und wenn nicht, dann überprüfen Sie einfach die oberen drei Prozent der Münchner Prominenz. Politik, Wirtschaft, das alles. Fragen Sie die Leute, was sie am 13. und 14. März getrieben haben.«

Dosi nickt. Das wird sie ein bisschen einfacher gestalten. Sie wird einfach die Nummern aus Haslbecks Notizbuch durchtelefonieren. Sie kann Mader allerdings schlecht sagen, dass sie bei Haslbeck auch das Notizbuch hat mitgehen lassen.

»Was sagt die Spusi zur Folterkammer?«, fragt Mader Zankl.

»Ist dran. Ein Meer von Spuren.«

»Wir kriegen raus, wer da drin war. Und singt dieser Jakko denn endlich?«, fragt Mader weiter.

»Wir dürfen ihn noch nicht verhören. Liegt noch auf der Intensiv. Hat doch mehr abbekommen.«

»Mannmannmann!«, schimpft Mader.

»Chef, das nimmt alles seinen Lauf. Wir kriegen die Typen.«

»Und der Wirt vom Paradise? Was ist mit dem?«

»Immer noch keine Spur«, sagt Dosi. »Aber morgen ist der Betriebsurlaub vorbei. Das wird schon. Wir kriegen den oder die Täter.«

»Klar tun wir das. Nur: Wir hätten sie schon viel eher haben müssen. Wir haben so viele Fehler gemacht.«

»Kommt ihr mal rüber«, ruft Zankl. Mader und Dosi treten an seinen Schreibtisch. Er tippt in seine Tastatur, ein Foto ploppt hoch. »Meiler«, sagt Zankl. »Aber nicht der Meiler, den wir kennen.«

»Sondern?«, fragt Dosi.

»Franz Meiler. Bruder. Sehr ähnlich. Zumindest optisch. Hat 'ne dicke Akte wegen Rauschgift.«

»Den knöpfen wir uns vor«, sagt Dosi. »Adresse?«

»Edelweißstraße 2. Im Haus von der Metzgerei.«

»Prüft das bitte«, sagt Mader. »Wo ist eigentlich Hummel?«

MASS FÜR MASS

Ja, wo ist eigentlich Hummel? Der kommt heute einfach ein bisschen später. Er hatte ein weiteres Date mit seiner zukünftigen Verlegerin im Hinterhofcafé in Haidhausen. Das ist gerade vorbei. Jetzt schwurbelt ihm der Kopf. Er hat keine Ahnung, ob das jetzt gut oder schlecht gelaufen ist. Er hat geredet wie ein Wasserfall. Von seiner Arbeit, von seinem Leben, von der verschwimmenden Grenze zwischen Realität und Fiktion. Nein, er hat keine Details ausgeplaudert über die laufenden Fälle. Vielleicht ein paar ganz kleine. Aber das Foto von Luigi war ja in allen Zeitungen. Frau König hat das alles mit offenem Mund angehört. Hat er übertrieben? Er hat ihr auch von *Der Mann mit der Säge* erzählt. Nicht seine Theorie, sondern was dieses Buch für Gedanken bei ihm ausgelöst hat. Über das Schreckliche, Brutale, was die Menschen trotz allen Abscheus in den Bann schlägt. Sie hat nur stumm genickt.

Als er fertig war, hat er seine unberührte Apfelschorle runtergestürzt. Und sie meinte, sie müsse das alles erst mal verdauen. Er konnte an ihrem Blick nicht ablesen, ob das ein negativer Bescheid war, ob sie jetzt endlich die Geduld mit ihm verloren hat.

»Ich möchte dieses Buch immer noch schreiben«, hat er gesagt. »Aber wir müssen erst diesen großen Fall abschließen.«

Und sie hat stumm genickt. »Sobald Sie wieder mehr Zeit haben, schicken Sie mir was, okay?«, hat sie ihn schließlich verabschiedet.

Hat er es verbockt? Hummel weiß es nicht. Das klang schon ein bisschen wie *Don't call us, we call you*. Nein, die Tür ist immer noch einen Spalt offen. Bestimmt! Er wird ihr das nächste Mal einen wirklich guten Text schicken. Schon bald! Der Fall ist ja jetzt eigentlich abgeschlossen. So gut es eben geht. Nur noch der Abschlussbericht, und dann nimmt er sich eine Woche Urlaub und fängt an zu schreiben.

Gedankenverloren trabt er die Steinstraße entlang zur S-Bahn am Rosenheimer Platz. Er steigt in die S8 in Richtung Innenstadt. Der Wagen ist voll. Menschen mit Rollkoffern und Rucksäcken. Vom Flughafen. Aus dem Urlaub zurück.

Das sind so Dinge, die man vor lauter Arbeit ganz vergisst. Dass es ein anderes Leben gibt – Urlaub, Sonne, Entspannung. Wird er auch bald machen. Und dann wird er schreiben. Nur für sich. Er setzt sich in eine Vierergruppe. Plötzlich hält er inne. Sein Gegenüber liest ein Buch. Hummel bricht der Schweiß aus. Die blutige Säge auf dem weißen Cover. Das kann nicht sein! *Der Mann mit der Säge!* Er sieht dem Mann ins Gesicht. Braun gebrannt. Raspelkurze Haare. Irgendwie kommt er ihm bekannt vor. Nein. Nie gesehen. Oder doch? Die Augen. Irgendwie. Meiler? Wie ein Blitz schießt ihm die Bemerkung vom Chef der Wurstmanufaktur Gruber durch den Kopf. Mit ihm hatte er ja über die Meilers gesprochen. Plural. Es gibt einen Bruder! Kann das sein? Das ist doch nur ein blöder Zufall! Oder? Und dann noch das Buch? Es wird noch mehr Menschen geben, die dieses Buch haben. Auch hier in München. Natürlich. Zufall. Sonst nichts. Oder? Hummel scannt den Rollkoffer, ob er irgendwo einen Anhänger mit Name und Adresse erkennen kann. Nein. In seinem Kopf klingelt es schrill. Warum hab ich Meilers Bruder nicht überprüft? Der ist auch Metzger! Aufbrausender Typ – hat Gruber gesagt!

Als der Mann am Marienplatz aussteigt, steht Hummel ebenfalls auf und folgt ihm. Rolltreppe hoch. Ausgang Ludwig Beck. Durch die Arkaden. Sparkassenstraße, Ledererstraße, Orlandostraße. Hummel sieht zu dem Eckhaus hoch. Hier hatte es vor ewigen Zeiten diesen Armbrustmord gegeben. Mitten auf der Touristenmeile. Wie kann man hier wohnen? Die ganze Nacht Halligalli, und morgens muss man aufpassen, nicht in Kotzefladen zu steigen. Konzentration, Hummel! Beinahe hätte er den Mann aus dem Blick verloren. Zu viel Ablenkung hier, selbst um elf Uhr vormittags, wenn die Busladungen mit den Touristen noch nicht angerollt sind. Irre Gegend mit den bizarren Schaufenstern der Souvenirläden voller Germanenkrüge, T-Shirts mit FC-Bayern- oder Hofbräu-Logo, Wolpertinger.

Der Mann verschwindet im Hofbräuhaus. Ein Tourist? Nein, der Mann sieht aus wie jemand, der gerade aus dem Urlaub kommt und sich nun die erste Maß Bier nach langen Entbehrungen reinziehen will. Kann Hummel gut verstehen. Er betritt die Schwemme. Zu dieser Uhrzeit war er noch nie hier. Die Bierhalle ist angenehm kühl. Viele freie Tische, Kellner noch ohne Stress, sie stehen beim Ausschank mit ihren Kaffeehaferln und plaudern miteinander. Noch keine Massenabfertigung. Hummel sieht, wie sich der Mann an einen Ecktisch in der Nähe des Eingangs setzt. Hummel sucht sich einen Platz hinter einer Säule. Teilsicht.

»Was darf's sein?«, fragt ihn der Kellner.

Hummel blickt gar nicht auf und sagt nur: »Eine Maß.«

Als das Bier vor ihm steht und er einen kräftigen Schluck nimmt, erschrickt er. Verdammt, er ist ja im Dienst! Haha! Und er hat im Büro nicht Bescheid gegeben. Er wollte eigentlich um elf Uhr da sein. Halb so schlimm. Mader hat ja Urlaub. Und die Arbeit eines Polizeibeamten fängt nicht erst im Büro an, wie Mader so schön sagt. *Der Mann mit der Säge!* Er muss diesen Mann beschatten. Solche Zufälle gibt es nicht im Leben. Der Mann hier ist wichtig für ihren Fall. Ist das Freddi Meilers Bruder? Der Mann hat jedenfalls einen gesegneten Appetit. Die Bauernpfanne, die ihm serviert wird, vernichtet er in Windeseile.

Hummel ist zu aufgeregt, um etwas zu essen. Das Bier steigt ihm zu Kopf. Er muss bieseln. Er traut sich nicht. Was, wenn der Mann jetzt einfach verschwindet? Der Mann hat offenbar denselben Drang und geht zur Toilette. Das Buch liegt auf dem Tisch. Die Jacke hängt über dem Ausziehgriff des Rollkoffers. Kein Kellner zu sehen. Niemand guckt. Hummel huscht zu dem Tisch und will die Brieftasche mit dem Ausweis herausziehen. In dem Moment klingelt das Handy. In der Jacke des Mannes. Ein Zeichen! Hummel zieht das Handy heraus. Drückt grün. »Ja?«

»Hallo, wer spricht da?«

»Dosi?!!«, zischt Hummel.

»Hummel, bist du das?!«

»Kommt ins Hofbräuhaus, schnell!« Er steckt das Handy zurück und huscht an seinen Platz. Was war das?! Was ist hier los?! Er ist völlig von der Rolle. Dosi?! Hat ihm das Bier das Gehirn rausgepustet? Eine Maß, und er hat gleich Halluzinationen.

Genauso verblüfft ist Dosi. Auch ohne Bier. Fassungslos starrt sie den Notizzettel mit der Handynummer an, den Katrin ihr gegeben hat.

EN DÉTAIL

Na klar, könnte man jetzt noch im Detail berichten.

Wie unsere Helden Franz nach seiner zweiten Maß Bier in seine geheime Wohnung folgen. Die nur wenige Meter vom *Paradise Lost* und seinem Atelier entfernt ist, das die Polizei schon komplett auseinandergenommen hat. Manchmal liegt das Gute doch so nah. Wie die Spurensicherung im Handumdrehen rausgefunden hat, dass Franz sein Messerset zweckentfremdet hat. Wie Franz natürlich festgenommen wird und in Untersuchungshaft beharrlich über seine Motive und die Hintermänner schweigt. Wie Hummel und

Franz sich über *Der Mann mit der Säge* unterhalten, ohne dass Franz ein Wort dazu sagt, warum er sich diese Morde zum Vorbild genommen hat. Dass es ein tolles Buch ist, da sind sich die beiden zumindest einig. Wie Mader sich bei Hummel entschuldigt, weil er dessen Krimitheorie so abwegig fand. Und wie Hummel verschweigt, dass Dosi die Handynummer des Killers hatte. Weil er ihr Erklärungsstress mit Mader ersparen will und Zankl offenbar doch recht hatte: Dosi dreht ihre ganz eigenen Dinger. Warum aber auch nicht? Macht er ja ebenfalls. Eigentlich können ja alle zufrieden sein, weil sie doch noch was Entscheidendes rausgekriegt haben. Der mehrfache Mörder ist überführt.

Man könnte auch noch berichten, wie Steinle sich mit Verve in die Verteidigung von Franz Meiler wirft und beweist, wie sehr ihm als Anwalt das Handwerk und die Kunst am Herzen liegen. Natürlich plädiert er auf nicht schuldig – der fatale Drogenkonsum hat aus Franz Meiler ein Monster gemacht. Sein Bruder Freddi ist übrigens fein raus. Blütenreine Weste. Denn Franz hält dicht. Familienehre.

Und die Wasserleiche geht natürlich ganz auf Kosten des verblichenen Eduard von Haslbeck. Eh klar. Es wäre ja noch schöner, wenn hochstehende Politiker mit so ungustiösen Folterspielchen in Verbindung gebracht würden. Egal, ob man in der Folterkammer eindeutige DNA-Spuren einigen hochgestellten Münchner Persönlichkeiten zuordnen kann. Die bloße Anwesenheit in diesem Raum besagt ja noch gar nichts. Sagt zumindest Dr. Steinle, der die juristische Betreuung der so zu Unrecht Verdächtigten übernimmt. Jegliche Recherchen der Polizei zu der Wasserleiche finden ihre Endstation im Anwaltsbüro von Dr. Steinle. Schön, wenn die wichtigen Dinge alle in einer Hand bleiben. Da kann Hummel über die Kuttengang im Verlies der Burg Waldeck sagen, was er will. Keine Gesichter, von Kapuzen gedämpfte Stimmen. Hummel kommt das alles vor wie ein schlechter Traum.

Jakko plaudert schließlich alles aus, was er ausplaudern kann, weil ihm der Arsch so was von auf Grundeis geht. Haben die Typen doch tatsächlich drei Löcher in ihn reingemacht. Er erzählt von der Sache mit dem geklauten Fotoapparat, den Bildern, der versuchten Erpressung und von Lasso. Von dem toten Leonid und dem toten Peter erzählt er allerdings nix. So blöd ist selbst er nicht. Sonst müsste er ja zugeben, dass er sie in Patzers Auftrag schnell im Wald nahe der Burg verscharrt hat. Da liegen sie sehr gut und können sich nicht mehr zur Sachlage äußern. Kann Gras drüberwachsen. Patzers Waffe hat er unter dem Tisch im Kellergewölbe gefunden und sichergestellt. Warum und wann aus ihr geschossen wurde, kann er sich natürlich nicht erklären. Was für ihn ein bisschen doof ist. Eindeutig wurde aus dieser geschossen. Mehrfach. Nur auf wen? Ein Zielschießen irgendwo im Wald zum reinen Vergnügen, wie Patzer sagt, ist natürlich nicht auszuschließen. Mader kann zumindest eine Hausdurchsuchung durch die Zollfahndung bei den Patzers erwirken, und die Polizei stellt dort zahlreiche Unterlagen rund um die Finanzierung von ISARIA sicher, die zumindest einige Fragen aufwerfen. Und die sind so interessant, dass es bei Patzer zumindest für Untersuchungshaft reicht.

Bald ist Patzer ziemlich enttäuscht von Steinle, denn der spielt auf Zeit. Seiner Meinung nach. Trotzdem geht es ihm in der U-Haft nicht schlecht – einmal Chef, immer Chef.

Und da er so viel Wissenswertes über die gewissen Kreise gesammelt und diese Unterlagen und Daten an einem sicheren Ort – niemals zu Hause! – deponiert hat, ist es ja sowieso nur eine Frage der Zeit, bis jemand mit genug Einfluss seinen Stadelheim-Aufenthalt beendet. Denn wenn Patzer umfassend auspackt, fände das vermutlich sogar Dr. Günther nicht so gut. Mit wem soll er dann noch Golf spielen? Patzer ist sich sicher – Steinle wird sich schon kümmern. Zur rechten Zeit. Patzer verliert übrigens seinen Humor nicht. Nützt die Zeit, um über ein neues Investmentprojekt nachzudenken: Edelknast mit Drivingrange. Sagt man nicht so: im Loch sitzen?

Und Steinle macht Katrin Patzer ein gutes Angebot für ihren Immobilienbesitz. Überlegt die tatsächlich. Weil ein Neuanfang kostspielig ist. Und den braucht sie. Außer Reichweite von Patzer. Denn der wird nicht allzu lange Zeit im Gefängnis sitzen, da ist sie sich sicher. Katrin weiß jetzt auch, dass ihr geliebter Vater ein Liebhaber sadistischer Sexspielchen war. Hat Steinle ihr gesteckt. Verifiziert sie leider auch schnell, als sie das Arbeitszimmer ihres Vaters durchforstet und einige pikante Datenträger findet. Besonders bizarr ist das Video mit der Hallmeier. Ihr Vater mit einer geblümten Schürze. Die Hallmeier in schwarzem Gummi! Katrin ist nun durchaus gewillt, das Anwesen an Steinle zu verkaufen. Außerdem weiß sie, dass sie ihrem Mann am meisten wehtut, wenn Steinle bald die Burg gehört.

Das schöne Isartal also bald eine Riesenbaustelle für den Wellnesswahn ISARIA? Weiß man nicht wirklich, denn die Scheichs sind nach dem Auftritt des SEK am Burgfest und der Verhaftung Patzers doch einen Tick nervös geworden und ziehen jetzt noch andere Investitionsobjekte in Betracht. Da muss Steinle noch ein bisschen Überzeugungsarbeit leisten. An mehreren Fronten. Alles offen.

Halbwegs offen ist übrigens auch der Vollzug von Franz, der wegen seiner Drogenkarriere und Steinles beeindruckendem Plädoyer zum Thema *Kunst und Wahnsinn* schließlich tatsächlich als nicht schuldfähig eingestuft wird und im Bezirkskrankenhaus Haar landet. Dort zieht er mit Hilfe seines Bruders eine Metzgerei auf. Franz darf aber nur hinter den Kulissen arbeiten. Doch mit freiem Verkauf. Total hip bei der Münchner Schickeria. Fleisch von einem verurteilten Mörder in der Psychiatrie. Künstler noch dazu. So sind die Leute eben – sie lieben das Exotische. Und super Werbeslogan: *Irre gute Wurst!*

Ach ja. Steinle schiebt Mondo 6 diskret die Viertelmillion rüber. Sonst kommen die immer wieder. Zum Verbleib von Leonid und Peter kann er leider keine sachdienlichen Hinweise machen. Vermutlich haben sich die beiden mit dem Geldkoffer davongemacht. Mitarbeiter sind leider manchmal so – undankbar und gierig.

Und das Geld aus dem Koffer? Das hat zwei Jungs von der Straßenmeisterei glücklich gemacht. Richtig glücklich. Haben es gerade noch gemerkt, bevor der Müllsack im brennenden Orkus verschwand. Nix fürs Sparkonto. Fragt ja nur jemand blöd. Die zwei kaufen davon große Fernseher, zwei Porsche und ein paar dicke Goldketten.

.

UND DIE GUTEN?

Ist schnell gesagt.

Dr. Günther ist ausgesprochen stolz auf seine Mitarbeiter und hat Mader und seinem Team als Belohnung einen Grillabend bei ihm zu Hause angedroht.

Zankl tritt bald mit seiner Frau Jasmin eine dreiwöchige Fruchtbarkeitskur in der Steiermark an und konzentriert sich schon jetzt ganz auf seine Mitte.

Dosi ist endlich richtig angekommen in München und beschließt, nun auch ihre Altlasten in Passau zu regeln. Bestimmt. Bald. Und Fränki zieht sie inzwischen als Beziehungsoption durchaus in Betracht. Mal sehen.

Mader bucht aus heiterem Himmel ein Zugticket nach Paris und überlässt Hummel seinen geliebten Bajazzo.

Und Hummel? Schreibt. Was sonst? Wenn schon keinen Roman, dann doch zumindest über sein Leben und seinen Gefühlshaushalt.

Liebes Tagebuch,
jetzt hatte ich lange keine Zeit mehr, dir zu schreiben. Es ist
so viel passiert. Ich kann es dir gar nicht im Detail erzählen.
Aber das Wichtigste ist, dass ich endlich Beate auf mich auf-
merksam machen konnte. Nein, das klingt jetzt so komisch.

Es war Schicksal. Mader hat mir ja Bajazzo anvertraut, und ich war mit ihm im Nymphenburger Schlosspark spazieren. Da treffe ich doch tatsächlich Beate! Weißt du noch, was ich dir damals über den Englischen Garten und die braun gebrannten Frisbee-Typen erzählt habe? Mir kommt es vor, als wäre ein Traum wahr geworden. Beate erzählte mir, dass sie Dackel ganz wunderbar findet. Ihre Eltern hatten auch mal einen. Stell dir das mal vor, liebes Tagebuch! Das kann doch kein Zufall sein! Das Schicksal meint es endlich gut mit mir.

Wir haben wunderbare fünf Minuten auf einer Parkbank verbracht. Mir kam es vor wie eine Ewigkeit. Als würde die ganze Welt still stehen. Und jetzt weiß ich so viel mehr von ihr. Na ja, wir haben vor allem über Hunde geredet, also über ihren Dackel von früher. Der hieß Bernie. Bernie! Wenn das kein Wink des Schicksals ist! Bernie, Bajazzo, Beate. So ein Wohlklang! Fast wie Brigitte Bardot. Und jetzt kommt das Beste: Wir haben endlich unsere Handynummern ausgetauscht. Ich habe Beates Handynummer! Ich habe die ganze Zeit überlegt, ob ich sie anrufen oder ihr eine romantische SMS schreiben soll. Ich hatte schon angefangen: Du bist wie der Sommerwind / vor lauter Liebe bin ich blind / du führst mich durch das dunkle Tal / ohne dich wär's eine Qual / mit dir, ja, das ist wahr / ist alles einfach wunderbar.

Habe ich dann doch nicht losgeschickt. Das kann ich noch besser. Aber plötzlich hat sie angerufen! Sie hat mich angerufen!!! Ob ich mit ihr in den Biergarten gehen will. Heute! Liebes Tagebuch, in einer Stunde werde ich Beate im Hirschgarten treffen. Ich bin so aufgeregt! Und ich habe ihr gesagt, dass ich etwas mitbringe – eine Brotzeit. Und Bajazzo natürlich, meinen Glücksbringer! Viel Zeit ist nicht mehr, aber ich werde einen Obatzter zubereiten. Nach meinem Spezialrezept. Vielleicht mit ein bisschen weniger Zwiebeln und Knoblauch als sonst. Falls wir uns noch küssen sollten. Ach, ich bin so glücklich, mein liebes Tagebuch. Ich habe das Gefühl, mein Leben fängt jetzt erst so richtig an. Schade, dass ich Bajazzo bald wieder an Mader zurückgeben muss. Bajazzo, mein wuscheliger Gefährte! Wenn Beate und ich dann ein Paar sind und wir zusammenziehen, dann werden wir uns auch einen Hund anschaffen. Einen Dackel. Mit dem dann die Kinder spielen können. Hach, das Leben ist schön!